アメリカ文学研究のニュー・フロンティア

資料・批評・歴史

NEW FRONTIERS
IN
THE STUDY OF
AMERICAN LITERATURE

田中久男
監修

亀井俊介＋平石貴樹
編著

南雲堂

はじめに

文学研究の新しいあり方

田中久男

1 批評風景の変容

ジャック・デリダ（Jacques Derrida, 1930–2004）、ミシェル・フーコー（Michel Foucault, 1926–84）、エドワード・サイード（Edward W. Said, 1935–2003）、テリー・イーグルトン（Terry Eagleton, 1943– ）などの輝かしい先導者によって、文学的スペクタクルとも言える大きな隆盛と活況を見た一九八〇年代の文学理論や文化理論は、二十一世紀に突入して十年近く経った現在では、「アフター・セオリー」とか「ポスト・セオリー」という呼称が示唆する落ち着きの時代に入った。しかし、もちろん、今でもその活況は静かに衰えることなく持続しているが、一九八〇年代のあの活況が理論的実践の「大きな物語」、つまり、さまざまなイデオロギーや価値観がヘゲモニーを求めてせめぎ合うポリティクス、いわゆる「カルチャー・ウォーズ」の産物であったとすれば、今世紀に入って展開されている理論の実践は、ジェンダー批評やエコ・クリティシズム等の個別的な「小さな物語」とも言える様相を帯びている。そこにはある本質的な変容が起こったように思われる。

その変容を、英国ウェールズにあるアベリストウィス大学のピーター・バリー（Peter Barry）教授は、デイヴィッド・スコット・カスタン（David Scott Kastan）が一九九九年に著した『シェイクスピア・アフター・セオリー』（*Shakespeare After Theory*）の「アフター・セオリー」が意味するところを一例として、次のように要約している。

> この研究書における「アフター・セオリー」とは、理論の死以後の期間のことではなくて、理論が目新しいものであることをやめてしまった時期のことを意味していると理解できる。理論はもはや目新しさの価値を持たなくなった、というのは、理論の多くの要の概念が一般に受容され、その結果、その衝撃性とカリスマ性が（社会学者マックス・ウェーバーの用語を使えば）、「日常化した」と言えるかも知れないからである。したがって理論は、その新奇性を主張する努力をやめて、概念の全般的な流れの中に溶解してしまった。まさにこの「自己主張のなさ」こそが、「理論」後の理論（theory after 'Theory'）、つまり、理論にまつわる多くの概念が、今日私たちを取り巻く知的風土のごく普通の流れになってしまったが故に、「啓蒙的な」段階が終わった時期の理論の全般的な特徴だと受け取っていいだろう。（Barry, 287–88）

バリーの言う「自己主張のなさ」（nonassertiveness）とは、私が理論の実践の「大きな物語」から「小さな物語」への変容と捉えている潮流の顕著な特徴であるが、そうした変容の後に共通認識として残った概念の内容を、彼は次のように明敏に整理している——①アイデンティティは固定的でもあるが、また同時に絶えず状況に応じて揺らぐものでもある。それゆえ、「アフター・セオリー」の「存在」（being）という観念は、常に「生成」（becoming）という重要な要素を内包している（288）。②「アフター・セオリーのテクスト観も、たとえそのテクストが〈キャノンの座を与えられた〉テクストであろうとなかろうと、同様に安定したものではなく」、例えば、「一九八〇年代の文化唯物論者の説く〈性の差異〉と〈ポストコロニアル〉シェイクスピア」とか、「一九九〇年代の〈カトリック〉および〈リパブリカン〉シェイクスピア」というさまざまな呼称を見ても分かるように、「〈ザ・〉テクストは、いろんな違った（おそらくは一連の）領有（appropriation）に絶えずさらされているのである」（288）。③「われわれが気づいているのは、言語それ自体の不安定性と、描写と揺るぎない定義の網の目をすり抜けていく言語の能力である」（288）。④「理論それ自体の普及性をわれわれは認識している、すなわち、どのような立場を取ろうと、それは一つの視点であるが故に、立場を表明するという作業なしに済ますことは不可能であると、われわれは確認しているのである」（288-89）。

以上が、一九八〇年代、一九九〇年代を席巻した大きなパラダイム・シフト後の知の状況、つまりピーター・バリーの説く「アフター・セオリー」、「ポスト・セオリー」の知の風景である。但し、④の見解に少し立ち入れば、すべての批評は、たとえそれが甲高い調子の声であろうとなかろうと、何らかの意味でポリティカルなイデオロギーの表明とみなしうるので、彼の「自己主張のなさ」という言い方は、「自己主張のなさ」のように見える静かな自己主張という言い方がより正確ではある。が、それでも彼が俯瞰した知の風景は、正鵠を射ていることに間違いはない。その彼が二十一世紀の一つの顕著な知の潮流と雰囲気を、次のように捉えているのは、やはり傾聴に値する——「9／11のような極端な事件や、地球規模のペシミズムに対応して、新しい種類の文化批評が台頭したが、そのペシミズムは、アラブ―イスラエル紛争、イラク、アフガニスタン、宗教的原理主義の広がり、環境破壊の容赦のない進展といった手に負えないように見える問題の産物であるのだ」(290)。本論文集に収録の伊藤詔子氏の論文も、この流れに連なる啓発的な論文であるし、巽孝之氏と渡辺克昭氏の論稿も、現況に影を落としているペシミズムへの遠くからの先鋭な応答であると言えるだろう。

2 「ポスト・テクスト主義批評」時代の文学研究のニュー・フロンティア

かつて筆者は、十年ほど前に世に問うた拙著『ウィリアム・フォークナーの世界――自己増殖のタペストリー』(南雲堂、一九九七年)の中で、当時、伝統的な作者還元的な文学研究を革新するほどの衝撃力をもっていたロラン・バルトの「作者の死」という概念に、読者の読みの創造性を重視する彼の見解には半ば賛同しつつも、違和感をぬぐい切れず、次のように述べた。

バルトが『物語の構造分析』に所収の「作者の死」というエッセイの中で、「語るのは言語活動であって作者ではない」、「マラルメの全詩学は、エクリチュールのために作者を抹殺することにつきる(ということは…作者の地位を読者に返すことだ)」、「テクストとは、無数にある文化の中心からやって来た引用の織物である」と説いて、テクストという言語の織物を読み解こうとする読者の一見受動的に見える作業を、もっと積極的な意味生産活動として重視する姿勢にも、知的な刺激を感じないわけにはいかない。しかし、テクストが「引用」する「無数にある文化」とは、いわゆるコンテクストのことなので、テクストとコンテクストの相関関係は、決して古びた概念ではないのだ。というのは、例えば、一九八〇年代後半から隆盛している新歴史主義は、テクストのことを、作家の創造力を制約する伝記的、社会的、時代的諸々のコードとの「交渉」によって生産される「産物」だと読み解いたが、この読解もコンテクストを唯物論的、政治的色彩の鮮明なレンズを通して見ているだけで、テクストとコンテクストの関係は、特にある作家の全体像に迫ろうとする研究においては、最も基本的概念になりうるからである。（田中二二二-二二三）

ここで拙著の一節を持ち出したのは、テクストとコンテクストの関係という少し古風に響く概念が必ずしもそうではないということを、評論家の加藤典洋と、シカゴ大学の日本文学・日本文化教授のノーマ・フィールド（Norma M. Field）の考えに触発されて、意を強くしたからである。加藤は「脱テクスト論＝ポスト・テクスト主義批評」（一九九）を試みた『テクストから遠く離れて』（講談社、二〇〇四年）の中で、教条的になってしまったテクスト論の弱点、弊害として「テクストは読み手〈受語主体〉の恣意に委ねられるというだけでなく、作者が書いたものとしてのいわばテクストの不透明な厚みそれ自体を、失ってしまう」（一九八）と指摘し、このように言っている――「わたし達がふつうに行っている読みを反省してみれば、わたし達は、その作者について何一つ知らなくとも、その作品から作者の〈思い〉といったものを受けとる気がすることがある。〈言表行為の内側〉で、テクストから、〈作者〉の意図（あるいは反意図）といったものを受け取ると感じることがしばしばある」（五〇）。彼はそうしたものを喚起する存在を、「テクストがわたし達に送り届けてよこす〈作者の像〉」(五一)という概念で捉えている。加藤の論考は、私がかつてロラン・バルト流のテクスト論に抱いていた違和感を溶解してくれるものであるが、彼の「作者の像」という概念に魅かれたのは、本論文集に寄せていただいた今村楯夫氏のへミングウェイとディートリッヒの往復書簡を扱った論考を読んだことがきっかけになったからである。書簡をテクストとして考察する場合、「作者の像」の読み込みなしには解釈が成り立たないし、場合によっては「言表行為の外側」にある歴史的コンテクストの一部をなす伝記的事実が、重要な補助や示唆を与えることも十分ありうるからである。また、ある作家の複数の伝記をテクストとする場合や、他の作家(と作品)との比較を行う間テクスト的な究明を試みる場合にも、作者の経歴や、作品の書かれた時代を色付けしているイデオロギーや価値観を考慮することが要求されることも、当然起こりうる。

この「作者の像」との関連で、文学研究が立ち返るべき一つの姿勢を提案しているように私に思われたのが、現在評判の『小林多喜二――二十一世紀にどう読むか』(岩波書店、二〇〇九年)と『源氏物語、〈あこがれ〉の輝き』(みすず書房、二〇〇九年)の著者ノーマ・フィールドがインタヴューで述べている考えである。彼女はこのように静かに主張している――「近年の文学研究は作品をテキストに解体させて、そこからいろいろな議論を展開していますが、解体を繰り返すばかりでは研究者の技術と優位性だけが目立って、むなしく思えた。文学作品を解釈するのは世界を解釈するのと同様、持ちうる知識と感性すべてを要します」(二)。もしかしたら「アフター・セオリー」、「ポスト・セオリー」の時代において、文学研究として魅力的、かつ研究を活性化する一つの有力な方向は、フィールドが多喜二論で目指したような、テクストの丁寧な読みを通して立ち現れてくる作家像の見直し、いわば新しい作家像の追求ということではないだろうか。作家やテクストにまつわる伝記的事実と、読者がテクストの緻密な読みを通して想像力でつかみ取る作家像とのすり合わせ、交渉によって、今までは見えなかった、おそらくはより真実に近い作家像を創出することこそが、今日の文学研究が担うべき一つの新しい課題ではないかと私は考える。

このような思いを強くしたのは、右のような私の感懐を、本論文集のそれぞれの論考が実践しているように思われたからである。もちろん本書は、そのような目標の明確な合意のもとに編まれたわけではなく、アメリカ文学研究の新しいあり方（ニュー・フロンティア）を展望する論文を求める中で、期せずしてそうなったということなのだが、その偶然が必然的な結果に見えるほどに、執筆者たちはどこかで私と同じような方向意識を共有して下さっていたのではないかと思われる。したがって本論文集のタイトルに、「アメリカ文学研究のニュー・フロンティア」と謳った意味は、まず時代の表情を色こく帯びた、歴史化された新しい作家像の提出というところにあると私は見ている。巻頭を飾る亀井俊介（「アメリカ文学史をめぐって」）、志村正雄（「詩人と映画」）、および巽孝之（「ミシシッピの惑星――『野性の棕櫚』の深い時間」）の三氏の論考は、そうした方向での、異才だけが踏み込み可能なフロンティアを新たに切り開いた気宇壮大な労作である。「アメリカン・ルネッサンスとその周辺」という括りに収められているフランシス・トロロプ（大井浩二論文）、ナサニエル・ホーソーン（丹羽隆昭論文）、エミリ・ディキンスン（稲田勝彦論文）、ルイーザ・メイ・オールコット（平石貴樹論文）の世界を考究した四編、次の「二十世紀文学の群像」に収録のシャーウッド・アンダソン（諏訪部浩一論文）、ヘミングウェイ（今村論文）、カーソン・マッカラーズ（後藤和彦論文）を対象とした三編はいずれも迫力ある論考で、私たちが手にしていた従来の作家像が一気に歴史化されて豊かで複雑になっている。「フォークナー研究の新しい展開」という見出しに収めている、二十世紀文学の代表的な顔であるウィリアム・フォークナー文学の多面性と取り組んだ三編（新納卓也論文、大地真介論文、田中の拙論）と、今日という時代の特質を鋭利に抉り出す「核時代の文学」を主導するドン・デリーロ（渡辺克昭論文）、および、テリー・テンペスト・ウィリアムス、サンドラ・スタイングレイバー、スザンヌ・アントネッタ（伊藤詔子論文）の問題意識の先鋭な文学世界を究明した二編も同様に、先行研究と具体的なテクストの読みを地道に踏まえ、時代の研究動向を直視した深い知見を加えた上での新しい作家像創出を成し遂げていると私は見ている。本論文集が副題として掲げた「資料・批評・歴史」は、そうした作家像を構築する際の三位一体的な研究基盤を明示したもので、拙論を含めた十五編の各論者の個性に従って、その使用の仕方には深浅の違いは当然あるが、それでも本書全体を特徴づけているのは、テクストの丁寧な読みを通して立ち現れてくる作家像をこよなく大切にするという文学研究の根本的姿勢であるように思われるのである。

最後に監修者としての本文を閉じるに当って、お世話になった方々にお礼を申し述べておきたい。本論文集は、私が二十六年半お世話になった広島大学大学院文学研究科を二〇〇九年三月に退職した記念という趣旨で生み出していただいたものだが、その誕生のために、発起人として、また編者として、厖大な時間と労力をかけて下さった亀井俊介先生と平石貴樹氏の筆舌に尽くしがたいご芳情と、南雲堂の原信雄編集長の身に余るご厚意とご尽力に、そして私自身大いに刺激を受け啓発された労作をお寄せ下さった私が敬愛してやまない十四名の執筆者のご芳心に、万感の思いを込めて深い感謝の意を表したい。なお、カバー絵は、ヴァージニア大学の現名誉教授ハロルド・H・コルブJr.のご高配で、ご尊父のプロの絵を借用させていただいた。

二〇〇九年五月吉日

アメリカ文学研究のニュー・フロンティア　目次

資料・批評・歴史

アメリカ文学研究のニュー・フロンティア

資料・批評・歴史

I

アメリカ文学研究のさまざまなフロンティア

第一章
アメリカ文学史をめぐって

亀井俊介

1　文学史衰退の時代

私は「アメリカ文学史をめぐって」という題でお話をさせていただきたいと思います。何かまとまった見解や主張を述べようというのではありません。「――をめぐって」という題は、これで結構、入念にこしらえたものでありまして、「アメリカ文学史」のまわりをめぐりながら、アメリカ文学研究について日頃思うことを気ままに述べていけたらなあ、という願いをもとにしております。

じつは私、十年ほど前に『アメリカ文学史講義』（一九九七―二〇〇〇年）という本を出しました。いろいろご意見を頂戴しました。が、一般的に申しますと、驚きをもって迎えられた、というような気がします。いまどき文学史などというものを、しかも一人で書くなんて、正気の沙汰ではないというわけです。

つまりこういうことですね。文学研究の方法というか、姿勢についてはいろいろあると思います。作品を精密に読んで味わうというのは、研究の根本であって、私は尊重します。しかしそんなのは駄目だ、もっと知的な分析を経た批評の態度が必要だという主張もあります。その先端にある理論研究はいまや花盛りですね。客観的な背景を重んじる社会的研究とか伝記的研究とかもあります。

そういう中で、文学史研究はいまあまりカッコよい分野ではなくなっているようです。早い話が一時代前、大学文学部の授業では、普通、文学史が最も重要視されていました。英米独仏など各国文学の学科の一番重鎮とされる先生が、それを受け持っていました。いまはどうも違うんじゃないか。私はその実態を調べたわけではありませんが、文学史の授業そのものが大幅に減り、まだ授業がある場合でも、なかなかその引き受け手がいないという状況らしい。

文学史が衰退してきた理由はよく分かります。いまさら申し上げるまでもないことですが、文学史は十九世紀、ヨーロッパ世界のナショナリズム興隆期に発達した文学研究の方法ないし姿勢です。十八世紀ヨーロッパはフランスを中心にして、一種の普遍的文化が存在しえた。衆目の認めるクラシック（古典、典型）の文学作品があって、それを基準にして個々の作品を検討する「批評」という営みがあった。しかしフランス大革命あるいはナポレオン戦争以後、フランス周辺の国々がそれぞれのネイションの独自性を重んじるナショナリズムを強めました。その結果いろんな国々で、文学・文化にあらわれたネイションの精神やら伝統やらを探究し、盛り立て、記述する「文学史」研究が盛んになったのです。このあたりのことは、私は別の講演で少し詳しく語りました（「文学・文化を比較すること」二〇〇〇年）ので、ここでは深入りしないことにします、そういうわけで、たとえば日本でも、明治になり近代国家として世界の列強に伍していこうとした時、日本文学史の探求が国文学研究の中心に位置するようになり、同様にして外国の特質、本質を理解するために、それぞれの国の文学史を知ることが重要視されたわけです。

ところが、ナショナリズムは第一次世界大戦で行き詰まりを露呈し、国際主義がそれを押しのけようとし始めました。この状況に呼応するかのように盛んになってきたのが、国際的な文学関係を探求する比較文学であるわけで、それは第二次世界大戦を経て、ますます勢いを得ました。比較文学とか比較文化などという言葉は使わなくとも、近頃はボーダーレスとか「越境」とかグローバルとかという言葉がはやっています。ポストコロニアリズムとかディアスポラとか、こういうカタカナ言葉が、一国中心の文学史になんとなく時代遅れで反動的であるかのような印象を与えています。もっとカッコいい批評理論はいくらでもあり、それらがもてはやされているのが現状です。

2　困難をかかえるアメリカ文学史

ところで、文学史一般がこういうふうに追いつめられてきている中で、アメリカ文学史はいまとくに難しい問題を背負わされているように思えます。第二次世界大戦後、とくに一九六〇-七〇年代の「文化革命」――毛沢東による中国の「文化大革命」とはまったく違う、ヴェトナム反戦、若者運動ともからまりながら、いろんな意味でのマイノリティ（人種、ジェンダー、階級）が進出し、伝統的な価値観、価値体系をくつがえして、多文化主義の様相を深めてきた社会的、精神的な大変動――以後、何をもってアメリカの「伝統」とするか、いやそもそも何をもって「アメリカ」とするか、といった根幹のことがゆらいできてしまっています。

またこれに付随することなんでしょうが、これまで無視ないし軽視されていた大衆文化・文学とか、サブカルチャーのたぐいも、表舞台での評価を求めてきています。アメリカはその歴史的な成り立ちからして、従来、崇高な理念をふりかざして発展してきた趣きがありますが、その理念が寄ってたかって叩かれ、歴史にしろ文学史にしろ、その「見直し」ということが世直しのお題目のように唱えられています。

たとえばグレゴリー・S・ジェイ(Gregory S. Jay)という人が『アメリカ文学と文化戦争』(*American Literature & the Cultural Wars*, 1997)という本を書いています。多文化主義の推進に奮闘している人のようで、この本でたぶん最も力をこめたと思われる章の一つは「『アメリカ』文学の終焉」と題し、多文化主義を実践するためにはアメリカ文学のカリキュラムをどう改革すべきかということを論じています。この人にとって、「アメリカ的」な価値とか経験といわれるものは、アングロ＝サクソン中心の偏見から生まれた「幻影」にすぎません。また「文学」というと、少数のキャノン的な文学者のお偉い作品を思い浮かべがちです。そこで、「アメリカ文学(American Literature)」という教科《ディシプリン》はもう終わりだ、と彼は言い切るのです。それよりも、「合衆国の著作(Writing in the United States)」とでも名づける教科の方が望ましい、というようなことをいって、その教科のあるべき内容を述べていくのです。

たとえば歴史的展望としては、まず先住民の伝承や、ヨーロッパからの探検者や植民者の物語から始めるべきだ、云々。こういったことは、近頃はもう言い古されていますが、ジェイさんとしては新鮮な主張だったんでしょうね。一九八〇年代の末にこういうカリキュラムを唱道して以来、大学テキスト用のアメリカ文学アンソロジーはこの方向に進んできた、と誇らしげに述べています。ともあれ万事こういう調子で、せま苦しく固定した「アメリカ文学」の既成概念をぶちこわして、それを拡大、多元化していくのです。

さてこのエッセイは、こうしてこれからの文学研究のあり方を威勢よく論じるのですが、私にはどうも一つ大きな欠落があるように思える。文学作品を読み味わうという、文学研究の原点のようなことへの関心がいっこうにうかがえないのです。そういうことへの言及もありません。文学作品の味読なんていうことは、それこそ古くさい研究態度かもしれません。しかしそれが欠けている時、具体的に作品の価値評価をする段になって、おかしなことになるのです。キャノン的作家の「見直し」の必要を語りながら、ジェイ先生はたとえばこうおっしゃる。「私は自分の『南北戦争前のアメリカ小説』という授業に、『モービ・ディック』をふくめる余地はないと決めるかもしれない。なぜなら、捕鯨航海についてのメルヴィルの難解な小説が、ソローの『ウォールデン』のような売れない本と一緒に、ほこりまみれの棚にわびしく並んでいる間に、『アンクル・トムの小屋』や『広い、広い世界』のような本があって、何万人もの読者が熱心に購入し議論の的としている、そんな時代に、文化的重要さの観点から見れば、メルヴィルの小説なんてちっぽけな話題にすぎなかったのだから。」いやはや、マイノリティを重んじる人の意見とはとても思えないマジョリティ主義理論です。それに、どうも文学作品の内的価値を考えることはすでに放棄してしまっているように見えます。

ジェイ氏は、彼の主張にこたえるようなアンソロジーの出現を喜んでいましたが、そういうアメリカ文学史そのものも出ています。エモリー・エリオット（Emory Elliott）らの編集による『コロンビア合衆国文学史』（*Columbia Literary History of the United States*, 1988）は、その代表といってよいでしょう——ジェイの本より前に出ていますが。従来の文学史を厳しく批判し、七十三人の学者を動員、インディアンの章から始めて、女性やマイノリティ人種などに関係する章をたくさん加えて、まことに盛り沢山の内容の本です。

しかし「アメリカ」はいっこうに見えてこない。編者自身、ジェイと同じで、「アメリカ」は終焉したと思っているみたいなんです。この本の「序文」で、もはやアメリカとは何かといったようなことについての共通意見《コンセンサス》はなくなっており、従って本全体に一貫する記述は不可能なので、各章の執筆者の書くにまかせたといっています。

しかも、もうひとつ、文学史という以上、作家作品の価値評価は不可欠なんですが、編者は、たとえば「素晴らしい表現」といったような評価は多文化主義の時代にもはや普遍性を失った、だから批評基準は各人勝手で、何をもって「文学的」とするかといったことも、執筆者にまかせたといっています。一見たいへん見上げた「自由」な態度のようですけれども、見方を変えれば、編者というものの本来の使命を放棄した仕事ではないかとも思えます。

3 それでも「アメリカ」はある思い

さて、こんな考え方が強まってきますと、もう「アメリカ文学史」を書くなんてことは、とくにそれを一人で書くなんてことは、まともな人の仕事ではなくなります。ところがまた、違う考え方もありうるように私には思えるのです。ちょっとお聞き苦しいと思いますが、私自身の体験を話させて下さい。

私は日本の敗戦の年に中学校に入りました。昨日までの軍国少年が一転して「文化国家建設」という国のスローガンに巻き込まれたのですが、その「文化」のお手本は明らかにアメリカの文化でした。それでごく自然にアメリカにあこがれ、関心も育ったのですね。アメリカ文学も、もちろん文学としての面白味に引きずられたんでしょうけれども、むしろ文学を通してアメリカを知りたいという気持で読んだ部分も大きいように思います。ともあれ、「敵国」から「お手本」に変わった国の圧倒的な影響下に成長した者には、ボーダーレスなどということを簡単には信じられません。私にはアメリカは「外国」であり、アメリカ文学は「外国文学」であります。

そういう「アメリカ」の存在の大きさから、私は文学研究に興味をもち出した時、ごく自然にアメリカ文学を対象とするようになりました。日本の独立回復後しばらくするうちに、日本にも関心がたかまり、私は大学院は比較文学比較文化に進んだんですが、日本の近代文学をよく知るためにも、アメリカ文学・文化の知識と理解を深めなければならないと思い立ちました。そして一九五九年、アメリカに留学、こんどはアメリカ文学を専攻しました。さてそこで、当時はニュー・クリティシズムが盛んだったこともあり、そんなものも含めていろいろと勉強のあり方を模索しているうちに、やはり歴史の勉強が不可欠だ、とくにアメリカのようにある種の強引さをもってつくられてきた国の文学を知るには、ますますそうだと思えてきたわけです。それでアメリカ文学史の本もかなり熱心に読みました。どんな本をどんなふうに読んだかということは、数年前に行ないました「アメリカ文化史を求めて」という講演で語りましたので、ここでは省きます。

ただ書名だけはあげさせていただきますと、当時アメリカ文学の大学院生は誰でも読ませられていたR・E・スピラー（Robert E. Spiller）ほか編集の『合衆国文学史』（*Literary History of the United States*, 1948）、V・L・パリントン（Vernon Louis Parrington）著の『アメリカ思想主潮史』（*Main Currents in American Thought*, 1927-30）、それから一つの時代史ですが、F・O・マシーセン（F. O. Matthiessen）の『アメリカン・ルネッサンス』（*American Renaissance*, 1941）が中心です。私はそれぞれの本に驚嘆しました。アメリカ文学史が日本文学史のように純文学に対象を限らず、広く社会や思想の背景を取り込んでいることに目を開かれたし、それぞれがそれぞれ流にその背景との「生きた」関係において文学作品や作家の真髄を語ろうとしていることに感心しました。

ところがいま、これらのかつての「名著」がさんざんにやっつけられているですね。パリントンの本は、当時でも審美的理解の欠如を批判され、もう「古い」といわれていました。マシーセンの本は、白人男性中心主義だとか権威主義だとかいわれる。スピラーの本は五十五名の一流学者の共著ですが、マシーセン本の特色に加えて、第二次世界大戦の勝利に乗っかったアメリカの肯定讃美が基調にあるなどといってけなされます。

こうなると、自分なんぞが勉強した「アメリカ」はいったい何だったか、ということになります。先のジェイの言葉を借りて、「幻影」にすぎなかったか、というような思いにも誘われます。が、ここでハッと我に返ると、アメリカ人の、たとえばジェイさんの姿勢と私の姿勢は違ってよい、むしろ違って当然だという思いがしてくるのです。私はアメリカの外の人間です。内の人間には見えなくなってしまった「アメリカ」も、外から眺めれば、ぼんやりとでもその輪郭が見え、その存在が実感されるのではないか。

私はかつてアメリカを知りたくてアメリカ文学を読んだ部分が大きいと申しました。そうやって文学を読んでいると、だんだんアメリカの中に入っていくような気がします。それは決して悪いことではないのですが、中に入ってアメリカを生きるような気分になると、ともすれば、アメリカの中のさまざまな渦に巻かれもしますね。そしてアメリカの全体が見えにくくなる恐れもある。たとえば多文化主義というアメリカの成り立ちについてのアメリカ内の人々の「文化戦争」に、自分も一緒になって参戦してしまう。すると、戦争の本質も帰趨も見えにくくなって、ついにはアメリカそのものが見えなくなりはしまいか。アメリカの内部がどんなに渦巻き、あるいはどんなに四分五裂になっていようとも、それをつつみこんだ総体としてのアメリカもまたあるはずで、それは外からの方が見えやすいような気がします。ともあれ、そういう総体をみる努力だけはしたいと私は思います。

だがまた、外からの全体的な見方を重んじるといっても、内の状況を無視してよいわけでは決してない。あのジェイ氏の口吻に私はいささか辟易しましたが、氏の分析や表現にしばしば感心もさせられます。「合衆国の歴史は、アプリオリに一つの総体《トータリティ》、一つの統一体《ユニティ》、筋立てや主人公を私たちがよく知っている一つの偉大な物語として描くことなど、できるものではない」という言い方など、その一例です。どこの国の歴史も複雑な要素をかかえこんでいるはずですが、アメリカの場合、そのネイションの成り立ちを考えただけでも複雑怪奇といってよく、渦巻きは激しく、四分五裂はひどいに違いない。そのためにこそ、それを一つにまとめる力が求められ、またその力の存在が主張されてもきたわけです。ですから、全体的に眺めるといっても、外と内を有機的に合体させた把握が必要なことは申すまでもありません。

文学史に話を戻します。私が「アメリカ」を読もうとした文学史の「名著」は、いま評判が悪い。「アメリカ」とされてきたものはいま「幻影」とされ、アメリカ文学史はいま成立に困難をかかえている。それでもやっぱり「アメリカ」はあるのではないか。もちろんそれは従来奉じられてきた「アメリカ」と大幅に違う内容であるでしょう。が、とにかく文学作品の読みの積み重ねを通して「アメリカ」を探る試みが文学史であるならば、それも試みる価値がある仕事ではないか、と私は思います。

4　建国後の「アメリカ」探し

いま、アメリカの正体が行方不明で、アメリカ文学史は成立に困難をかかえていると申しましたが、じつはそれは決して「いま」だけの問題ではありません。アメリカ文学史は、そもそもの出発点において、同じような問題をかかえていたように思えるのです。

「アメリカ」文学という考え方は、植民地時代にその萌芽があったとしても、アメリカ合衆国独立後に形をなしてきたと見るのが順当でしょう。実際、建国の直後から、アメリカやアメリカ人を主題とした文学の主張や創作がなされ出しました。しかも、アメリカはかつて「新世界」であったし、いまも共和国建設という実験の国ですから、アメリカ人は歴史意識が強く、従ってアメリカ文学の歴史記述の意欲も盛んだったのですが、これはそう簡単にはいきません。国家としてのアメリカは出来ても、文化としてのアメリカはほとんど「幻影」だったのです。

ハワード・マンフォード・ジョーンズ（Howard Mumford Jones）の『アメリカ文学の理論』（*The Theory of American Literature*, 1948, 1965）によりますと、建国当時、アメリカの知識階層はいぜんとしてギリシャ・ラテンの古典語を文学の根幹としており、英語の文学性はなかなか認められなかった。その英語でも、英国の英語こそが権威でした。「アメリカ」は文学的には不在に近く、「アメリカ」文学の存在が認められるまでには、およそ一世紀にわたる文学的ナショナリズムの主張の積み重ねが必要だった。大学という権威の牙城にアメリカ文学コースがおかれたのは、ようやく一八七二年、プリンストン大学においてであったそうです。

もちろん、むしろ民間の人々によって、アメリカ文学は存在も力も認められ、アメリカ文学史も十九世紀の前半から書かれてきました。しかし、いましがたいいましたように、それを支えるべきナショナリズムが、アメリカでは、まずギリシャ・ラテンの古典本位の教養主義や、英国文化崇拝主義《アングロフィリズム》によって絶えずその基盤をおびやかされてきたし、さらにその内部においても、人種構成の複雑さや流動性、地域の広大さや多様さなどによって、不安定さをさらけてきたのです。何よりも弱点となるのは、まさにほとんど人工的につくられた新しい国家であることによる「伝統」の乏しさでしょう。だからこそ、アメリカは一層、強烈な理想的理念をふりかざし続けてきたわけで、まるでそのナショナリズムは太古不動なような印象を与えるのですが、本当は火の車なんですね。

そういうふうですから、アメリカ文学史は最初から「アメリカ」を見つけることに苦労し、その後も「アメリカ」を探して右往左往をくり返してきたといえそうです。しかし、だからこそ、アメリカ文学史を歴史的に読むと面白い。そこには、アメリカ人のアメリカ意識が結集しており、その波瀾に富んだ展開が、もっと歴史が古く、地盤が安定しており、着実に発達してきたほかの国の文学史にはなかなか見られぬ興味をあふれさせているのです。

以下、私は許された時間の範囲内で、私の読んだわずかばかりのアメリカ文学史の本について、私が覚えた文学的感興のようなものを語っていってみたいと思います。

5 アメリカ文学史の文学史

S・L・ナップの先駆的『アメリカ文学史講義』

単行本として最初に出たアメリカ文学史の本は、サムエル・ロレンゾ・ナップ（Samuel Lorenzo Knapp）という人の『アメリカ文学史講義』（*Lectures on American Literature*, 1829）だと思われます。一八二九年ということ、例の英国人シドニー・スミス（Sydney Smith）が「この地球上のどこを探しても、いったい誰がアメリカの本を読むか」という有名な啖呵を切ってから、まだ九年しかたっていません。こんな時に、ナップはいったいどういう意図をもってこの本を書いたのか。彼は巻頭の出版趣意書で、「われわれは、国民として、われわれ自身のことを自由かつ公正に語り、十分に確証された歴史的事実の広範な根拠にもとづいて国家国民の卓越を主張するよう、誠心誠意努めるべきです」と述べています。ここには明かにナショナリズムがごく素朴に働いています。

しかし「国家国民の卓越」の証明となるような「十分に確証された歴史的事実」とは何か。ナップの考えでは、その証明をするのが「文学」だったのでしょうが、当時のアメリカではいわゆる純文学はとてもその任に堪えません。そこですぐに続く「序文」でいうように、彼の文学史は「わが祖先の行動に加えて、その思考と知的労働の歴史のようなもの」を、新しい世代に伝えることを目指すものとなります。

ここでちょっとこのナップという人の経歴を見ておきますと、一七八三年（合衆国独立の年）生まれ、ダートマス大学卒、弁護士になったが、一八一二年戦争では地方義勇軍の大佐にされ、それから新聞雑誌の編集者となり、雄弁家としても知られたようです。建国直後の知識人の生き方をよくあらわす人のようですが、文学的感性と直接的には縁が薄いように見うけられます。

こういう人は容易に愛国心に駆られ、「アメリカ」をふりかざしたいわけですが、純文学ではその材料がなかなか見つからない。そこで彼はなりふり構わず「アメリカ」探しをするのですね。彼のいう「文学」は、文字で書かれた文化産物のほとんどを指すようになり、政治論（『フェデラリスト』［*The Federalist*］など）、宗教や哲学の考察から、伝説、民話、科学論文などまで含みます。こんなふうですから、この本の復刻版が出た時（一八六一年）、『アメリカ文化史』（*American Cultural History*）と題されたくらいです。

こんなわけで、この文学史に純文学の内容はまことに乏しいです。詩は当時、日常生活の中に生きていましたから、その紹介は比較的多い。しかしいま「アメリカ演劇の父」などといわれるウィリアム・ダンラップについては、彼の芝居への言及が一言もなく、チャールズ・ブロックデン・ブラウンの伝記を書いたことに言及されるだけです。そのブラウンについては、「最もすぐれた小説作者の一人」といわれはしますが、具体的な作品紹介は一言もなされていません。ワシントン・アーヴィングは、この本の出版に間に合って登場します。『スケッチ・ブック』も言及される。しかし著者が最も推奨するのは、アーヴィングの『コロンブス伝』(*History of the Life and Voyages of Christopher Columbus*, 1828) なんです。彼の見るところ、詩や小説よりも、伝記こそが(アメリカにふさわしい)「文学」だったようです。

こうしてこの本は、「文学史」としてはまとまりがなく、長い間無視されてもきました。しかし「アメリカ」をあちこち渉猟した産物ですから、興味深い証言にもなっている。たとえば先住民の文学――チェロキー族の文字の発明や新聞刊行など――を積極的に伝えようとしたりする。そしてどうしてもニュー・イングランドに重点がおかれますが、著者はヴァージニアやペンシルヴェニアを重んじてもいる。つまり「アメリカ」のナショナルな精神のダイナミックな展開を語ろうとしている、といえなくもない。こういうのがアメリカ文学史の原型だなあ、という気持で読んで納得できる本です。

M・C・タイラーのニュー・イングランド主義『アメリカ文学史』

ナップの本が出てからおよそ半世紀、「アメリカ文学史」と銘打つ単行本は出なかったようです。E・A・

ポーの著作管理人となりながらポーを不当に扱ったとして悪評高い文芸ジャーナリスト、R・W・グリズウォルド（Rufus Wilmot Griswold）が何冊かのアメリカ詩文選を出し、またニューヨーク文壇で活動したダイキンク（Duyckinck）兄弟が大冊の『アメリカ文学事典』（*Cyclopaedia of American Literature*）を出すようなことはしました。それからもちろん、ニュー・イングランド・トランセンデンタリストを中心に、アメリカ文化独立の意欲の表明も大いになされました。しかし、文学史を書くには、まずアメリカ文学そのものの発展が必要だった。それから、そのための学問的な準備も。

こうして出たのが、モージズ・コイト・タイラー（Moses Coit Tyler）の『アメリカ文学史、一六〇七―一七六五年』全二巻（*A History of American Literature, 1607–1765*）です。私はこれをはじめて読んだ時、格別感心もしませんでした。なんだか当たり前のことが書いてあるだけに見えたんです。しかしたとえばナップの本などを読んだ後に読むと、これがいかに偉大な仕事であったか感じられてくる。ナップの本では正体不明だった「アメリカ」が、ようやく見えてくる。しかもタイラーはそれを自分の目でとらえ、トータルに表現しようとしている。たいへんな仕事であったと思います。

モージズ・コイト・タイラーは一八三五年コネティカット州の生まれ、イエール大学、イエール神学校で学び、牧師になった。が健康上の理由で辞職してから、体育の先生のようなことをした後、南北戦争後の一八六七年、ミシガン大学の英文学教授になります。が一八七三年、ニューヨークに出て、破滅的な宗教ジャーナリズムに関係する。ヘンリー・ウォード・ビーチャー（Henry Ward Beecher）の「世紀のスキャンダル」に巻き込まれるんですね（この事件については拙著『アメリカのイヴたち』中の「女の自由の巫女――ヴィクトリア・ウッドハル」の章参照）。ただ幸いにも、彼は大学に呼び戻されます。

こんな経歴が、単なる大学人ではない人生や文化の営みについての視野と、幅広く人に訴える表現力を彼に与えると同時に、もうジャーナリスティックな仕事を拒否し、学問研究に邁進することを思い立たせたようです。『アメリカ文学史』はこうして生まれたのですが、その意図を彼は「序文」で、「われわれがイギリスに終始従属していた時期に、アメリカ人によって生み出された著作で、文学として何らかの注目すべき価値があり、アメリカ精神の文学的展開の上で何らかの真の重要性を備えている作品」を提示したいと述べています。植民地時代を扱っても、やはりナショナリズムが基本にあるのですね。

では具体的に、これをどのように行うか。「私はこの国の公立私立の図書館にいまある限りの、植民地時代の著作の群れのすべてを調べようと努めた」と彼はいいます。これだけでもすごいことですが、さらに「いかなるトピックの文学的評価についても、私はまたぎきで意見をきめたことはない。私は考察の対象の作品は自分で検討した」と彼は言い切るのです。自分で読みもしない本について尤もらしいことを述べる文学史も恥ずかしいですが、価値評価を他人まかせにしてしまう文学史の編集者もいる世の中です。タイラーの堂々たる姿勢に感嘆します。

しかし本としての出来は、現在から見ると欠点も多い。全体の構成は、植民地時代を大体十七世紀と十八世紀の二期に分け、そのそれぞれをヴァージニア、ニュー・イングランド、その他の地域に分け、そのそれぞれの全般的な説明の後、重要人物の列伝的な著作紹介をしていくというものです。当時はいわゆる文学運動なんぞなかったから、主義・主張による内容構成もないわけで、たいそう平板に見えます。

そしてこの本の見事な紹介をしておられる大井浩二氏も強調されるように、著者のニュー・イングランド偏重が目立ちます。ニュー・イングランドに関する記述が全体の七十パーセントを占め、しかもそれがほとんど崇拝に近い言葉で飾られる。ニュー・イングランド人を「あの十七世紀の現実的な理想主義者――あの目に見えない真と善と美の情熱的な追求者」と呼んだりするのです。これに対して、ヴァージニアは全体としてひどくおとしめられています。

タイラーは、ヴァージニアが植民開始の頃すぐれた著述家を出しながら、十七世紀末までに文学活動を停止してしまったことを指摘、その理由を探って、この地に思想、宗教などの自由がなく、しかもそれが人民の明白な選択によってそうであったことなどを激しい調子で批判し、「このような状況で、どうして文学が芽生え繁茂することができただろうか」と述べています。

ただし、私は大井先生のご意見から多くを学びながら、ここで、タイラーを擁護してみたい気持にも駆られるのです。タイラーもまた、ふりかざすべき「アメリカ」を探した。そしてニュー・イングランドにそれをみつけたことは明かなのですが、それは単に彼がニュー・イングランド出身だったからだけではない。彼の価値観の根底は、いま述べたヴァージニア批判にもあらわれています。自由の精神やデモクラシーが、ニュー・イングランドには生きていると彼は信じていたのです。ニュー・イングランドが本当に自由の土地だったかどうかということは、この際別問題です。折しも、南北戦争がニュー・イングランドの理想主義の勝利で終わったと広く見られていた時代風潮なども考え合わせれば、タイラーのニュー・イングランド主義も分かるような気がいたします。私としては、むしろ、彼が中部や南部の文学にも（記述の分量は少いにしろ）懸命に気を配り、発掘調査にも力をつくしていたことを強く感じます。

タイラーは、従来の植民地時代アメリカ文学の研究で自分の助けになるものはほとんどない、とこれまたすごいことをいいました。実際、作家や作品についてタイラーの下した評価が、いま私たちの文学史的常識の基盤になっていることを、この本の「解説」でペリー・ミラー（Perry Miller）が見事に説いています。まったく知られていなかった著作から豊富な引用をしながら、彼は彼自身の評価を与える。それによって、彼以前には好事家や地方史家の考証の材料を出なかったものが、はじめて「文学」として表舞台に出たことが多いようです。私のような後世の無知な読者は、「なんだか当たり前のことが書いてある」などと受け止めていたのですが、この本によってはじめて植民地時代のアメリカの文学の全貌とその価値が見えてきた、といまは納得させられています。

そしてもうひとつ、タイラーの叙述のなんと生き生きしていることか。植民地時代は文学だけでなく社会も文化もなんとなく鬱然としているというのが、一般的なアメリカ人の印象でしょう。その文学を彼はつとめて明るく軽やかに語ろうとしているように見えます。そのあげく――これも大井先生が指摘されるように――一種ドラマチックで、時には小説的ともいえる書き方になっています。それは時に軽薄な印象を与えもしますが、この本で語られる人物や著作の多くが読者に未知な存在だったことを考えれば、むしろ歓迎すべき特色のようにも思えます。

この本で、タイラーは別に批評家的な言辞を弄してはいません。しかし取り上げるべき作家、作品、および引用すべき文章の選択それ自体が、すぐれた批評の行為だった。加えて彼は短い評価を述べるのですが、それは彼の人と成りや個性をもとにした評価であり、完全な客観性などはもちろん期待すべくもないのですが、彼はそれをつとめて歴史的展望と照合させ、堂々と表明しています。逆にいえば、文学の展開のまさにドラマを読むように読める叙述そのものが、批評行為の集成であったような気がします。

『アメリカ文学史、一六〇七－一七六五年』は高く評価され、一八八一年、タイラーはコーネル大学に招かれ、アメリカで最初のアメリカ文学専攻の教授になりました。そして一八九七年、『アメリカ独立革命文学史』(*The Literary History of the American Revolution, 1763–1783*) 全二巻を出す。これは植民地時代文学史の続編で、一七六三―一七八三年を扱っています。当然、私はこの本も紹介すべきですが、いいたいことはすでにのべたことと重複しますので、省かせていただきます。

バレット・ウェンデルの英国崇拝的『アメリカ文学史』

次に取り上げなければならないのは、バレット・ウェンデル (Barrett Wendell) の『アメリカ文学史』(*A Literary History of America*, 1900) です。タイラーの二巻本の合冊に相当するくらいの堂々たる本です。これについても大井先生が見事な紹介をなさり、かつ批判されています。私もこんどはこの本を弁護する気持がわかないのですが、これをとばすわけにもいかないのです。

最初にちょっとウェンデルの経歴を申し上げましょう。一八五五年、ボストンに生まれました。そしてハーヴァード大学を卒業、一八八〇年から母校の教師、九八年からそこの英文学教授になり、一九一七年まで勤めました。まったくのハーヴァーディアンなんですね。この間に、ハーヴァードではじめてアメリカ文学の講義をもったようです。著作一覧を見ると、英文学 (シェイクスピアなど) についての本もいろいろ出しており、教養の根底はどうもそちらにあったような気がします。しかしコットン・マザーの研究も出しており、彼の主著というとこの『アメリカ文学史』らしい。たぶんこの本を出したおかげでアメリカ文学の権威となり、一九〇四年にはソルボンヌで「アメリカ文学の伝統」という連続講義もしました。伝統という言葉が好きだったようですね。ハーヴァードでの比較文学講義をもとにした『ヨーロッパ文学の伝統』(*The Traditions of European Literature*, 1920)という本も出しています。

さてウェンデルの『アメリカ文学史』は、著者の経歴からも想像がつくと思いますが、タイラーの本以上にニュー・イングランド主義です。いや、ハーヴァード主義といってよいかもしれない。ウェンデルは明らかにタイラーの本をよく読み、本の構成も彼に従うようにして、最初の三章を、十七、十八、十九と世紀ごとに分けるのですが、それはすべてニュー・イングランドを扱っています。第四章に来て、十九世紀なかばまでのニューヨークの文学者を扱いますが、その次のたいへん長い第五章はニュー・イングランド・ルネッサンスとなり、最後の第六章で「その他」として、第四章以後のニューヨークおよび南部をひっくるめて扱う。結局、六章中の四章までがニュー・イングランドの章で、しかもほかの章は短いんです。

ここで大事なことは、ニュー・イングランドを重んじる理由が、タイラーとウェンデルではたいそう違っていたことです。タイラーはニュー・イングランド人たちが、「非常な犠牲をはらってでも、考える権利、考えることの効用、およびみずからの考えの正しい結論にのっとって行動する義務を引き受けた」ことを重んじました。ニュー・イングランドの知性が、英国から独立の方向に進む力となったとして、共鳴していることは明かです。だがウェンデルの考え方は、どうも反対の方向に向いていました。ニュー・イングランドの知性は他のどの植民地よりもすぐれていると彼も見ていましたが、それはイギリス「本国」の精神なり文化なりの最もよい部分を最もよく受けついでいるからだと考えてのことでした。

このことは、彼の本の中心をなす「ニュー・イングランド・ルネッサンス」の章における「ルネッサンス」の意味にもあらわれます。試しにF・O・マシーセンの『アメリカン・ルネッサンス』における「ルネッサンス」の意味と比べてみるとよい。マシーセンはそれを、古いものの再生ではなく「芸術と文化の全領域ではじめて円熟に達した」という「アメリカ的なルネッサンスの創造」の意味だと説明しています。つまり大事なのは新しい創造なんです。ところがウェンデルの説くニュー・イングランド・ルネッサンスは、「あらゆる種類の知的生活において、新しい精神が姿を現してきた。しかしこの新しい精神は、この土地にうまれた思考や感情の自然な発露というよりも、むしろ古きイタリアを古代文明のもつ新しい感覚に目覚めさせたようなものである」という。もってまわった言い方をしていますが、彼にとっては、ニュー・イングランドのルネッサンスも古きヨーロッパ文化の「再生」にほかならないといいたげです。

つまりウェンデルにとって、価値の基準はヨーロッパ、とくにイギリスにあったのです。彼は本書の「序文」で、「われわれの法、われわれの言語、われわれの理想、われわれの生命力は、その最も早い起源をイギリスにもつ」、従って「われわれの主要な関心事は、ただただ、この三世紀間にアメリカは英語文学にいかなる貢献をしてきたかという問題である」と述べています。ここにいう「英語文学」のもとはイギリスにあります。従ってこれを言い換えると、アメリカ文学は英文学の一部としていかに発展してきたか、ということになるのです。

これは、たいそう古くさいアメリカ文学観のようにも見えますが、どこかでいま流行の主張の先駆けみたいなところがあります。ナップもタイラーも根底にナショナリズムをもち、「アメリカ」を押し立てようとし、その「アメリカ」探しをしたのですが、ウェンデルはナショナリズムを脱けちゃっているんですね。ボーダーレスというべきか、グローバリストというべきか、「アメリカ」なんぞを押し立てはしない、それを探しもしない、ただ英国の延長にそれを見ているだけなのです。

こういう姿勢ですから、本書の記述方法は、それぞれの時代でまずイギリスの歴史や文学を語り、ついで同時期のアメリカの歴史や文学の有様を語って、その「貢献」度を計るというやり方です。もっともこんな方法をいつまでもとれるはずはなく、アメリカ独立後の十九世紀になると、アメリカ文学は「別個の考察に値する地点」にまで発達したとされます。しかしそれでも、さまざまな形で英文学を基準としてアメリカ文学を計る姿勢は続くのです。

ウェンデルのこういう英国崇拝《アングロファイル》ぶりはつとに指摘されるところですが、それはさらに彼の階級意識、ブラーミニズム、あるいは反デモクラシーの姿勢となってあらわれもします。そしてもちろん、彼の文学史そのものの中身となってあらわれるのです。彼の文章も結構、読ませるための工夫はしているのですが、どうも鈍重です。内容はといえば妙に細部にこだわり、全体の動きが見えにくい。ケンブリッジ・ブラーミンなどの文学活動の紹介は細く、しかも敬意に満ちていますが、ニュー・イングランドの外の庶民階級の文学・文化の紹介になると、抽象的で生気がない。先にもふれたように、十九世紀後半のニュー・イングランド以外は「その他」でくくられてしまいますが、辛うじて「ウォルト・ホイットマン」だけは一つの項目にされていますので、ちょっとうかがってみましょう。

ホイットマンは「最も目立つ腐敗の中心地」（ニューヨーク）の近くに生まれた「いやしい育ち」の人だそうです。彼のデモクラシーは最も平等を重んじるものだったが、それは「同じ政府が同じ造幣局で鋳造したのだから青銅のセント貨と金のドル貨の価値はまったく同じだ」というような主張だったそうです（これはさすがに冗談として述べたのでしょう）。こんなふうですから、ホイットマンの詩の美しさはまったくウェンデルの理解の外にあります。ホイットマンの最も美しい詩の一つといってよい「ブルックリンの渡しをこえて」

("Crossing Brooklyn Ferry")の一節を引用しながら、こういうすごい批評を下しています――「混乱し、不明瞭で、まるで六詩脚《ヘクサメター》が下水のように下からブクブク泡立とうとしているかのような、一種狂ったリズムでわき返る」。

同様にして、十九世紀後半の西部の文学の発展についても、ウェンデルはほとんど何らの意味も見出しえていません。マーク・トウェインだけはその存在を認めていたようで、『ハックルベリー・フィンの冒険』を「ミシシッピー川のすばらしいオデッセイ(放浪記)」と述べていますが、ほかの西部作家には誰一人言及がありません。「文学的表現」は「西部がまだ実現していないもの」とし、大衆ジャーナリズムやアーティマス・ウォードその他のユーモリストの存在を認めるだけです。

現代型アメリカ文学史の出現

「アメリカ」不在で、それを探求する姿勢もない大家による大冊に暗澹とさせられた後で、ちっぽけな本ですが、ジョン・メイシー(John Macy)の『アメリカ文学の精神』(*The Spirit of American Literature*, 1913)をめくるとほっとします。ここには、とにもかくにも「アメリカ」がある。著者はジャーナリストで、これは通俗書にすぎませんけれども。

メイシーは一八七七年、デトロイトに生まれました。中西部の出身ですね。ハーヴァードを出たけれど、ニュー・イングランド人じゃない。そしてジャーナリストになった。リベラルな雑誌『ネイション』(*The Nation*)の文芸部の編集などをしています。ついでですが、ヘレン・ケラーの教師として有名なアン・サリヴアンは彼の妻です。そしてヘレン・ケラーの自伝『私の生涯』(*The Story of My Life*, 1903) は、彼の手になる本です。

そういうジャーナリストとして、メイシーは十九世紀末から二十世紀初頭における時流の変化をつかみ、たとえば進歩主義《プログレシヴィズム》の風潮などを積極的に受け止めていたらしい。彼の小さな文学史に、そういう姿勢がはっきりあらわれているのです。彼はその「序文」で、「精神においてはっきりもう死んでいるけれども、名声の惰性によって名前が生きながらえている作家」はもはや取り上げるべきではないとして、「私が申したいのは、要するに、死せる鼠は生ける獅子に及ばず、ということだ」と言い切っています(もちろんこれは、「死せる獅子は生ける鼠に及ばず」をもじったもの。死せる獅子どころか、死せる鼠のような作家を抹殺せよというわけです)。

こういう姿勢で書かれた本書は、アーヴィング、クーパー、エマソン、ホーソン、ロングフェロー、ホイッティア、ポー、ホームズ、ソロー、ローエル、ホイットマン、トウェイン、ハウェルズ、ウィリアム・ジェイムズ、ラニエ、ヘンリー・ジェイムズの十六人を取り上げています。ホームズやローエルがまだ残り、メルヴィルやディキンソンがまだ入っていませんが、それはこの時代では仕様のないことだったとすれば、ようやく現代風アメリカ文学史の形に近づいたといえそうです。

メイシーはこの十六人にそれぞれ一章をあてて、全十六章とし、序論にあたる「一般的特徴」の章を加えて、アメリカ文学の特徴を概観して見せます。「アメリカ文学は全体として理想尊重で、甘美で、繊細で、巧みな仕上がりである。……その顕著な例外はわれらの最もたくましい天才たち、ソロー、ホイットマン、マーク・トウェインだ」とか、アメリカ文学者は滅多に「人生の問題」と四つに組もうとしないとか、ちょっと奇妙に聞こえることをいいます。ところがまた「文学の材料として、アメリカは処女地であり、生命そのもののように古く、荒野のように新鮮だ」と、カッコイイこともいいます。

これはどうやら、彼の目の前の文学、いわゆる「金めっき時代」の「上品な伝統」に束縛された文学の状況への苛立ちをもとにして、彼の考える本来の「アメリカ」を立ち上げようとした意見のように見えます。その姿勢が十六人の文学者の選び方にも、それぞれの章の内容にも、強く反映しているといえましょう。

メイシーはどうも一番手近の否定すべき敵としてウェンデルの文学史を見ていたようで、たとえばホイットマンの扱い方を見ても両者の違いは明瞭ですが、ここでは「マーク・トウェイン」の章を取り上げて見ることにしましょう。その中で、名前はあげませんが「ある分類好き」の人が『ハックルベリー・フィンの冒険』を「ミシシッピー川のオデッセイ」と呼んだとして、その比喩の「際立った不適切」ぶりを難じています。トウェインの小説は「現代のリアリズムの作品で、独創的で、深くかつ広く、(従って)アメリカ文学の中でひどく孤立している」。それは古典文学の比喩などで説明されるようなものではないというわけです。ことほど左様に、メイシーはトウェインのほとんどの主要作品を彼自身の情念をこめて読み解き、彼自身の言葉でその意味を語ってみせます。人間批評家としてのトウェインの鋭さも、ユーモリストとしての彼の巧みな表現も、適切な引用とともに見事に伝えています。

ただせっかくの「生きた」内容の展開にもかかわらず、メイシーの本には文学史として大きな欠陥がありました。歴史的な展望が稀薄なのです。十六人の文学者について、その生没年や作品の出版年などは、本文中でまったく記載されません。各章の最後に略伝紹介があってそれを補うのですが、本文の記述はまるで時空を越えてしまっています。そして時代の動きとの関連なども、ほとんど無視されています。時代や伝記的事実を作品と機械的に結びつけることは、しばしば文学史の内容を損い、間もなくニュー・クリティシズムなどから強く批判されることになるわけですが、その両者の関係を慎重に考慮した有機的な展望がないと、せっかく立ち上げようとした「アメリカ」が像として実を結ばない。その傾きがこの本にもあるような気がするのです。

小さな本の次に、また大きな本を取り上げます。大きな本だけれども、小さな扱いですましたい本です。『ケンブリッジ・アメリカ文学史』全三巻（*The Cambridge History of American Literature*, 1917–21）といいます。アメリカが第一次世界大戦に参加、イギリスを含む連合国側の勝利の力となり、世界の大国としての存在を示すようになった時代で、『ケンブリッジ英文学史』全十四巻（*The Cambridge History of English Literature*, 1907–16）の向こうを張って出すことになったのでしょう。

私はこの本の編集や出版の経緯をよく知らないのですが、四人の編者の筆頭に名前のあがっているウィリアム・P・トレント（William P. Trent）が一番の中心者でしょうね。彼は南部のリッチモンド出身で、ヴァージニア大学で学び、テネシー州のセワニー大学で英文学教授をしている時、『セワニー・レヴュー』（*The Sewanee Review*）を創刊したことで知られます。一九〇〇年からコロンビア大学の教授になりました。そして一九〇三年に『アメリカ文学史、一六〇七–一八六五年』（*A History of American Literature, 1607–1865*）を出しています。ごく初期のアメリカ文学専門家の一人といえるんでしょうね。そしてコロンビアの同僚たちの協力を得て、こんどの本の編集に当たったんでしょう。だが、かなり杜撰な計画だったんじゃないか。三巻本が途中で収まらなくなり、四分冊になったりしています。

編者たちは四人連名の「序文」で、本書は合衆国のあらゆる地方の学者（合計六十四名）の協力を得てつくる最初のアメリカ文学史であり、「単に純文学《ベル・レトル》だけの歴史というよりも、むしろ著作に表現されたアメリカ人の生（ライフ）の展望」であろうとする、とその目的を述べています。それからナップ以後のアメリカ文学史を総点検して、愛国主義に流れたり審美主義に流れたりした欠陥を次々と批判してみせた後（これが「序文」の大部分を占めます）、「この二世紀間の著作をよく知るならば、アメリカ文学批評の精神を拡大し、精力的《エナジェティック》で剛毅《マスキュリン》にならなければならない」と（ウェンデルの「なよなよした」「審美主義」を斥ける形で）妥当さを含む見解をしめしています。しかし、ではそれをいかにして実現するか。従来の文学史でも重要視されてきた「空想的文学」を無視はしないが、「旅行記、演説、回想記といったような、文学史の主流からいくらかはずれた分野」にも然るべき地位を与えるように努めたそうです。ここで「序文」はぱったり終わります。まるで、扱う分野を増やせば「生」の展望ができるとでもいいたげに見えます。あのジェイ氏が「合衆国の著作(Writing in the United States)」のコースに何でもかんでもつっこもうとし、エモリー・エリオット氏が自分たちの文学史にマイノリティその他をいっぱい入れたことを思い出します。しかし、全部で六十四名の学者の寄稿を得、盛り沢山の内容にはなったけれども、『ケンブリッジ・アメリカ文学史』はまことにまとまりのない本になったといわざるをえません。各章の出来栄えもぴんからきりまでありますが、章ごとの有機的なつながりがまるでないのです。

私としては、「アメリカ」が稀薄であることが残念です。軽薄な愛国主義を斥けたことは大いに結構です。しかし世界がいまやアメリカ時代にさしかかってきた今こそ、その「アメリカ」とは何かを、真剣に考えるべきだった。「アメリカ」探求の姿勢がまさに必要だったのに、全体としてそれが弱い。だから内容はてんでんばらばらになってしまったように思います。

6 結び

最初に申しましたように、私の話は「――をめぐって」の雑談ですので、まとまった結論といったものはありません。許された時間をとっくにすぎてしまいましたので、しめくくりの言葉のみ申し上げます。

ひとつ思いますのは、こうして古いアメリカ文学史の苦心や失敗のあとをみてきますと、パリントンからスピラーにいたる文学史が、いかに欠点を多く含もうとも、内容・表現ともにまことに「生きた」ものに読めるということです。そしてそれはどうも、この人たちが「アメリカ」を考え、表現しようとしていたことに一番の原因があるように思えるのです（スピラーの編著も、文学作品の価値評価や表現のあり方を執筆者にまかせきりにせず、本全体として有機的な統一を計っています）。現在批判されるように、「アメリカ」を白人男性中心に考えたり、「アメリカ」について自己満足的なところがあるかもしれない。しかしともかく文学を通して真剣に「アメリカ」を探求している。そこから、これらの本の訴える力の、少なくとも一部は生まれてきているような気がいたします。

現在、「アメリカ」がたいそう見えにくくなっていることは事実でしょう。しかしふと思い返すと、「『アメリカ』文学の終焉」というような議論も、じつは見えにくくなった「アメリカ」を改めて探求する気持を表現しようとしているのかもしれない、という気もします。ジェイの論文を、私が辟易しながら評価するのも、そういう気持が感じられるからかもしれません。で、ついでに申しますと、このジェイ氏も、結局「国民国家《ネイション・ステイト》は現代の文化生活に不可欠の要素だ」と述べたりしているのです。外からアメリカを眺める私たちは、そういう国民国家としての「アメリカ」の総体を、たぶんアメリカ人よりも受け止めやすい位置にあるような気がいたします。

ただ、その「アメリカ」の成り立ちは決して容易でも単純でもない。代々のアメリカ文学史が取り組みに苦闘してきたように、複雑で危い存在です。これを受け止めるには、作品のひとつひとつを精確に読み味わうという基本をきっちり積み重ねていくことが、いまますます必要になっているような気がいたします。

＊この小文は、関西英語英米文学会（二〇〇六年十二月二十五日）、中・四国アメリカ文学会（二〇〇七年六月九日）で、ともに「アメリカ文学史をめぐって」と題して行なった別個の講演をもとに、書きあらためたものであります。

第二章

詩人と映画

志村正雄

米国の文学と映画というテーマで以前かんたんな考察を試みたことがある（志村「アメリカ文学と映画」）。[1]そのときの重点はドナルド・バーセルミ（Donald Barthelme）の短篇の解釈に関わっていたと思う。文学と言っても、日本の慣例に従って、詩のこと、詩人のことは考慮の外にあった。

その後、初期には詩も書いていたヘミングウェイ（Ernest Hemingway）やフォークナー（William Faulkner）を考えたり、ガートルード・スタイン（Gertrude Stein）の弟子と言ってもいいかもしれないポール・ボウルズ（Paul Bowles）を映画作家として（と言っても私のみているのは短篇一本だけであるが）考えてみたりした。

また永らく忘れられていたのだけれど、恩師安藤一郎の影響で（彼の訳した『アンダー・ミルク・ウッド』（*Under Milk Wood*）がＮＨＫのラジオ電波に乗ったのは一九五〇年代半ばだったろうか、黒柳徹子という若い声優がヘンな声なんだけど、うまくてネと師が言われたのを記憶している）英国ウェールズの詩人ディラン・トマス（Dylan Thomas）が早くからシナリオを書いていたなどという経歴は知らずながら、単行本として出版されたシナリオ『医者と悪魔たち』（*The Doctor and the Devils*）を読んだ時期もあった。

しかしその後トマスは忘れて、トマスと親しかった米国詩人ジョン・ベリマン（John Berryman）（トマスと同年生まれである）の『夢の唄』（*The Dream Songs*）の映画との関わりを考えるようになった。それやこれや、詩人と映画を書いたら多少改めて気づくことが出てくるかもしれないと、この機会に、以下、与えられたスペース内に一部なりと書きつけることにする。

1

「映画」という媒体が出現したのはエジソンの覗き穴式キネトスコープ発明（一八八九年）からとする向きもあるかもしれないが、私はやはり映写幕に映像を投射する方式の発表（一八九五年）からと考えたい。すなわちリュミエール（Lumière）父子・兄弟の「工場の出口」（“La sortie de l'usine Lumière”）「列車の到着」（“Arrivée d'un train à la Ciotat”）など、今日もテレビで上映されることのある、あの上映時間、一本で一分足らずのフィルムからと考えたいのである。

そのリュミエール映画について、映画史については委しいはずのひとが「……リュミエール兄弟が世に出したシネマトグラフ=映画が、その時のままに実写のみに終始していたら、それが二十世紀を風靡する代表的な民衆娯楽、大衆文化たりえたかどうか、いささかの疑問なしとしまい。おそらく映画は物語性を取り込むことによって……別の次元に離陸したのである」などと書いているのを見ると（田中　六）私はリュミエール映画にも少しこだわらざるをえない。「実写」とは撮影者が何の演出もなしにただフィルムに光景を写し取ることであるとするなら、「工場の出口」も「列車の到着」も実写ではない。前者においてはリュミエール工場の工員たちに出口からぞろぞろ歩いて、あるいは動物を連れて、あるいは自転車または馬車で出てくる出方を指示したことが、後者についてはリュミエール家の親戚を動員して列車から出てくるようにしたことが今日では明らかにされている。同じく一八九五年に撮影された「水をかけられた水撒き人」(“Le jardinier”)は庭師がホースで芝生に水をやっている、その庭師に見えないところで悪戯小僧がホースを靴で押さえて水が詰まったようにする、どうしたのかとホースの口を覗き込んだとたんに少年が足を外す、水が庭師の顔に噴出する、怒った庭師は少年を追いかけ摑まえてホースで水浸しにする。ここに物語性がないというのか。

ヌーヴェル・ヴァーグの例えばゴダール(Jean-Luc Godard)が『勝手にしやがれ』(*À Bout de Souffle*, 1959)の移動撮影(フランス語で“Travelling”と言う)の多いことで有名になったが、リュミエール映画も進行する船や列車から外の風景を撮ることによって「トラヴリング」をやっている。その他、フィルムの逆転とか、回転速度の変化、などのトリックも、数年後のジョルジュ・メリエス(Maries-Georges-Jean Mèliès)ほどではないにせよ、すでに行なわれていた。映画零年の状況には考えるべきことが多々ある。

それかあらぬか第二次大戦後、数はさして多くないにせよ、優れた映画を監督したロベール・ブレソン(Robert Bresson)(『ブローニュの森の貴婦人たち』[*Les Dames du Bois de Boulogne*]『田舎教師の日記』[*Journal d'un curé de campagne*]『すり』[*Pickpocket*]『ラルジャン』[*L'Argent*])やジャン・コクトオ(Jean Cocteau)らが「映画」のことをFilm/Motion Picture/Movie/Cinêmaなどと呼ばず、好んでCinêmatographeという単語を使うことも注意したい。この単語はリュミエールの発明したものである。ブレソンのそれはリュミエール型映画の延長であり、コクトオのそれはリュミエール型にマジック性を強化したジョルジュ・メリエスの直系だと言えよう。

そういう流れにおいて詩人はそれといかに関わったか、その全体は別として、映画零年における状況に関して知っておいて悪くなかろうことの一つは、当時のフランス文芸共和国の中心にいた教祖的存在ステファンヌ・マラルメ（Stéphane Mallarmé, 1842–98）の一八九六年の住居がローマ通り八十七番地、その前のクリシー広場の向こう、クリシー通り八十六番地に映画館〈ピルー＝ノルマンダン〉（The Pirou-Normandin）があった（Wall-Romana, 144）という事実であり、マラルメの友人が『フィガロ』（*Figaro*）紙に映画について書いていたり、また一八九七年五月四日バザール・ド・ラ・シャリテのテント小屋で映画上映中に火事となり、死者一二八名を出し、その大部分はハイ・ソサエティの女性たちで、その中にはマラルメの友人の妻たち、娘たちもいたというたぐいの情報であろう（Wall-Romana, 132）。[2]

ウォール＝ロマナ（Christophe Wall-Romana）によればマラルメが直接的に映画に言及しているのは一回だけで、それは書物に写真を挿入することの可否を訊くアンケートの答信においてである（132）。「私は写真は好まない。なぜなら一冊の本が喚起するものはすべて読者の心の中に起こらなければならぬからである。しかし、もし写真を使うとなれば、いっそシネマトグラフへ行ったらどうか。映画の〈巻きほどき〉dēroulementがイメージやテクスト、たくさんの書巻の代わりを有益にやってくれるだろう」（この文は『メルキュール・ド・フランス』（*Mercure de France*）誌一八九八年一月号に載ったもので、のち一九四五年版全集［ガリマール社］に入った）。

デルレ dērouler という言葉をマラルメはかなりよく使っているようで、dēroulement は「巻いてあるものをほどいて広げること」「展開」の意に使われるようだが、巻いてある映画フィルムがほどけて、動く映像が投射される感じをよく表わしている。

それはともかく、ウォール＝ロマナのこの論文「マラルメの映画詩学」（"Mallarmé's Cinepoetics"）の趣旨は、マラルメの最後の大作（『賽子《さいころ》の一振《ひとふ》り』*Un coup de dés*）に映画の影響が見られるというのであるが、それについては、私にはあまり説得力のあるものと思われない。彼は引用していない部分であるけれど、例えばその終結部を取り出してみよう――

sidéralement
d'un compte total en formation
veillant
doutant
roulant
brillant et méditant
avant de s'arrêter
à quelque point dernier qui le sacre
Toute Pensée émet un Coup de Dés（Hartley 233）

この詩は本をひらいた左頁と右頁を続けた一枚の面として読むことになっているから、ふつうの本の体裁なら一頁と二頁になるところがⅠ、三頁と四頁になるところがⅡと続いて、終結部の平面はⅪである。右の引用はⅪの右半分に印刷されていて、左半分の、この九行に対応する部分は白紙である。そのような体裁は無視してⅪの右下のみを、引用した、その部分のみ仮に訳すなら、次のようになるかもしれない――

恒星について
作製中の総勘定について
徹夜しつつ
疑いつつ
転がしつつ
輝きつつまた瞑想しつつ
ようやく止まる
それを聖別するどこか最終地点で
〈あらゆる思い〉が〈賽子の一振り〉を表明する

翻訳不能なものを勝手に訳したのだからご容赦ねがいたいが、ここから日本の「ダダイスト新吉」の――

皿皿皿皿皿皿皿皿皿皿皿皿皿皿皿皿皿皿皿皿皿（高橋　四）

を連想する読者がいるかもしれぬ。あるいは存命中に出版されなかった『賽子の一振り』と同様、死後出版された宮沢賢治の「作品第一〇一五」（一九二七年）の——

春の蛾は
ひとりで水を叩きつけて
　　　飛び立つ
　　飛び立つ
飛び立つ
もういま杉の茶いろな房と
不定形な雲の間を航行する（二三二-二三三）

を連想することがあるかもしれぬ。先の高橋新吉の作品はむしろ絵画的であって、賢治のそれのほうが映画的だと感じるかもしれないけれど、しかし一九二七年までに賢治が映画に親しんだという証拠も、映画のやり方を文字でやろうとしたという証拠も存在しないのである、有名な「二枚の青い幻燈」——「やまなし」——はあるけれど。

2

詩人と映画という観点で英語による詩人を診て行くと、フランスと縁の深いアメリカ人ガートルード・スタイン(一八七四-一九四六年)がいる。「ジャンルのデコンストラクショニスト」と呼ばれるようになったスタインには『アメリカにおける講演集』(*Lectures in America*, 1935)所収の「肖像と繰返し」("Portraits and Repetition")があり、ピカソ(Pablo Picasso)、マティス(Henri Matisse)を始め数多くの「肖像」と称するものを書いてきた過去を振り返りつつ、その作り方が映画のテクニックに近いと言っているのは有名である——

……誰かの肖像をつくるということは、誰かが存在する通りにということで、誰かが存在する通りということは、誰か　もしくは何か　を記憶することとは　無関係です。私の言いたいことが解りますか、いや勿論お解りです。解りますよね、二つは別で、同じではない　となれば　このことによって悩む　完全に悩む　ということが解りましょう。私は言うのですが　それは　いつだってどんなひとをも悩ましてきたことです。

おかしなことに映画がこのことの解決を提供しました。誰にせよ継続的に　動く絵によって　いかなる部分の記憶もなくて、あるのは存在するそのモノですから、　それはある意味で　言うならば　何にせよ一つの肖像であって　たくさんの肖像ではないのです。(175–76)

私にとって、しかし、このパッセージよりも遙かに面白いのは『オペラと戯曲』(*Operas and Plays*, 1932)所収の最後の二作である。一つは"A Movie"もう一つは"Film"と題されている。前者は主要な部分を繋げば以下のようなものである。第一次大戦中、アメリカ人の画家であるが、フランスでタクシーの運転手をしている男がフランスの秘密諜報員になって、軍の需品局から消えた大量の金銭の行方を、ブルターニュ出身のお手伝いさんの助けを借りながら調査する。お手伝いさんの親戚を通じ、二人の金持ちらしいアメリカ人将校がアヴィニョンの病院にアメリカ人負傷兵を訪ねたことを聞き出す。画家／タクシードライバーとブルターニュ女はタクシーで調査のためアヴィニョンに向かうが、途中オートバイの二人のアメリカ人将校と衝突。画家と家政婦はアヴィニョンの病院に運ばれ、そこで衝突した二人のアメリカ人は負傷兵を訪ねたアメリカ人であったことを知る。病院を脱出した画家と家政婦は、修理したタクシーに乗って二人の将校を追い、ポン・デュ・ガールで追いつく。アメリカ人の画家、ブルターニュのお手伝いさん、フランス人憲兵は二人のアメリカ人の泥棒と争い、ガール橋を渡って逃亡しようとする二人を摑まえる。アメリカ人の画家とブルターニュのお手伝いさんはその後も功績を挙げ、パーシング（Pershing）将軍の求めに応じ、連合軍の最終的勝利に貢献する。

これは初出一九二〇年、スタインとしてはかなり普通の英語でシナリオ風に書かれている。一部を引けば

American painter sits in café and contemplates empty pocket book as taxi cabs file through Paris carrying French soldiers to battle of the Marne. I guess I'll be a taxi driver here in gay Paree says the American painter.

Painter sits in studio trying to learn names of streets with help of Bretonne peasant femme de menage.

He becomes taxi driver. Ordinary street scene in war time Paris.（395）

"Film"は初出一九二九年、"A Movie"との違いは、全文がフランス語で書かれている。"Deux soeurs qui ne sont pas soeurs"（「姉妹ではない二人の姉妹」）というのが副題で、概略は次のようである——

　パリ郊外の街角。中年の洗濯女が洗濯物の包みを抱えて二匹の白い犬の写真をじっと見ている。歩道沿いにスポーツ・カーが駐車しているが、突然二人の女がその車からやってきて、その写真をみせてくれと言う。洗濯女と二人の女性はうっとりと写真を見ているが、美人コンテストで優勝したような若い女が歩いてきて、誰もいないそのスポーツ・カーにすばやく乗り、泣き出す。そのとき二人の女は車に入り、若い女を外に放り出す。若い女は洗濯女に倒れかかり、洗濯女は若い女に質問する。車は二人の女を乗せて走り去る。とつぜん洗濯女は犬の写真がないことを知る。彼女は若い男を見て直ちに彼に一部始終を語る。

　数時間後ドラゴン通りの遺失物扱い所の前に洗濯女が洗濯の包みを抱えている。先の二人連れの女の車が近づき、止まり、二人の女が出て来て洗濯女に二匹の白い犬の写真を見せる。彼女はそれを見て大喜びする。そのときあの若い美人コンテストの女が近づいてきて歓声を挙げてスポーツ・カーに向かって突進する。二人の女は車に入り、その際に小さな包みを落とす。急に女たちは去る、犬の写真も持ったまま。

　次の日洗濯女は再び洗濯物の包みを持って通りにいて、若いビューティ・コンテストの女が手に小さな包みを持って近づいて来るのを目にする。同時に若い男を見る。彼ら三人がいっしょになっているとき、突然あの二人の女の車が通る。二人はほんとうの白い犬一匹といっしょで犬は口に小さい包みをくわえている。歩道の三人はそれが通るのを見守るが、何も理解しない。（399–400）

こちらは映画にしかできないような映像の連続から成る。原因・結果の繋がりを抜きにして、ストーリーの要素と要素を離してあるために読者には可能性しか与えられぬ。例えば二人の女が落として行った小さな包み、コンテスト女が次のシーンで持っている小さな包み、犬のくわえている小さな包み、この三者に結びつく可能性はあるが、明白ではない。白い犬は迷い子になっていて、その写真はそれを見つけようとする試みに繋がっている可能性があり、コンテスト女は犬の消滅と発見に関係があるかもしれないが、可能性があるだけである。

つまり、サイレント映画だからセリフの聞こえないシネマトグラフの世界のようである。リュミエールのシネマトグラフの「雪合戦」("Bataille de neige," 1897)では大通りをまんなかにして左と右で、子供だけでなく大人も、しかも女性までが粉雪の雪つぶてを投げつけ合っているが、なぜそのような事態になったのか、いっこうに解らない。なぜそこへ自転車で通りかかった男に雪つぶてを集中するのか。雪つぶてが当たって倒れた男が自転車を立てると、落ちた帽子も拾わずに、なぜやって来た方向へ逆戻りするのか。可能性は考えられるが、原因・結果の論理では解らない。

ここに至って考えることは、スタインは「ムーヴィ」で米国映画を、「フィルム」でフランス映画を暗示しているのではないかという結論である。第1節に書いたようにパリでは上流階級が観客の大多数であった。しかるにニューヨークでは中産階級と下層階級が主たる観客であったとロバート・スクラーは書いている(五〇、五二)。疲れた一日の気晴らしに労働者が観る映画は単純素朴な論理が通っていなければ面白くはなかったであろう。ずっと後の話ではあるが、たとい映画館を出たあとで「あの映画は筋が通らない」と判明しても、観ているあいだ疑われないだけの論理があればそれでいいというアルフレッド・ヒッチコック(Alfred

Hitchcock）監督のやり方は「ムーヴィ」的である。それに対してアラン・ロブ＝グリエ（Alain Robbe-Grillet）、アラン・レネ（Alain Resnais）の『去年マリエンバードで』（*L'Année dernière à Marienbad*, 1961）は「フィルム」的で、米国ではマンハッタンでも少数のインテリの話題作で、地方ではほとんど上映されなかった。

3

自分は挫折した詩人であるとみずから語ったフォークナーの詩についてイルゼ・デュソワール・リンド（Ilse Dusoir Lind）は、マラルメの『牧神の午後』（*L'Après-Midi d'un faune*）が「われわれの知るように、フォークナーの唯一の長編詩『大理石の牧神像』（*The Marble Faun*）の直接的刺激（the direct inspiration）になった」と言う（72）。果たして然りとすれば、それより早く、一九一九年、初めて全米的な雑誌（『ニュー・リパブリック』［*The New Republic*］）に掲載された短詩「牧神の午後」（"L'Apres-Midi d'un Faun"）は題名まで同じようなフランス語だから、まさしくマラルメ直伝と言えるのだろうか。ドビュシー（Claude Debussy）の同名の前奏曲（一八九三年）がフォークナーの「インスピレーション」になってはいないか。ニジンスキー（Vaslav Nijinsky）のドビュシーの曲による「牧神の午後」（一九一二年）が「インスピレーション」とは言えないのだろうか。バレエ・リュッス（Ballets Russes）もニジンスキーも一九一六年に渡米、公演している。

拙稿は映画とマラルメから始めたが、私はフォークナーがそれに繋がるとは思っていない。確かにフォークナーは少年時代から映画に親しみ、三〇年代からハリウッドで仕事をしているが、映画の仕事に情熱を感じているとは思えない。ひたすら金銭的な必要から黙々とスクリプトを書いているに過ぎない。だから例えばヘミングウェイの *To Have and Have Not* を映画化するに当たって、原作とはかなり離れた、三年前に当たった同じハンフリー・ボガート（Humphrey Bogart）主演の『カサブランカ』（*Casablanca*, 1942）に似た形に手を入れることに対しても、フォークナーに異議はないのである。フォークナーと映画については二〇〇九年の『フォークナー』第11号に拙文を掲載しているので、ここではこれ以上触れない。

フォークナーの次の世代で映画・演劇に関わった米国人としてはガートルード・スタインの弟子と言っていいかもしれないポール・ボウルズ（一九一〇-九九年）がいる。彼はハンス・リヒター（Hans Richter）が中心になって製作したオムニバス映画 *8x8 : A Chess Sonata*（1957）の最後のエピソードを自作自演して、その前のジャン・コクトオ自作自演のエピソードに比べてひけを取らないと感じられるほどの映画感覚の人であるが、その自伝『止まることなく』（*Without Stopping*, 1972）でも、この映画に触れはするけれど（318, 320）それ以上あまり映画について論じることはない。

英国ウェールズの詩人ディラン・トマス（一九一四-五三年）は英国以上に米国で人気のあった詩人であるが、十五歳で今日読んでもまともな映画論（Ackerman, 3-5）を『スウォンシー・グラマー・スクール・マガジーン』（*Swansea Grammar School Magazine*）に発表して以来、生涯映画に情熱を燃やしていた事実は意外に知られていない。一九四〇年九月七日、映画関係の職を求めて彼はロンドンに出てきた。この日の夜からロンドン大空襲は始まって数か月続くことになる。

英国は銃後の国民の士気を高めるため映画による視覚的、直接的、演劇的効果を重んじていた。トマスはドナルド・テイラー（Donald Taylor）が運営する英国最大のドキュメンタリー映画会社で働き始め、例えば一九四二年だけで七十二本のドキュメンタリーの短篇映画を会社は製作、そのうちの少なくとも六本のシナリオに関わっている（Ackerman, xi）。多くの作品においてトマスは製作、監督、編集、プロデューサー、考案者、ナレーターとしての声の出演などさまざまな役をこなし、「言葉をスクリーンに翻訳」することに熱中した（Ackerman, xii）。

テイラーが一九四三年末に新しい映画会社を設立すると、トマスもそこで働き、テイラーの集めた十九世紀初めのエジンバラ市のドクター、ロバート・ノックス（Robert Knox）と死体泥棒《ボディ・スナッチャー》（バーク［Burke］とヘア［Hare］）の話をもとにシナリオ『医師と悪魔たち』を書き下ろした（Ackerman, 102-228）。シェイクスピアやウェブスターを連想させるような見事なセリフが散らばるこのシナリオは、しかし映画よりもラジオ劇として書かるべきであったという印象を与える。

結局トマスは一九五一年まで主として記録映画の製作に関わったが一九五三年のラジオ劇『アンダー・ミルク・ウッド』で高い評価を受けた。皮肉にもトマスの死後、リチャード・バートン（Richard Burton）、エリザベス・テイラー（Elizabeth Taylor）、ピーター・オトゥール（Peter O'Toole）など有名俳優を揃えての映画版『アンダー・ミルク・ウッド』（一九七一年）が公開されたけれど、監督アンドルー・シンクレア（Andrew Sinclair）の非力もあって愚作とされた（Milne, 1254）。トマスはフォークナーと違って、情熱をもって映画に打ち込んだが、あまりに詩人であってシネアストではなかった。

4

米国詩人フィリップ・リヴァイン（Philip Levine）のベリマンを偲ぶエッセイ「私自身のジョン・ベリマン」

（“Mine Own John Berryman”）を読むと（57–73）、教師としてのベリマンが、いかに同輩のロバート・ロウェル（Robert Lowell）などよりも熱情的であるかがわかると同時に、重態のディラン・トマスの最後の手術にも立ちあっていた状況を知って感動を禁じえないのだけれど、ベリマンにはトマスのように映画製作に関わった経験はない。しかし彼の『夢の唄』Iの二十六篇を読むと、トマスの場合映画が詩を利用しようとするのに対して、詩が映画を利用しようとしていると感じられる。七番（九）のように、「シャーク島の囚人」という題名がついていると、この十八行の詩に同名の映画 *The Prisoner of Shark Island*（日本題名は『鮫島の囚人』［一九三六年］）を始め『オペラ・ハット』（*Mr. Deeds Goes to Town*, 1936）、『ベン・ハー』（*Ben-Hur*, 1925）、『ロスト・ワールド』（*The Lost World*, 1924）が出てくることから、いろいろと想像をひろげることができる（志村「John Berryman（II）」　五五–六三）。

八番は「グリーン・ヘア」という表現からジョーゼフ・ロージー監督（Joseph Losey）の『緑色の髪の少年』（*The Boy with Green Hair*, 1948）に掛けてあることがわかる。九番は解りにくいが、ジョン・ハッフェンデン（John Haffenden）の『ジョン・ベリマン評釈』（*John Berryman: A Critical Commentary*）によってこの詩が「ハンフリー・ボガート主演映画『ハイ・シエラ』（*High Sierra*, 1941）を下敷きにしている」ことを知れば(87)、仮に映画を観ていなくとも、デイヴィッド・トムソン(David Thomson)の『暗闇のアメリカ』（*America in the Dark: The Impact of Hollywood Films on American Culture*）などでかなり正確に詩意は摑めるはずである。

しかるに十二番になると、*Sabbath* と題は付いているものの、そのような題名の映画はない。それで『ジョン・ベリマン註釈』を開くと「*La Sorcière*（マリナ・ヴラディ［Marina Vlady］、モリス・ロネ［Maurice Ronet］

主演、アンドレ・ミシェル［André Michel］監督、一九五五年）を観たあとで書かれたもの」とだけ説明がある。調べてみると米国での上映は一九五六年、米国での題名は ***The Sorceress*** で、米国のフィルム・ガイドには「魔女と言われている美しい少女が恋を通じて幸福を見つけようと苦闘する奇妙なオフビートの物語」などとあり、『キネマ旬報』を調べると日本題名は『野性の誘惑』で「大自然の懐深く溢れる情熱を胸に秘めた野性の乙女を待つ宿命の悲しさ」を描いたと宣伝文にあるが詩を理解する上では役に立たない。メリッサ・E・ビッグズ（Melissa E. Biggs）の『フランス映画、一九四五‐一九九三』（*French Films, 1945–1993: A Critical Filmography of the 400 Most Important Releases*, 1996）にも入っていない。

原詩は次のような十八行の作品である――

12

Sabbath

There is an eye, there was a slit.
Nights walk, and confer on him fear.
The strangler tree, the dancing mouse
confound his vision; then they loosen it.
Henry widens. How did Henry House
himself ever come here?

Nights run. Tes yeux bizarres me suivent
when loth at landfall soft I leave,
The soldiers, Coleridge Rilke Poe,
shout commands I never heard.
They march about, dying & absurd.
Toddlers are taking over. O

ver! Sabbath belling. Snoods converge
on a weary-daring man.
What now can be cleared up? from the Yard the visitors urge.
Belle thro' the graves in a blast of sun
to the kirk moves the youngest witch.
Watch.（14）

第一行目から読者をめんくらわせるが、それは「夢の唄」の常套である。「眼がある。スリットがあった」とは？「隙間があったから覗き見る」か？「魔女と言われている娘を覗き見している眼がある」とかつて私は説明したが（「John Berryman（III）」（九九）、そういうシーンは映画にあるのだろうと思ったのである。

その後、私は鶴見大学図書館に調べていただいて、米国に *La Sorcière*（1956）のヴィデオの在庫があることを知り、取り寄せてみた。映画は特に傑作というほどの作品ではない。パリで働いている若い独身のエンジニアが、会社の命令でスエーデンの田舎へ道路建設のために派遣される。村の金持の中年の未亡人が会社を通じて彼を雇ったのである。彼の部下として土地の人間である作業長がいる。村の教会の牧師はフランス人だが、ここに長く住んで村の女性を妻にしている。エンジニアが到着して道路建設のための図面を見て最初の作業長への質問は、なぜ道路が岩山を迂回して進まなければならないのか、迂回しなければ遙かに経費が節約できるのに、というのであった。答は、むかし邪悪なトロールが害をなして村民を悩ませていたのを、計略によってこの大岩石の下に押さえ付けてあるので、その悪霊が再び出てくることを村びとは恐れている、というのであった。作業長も雇い主も、大岩石の除去には反対なのである。

エンジニアは村民の反対をものともせず、単身ダイナマイトを仕掛けて道路が直線で通るようにしてしまう。その工事を森のはずれから眺めているのが村民によって魔女と考えられている老婆の育てた孫娘イナ（Ina）である。イナを演じるのが日本でもアンドレ・カイヤット（André Cayatte）監督の『洪水の前』（*Avant le Déluge*, 1954）で有名になった異色女優マリナ・ヴラディ（Marina Vlady）である。イナは村の小学校へ通わせることを拒否した祖母の手で育てられ、付近の森にも沼にも、そこに住む生物たちにも親しい存在であるが、祖母伝来の魔術を身につけているという理由で村民に憎まれている。

ある日曜日、エンジニアは鹿を捕ろうと仕掛けた罠をチェックしに森に入り、イナを眼にする。罠に掛かった子鹿を救い出して抱きかかえているイナを追いかけているうちに道に迷い、夜になって沼に落ちて怪我をする。近くに一軒の小屋があり、そこに魔女の老婆が住んでいて、エンジニアの悲鳴を聞くと、彼を沼から救い出し、手当てをする。他方、村ではエンジニア捜索隊を組織し、牧師、作業長、未亡人などを先頭に夜の森を探している。また他の場所ではイナがひとり、祖母の小屋へ帰りつつある。という具合で、第一連二行目および第二連一行目の複数の「夜」は、少なくとも三者の視点からの夜景であるから、複数形をとるのだと思う。その中を捜索隊は歩く、エンジニアは走ったり、歩いたり、沼に落ちたりしながら、さまざまな夜の形を見る。（“Nights”は副詞にもなりうるが、ここでは無理だろう。“walk”は「ゆっくり移動する」、“run”は「速やかに移動する」と考える。）

それで一行目に戻るが、エンジニアと牧師夫妻が雇い主の未亡人の家のディナーに招かれたとき、エンジニアが誤ってテーブルのグラスを落としてしまうシーンがある。それを拾おうとしてエンジニアは床に膝をつき、ふと見やった未亡人の脚の形のよさに愕き、あとで彼女に、ふだんは男まさりにズボンで馬に乗っている姿しかみていないので解らなかったが、あなたの美脚に感動したと言う。そのあと、ひとりになった彼女が自分の脚を鏡に映して見入るシーンがあって、彼女は彼を憎からず思うようになるという繋がりがあり、私はディナーの席の彼女がスリットのあるスカートをはいていたのではなかったかと思ったが、ヴィデオの有難さで、そのあたりをチェックしてみると、スカートはタイトではあるがスリットはない。

映画では道に迷って沼に落ちたエンジニアは、魔女の老婆の家で腕の傷に自分で繃帯を巻いている。老婆はエンジニアに苦い煎じ薬を飲ませて、そろそろ出て行ってくれと言う。そこへ孫娘イナが帰ってくる。老婆に言われて、イナが道案内になって夜の山道を送って行く。はじめ恐れて近寄らなかったイナだが、エンジニアが独りで帰ることができる見覚えのある別れ道まで来ると、別れる前にイナは男の腕の繃帯を解いて、傷を診る。そのあとエンジニアが傷を見ると、あったはずの傷痕が消えている。

これである。小屋の中にいるときにはキャメラが捕らえなかった傷が、イナが繃帯をほどいたとき、ハッキリ七、八センチの長さの醜い切り傷(スリット)としてクローズアップされる。イナが去ったあと、エンジニアがそこを見ると、傷は跡形もなく消えて滑らかな肌になっている。あったはずのスリットがなくなっている。これが一行目の「スリットがあった」の意味するところに違いない。確かにあった傷。凝視する眼。

二行目の「絞殺者の木」は『夢の唄』の十番(「サバス」は十二番である)が黒人リンチの情景を唄っていた(志村「John Berryman(Ⅲ)」八七-九二)のを反響している。「踊る鼠」は、この映画の中にイナと戯れる栗鼠(鼠ではないが「ネズミ目」に属する)が出てくるのに繋がるであろう。十番の"dancing"も響いていて、ここに至ると、二行目の「彼に恐怖を与える」の「彼」は映画のエンジニアか、映画を観ているヘンリーなのか、さだかでない。三行目、四行目、「絞殺者の木、踊る鼠が彼の視覚を混乱させる」の「彼」は、もはや映画の中のエンジニアではなくて、映画を見ているヘンリーである。それから緊張していた視覚がゆるめられる。で、ヘンリーは囚われないで、「広くものを考えられるようになる」(五行目)。そうして「どうしてヘンリー・ハウス自身がこんなところへ来てしまったんだろう」(五、六行目)と考えるのである。(ヘンリー・ハウスは『夢の唄』連作の架空の主人公)。しかしこの言葉はヘンリーの内心の声であるかもしれない。果たして第二連第一行から二行にかけて「おまえの風変わりな目が私につきまとう」と、映画の主人公が使うのと同じフランス語で独白しながら「私」は映画館を出るのである——「陸地到着が嫌で」というのは、「映画の結末を観るのが嫌で」ということであろう。この「私」はいまやベリマンであるに違いないと思う。三行目からはしばらく映画から離れる。この映画の影響で「私」は「コールリッジ、リルケ、ポウのような(文学における)指揮官たちが、私の聞いたこともないような命令を叫ぶ」のを聞くのである。五行目「彼らは死にかかっていながら、途方もないことを言って歩き回っている」。六行目「幼児たちが後を引き継いでいる。おお」というのは、この当時の米国で流行したニュー・ゴシックの小説家達を指すのではないだろうか。"taking over"の「オーヴァー」を分解して、フランス語の「オー／ヴェール（蛆虫）！」として第三連に移るのだが、この蛆虫はポウの短編「ライジーア」（"Ligeia"）のセンター・ピースとなっている詩の最後、「この芝居は悲劇《人間》」／そして主役は征服者《蛆虫》」のWormと呼応する。

ところで映画は終結に向かい、日曜礼拝のために教会の鐘が鳴る（Sabbath belling）。これは、ベリマンは観ていなくとも、ヘンリーが観ているということであろう。スヌード（髪を包むようにした婦人用の帽子）をかぶった農婦たちが教会の中で牧師の説教を聞いている。二行目の「疲れた、ずぶとい男」というのは牧師のことであろう。牧師は、「皆さんに神の祝福があり、心の平和がもたらされますように」と言い、会衆に「詩編63を読む代わりに"Wonderful is the earth"を斉唱しましょう」と促す。「何がここで解決するというのか、と構内から訪問者たちは迫る」（三行目）というのは私には意味不明である。最後の三行ははっきりしている。「さんさんたる日光を浴び、墓地を通り抜けて美女、すなわち若い魔女は教会へ向かう」。イナはそっと、生まれて初めて、教会の隅に入って斉唱に聴き入り和らぐのだが、やがて礼拝を終わって出てきた農婦たちに摑まり、暴力を振るわれ、命からがら森へ逃げるところを、若い農夫に石を投げつけられて一度は倒れるが、何とか森に逃げ込み、力尽きる。かつて罠から救った子鹿が、倒れたイナの前に膝まづくという結末に至る。イナに暴力を振るう農婦たちの顔、顔、顔が、これこそ魔女たちの顔ではないかと思われるように撮影されていて、まさにサバト（魔女集会）だとヘンリー・ハウスは言いたいのであろう。それが最終行の（「ウィッチ」と韻を合わせた）「ウォッチ」（視よ）の対象となるものであろう。

第三章

ミシシッピの惑星　『野性の棕櫚』の深い時間

巽孝之

はじめに

かつてトマス・ジェファソン（Thomas Jefferson）は一七七六年に執筆した「独立宣言」草稿（"A Declaration by the representatives of the United states of America, in General Congress Assembled"）のうちに黒人奴隷制廃止案を盛り込み、時のイギリス国王ジョージ三世が人間性を侵害した悪行のひとつとして、アフリカ原住民を捕囚し「異なる半球での奴隷生活を強いた」（carrying them into slavery in another hemisphere）ことを数えあげた。ベンジャミン・フランクリン（Benjamin Franklin）らを中核とする大陸会議はこの提案を時期尚早と判断し「独立宣言」決定版からは削除したが、にもかかわらずここで表明された「半球思考」は、いまも啓発的である。というのも、それから半世紀ほどを経た一八二三年には、ジェファソンの弟子格にあたる第六代大統領ジェイムズ・モンロー（James Monroe）とその盟友であるジョン・クインシー・アダムズ（John Quincy Adams）とが力を合わせ、アメリカ大陸を中心とする西半球が大西洋をはさんだヨーロッパなど東半球の干渉を受けないこと、保護の必要がある以外は他国の植民地化を促進しないことを前提とする孤立主義政策「モンロー・ドクトリン」の雛型が誕生したからだ。この政策は一見ポストコロニアリズムの祖型のようにも見えるが、じつのところ新時代における帝国主義の原型をも兼ねる。こうした発想で、グレッチェン・マーフィ（Gretchen Murphy）が二〇〇五年に刊行した『半球的想像力』（*Hemispheric Imaginings*）がリディア・マライア・チャイルド（Lydia Maria Child）やジェイムズ・フェニモア・クーパー（James Fenimore Cooper）らの深層にモンロー・ドクトリンと共振する政治的無意識を暴き出した考察は鋭い。

1　モンロー・ドクトリンのねじれ――ジェファソンに始まる

ここで、もういちどジェファソンの「独立宣言」草稿テクストを読みなおしてみよう。彼はたしかに、こう書いた。「ジョージ三世は人間性そのものを侵害するむごたらしい戦争を仕掛けたが、そのやり口として、彼自身に刃向かったこともない遠隔地の人々、すなわちアフリカ原住民の何よりも神聖な生命と自由の権利を蹂躙し、彼らを捕囚しては『異なる半球での奴隷生活を強いた』（carrying them into slavery in another hemisphere）」。

さてここで言う「異なる半球」とは、いったい何か。西半球か、それとも北半球か？　あまりにも明確な「独立宣言」はじつのところ「呪文《マジック・ワーズ》」めいたスピーチアクトの連続であって、言葉の魔力のうちに多くの矛盾を封じ込めてきたことは往々にして指摘されている。だが、ここでの「異なる半球」なる表現ほど不明確なものはない。

もちろん、今日の政治的常識に照らして読めば「東半球」に存在したアフリカ人を「西半球」であるアメリカ大陸に強制連行して奴隷労働に従事させてしまった悪行を指しているように見える。それはのちに、独立戦争の立役者にして建国の父祖たちの代表格ジョージ・ワシントン(George Washington)初代大統領が、敢えて悪しきヨーロッパ風君主制の陥穽に嵌るのを避け、大統領三選を辞退したときの有名な「告別演説」(“Farewell Address,” 1796)において「諸外国へ対処するわれわれの一般原則は、通商関係を拡大するさいに政治的関係のほうは極力控えるようにする、ということです」と念を押したことからも推察される。それから二七年を経た一八二三年、ジェファソンの愛弟子モンロー第六代大統領が西半球独立宣言ともいうべき「モンロー・ドクトリン」の原型を織り紡ぐ。「それゆえにわたしたちは、率直なところ、また、これまでアメリカ合衆国とヨーロッパ諸列強とのあいだに築かれた友好関係にかんがみつつ、こう宣言しなければなりません——わたしたちはヨーロッパ諸列強が西半球のいかなる部分にもその勢力を拡張させようとしてきたら、すべてアメリカの平和と安全を脅かすものと見るのだ、ということを」(「第七回年頭教書」[“Seventh Annual Message”]、一八二三年十二月二日)。

ここで注目すべきは、ジェファソンの残した曖昧なる表現「異なる半球」が、いかにもヨーロッパからアメリカを、つまり東半球から西半球を独立させるかのようでいて、けっきょくのところ北アメリカが南アメリカを、いわば北半球が南半球をもいずれは支配していく構想を封じ込めていることだ。建国の父祖たちがノリとハサミで編み上げたアメリカ合衆国の理念表明の段階より、グレッチェン・マーフィらの呼ぶ「半球思考」独自のねじれは、確実に胚胎していた。具体的には、当初は西半球の独立宣言であったものが、やがては南半球の支配をも正当化するようになり、当初は環大西洋における独立宣言であったものが、やがては

「明白なる運命」のスローガンのもと環太平洋に於ける帝国主義をも、ひいては極東を手始めとする東半球の支配をも合理化するようになっていくという「ねじれ」。これは端的に言って、本来は最も急進的なポスト植民地主義を目指した半球思考が数々の歴史的変転を経るうちに最も伝統的な植民地主義を反復するばかりか、アメリカならではの単独行動主義《ユニラテラリズム》に変貌していくという惑星規模の「ねじれ」にほかならない。

だが、じつはこのようにモンロー・ドクトリンがねじれていくプロセスこそ、アメリカにおけるモダニズム文学の成り立ちと合致していたのではないか、と見るのが本稿の出発点を成す仮説である。

二十世紀から二十一世紀にかけてモンロー・ドクトリンがおおむね四段階を経て修正されてきたのは、よく知られるだろう。

第一段階は一九〇四年、シオドア・ローズヴェルト（Theodore Roosevelt）第二十六代大統領が西半球へのヨーロッパ列強の干渉阻止とともに、ヨーロッパ列強に干渉されながら抵抗し得ない西半球国家があれば支配し再構築するという、事実上の干渉権を主張したときであった。第二段階は一九一二年、ヘンリー・キャボット・ロッジ（Henry Cabot Lodge）上院議員が日本人実業家によるメキシコのバハ・カリフォルニア買収計画を聞きつけ、外国勢力が西半球に進出し政治力をもつことを真っ向から否定したときであった。第三段階は一九五〇年、封じ込め政策で著名な外交官ジョージ・ケナン（George Kennan）が南米における共産主義の進出に警戒心を抱き、いかなるかたちによっても南米の共産主義活動を根絶することを宣言したときであった。そして第四段階は二〇〇五年、ジョージ・W・ブッシュ（George Walker Bush）第四十三代大統領が再選されたさいの就任演説で「我が国における自由がいかに生き延びるかは、諸外国における自由がいかに成功を収めるかということに、ますます左右されるようになっている」と言明し実質的な「ブッシュ・ドクトリン」へ変容したときであった。

さてこのプロセスの前半、第一段階から第三段階までを取るなら、明らかに一九〇四年、アメリカ女性作家ガートルード・スタイン（Gertrude Stein）がパリに移住して兄レオ（Leo）とともにセザンヌ（Paul Cézanne）やルノワール（Auguste Renoir）、マチス（Henri Matisse）やピカソ（Pablo Picasso）などモダニズム絵画を蒐集し始め、それがモダニズム芸術家たちのサロンの母胎を成していく時期と、一九五四年、彼女の弟子のひとりであったアーネスト・ヘミングウェイ（Ernest Hemingway）らがノーベル文学賞を受賞していくまでの半世紀、すなわちモダニズム盛衰の期間にきっかり合致する。それはアメリカが軍事力政治力といったハードパワーの点でも文学や文化といったソフトパワーの点でも燦然たる輝きを見せた半世紀であり、かくも光り輝くパクス・アメリカーナの前には、モンロー・ドクトリンがかくも危機的なねじれを示したことなどやすやすと隠蔽されてしまった。だが、こうしたねじれのうちにこそ、アメリカ的空間のうちでいつしか時間軸が分裂し、アメリカ的主体が多重の時間を生きざるをえなくなった文脈が隠匿されているのではあるまいか。

今日では超大国を中心にした大陸思考を相対化する半球思考や群島思考、はたまたそれらすべてを包括する惑星思考の理論が、ガヤトリ・スピヴァク（Gayatri Spivak）やワイ・チー・ディモク（Wai Chee Dimock）、ロレンス・ビュエル（Lawrence Buell）、ポール・ジャイルズ（Paul Giles）らによって紡ぎ出されている。それらを元手に、本稿ではアメリカ独自の空間戦略を理論的に批判する「深い時間」"Deep Time"の可能性を見出し、アメリカ・モダニズム文学のひとつの達成を再解釈しながら、今日の惑星思考の根本を考え直す。

2 トウェインからフォークナーへ——ミシシッピの惑星

こうした「深い時間」に貫かれた惑星思考を考えるのに、今回はウィリアム・フォークナー（William Faulkner, 1897-1962）が一九三七年に執筆開始し翌年に脱稿、一九三九年に刊行した『野性の棕櫚』（*The Wild Palms*）を、著者自身の意図した正式タイトルとしては『エルサレムよ、我もし汝を忘れなば』（*If I Forget Thee, Jerusalem*）の名で親しまれる長編小説を選ぶ。というのは、それがまさに大西洋と太平洋のジャンクションというべきニューオーリンズを基点にミシシッピ川について、とくに大洪水について深い思索をめぐらすパニック小説であるばかりか、二つの最後まで交差しない時間軸を生きようとする二重小説《ダブル・ノベル》でもあるからだ。

これまで惑星思考にもとづくフォークナー研究としては、ジョナサン・アラック（Jonathan Arac）がハンナ・アーレント（Hannah Arendt）とガヤトリ・スピヴァクの理論を架橋しつつ『アブサロム、アブサロム！』（*Absalom, Absalom!*, 1936）を分析した論考がある。そこでは、フォークナーの描くハイチが野蛮と文明のはざまに位置する島として規定されている点でジョゼフ・コンラッド（Joseph Conrad）の『闇の奥』（*Heart of Darkness*）を彷彿とさせるという、きわめて刺激的な指摘が見られる。しかし、いったいどうして『野性の棕櫚』が惑星思考にとって特権的なテクストなのかといえば、個人的にわたしが学生時代より愛読してきたフォークナー作品であるという以上に、二〇〇六年十月のなかばにサウスイースト・ミズーリ州立大学で行われた「ウィリアム・フォークナーとマーク・トウェインをめぐる会議」（十月十九日—二十一日）に出席したからである。セントルイスからシャトルで二時間近くもかかるケープ・ジラードゥー（Cape Girardeau）なる町はまったく未知であったが、久々にミシシッピ河畔を観察しながら、この奇妙な町名は、フランスの兵士にして交易所建設に功のあったジャン・バティスト・ド・ジラルド（Jean Baptiste de Girardot）にあやかって一七三三年に付けられたものであり、「岬《ケープ》」とは、ミシシッピ河を眺望する岸壁を指していたのが、のちに鉄道建設で崩されてしまったといういきさつを知った。ふつう「ケープ」なる名がつけば、たとえばソローの描いたケープ・コッドのように広大な海をのぞむ岬を指す。にもかかわらずケープ・ジラードゥーがアメリカ内陸で唯一「岬」を名乗るのは、この町を流れるミシシッピ河が優雅な河川というより、内部に無数の島を抱えた獰猛なる大海として捉えられていたことを考えると、十二分に了解される。げんにミシシッピ川ほど、抵抗力に満ちた流れ方をする川もない。上流から下流へまっすぐ流れるのではなく、ところどころ細かい渦が旋回しながら、船舶の運航を阻んでいるかのようにすら見える。水深が浅く川筋が定まらず、川底すらたえず移動しているという特殊な自然条件が作用しているのかもしれない。それはミシシッピがじつに変幻自在な川であるとともに暴虐にみちた大洪水を引き起こす川でもあることを連想させるにじゅうぶんな光景であり、惑星規模の終末論を孕んだ『野性の棕櫚』の記憶がごく自然に甦ってきたのだった。

ふりかえってみると、かのマーク・トウェイン（Mark Twain）は、『ハックルベリー・フィンの冒険』（*Adventures of Huckleberry Finn*）の直前、一八八三年に書き上げた『ミシシッピ川の生活』（*Life on the Mississippi*）において、ミシシッピ川がいかに変幻自在であるかを語り、たとえばむかしはデルタの町がヴィクスバーグの三マイル下流にあったのに、いまでは最近の短絡水路形成によって正反対となり、現在のデルタがヴィクスバーグの二マイル上流にあることを明かしている。「ミシシッピ川が流路を変えるのは、短絡水路形成ばかりではない。川全体がつねに居所を変えている——全体としてつねに横に動いているのだ」（第一章）。そしてトウェインは、折しも自身が取材中の一八八二年に起こったミシシッピ川の大洪水についても付録Aの「タイムズ・デモクラット」紙一八八二年三月二十九日付の抜粋「タイムズ・デモクラット社派遣の救援艇で洪水地帯を行く」において記す。どこもかしこも水没してしまったありさまは、たとえば第一パラグラフの末尾にも表れている。「川の右手はターンブル島で、前には州内有数と折り紙付きだった肥沃な大農園がある。これまで、通常の洪水ではこの農園は浸水を免れてきた。しかしいまは、一面に拡がる水面だけが農地のありかを告げるのみ。護岸堤はちらほらと頭を出しているところもあるが、ほぼ全部が水没してしまった」(*Life on the Mississippi*, 586)。

トウェインを尊敬してやまなかったフォークナーが『ミシシッピ川の生活』を意識していたのは想像に難くない。その精神はおそらく、出版当初こそ失敗作ともいわれた『野性の棕櫚』にも、自然に流れ込んでいるだろう。この作品は「野性の棕櫚」(“Wild Palms”)というタイトルで綴られる、医学生ハリー・ウィルボーン(Harry Wilbourne)と妊娠した人妻シャーロット・リッテンメイヤー(Charlotte Rittenmeyer)が自由を求める不倫逃亡物語、いわば主流文学的な堕胎小説と、「オールド・マン」(“Old Man”)というタイトルで綴られる、刑務所の囚人が大洪水のさなか見知らぬ妊婦を助ける災害逃亡物語、いわば通俗的にも見えるパニック小説とが交互に進行する実験的な「二重小説《ダブル・ノヴェル》」。トウェインは前掲書でミシシッピ川がいかに変幻自在であるかを描いたが、フォークナーもまた本書の「オールド・マン」第三章では、大洪水時に川が逆流しているのも知らず、下流と信じる方向へ——じっさいには上流へ——漕ぎ出す主人公を描く(*If I Forget Thee, Jerusalem*, 599-600)。

さて「野性の棕櫚」も「オールド・マン」もそれぞれ独立した中篇として読むことができるが、作家は前者の第一章を脱稿したあと何かが欠けているのを突然感じ、音楽の対位法を意識して「オールド・マン」の第一章を書いたという。その結果、「野性の棕櫚」全五章、「オールド・マン」の全五章ができあがったが、しかし二つの物語のプロットは、とうとう最後まで交わることはない。「野性の棕櫚」のほうは執筆開始時期と同じ一九三七年現在の北米を舞台にしており、恋人たちが出会ったニューオーリンズを出発点にシカゴやウィスコンシン、ユタなど都市を転々とする駆け落ち小説だが、他方「オールド・マン」は、一九二七年のミシシッピ川すなわち「オールド・マン・リヴァー」の大洪水とそこから逃げまどう人々を、あたかも創世記はノアの方舟の時代を思わせる世界終末物語（げんに「オールド・マン」第三章で結末で妊婦と逃避し出産を助けることになる四分の一エーカーほどの陸地「インディアンの塚」"an Indian mound"［614］は第四章では「ノアの方舟」"Ark out of Genesis"［652］にたとえられている）、いまでいうポストアポカリプス小説のごとくに描く。前者では、妊婦シャーロットを死なせてしまいニューオーリンズの法廷に立つことになる実質的な主人公ハリーが、恋の逃避行に伴うどろどろの心理的葛藤を抱えつつ、自身の恋愛小説を実話告白中心のパルプ雑誌に投稿しようと書き続ける一方、後者ではまさしくパルプ雑誌から発生した探偵小説に耽溺するあまりそれを鵜呑みにして列車強盗に失敗してしまうのっぽの囚人が主人公となり、洪水の水難者対策のために駆り出され、身体中どろどろになりながらも妊婦の出産を助け、書類上は死亡扱いされていたにもかかわらずただひたすら自首して監獄へ戻ることを願う。深刻な上にも深刻な堕胎手術失敗で殺人者の汚名に甘んじることになるハリーは通俗きわまる恋愛小説に手を染めるが、それとはうらはらに、通俗小説に惑わされて犯罪を犯したのっぽの囚人は大洪水というあまりにも深刻な歴史的体験を生き延びる。仮に「野性の棕櫚」の一九三〇年代と「オールド・マン」の一九二〇年代が交わらなくとも、ふたつの物語双方を支える視点人物たちは、大衆小説的な時間と主流文学的な時間の双方を同時に生き続ける。

歴史をふりかえれば、トウェインが経験した一八八二年の大洪水のあと、一九二六年の夏の終わりにアメリカ中西部を襲った暴風雨の影響が中西部の河の水位を引き上げ、翌年二七年が明けるとすぐ、例年にない大雨とそれにつづく嵐が波状的に襲いかかり、ミシシッピ川であふれた水がオハイオ河へ逆流するという異常事態が起こっている。やがて四月にはミズーリ州を皮切りに堤防がつぎつぎと決壊し、大洪水には何千頭もの家畜と数百人もの命が奪われ、これはアメリカ合衆国史上最大の自然災害となった（バーダマン　一一五─一六）。その史実を同時代に目撃したからこそ、フォークナーが「オールド・マン」の迫力を生み出せたのは、想像に難くない。

　いま注目しておきたいのは、「オールド・マン」第四章において、のっぽの囚人とミシシッピ川とが区別不能になっていくクライマックスである。「ふたたび川を目にしたとき、のっぽの囚人はすぐそれがミシシッピ川だとわかった。そう、わかったにちがいない。ミシシッピ川はいやおうなしに彼の過去、彼の人生の一部となりおおせていた。ミシシッピ川は、もしそんなものが貯め込んであるとすればだが、彼が後世に残すであろう遺産の部分を成していたのだ。しかし、あと四週間もすれば、それはいまとはすっかり様相が変わってしまうだろう。そしてじっさいに変わっていたのだから。かくして、暴虐の限りを尽くして帰ってきたこの老人《オールド・マン》、すなわちミシシッピ川《オールド・マン》は、土手を逆襲すると、静かに海めがけてさざ波を立て、堤防と堤防のあいだでチョコレートのごとくに褐色で豊かな肌合いを見せていたが、いっぽう堤防の内なる表情はといえば凍り付いたかのような恐ろしい驚愕にかられたかのごとくに皺くちゃになり、柳に残る夏の深い緑に彩られていた」（682）。のっぽの囚人は二十五歳ぐらいという設定だから老人ではないが、その彼がまさに「老人」と渾名されるミシシッピ川と不即不離の関係を結ぶ。

　ここで思い返すのは、「野性の棕櫚」の第一章が、妊娠中絶という命の危険を冒すシャーロットが「人類全体」“the whole human race”ひいては「男という種族」“the race of man”(Penguin, 10)への呪詛をたたえるかのように観察される一方、「オールド・マン」の最終章は主人公たるのっぽの囚人が元恋人に裏切られ、彼が入獄後に結婚報告を受けたときの絶望を回想して「まったく女ってやつは」“Women, shit”なる女性という種族全般への呪詛で終わっていることだ。つまり長篇小説としての『野性の棕櫚』全体は、二十世紀前半の白人男女がいちどは愛し合いながらもついぞ相容れないところに「人類」の本質を定めているかのように見えるものの、まったく同時に、かの「老人」すなわち「オールド・マン・リヴァー」と渾名されるミシシッピ川が「チョコレートのごとくに褐色で豊かな肌合い」をもつことを強調して、そこに黒人という種族を彷彿とさせるような自然を描き出し、「人類」の概念を深めているのを忘れることはできない。氾濫するミシシッピ川という目前の事実は反乱する黒人奴隷という南部の歴史をも飲み込んでいるだろう。このように一元的には測りきれない歴史の深みのうちにこそ、「人類」をめぐる多重の時間が流れている。一九五五年の来日のさい、長野セミナーにおいてアメリカ南部と戦後日本とのあいだに類比を見出し、フォークナーが近代的な「人間」以上に民族を超えた「人類」humanityを意識していたことは、この小説のなかでも明らかだ。

カーステン・シルヴァ・グルーツ(Kirsten Silva Gruesz)によれば、ミシシッピ川の河口、すなわち北米大陸への玄関とされたのがニューオーリンズであり、この町は十九世紀このかた、メキシコ湾を介して大西洋と太平洋をつなぐ都市とみなされ、一九一四年のパナマ運河開通をもって、その役割がいっそう強化されたという。さて前述したモンロー・ドクトリン刷新の初段階を思い起こせば、第一段階である一九〇四年には、シオドア・ローズヴェルト第二十六代大統領が西半球へのヨーロッパ列強の干渉阻止とともに、ヨーロッパ列強に被害を被る西半球国家があれば支配し再構築するという、事実上の南半球干渉権を主張し、第二段階である一九一二年には、ヘンリー・キャボット・ロッジ上院議員が日本人実業家によるメキシコのバハ・カリフォルニア買収計画を聞きつけ、外国勢力が西半球に進出し政治力をもつことを真っ向から否定した。とすれば、このように一九一二年にモンロー・ドクトリンが第三段階を迎え、一九一四年には第一次世界大戦勃発とともにパナマ運河によって大西洋と太平洋が中継されるという人類史上の転換点を経て、さらには一九二七年の大洪水というアメリカ文明史上の一大危機を目撃したフォークナーが、本書においてニューオーリンズという結節点をたえず意識しながら、目前の事実と南部の歴史の交錯のうちに二重化された「深い時間」を織り紡ぐ惑星思考を構築したとしても、不自然ではない。

そもそもニューオーリンズというのは、南北戦争以後、とくに南部再建以後には北部資本に依存せざるを得ない「打ち捨てられた場所」と化した一方、北米の南米支配のための拠点であるとともにたえず外部からの汚染を免れない「接触領域《コンタクト・ゾーン》」であるという、二重の地政学的役割を担わされてきた都市であった。二〇〇五年のカトリーナ襲来は再度この都市を水没させたが、しかしまったく同じ年に同じハリケーンであるエミリーほかがユカタン半島を襲撃したことをメディアが報じていないのは、悪しき大陸主義にほかならない。したがって、ニューオーリンズを北米都市というより大西洋と太平洋をつなぐ島と見る発想は、大陸の中央にミシシッピ川があるのではなく、ミシシッピ川という大海原のなかにアメリカという島が浮かんでいるかのような感覚、それによって人間ならぬ人類とその文明を見つめ直す空間錯誤《アナロキズム》、転じては惑星思考の感覚を、自明のものとするだろう。

こう考えるとき、ゲイリー・オキヒロ（Gary Y. Okihiro）が最新刊『島々の世界』（*Island World*）で展開している大陸主義的思想の批判が思い起こされる。彼はプレートテクトニクス理論がアジアとヨーロッパの区分を危うくするばかりか、オーストラリアがインドの部分を成し、日本がハワイと同じプレートに載っているという発想から、西欧近代的な大陸中心の考え方、すなわち大陸主義ではなく、島々から成り立つ海中心の考え方、すなわち島国根性とは異なる島国主義を立ち上げることの可能性を雄弁に説く。このようにアメリカ独自の半球思考がグローバリズムと誤解されがちな現在において、大陸もひとつの島であり、島が大陸にも比肩しうること、海が陸地同然の地図を持ち、川が海同然の時空間的広がりをもつことを前提的に認識するところに、「惑星思考のアメリカ文学」が生じるはずである。

3　環太平洋上の惑星思考——遠藤周作、大江健三郎、小松左京

『野性の棕櫚』の内部にミシシッピという名の惑星を見出すとき、日本語圏において不可避なのは、同書刊行後三四年を経てその影響が、現代史ではオイルショックの年として記憶される一九七三年、フォークナーを熟読した三人の日本作家の三つの長篇小説、つまり純文学作家・遠藤周作の『死海のほとり』と大江健三郎の『洪水はわが魂に及び』、およびSF作家・小松左京の四百万部を超える大ベストセラー『日本沈没』というかたちで生じたことであろう。

ふりかえってみれば、こと長篇小説に関する限り、フォークナー本邦初訳のひとつはほかならぬ『野性の棕櫚』であった。フォークナーがノーベル賞を受賞した一九四九年の翌年にあたる一九五〇年の初め、大久保康雄が日比谷出版社から刊行した翻訳が翌年五一年に三笠書房から再刊され、訳題を『野性の情熱』という（同年には龍口直太郎・西川正身訳『サンクチュアリ』［*Sanctuary*］も出ている）。一九五〇年のうちには、フラ

ンス文学者・桑原武夫が岩波新書より『文学入門』を刊行し、そこに付された「世界近代小説五〇選」においてアメリカ文学より六作品を選び、しかも当時邦訳されたばかりの『野性の情熱』を含めたことでフォークナーは我が国での地歩を固め、さらに一九五四年に大久保訳は原題通りの『野性の棕櫚』なるタイトルで新潮文庫入りした（この年には高橋正雄訳の『響きと怒り』［*The Sound and the Fury*］と大橋健三郎訳の『空の誘惑』［*Pylon*］も出た）。その翌年一九五五年には堀田善衛が『野性の棕櫚』に刺激されて二重小説を試みようとしたが無理を感じたため、ふたつの物語『時間』『夜の森』として発表。そして一九五五年といえばフォークナーが初来日して長野セミナーを行った年にあたる。このとき若い日本人教師たちを前にしたフォークナーがすぐ感知したのは「日本人は新たな知識人を求めているのではなく、あくまで人間を求めている」「同じ知的言語をしゃべる知識人ではなく、日本人の文学観に即した作品を書く作家を求め、そこにこそ、いかなる知的言語よりも古く意味のある共通言語を、人類共通のいちばん素朴なコミュニケーション手段を見出しているのだ」ということであった。やがて彼は「日本のどんな側面を探究したいか」と尋ねられ、即座に「わたしは日本のなかに人類そのもの(humanity)を、その顔の表情を見たい」と答えている。それは彼にとって、世紀末の画家のヴァン・ゴッホ（Vincent van Gogh）やマネ（Edoward Manet）が愛した「人類の顔」を意味した。この時点で『野性の棕櫚』を中心に日本におけるフォークナー像およびフォークナー人気は定着する。

だが、それが堀田善衛の挫折を超えて、日本文学における決定的影響として現れるのが前述のとおり高度成長期がピークを迎える一九七三年だったことには、たんなる日米関係にとどまらない奇遇以上のものが認められよう。堀田から『野性の棕櫚』のことを教えられた遠藤周作は『死海のほとり』を執筆し、前者が二つの物語を完全に並行させ交差しない方向を採ったのに対して、後者は二十世紀における聖地巡礼旅行を語る「巡礼」と一世紀におけるイエスの人間的肖像を語る「群集の一人」をそれぞれ七章構成で描き、最終的に両者が歩み寄りを見せる構成を選び取っている。中野記偉が『逆説と影響』で試みた詳細な比較文学的分析によれば、『野性の棕櫚』が「共時的偶数型対称性二重小説」だったのに対し、それを下敷きにした『死海のほとり』は「通時的奇数型非対称性二重小説」を編み出して「影響を創造した」のだ（二四四-五二）。中野の分析は現在の視点で読んでも精緻をきわめ説得力にあふれており、あえて付加するとすれば、遠藤周作の想像力をいちばん刺激したのはごくごく単純に『野性の棕櫚』の正式タイトル『エルサレムよ、我もし汝を忘れなば』そのものだったのではないか、という可能性ぐらいでしかない。

同じ七三年発表になる大江健三郎の『洪水はわが魂に及び』は二重小説ではないものの、廃棄された核シェルターで暮らすうちに樹木と鯨を大義名分にしたエコテロリズム集団「自由航海団」に巻き込まれていく主人公・勇魚を主人公に、核時代の文学をめざした長篇小説である。大江は一九五五年にフォークナーを読んで以来、『野性の棕櫚』における「野性の棕櫚」第五章結末の一節「悲嘆と無のどちらかを選ぶなら、わたしは悲嘆を選ぼう」を頻繁に引用しているほどだから、同書の文学的影響は明らかだろう。ただし、『野性の棕櫚』が歴史的事実としてのミシシッピ川大洪水を扱ったのに対し、『洪水はわが魂に及び』はそのタイトルにもかかわらず、洪水はあくまで人類的危機のメタファーにとどまっている。フォークナーの二重小説が孕む「深い時間」は、南北戦争で敗北して以後の南部的時間と大恐慌以後の国家的危機を乗り切ろうとする全米的時間との間を架橋したが、それはとりもなおさず、日本作家たちのうちでは、第二次世界大戦で敗北して以後の日本的時間と全面核戦争という地球的危機を乗り切ろうとする世界的時間との間を架橋したのだ。

具体的に言えば一九六二年のキューバ・ミサイル危機以後、全面核戦争による世界終末の予感は全地球を覆っていたが、それから十年余、一九七三年という時代的文脈を勘案するに、これがヴェトナム戦争におけるアメリカの敗北が決定し、その前年からのウォーターゲート事件すなわち大統領の犯罪をめぐる捜査が進み、世界規模で石油ショックが襲った年であったことは、忘れるわけにはいかない。そして、一九七三年がかくも惨憺たる年であったからこそ、小松左京が九年がかりで完成したパニック小説『日本沈没』が訴える危機感は圧倒的多数の読者の共感を呼び起こし、四百万部を超える大ベストセラーとなった。一九七×年、太平洋プレート下のマントル対流相に異変が生じ、日本列島全体が海中へ飲み込まれ地球上から消滅するという天変地異と、それによって生じる科学的・政治的・経済的・民族的な影響を多角的に描き出したこの第一級エンタテインメントは、映画化やTVドラマ化、マンガ化を通して一大ブームを巻き起こし、米ソ冷戦の渦中における高度成長期日本の危機意識と世界雄飛をめざす国際化指向の双方を一気に掬い取る最も雄弁な証言として、いまも歴史的意義をもつ。

さて、ここで重要なのは小松左京にとってダンテ（Dante Alighieri）やサルトル（Jean-Paul Sartre）と並び重要な文学的影響源がウィリアム・フォークナーであり、彼が必ず選ぶ作品が傑作『響きと怒り』（二九年）に代表される小説群ではなく、ときに失敗作とさえ見られることの多い『野性の棕櫚』に尽きていることだろう。小松は「三五、六歳のときにフォークナーを読み始めてから、もういっぺんに引きずりこまれた」と言っているので、時期としては本邦初訳や初来日よりもかなり遅く、小松自身が作家デビューを遂げたのちの一九六六、七年にあたる。しかし、まさにそのころといえば、彼が一九六四年より『日本沈没』を書き進めている時期であったから、『野性の棕櫚』における大洪水パニック小説「オールド・マン」が大地震パニックSF『日本沈没』へ多大な影響を及ぼした可能性はきわめて高い。前者がミシシッピ大洪水からの逃走を前述のとおり「ノアの方舟」にたとえた一方、後者は日本列島沈没を「アトランティス大陸の沈没」（第五章第四節、下巻八一）にたとえている点でも、ここには「人間」を描く主流文学というよりは「人類」を描く惑星思考が共有されている。「オールド・マン」では大洪水の最中、のっぽの囚人がひとりの妊婦を助けながら逃避行を続けるうちに彼女が子供を出産するが、これなどは明らかに、『日本沈没』終盤で披露される、かつて伊豆八丈島での大津波パニックで島民全員が滅亡したあと、ただひとり生き残った女性が子孫を残したという伝説にも影を落としており、両作品はここでも「人類」の未来に賭ける想像力を分かち合う。

げんに小松左京は一九八七年の夏にアメリカ南部にまで出かけフォークナーの最愛の娘であるジル・フォークナー・サマーズ（Jill Faulkner Summers）にインタビューしたときの取材映像を残している。

小松　お父様の作品で、いちばん好きな作品は何でしょう。一つでも複数でもけっこうです。

サマーズ　やっぱり、どれがいちばん最高の作品だったかと聞かれますと、それはやっぱり私のいちばん好きな作品とも言えるかもしれませんが、『八月の光』（*Light in August*）だと思います。でも、ただ座って何かおもしろいものを読んでみたいというときは、彼の短編小説をやっぱり手にもちます。たとえば「昔あった話」（"Was"）とか「斑馬」（"Spotted Horses"）それから「朝の狩り」（"Race at Morning"）などそういうものは、私の父は大変おもしろい面がありまして、読んでいて大変楽しい思いをすることがあります。

小松　私も、お父様が深刻な問題だけじゃなしに、ああいう大変おもしろい短編ミステリーを書かれたことを記憶しています。私自身は、やはり『野性の棕櫚』にいちばん感動しまして、こんどミシシッピの取材のときには、『野性の棕櫚』に書かれていた「オールド・マン」を見ることができて、大変喜んでまいりました。（「シンポジウム　人類にとって文学とは何か」に引用、一三-一四）

南部作家のフォークナーが日本作家の小松左京に与えたのは、おそらく物語構築の水準を超えて、南北戦争での敗戦国南部の精神であり、だからこそ小松左京は敗戦を抱きしめながら力強く戦後日本を構築し、仮に日本人が民族離散の憂き目に遭っても全地球的に生き延びていこうと決意する『日本沈没』を書き続けたのではなかったか。小松をも一部分とするそうした戦後日本文学特有の想像力を、わたし自身は「被虐的創造力」という意味合いで"creative masochism"と呼んできたが（拙著『フルメタル・アパッチ』[*Full Metal Apache*]）、その概念を考えるためには、フォークナー的想像力がアメリカ南部と戦後日本を環太平洋的に結ぶ「二重の時間」を実現した歴史を見逃すわけにはいかない。

もちろん、基本的にモダニズム作家であるフォークナーは、アインシュタイン以降の相対性理論やソシュール以降の言語理論の勃興期を通過したのち、南部史から文学史まで、過去の伝統は共時的時間観のうちに咀嚼していたはずであり、だからこそ『野性の棕櫚』においても「共時的偶数型対称性二重小説」というモダニズム的実験を行ったと見られる。他方、小松左京の『日本沈没』は、基本的にはひとつの世界の破滅を扱うのに自然科学、それも地球物理学の最新知識を駆使したハードSFであり、現代風に言うならシミュレーション小説の先駆と呼ぶことができる。現在利用できる第一級のデータを駆使して「もしも」の可能世界を、「ありうべき未来の夢と悪夢」とを論理的に構築するという外挿的《エクストラポレーション》想像力が現代文学にも大きな貢献をしてきたことは、決して否定することはできない。かつて小松は一九六七年に発表した名著『未来の思想』を、ホモ・サピエンスがいったいなぜ「未来」をたえず意識しては、架空の因果律まで含む抽象化を行うのかという問いかけから始めた。そしてフッサールからハイデッガー、サルトルなど現象学から実存主義へ至る二十世紀哲学史の系譜を援用しつつ、人間の意識がはじめから備えている「指向性」が、やがて「時間性」の中で意識が未来に向かって現在を乗り越えていくというかたちを採り、さらには人間の実存が未来に向かって自己を投企していく「超越作用」を示すという前提を確認した。フォークナーがアメリカ南部を中心にした「過去の想像力」からひとつの壮大な救済の歴史と「人類」への展望をもつ文学を紡ぎ出したとすれば、その影響を受けた小松左京にとっての文学は「未来への外挿法」というかたちで敗戦からの復活と「人類」の潜在的可能性を最も直接的に取り出した抽象的形式なのである。

二十一世紀に入り、九・一一同時多発テロへの対抗戦略はモンロー・ドクトリン最終刷新であるブッシュ・ドクトリンをもたらし、それを批判してやまぬアル・ゴア元副大統領は二〇〇五年、ほかならぬニューオーリンズを襲ったカトリーナ以後、地球温暖化への警戒を全地球的にますます強め、それは彼自身のアカデミー賞受賞やノーベル賞受賞というかたちで人口に膾炙した。こうした環境論的脈絡が介在したからこそ、一九七三年のオイルショックとは別の意味合いで二〇〇六年にリメイクされた樋口真嗣監督『日本沈没』と小松左京・谷甲州の共著で書かれた『日本沈没　第二部』は高い人気と興行成績を獲得したのだと思う。だが、二十一世紀的環境批評の彼方には、『日本沈没』再評価を経て再びフォークナーの『野性の棕櫚』が描写したミシシッピの惑星が浮上し、われわれを何度でも環太平洋的な「深い時間」へと立ち帰らせてやまない。

＊本稿は二〇〇八年十月十二日（日）に西南学院大学で行われた第四十七回日本アメリカ文学会全国大会のシンポジウム「惑星思考のアメリカ文学」で読まれた草稿を大幅に加筆改稿したものである。

II

アメリカン・ルネッサンスとその周辺

第四章

フランシス・トロロプとアメリカ奴隷制度

『ジョナサン・ジェファソン・ホイットローの生活と冒険』

大井浩二

1 はじめに

イギリス作家アントニー・トロロプ（Anthony Trollope）の母親フランシス・トロロプ（Frances Trollope, 1780-1863）がアメリカ行きを決意したのは、『アメリカの社会と風習に関する見解』（*Views of Society and Manners in America*, 1821）の著者で、アメリカ合衆国をユートピア世界と考えるフランシス・ライト（Frances Wright, 1795-1852）に説得されたからだった。貧困生活からの脱出を願っていたトロロプ夫人は、自由の天地アメリカについて熱っぽく語るライトの甘い言葉を信じたのだった。一八二七年一一月四日にロンドンを発ち、一二月二五日にニューオーリンズに到着したライトとトロロプ夫人に同道したのは、夫人の子息ヘンリー（Henry）、娘のエミリー（Emily）とセシリア（Cecilia）、トロロプ家の召使、それに夫人の庇護を受けていたフランス人画家オーギュスト・エルヴュー（Auguste Hervieu）だった。

アメリカへの多くの移民がそうであったように、ライトの言葉に耳を傾けたトロロプ夫人もまた、アメリカの街路は黄金で舗装されていると信じていたかもしれないが、彼女の期待は見事に裏切られてしまう。ファニー・トロロプがファニー・ライトの思い出を語るという形を取った歴史小説『ファニー』(*Fanny*, 2003)の作者エドマンド・ホワイト(Edmund White)は、「私はファニーを憎んだ。彼女は私をなだめすかして、この荒地へ私の家族を移住させることを納得させたが、彼女は事実を完全に曲げて伝えていた。彼女は彼女の風変わりなユートピア主義のために健康を犠牲にすることができたが、私は子どもたちに責任のある母親だった」(White, 178)とトロロプ夫人に語らせていることを紹介しておこう。

結局、アメリカに三年半滞在したトロロプ夫人は、帰国後の一八三二年に各地での見聞を記録した旅行記『アメリカ人の家庭における風習』(*Domestic Manners of the Americans*)(以下『風習』と略記)を出版して、一躍ベストセラー作家として脚光を浴びることになった。この旅行記の他にも、彼女はアメリカを舞台にした小説を四冊書いているが、ここでは一八三六年に出版された『ジョナサン・ジェファソン・ホイットローの生活と冒険』(*The Life and Adventures of Jonathan Jefferson Whitlaw*)に描かれたアメリカ奴隷制度の問題を考えてみたい。この作品は「英語で出版された最初の奴隷制反対小説」(Carpenter, 104)と呼ばれているけれども、黒人奴隷制度を描いたイギリス小説としては、アフラ・ベイン(Aphra Behn)の『オルノーコ』(*Oroonoko*, 1688)がすでに発表されていることを付け加えておく。

2 「パラダイス・プランテーション」という名の地獄

長編小説『ジョナサン・ジェファソン・ホイットローの生活と冒険』(以下『ホイットロー』と略記)が、その主題や構造、あるいは登場人物の性格描写などにおいて、十六年後に刊行されてベストセラーとなったハリエット・ビーチャー・ストウ（Harriet Beecher Stowe）の『アンクル・トムの小屋』（*Uncle Tom's Cabin*, 1852）に酷似していることは、これまでにしばしば指摘されている（Roberts, 85–93; Kissel, 128–33）。ホワイトの小説『ファニー』でも、語り手のトロロプ夫人が『ホイットロー』は「『アンクル・トムの小屋』のずっと以前に出版された最初の奴隷制反対小説だったが、残念ながら金銭的にははるかに及ばなかった」（White, 347）と嘆いている。こうした両作品の類縁関係についての議論は先行研究に委ねることにして、本稿では専ら主人公ホイットローの「生活」と「冒険」がアメリカ奴隷制度とどのように関わっているか、という問題に焦点を当てることにする。

そのためには先ず、主人公の名前の象徴性を明らかにしておく必要があるだろう。ファーストネームの「ジョナサン」はイギリスの風刺漫画に登場するアメリカ人の愛称ブラザー・ジョナサンに由来する、と考えるメアリー・カーペンター（Mary Carpenter）は、ラストネーム「ホイットロー」が「法律などまったく意に介さない人間（someone who does not care a *whit* about the *law*）」（強調引用者）を意味するだけでなく、「『重罪犯人』という用語と同義語的になり得る」と指摘し、さらに黒人に対するリンチを容認する「白人の掟」（white law）の含意もあると述べている（Carpenter, 105）。ダイアン・ロバーツ（Diane Roberts）もまた「ホイットロー」は「反抗する黒人を殺してもいいとする南部の『白人の掟』を表象している」（Roberts, 87）と説明し、リチャード・マレン（Richard Mullen）は『アンクル・トムの小屋』の異数の成功に便乗するために、この小説は一八五七年、『リンチ・ロー』（*Lynch Law*）という新しいタイトルで再発行された」（Mullen, 128）と述べている。ホワイトの『ファニー』でも、トロロプ夫人が「その後、『リンチ・ロー』というより適切な題名で再版されている」(White, 347) と語っている。

主人公のミドルネームの「ジェファソン」が第三代大統領トマス・ジェファソン (Thomas Jefferson) を指していることは明らかで、メアリー・カーペンターも「彼が所有していた奴隷女性との悪名高い性的関係」に言及している (Carpenter, 105)。現代の読者にとって、ジェファソンが彼の奴隷であったアフリカ系女性サリー・ヘミングズ (Sally Hemings) に何人かの子どもを生ませていたことは周知の事実だが (Brodie; Gordon-Reed)、その噂をトロロプ夫人も耳にしていたらしく、アメリカで誰よりも尊敬されているジェファソンの名前は「ヨーロッパの息子たちを震撼させるような行為」と結びつけられていると前置きして、「ジェファソン氏は彼の数多くの女性奴隷のほとんど全員が産んだ子どもたちの父親であったと言われている」(*Manners*, 71-72) と述べ、さらに「偉大で不朽のジェファソン」が「何世代にもわたって苦しみ続けている奴隷たちの父親になった」という事実に触れて、「彼もまた虚言によって不朽性を購ったのか」(*Manners*, 317) と問いかけている。夫人が主人公をジェファソンと名づけたのは、「一方の手でリバティキャップを掲げ、もう一方の手で奴隷たちを鞭打っている」(*Manners*, 222) 奴隷所有者たちのアメリカ的矛盾を強調したかったからだろう。

このきわめてアメリカ南部的な名前が付けられた主人公ホイットローは、両親と心優しい叔母の庇護の下で順調に成育し、十八歳と六カ月になったとき、かねてから彼に目をつけていたダート大佐 (Colonel Dart) の大農園で働くことになる。独身で、国会議員で、五百人もの奴隷を抱えるダート大佐は「ナッチェスの近隣では最大の奴隷所有者」(*Whitlaw*, 41) と目されていた。彼の広大な庭園では美しい花々が咲き乱れ、オレンジの木は芳香を放ち、「ニセアカシアの樹皮から虫をついばみながら、その枝に止まろうとしている緑色の小鳥の群れは、アラジンの魔法の庭で見事に輝くエメラルドのようだった」(*Whitlaw*, 43) と語り手は描写している。トロロプ夫人はハリエット・マーティノー（Harriet Martineau）の作品『デメラーラ』（*Demerara*, 1832）からヒントを得て、この大佐の農園を「パラダイス・プランテーション」と名づけた、とダイアン・ロバーツは指摘している（Roberts, 95）が、そこでは奴隷たちが地獄の苦しみを味わっているのだから、何ともアイロニカルな命名としか言いようがあるまい。

十八歳かそこらのホイットローは「正しいことと分かっているのに、自分の所有する黒人奴隷を蹴り殺すことを恐れる男ほどに軽蔑すべきものは、ぼくの頭のなかにはない」とうそぶいて、「お前は若いのに、自由な国民の感情を口にする術を心得ている」（*Whitlaw*, 45）とダート大佐に絶賛される。こうして彼は「ダート大佐の腹心の部下という名誉ある地位」（*Whitlaw*, 48）を手に入れるばかりか、大佐の死後には、五百人の奴隷の「合法的な主人かつ所有者」（*Whitlaw*, 314）になるのだから、『ホイットロー』という小説は、主人公の成功物語と呼ぶことができるだろう。だが、「彼自身の評価のみならず、すべての奴隷たちやナッチェスの若い女性の大多数の評価においても、とても立派な人間になった」（*Whitlaw*, 48）と思い込むホイットローを、トロロプ夫人は冷ややかな目で観察している。「私の物語の若いヒーローに、放蕩のかぎりを尽くした人間という評価を世間は下していた」という言葉や、「不幸な黒人たち――その秘密の考えを見抜くことを命じられ、どんなにささやかな失敗でも密告するために彼が雇われている不幸な黒人たちに対する残虐行為は、ナッチエスでさえも嫌悪と憎悪の口調で非難されていた」（*Whitlaw*, 52）という記述は、『ホイットロー』の主人公が紛れもないアンチヒーローであることを読者に印象づけている。

『ホイットロー』の語り手は「支配者の地位についている者たちの権力が奴隷女たちに及ぼす恐ろしいまでに破滅的な影響」（*Whitlaw*, 57）に言及しているが、この発言は「ホイットロー青年の手の届く所にいる無垢な女性」フィービー（Phebe）が彼の犠牲になろうとする場面によって裏づけられている。彼女が農園から逃げようとしたとき、ホイットローは鞭打ちの刑を加えることを部下に命じるだけでなく、彼女をレイプしようとさえする彼は、「裸になれ、黒いヒキガエルめ——裸になれ。さもないと油のなかにたっぷり浸してから、火をつけてやるぞ。こいつを裸にしろ、ジョンソン。聞こえないのか？　貴様にできないなら、おいらが手を貸してやるぜ」と大声で叫んでいる。「抵抗する無力な犠牲者」は二人の男たちに捕まえられるが、思いがけない邪魔が入って、ホイットローによる「おぞましい脅迫」は未遂に終わる（*Whitlaw*, 79）。「この場面には性的なニュアンスがあふれている」とヘレン・ハイネマン（Helen Heineman）は指摘し、「ここでの彼［ホイットロー］の残忍さは、こうしたサディスティックな行動の露骨な表現に慣れていない読者を驚かせた」（Heineman, 60）と述べている。

もちろん、ホイットローの「残虐行為」は奴隷たちだけを対象にしているのではない。彼はパラダイス・プランテーションの奴隷たちにキリストの教えを説いているエドワード・ブライ（Edward Bligh）とその妹ルーシー（Lucy）を蛇蝎視している。ブライ兄妹の父親が没落以前に奴隷女フィービーの所有者だった関係で、二人は彼女と密かに連絡を取り合っているが、エドワードは熱烈な理想主義者で、「ぼくは絶望している奴隷たちに希望と救済の教えを説くためにここにいるのだ。いかなる困難も苦労も危険も脅迫も——いや、死そのものさえもぼくをうろたえさせることはない」（*Whitlaw*, 68）と語り、夜陰に紛れて集まった奴隷たちに説教をしている。幼少時から教会に足を踏み入れたことがなく、奴隷が神の名を唱えるのは「明白な謀叛行為」（*Whitlaw*, 57）とするダート大佐の言葉を信じて疑わないホイットローは、エドワードこそは奴隷を謀叛に駆り立てる首謀者と見なし、無知な白人の群衆を言葉巧みにけしかけて、エドワードをリンチにかけ、無残な方法で殺害してしまう。

　他方、兄エドワードに迫った危険を知らせるために、必死で夜道を急ぐルーシーをホイットローが追いかけるというドラマチックな場面でも、彼の「残忍さ」が「高貴な野蛮人」としての先住民との対比において浮き彫りにされる。森に逃げ込んだルーシーの前に立ちはだかった四人の屈強なチョクトー族の先住民の姿を見て、「この種族の口にできないほど残忍で凶暴な表情」に彼女は「きわめて自然な恐怖と困惑」(*Whitlaw*, 285)を覚える。だが、背後に迫ったホイットローの手に落ちるよりも、彼らに助けを求める道を選んだルーシーに、リーダー格の男は「この広大な大陸をかつては駆け巡っていた彼の部族や他の部族のすべてを、技術や武器が及ばないほどの力で白人に服従させることになった、あの魔法の液体」(*Whitlaw*, 286)を気付け薬として飲ませ、自分たちの食べ物の一部を提供してくれる。「文明人の全体的な様子には、先住民たちの彩色した、古傷の残る顔以上に彼女を怯えさせる何か」(強調原文)があった(*Whitlaw*, 285)という語り手の言葉には、黒人奴隷や先住民を支配する白人が彼らよりもはるかに「残忍」で「凶暴」で、限りなく非文明的であるというアイロニーを読み取ることができるが、こうした主人公ホイットローのアンチヒーローぶりをさらに際立たせるためには、ジュノー(Juno)という不幸な老奴隷女に登場してもらわねばならない。

3　老奴隷女ジュノーの生活と意見

　ジュノーは七十歳を過ぎた女奴隷で、白人の所有物としての彼女は、十六歳のときから三人の主人たちの愛人としての人生を送り、十人近い子どもを産むことを余儀なくされてきたが、彼女は「課せられた他の仕事と同じように、この［子どもを産むという］仕事を、人間としてというよりも調整された機械のように片づけ、意志や願望や愛情をいささかなりとも外に表わすことはなかった」（*Whitlaw*, 119-20）と語り手は説明している。彼女の四人目の主人となったのは、慈悲深いクリスチャンの未亡人だったが、二十年以上も仕えた女主人の死後も、彼女自身や周囲の予想に反して、五十歳のジュノーは依然として奴隷のままで、やがて売られた先が他ならぬダート大佐所有のプランテーションだったのだ。

だが、高齢にもかかわらず、いや、むしろ高齢のゆえに、ジュノーは神秘的な力を備えていて、プランテーションの実力者ホイットローさえも、彼女の前に這いつくばっていたことを語り手は明らかにし（*Whitlaw*, 118）、「悪魔と手を組んだ憎むべき魔女に支配されているということ以外に、彼には何も見えなかったし、何も理解できなかった」（*Whitlaw*, 124）と付け加えている。この「痩せて、老いさらばえたジュノー」は農園主のダート大佐に対してさえも、奴隷が鞭打たれるのを見るのが好きで、この上なく猜疑心が強くて、教会へ行くこともない、という理由で「最低の評価」を下している（*Whitlaw*, 122）。「野蛮で、血に飢えたダート大佐が、食べ物を母親にねだる子羊みたいに従順に彼女のご機嫌を伺うのを見るときほど、この欺瞞と戯れが奇妙に入り混じった気分を彼女が愉しむことはなかった」だけでなく、「老いたジュノーが神秘的なまでに無礼に振る舞えば振る舞うほど、大佐はいつもますます服従的で、御し易くなるのだった」（*Whitlaw*, 149）とも書かれている。

ジュノーは「悪い人間の心のなかに常に潜んでいる恐怖に働きかける」術を心得ていたので、「相手にすることになる人間すべてに対して、どこまで自分流のやり方が通用するかを正確に心得ていた。他人を支配しようとする人間のすべてが、複雑な人間心理の裏表を老ジュノーのように根気強く研究するならば、ナポレオンのそれのように強大な権力が五、六百年の間に一再ならず全世界を席巻するのを見ることができるかもしれない」（*Whitlaw*, 118）とまで語り手は言い切っている。老いさらばえた奴隷の身でありながら、ローマ最高の女神と同じ名前を持ち、「ナポレオンのそれのように強大な権力」を掌中にしていると評されるジュノーという女性は一体何者なのだろうか。いつどのようにして彼女は「複雑な人間心理の裏表」に通じることになったのだろうか。

フランス系クレオールの家に奴隷の子として生まれたジュノーは、女主人の気まぐれから、その家の白人の子どもたちと同じ教育を受けることを許され、奴隷に禁じられていた読み書きの能力を武器に、ニューオーリンズの巡回図書館の種々雑多な本を読み漁って、幅広い知識と教養を身につけるようになる。ジュノーが十六歳になったときに女主人が黄熱病に罹って死去したため、彼女は「あるイギリス人の入植者の所有物」となり、「彼女の長く苦しい生活の悲惨が始まった」。だが、「並外れた教養」を備えたジュノーのことが気に入った新しい主人は、「彼女の奔放な想像力にどのような影響を及ぼすか」を知るために、彼女に優れたイギリス詩のすべてを読ませるなどして、「普通の状況下では容易に想像することができない幸福を垣間見させてくれた」（*Whitlaw*, 119）のだった。

ファニー・ライトが黒人奴隷のために建設したナショバ（Nachoba）と呼ばれるコロニーを訪ねたトロロプ夫人は、「肌の色は別として、自然は黒人と白人との間に何の差別もしていないことを示すのが、彼女の第一の目的だった。黒人の子どもと白人の子どものクラスにまったく同じ教育を与える形で、そのことを彼女は証明しようとしていた」（*Manners*, 14）と『風習』で語り、それが失敗に終わるのを確信した後でさえも、「彼女が全霊をささげた献身ぶりを思い出すたびに賞賛の念を覚えずにはいられない」（*Manners*, 29）と告白していた。『ホイットロー』におけるジュノーが「複雑な人間心理の裏表」を読み抜くことができたのは、彼女が白人の子どもと「まったく同じ教育」を受けたからに違いない。「ジュノーの物語を語ることで、トロロプは主人の子どもと一緒に教育を受けた奴隷の子どもが知的平等性を、さらにはジュノーの場合のように、とりわけ言語と文学を操る能力における優越性を発揮することができるという歴史的に可能な実例を示している」(Carpenter, 106) とはメアリー・カーペンターの解説だが、ファニー・ライトが現実の世界で失敗した実験を、ファニー・トロロプは虚構の世界で見事に成功させている、と言い換えてもよいだろう。

ジュノーが産んだ最初の娘は、一歳半のときに父親の本国へ連れて行かれ、やがて裕福なイギリス人と結婚し、一人娘を残して他界する。そのことを風の便りで知ったジュノーは、孫娘に会うことだけを生き甲斐にしているが、リヴァプール在住のジョン・クロフト (John Croft) 氏と一緒にニューオーリンズへやってきた令嬢セリーナ (Selina) こそ、ジュノーの娘の忘れ形見であることが判明する。そのクロフト氏の訪米目的が一万五千ドル相当の土地の処分であることを、ハイエナのように嗅ぎつけた主人公ホイットローは、セリーナと結婚することができれば、その土地を労せずして手に入れることができると考えて、彼女に結婚を申し込むが、父親ににべなく断わられてしまう。その直後に、ジュノーはセリーナにひそかに面会を求め、彼女の体のなかを自分と同じ黒人の血が流れていることを明らかにする。ニューオーリンズの黒人たちのみじめな姿を目の当たりにして、「カインの末裔」に対する「迷信的な嫌悪と傷ついた同情」(*Whitlaw*, 221) を覚えていたセリーナは、彼女自身が「カインの末裔」の一人であることを発見して、絶望のどん底に突き落とされる。

しかも、セリーナの出生の秘密を知った好色漢ホイットローは、「毒蛇」のようにセリーナに近づいて、愛人になれと迫るばかりか、彼女の体を「黒人の血が流れているという秘密」を守ってやる代わりに、問題の土地の一部を寄越すようにと脅迫する（*Whitlaw*, 232-35）。このホイットローの言動は「黒い血」の流れている彼女が、祖母ジュノーと同じように白人の慰み者、自由意志を持たない所有物に転落したことを物語っている。こうしてセリーナの運命は一変する。「人間に一般的に与えられているよりも高貴な魂を神から授かっていると信じていた」彼女にとって、「そうしたヴィジョンからおぞましい現実への転落はあまりにも過酷だった」（*Whitlaw*, 236）という語り手の言葉を裏書きするかのように、彼女は一面に花をちりばめたベッドで毒をあおって自殺する。「私の魂が直感的に嫌悪するホイットロー」というセリーナの遺書の言葉は、先住民たちに出会ったときのルーシー・ブライの場合と同じように、彼女を怯えさせる何かを「文明人」ホイットローに感じ取ったことを示していると同時に、「私の恐ろしい運命は神の意志である」と考える彼女が「この恐ろしい意志は何千年も昔に私の哀れな人種に刻印されていた」（*Whitlaw*, 248）と涙とともに書き記した言葉は、アフリカ系アメリカ人の自由を奪う奴隷制度の理不尽さ、残酷さを浮き彫りにしている。

やっと巡り合えた孫娘がホイットローという「毒蛇の吐く毒気」（*Whitlaw*, 251）に殺されたと知ったジュノーは、セリーナ・クロフトとエドワード・ブライを殺害したも同然の「怪物」（*Whitlaw*, 359）のような悪党を言葉巧みに誘い出し、彼に恨みを抱く四人の奴隷たちに命じて惨殺させる。「犠牲者の死を確かなものとするためというよりは、復讐者たちの長年押さえつけてきた憎悪をぶちまけるために加えられた、重い殴打と必死の刺し傷の数は多かった。ホイットローは暗殺者たちが討ちかかるのをやめるずっと前に、息絶えていたからだ」と語り手は説明し、彼の遺体はジュノーが自分の小屋に用意してあった「深くて広い墓」に葬られ、「この恐るべき行為の一切の痕跡はやがてかき消されてしまった」（*Whitlaw*, 360-61）と語っている。エドワードをリンチにかけさせたホイットローをリンチにかけさせるジュノー。白人相手に一歩も退くことなく、対等に渡り合った末に復讐を遂げるジュノーこそ、ファニー・ライトの夢を実現したアフリカ系女性であったということを、この最後の場面は見事に証明している、と考えたい。

4 「避難所」としてのヨーロッパ

小説『ホイットロー』の語り手は、何かにつけてヨーロッパの視点を導入することを忘れない。「情報と経験を手に入れるあらゆる機会」を狙っている主人公ホイットローを評して、「ヨーロッパ世界の最も早熟な神童」に勝るとも劣らないと述べたり、蒸気船がミシシッピー川を下ってくる様子を「女王様のように」と形容したついでに、「ヨーロッパの王国や女王国における以上に頻繁にアメリカ共和国で使われる比喩」と補足説明したり、ケンタッキーの農地の「整然として、手入れの行き届いた様子は、ヨーロッパ人にイギリスの肥沃な畑を思い出させるだろう」と解説したり、ある奴隷女の身勝手な行動を語る際には「心優しいヨーロッパの母親が嫌悪感を抱いて、この一見利己的な振る舞いから目を背けることがあってはならない。奴隷制度が人間の心にどのように影響を及ぼすかを自分自身の目で見た者にしか、奴隷たちの行動を正しく判断することはできないからだ」と主張する、といった具合に（*Whitlaw*, 8, 24, 59, 78）。この奴隷制度を「自分自身の目で見た」と主張するイギリス人の語り手の存在は、アメリカ事情に疎いイギリスの読者に対する作者の特別の配慮を示しているだけでなく、アメリカ帰りのトロロプ夫人が書いた「アメリカ便り」という『ホイットロー』の性格を読者に印象づけるのにも役立っている。

同時にまた、ルイジアナ州に移住してきてからも、ヨーロッパでの生活様式を守り続け、奴隷制度を抱えるアメリカ南部のさまざまな問題を、ヨーロッパ人の視点から客観的に眺めているドイツ人一家が『ホイットロー』に登場していることも見落とせない。ホイットローの実家に隣接して、ドイツからの移民であるシュタインマルク（Steinmark）一家が居を構えているが、その農園には黒人奴隷が一人もいないことを語り手は繰り返し強調している。畑仕事に携わるのは、当主のフレデリック（Frederick）とその息子たち、それに本国から連れてきた二人の召使たちだけだった。その事実を「純然たる軽蔑と嘲笑の対象」と見なすホイットローの父親は、「まっとうな人間で、奴隷なしでやっていこうなどと考える者は、ルイジアナではただの一人もいない。広い農地と立派な屋敷を持っていても、シュタインマルク家の連中が紳士として、アメリカ人として生きることの何たるかを知らない、乞食同然で、やみくもに働くだけの外国人に過ぎないことは明らかだ」（*Whitlaw*, 40）とうそぶいている。

他方、ダート大佐の下で働き始めた直後に、フレデリックの愛娘ロッテ（Lotte）を見かけて一目惚れしたホイットローは、シュタインマルク一家に出入りしている叔母のつてで、彼女に会いに出掛けるが、セリーナが相手の場合と同様、けんもほろろに追い返された彼の心に、「容易に忘れることのできない、深く根差した復讐の誓い」（*Whitlaw*, 54）が植えつけられる。シュタインマルク一家は、奴隷制を支持する父親ホイットローの「軽蔑と嘲笑の対象」となり、さらには息子ホイットローにも逆恨みされることになってしまう。だが、フレデリック・シュタインマルクは「哀れな黒人の肉体を売買する人間ども」を激しく非難すると同時に、その一人である「奴隷監督」ホイットローを「若い鬼畜」と呼び、「あの男は黒人たちの無学と無知をスパイする仕事を買って出て、彼らが不用意に漏らした言葉を密告し、その言葉の一つ一つに対して血を流させている。悪魔が人間の姿を借りることができるとすれば、それはこの男に違いない」（*Whitlaw*, 54）と断言している。

こうして、シュタインマルクの屋敷は、奴隷制度の支配するアメリカ南部社会において、奴隷制度から完全に隔離された例外的な空間になっている。奴隷制度の海に浮かぶ自由の離れ小島と呼べるかもしれない。当然のことながら、物語の展開とともに、そこに奴隷女フィービーが助けを求めて駆け込み、彼女の婚約者で逃亡奴隷のシーザー（Caesar）は納屋に匿ってもらい、ブライ兄妹もまたそこに一時期身を寄せる。『ホイットトロー』という作品は、ダート大佐とホイットローが君臨する地獄的世界としての「パラダイス・プランテーション」と、奴隷制度が忍び寄る余地のない「ライヒラント」（「豊かな土地」の意だろう）と呼ばれるシュタインマルク家の平和な屋敷とに完全に二極化している。かねてからドイツ人一家に敵意を抱くホイットローが「シュタインマルク家の連中の目には、奴隷制度は忌まわしい代物としてしか映っていない。やつらが黒人に慈悲と好意を示す機会を見逃したためしがない」（*Whitlaw*, 273）という意見を抱いているとしても不思議はないだろう。

エドワード・ブライが殺害されたあと、シュタインマルク一家はアメリカ生活に見切りをつけて、母国に引き揚げることを決意するが、シーザーとフィービーは一家に同行してドイツに渡り、兄を亡くした傷心のルーシーもやはりドイツに安住の地を求め、やがてフレデリックの息子カール（Karl）と結ばれる。ヨーロッパは「どこを見ても、すべての目に涙が浮かんでいるのを見る危険のない土地」（*Whitlaw*, 365）であることを、フレデリックとその妻が再確認する場面で『ホイットトロー』は終わっている。この小説の結末を『アンクル・トムの小屋』のそれと比較したダイアン・ロバーツは、ストウ夫人とちがって「トロロプはカナダやリベリアに約束の土地を見ていない。彼女が見ているのは、『私刑《リンチ》』が牧師、女性、奴隷といった弱者の肉体に刻み込まれた、南部における暴力と無秩序だけである」(Roberts, 88) と結論しているが、登場人物の多くが移住して、自由と幸福を手に入れるドイツ／ヨーロッパこそ、トロロプ夫人にとっての「約束の土地」に他ならなかった、と主張したい。

新大陸アメリカは「ヨーロッパ社会の複雑さや不安や抑圧を逃れることができる場所」であって、「彼らが好んで使った言葉は『避難所』であった」(Marx, 87) とレオ・マークス (Leo Marx) は指摘しているが、アメリカならぬヨーロッパを「約束の土地」として描く『ホイットロー』のトロロプ夫人は、たとえば『滞米一年』(*A Year's Residence in the United States of America*, 1818–19) や『移民の手引き』(*The Emigrant's Guide*, 1829) で、アメリカを「避難所」と同一視していたイギリス人ウィリアム・コベット (William Cobbett) の見解 (大井 四一–八〇) に真っ向から異を唱えている。彼女の『風習』を読んで、強く影響されたと言われる (Meckier, 92–102; Kissel, 115–25) チャールズ・ディケンズ (Charles Dickens) が訪米直後の一八四二年三月二二日に「これは私が見に来た共和国ではありません。これは私が想像していた共和国ではありません」(*Letters* 2:156) と友人に書き送り、『アメリカ印象記』(*American Notes for General Circulation*, 1842) や『マーティン・チャズルウィットの生活と冒険』(*The Life and Adventures of Martin Chuzzlewit*, 1843–44) においてアメリカのアンチイメージを指し示しているという事実を思い出してもいいだろう (大井 一四五–八八)。

『ホイットロー』の結末に、トロロプ夫人が「約束の土地」としてのヨーロッパのイメージを導入したのは、黒人奴隷制度の存在する共和国アメリカは「避難所」としての機能を完全に失っているというメッセージを伝えるための巧妙な戦略であったのだ。

5　おわりに

『ホイットロー』の四年前に出た『風習』にも、当然のことながら、アメリカ奴隷制度に対するトロロプ夫人の反応がさまざまな形で示されているが、この旅行記における奴隷問題の扱いに彼女は不満を抱いていたらしい。『風習』の第五版（一八三九年）に付けた序文で、「私の目撃談を語るという目的で、合衆国をもう一度旅行することがあるとすれば、私の注意のもっと多くの部分を、この国の抱えている大きな問題——黒人奴隷という問題に費やすことになるに違いない」と彼女は述べ、「私たちの黒い肌の同胞を、彼らに加えられる残忍な野蛮行為から救済する」ための努力を惜しむべきでない、と語っているだけでなく、ホイットローという人物を主人公にした小説を書いたことによって、またしてもアメリカ人の反感を買うことになってしまった、とも書き加えている（*Manners*, 442-43)。

トロロプ夫人は「一国全体を非難中傷するのは正当なことだ、と考えていた」(qtd. in Roberts, 206) というハリエット・マーティノーの評言が改めて思い出されるゆえんだが、小説『ホイットロー』は『風習』で語り尽くせなかった、奴隷制度に対する彼女の「非難中傷」を声高に表明するために書かれた一冊であった、と言い切ってよい。奴隷制度の実態を女性の目で見据え、その非人間性を暴きだしたファニー・トロロプは、センチメンタルな家庭小説がベストセラーになった女性作家たち、ナサニエル・ホーソーン(Nathaniel Hawthorne) のいわゆる「いまいましい物書きの女ども」の仲間ではなかったのだ。

第五章 「贖罪」という名の「報復」 「ロジャー・マルヴィンの埋葬」再考

丹羽隆昭

1 はじめに

ホーソーン（Nathaniel Hawthorne, 1804-64）が修業時代[1]の初期に書いた短編「ロジャー・マルヴィンの埋葬」（"Roger Malvin's Burial"）は強烈なインパクトと、釈然とせぬ印象とを同時に与える不気味な作品である。そうした印象を与える理由が物語の最後で主人公の行う「贖罪」と大きく関わっていることは明らかであろう。果たしてそれは「贖罪」なのか。なぜ主人公はそのために息子を「射殺」するのか。いったいこの物語は何を語ろうとしているのであろうか。

物語を締めくくる「贖罪」の場面にはそれらしい宗教的語彙やイメージが用いられ、樫の枝の断片が不幸な家族ひとりひとりの上に次々と降りかかる映画的技法の効果も手伝って、感動的ですらある。

その時、静かな大気の中で樫の枯れたてっぺんの大枝が砕け、柔らかく軽い破片となって、岩の上、落ち葉の上、ルーベンの上、彼の妻と息子の上、そしてロジャー・マルヴィンの遺骸の上へと落ちてきた。するとルーベンは心を打たれ、涙が岩からほとばしり出る水のように溢れた。傷ついた若者がかつて立てた誓いを、破滅した男が今果たすためにやって来たのだ。彼の罪は贖われ、呪いは彼から去った。そして彼が自分自身の血より大切な血を流したこの時、長年忘れていた祈りがルーベン・ボーンの口から天に向かって昇っていった。[2]

読者は、「涙」を流し「祈り」を唱える主人公ルーベン (Reuben Bourne) が殺人者であることを忘れてしまう。だが、彼のそばには息絶えた息子サイラス (Cyrus)、息子の死を知って気絶した妻ドーカス (Dorcas)、それに十八年前そこで「置き去り」にされた義父マルヴィンの遺骸が横たわっているのだ。次の瞬間、読者はルーベンが彼の「家族」の犠牲のうえに依然生き延び、しかも「彼の罪は贖われ、呪いは彼から去った」という事態の異様さに慄然とするであろう。いかに宗教的な罪滅ぼしの形を装っていても、彼が行う「贖罪」が正真正銘の殺人に他ならず、人類普遍の了解に反する非宗教的行為であることは、この短編の再評価に大きな足跡を残したクルーズ (Frederic C. Crews)[3] が喝破したとおりである。

罪もない息子を撃つことで人がキリスト教の神と和解し得るというような宗教概念をどうして我々は真面目に受け入れることができようか? (Crews, 82)

この問いかけには誰も反論できまい。息子サイラスが父親ルーベンの罪を背負って十字架に架かったという見方もその限りでは成り立ち得ようが、サイラスの十字架による犠牲をルーベン自らが己の罪滅ぼしのため実行するというのは神への冒瀆である。またルーベンは息子を生贄に捧げよという神の要請に応えたのだという見方、つまりアブラハム（Abraham）とイサク（Isaac）のエピソードに擬える見方も一部にはある。しかし旧約の神の意図はあくまでアブラハムの信仰を試すことで、イサクを生贄にすることではない。アブラハム（ルーベン）が本当にイサク（サイラス）を殺してしまったのでは話が全く異なる。いずれにせよ、これらは見せかけに惑わされた解釈に過ぎない。自分が犯した罪の償いを他人の生命の犠牲において果たすという身勝手は、宗教の如何を問わず、人間として許されざる所業である。たとえその他人が自分の分身、いや分身以上の存在であろうと変わることはない。

ルーベンの行為が「贖罪」でないならば、彼が流す「涙」も、彼の口から出る「祈り」も、この時成就したという「埋葬」も、皮肉なカッコ付きの「涙」であり「祈り」であり「埋葬」に過ぎない。この物語の語り手は油断のならぬ存在だ。彼は「贖罪」と称し、サタンさながらの際どい見せかけを提示しつつ、皮肉に満ちた場面を作り出している。ならばルーベンの「贖罪」なるものの真の意味は何なのか。「贖罪」に表れた自爆的な心性の意味ともども問われねばなるまい。

神学的（聖書的）解釈、精神分析的解釈、新歴史主義的解釈、さらにはポスト・コロニアル的解釈など、今日まで様々な解釈が試みられてきたこの物語であるが、やはり決め手はこの「贖罪」の意味説明がどこまで納得ゆくかにかかっており、現在までのところ、「強迫観念の論理」を掲げる先のクルーズの分析も含め、その条件を十分満たすものはないように思われる。圧倒的質量を誇るコラカーシオ（Michael J. Colacurcio）の議論も「過激なほど歴史的」（Colacurcio, 128）に終始し、「贖罪」への視点は全く欠ける。

本論では、この物語の語り手が語ろうとせぬ情報欠落部分に着目し、作家の伝記的事実とも重ね合わせつつ、ルーベンの「贖罪」の意味を解釈し、併せてこの作品の意義の再検討も行ってゆきたい。

2 不気味なブラックホール

作品冒頭のパラグラフによれば、物語は一七二五年に起こった白人民兵隊と先住民の死闘「ラヴェルの戦い」（Lovell's [Lovewell's] Fight）を背景とする。戦いは専ら民兵隊のヒロイズムを称える昔語りとなったが、ホーソーンにとっては戦友「置き去り」と「埋葬不履行」を意味するものとなった。「想像力」[4]（imagination）が影に追いやった「ある種の状況」（certain circumstances）（10:337）とは、隊長ラヴェルらによる賞金目当ての蛮行[5]や、先住民の反撃を受けて敗走する際発生した味方への裏切り行為などを指すものであろう。独立後、とりわけ第二次対英戦争後のナショナリズム高揚の中で、歴史や神話が美化・隠蔽してきた米国史の恥部に敢えて着目するのがこの物語であることを、語り手は具体的言及を避けつつ述べている。

「ラヴェルの戦い」に関する数多くの史料のうち、ホーソーンが主に参照したのは三つ[6]で、一部事実の食い違いも見られるが、「戦い」の概要は次の通りである。先住民の相次ぐ略奪への報復として、ラヴェル率いるマサチューセッツの民兵隊が掃討作戦に乗り出し、一部を予備兵としてニューハンプシャーのオシピー砦に残した後、メイン南西部ピグワケット（現フライバーグ）付近まで来たところ、大勢の先住民から待ち伏せ攻撃を受けた。ラヴェル他八名が直ちに殺され、一人は砦まで逃げて凄惨な状況を語ったので、恐れをなした予備兵は応戦せず撤退した。最初の攻撃を生き延びた者たちは砦に立て籠もって応戦し、先住民が引き上げた後の夜中に、二十名が基地への退却を始めたが、途中重傷の四名を森に残した。この四名のうち二名はその後何とか生還したものの、あとの二名は置き去りにされ、埋葬もされなかった。どの二名がどの二名を置き去りにしたのかに関する記述は一定しない。

戦いの舞台は、作家が少年時代一時期を過ごしたレイモンドのセバゴ湖や、彼が通ったブランズウィックのボウドン大学（Bowdoin College）にも近かった。昔語りは少年ホーソーンも熟知していたし、大学生活最後の年（一八二五年）の五月には現地で「ラヴェルの戦い百周年祭」が催され、学友ロングフェロー（Henry W. Longfellow）が席上自作詩を朗読した。[7] またこの戦いを唄った愛国的バラードのひとつは、作家の卒業直前にボウドンへ着任した教授アパム（Thomas C. Upham）の作であった。

「ロジャー・マルヴィンの埋葬」は一八三一年暮、雑誌『トークン』（*The Token*）次年号に匿名掲載されたのが初出である。しかし作品の原稿はそれより二年前の一八二九年暮れには編集人グッドリッチ（Samuel Goodrich）の下に届いていた（Julian Hawthorne, I, 131–32）。ホーソーンはこの短編の他、「僕の親戚、モリヌー少佐」（"My Kinsman, Major Molineux"）や「ヤング・グッドマン・ブラウン」（"Young Goodman Brown"）など併せて六編[8]から成る『植民地物語集』（*Provincial Tales*）の出版を企画したが実現せず、結局個別での発表となった。ともあれ、「百周年祭」が身近な出来事だっただけに、作家が「ロジャー・マルヴィンの埋葬」の構想を一八二五年当時既に練っていた可能性は極めて高い。また二九年末には完成していたのが明らかなので、執筆はその間の出来事になろうが、これは作家が、出世してゆく学友たちを横目で睨みつつ、自分を評価しようとせぬ出版界への面当てや自虐から、何点かの短編や処女長編『ファンショウ』（*Fanshawe*）を自らの手で回収・焼却した時期と重なる（Turner, 49–50）。

『植民地物語集』に収録が予定されていた作品は、「ロジャー・マルヴィンの埋葬」も含めすべてが、愛国的で実利的な当時の社会から文学よりも高い信任を得ていた「歴史」の権威に形式上は依存し、絵空事でないことを主張しつつ、実質的には「人間の心の真実（the truth of the human heart）」[9]を描くという対読者戦略を秘めた物語である。[10]主題的には、父子関係、とりわけ息子の父親からの独立の困難さを扱うものが殆どを占める。本編も史実「ラヴェルの戦い」を下敷きとし、一定の信頼性を確保したうえで、図らずも近親者の「置き去り」と「埋葬不履行」に関わったある若者の「心の真実」を、微妙な父子関係を軸に描いている。

さて物語の粗筋だが、敗走中の主人公ルーベンは瀕死の戦友で義父のマルヴィンを荒野で「置き去り」にする。その際、自分が生き延びた暁には必ず戻ってきて、まだマルヴィンが生きていれば救出し、死んでいれば埋葬するという約束を交わす。結局マルヴィンは死に、自分は生還するのだが、義父との「埋葬」約束を果たし得ぬ状況にルーベンは立ち至る。生還後、彼はマルヴィンの娘で許嫁のドーカスに、君の父君は死んだが現地で埋葬し、墓も建ててきたと嘘を言い、それを真に受けたドーカスや基地住民から、最後まで親に忠実だった天晴れな息子と英雄扱いされ、ドーカスとの結婚を果たし、マルヴィンの農場を継承する。しかし真実は語り得ぬまま歳月が流れる。ドーカスの愛を失いはせぬか、住民に非難されはせぬかと恐れるがゆえであった。彼は「罪悪感」に蝕まれ、利己的で暗い人間と化してゆくが、その間一人息子が誕生し、立派な若者に成長すると、憂鬱で孤独なルーベンはこの息子の偏愛に唯一の慰めを見出す。農場はほったらかしで荒れ放題、近隣とのトラブルによる訴訟沙汰の繰り返しにより、ついに破産者となった彼は、妻と息子の三人で荒野へ脱出し、狩猟生活に人生再出発を賭ける。しかし「罪悪感」は彼を翻弄し続け、荒野を「夢遊病者」(sleepwalker)（10:355）のごとくさまよい歩いた末に、ある日（十八年前と同じ日）の黄昏時、かつてマルヴィンを「置き去り」にしたまさにその地点に一家は到達する。近くの茂みに獲物の気配を感じて、「射撃の名手」ルーベンは発砲するが、射止めたものは鹿などではなく、近くで共に狩をしていたサイラスであった。息子の遺体を義父の遺骸に捧げ、ルーベンは長年の課題であった「贖罪」とマルヴィンの「埋葬」を果たす。

物語は「置き去り」から「贖罪」までのプロセスを、主人公の内面に異例なまでに深く踏み込んで描く。去るも地獄、留まるも地獄の「置き去り」場面の過酷さ、ルーベンの煩悶と逡巡、生還後の真実隠匿とそれが彼の心に与える重圧などの生々しい描写は、早くもホーソーンの並々ならぬ力量を証明する。またこの物語の標題自体、「何としてもマルヴィンの埋葬を果たさねば…」という、主人公が心の内に抱えた重い債務課題を表示するものになっている点が注目されよう。前述のクルーズによる精神分析的解釈がひときわ精彩を帯びるに至った理由がここにある。

ところで物語の大きな特徴のひとつは、何の説明もなく、マルヴィンとルーベンを義父と息子という関係に設定してあることだろう。史料に記載のある「置き去り」と「埋葬不履行」に関わる四名の者たちがそうした間柄にあったという報告はない。これはあくまで作家独自の設定なのであり、しかもこの「義父と息子」という関係は、語り手が直接語るのでなく、両者の勿体ぶったやりとりを通して示される。

「わが息子ルーベンよ、私は君を父親のように愛してきた（I have loved you like a father）。そこでこのような事態にあっては父親が持つ権威のようなもの（something of a father's authority）を行使してよいはずだ。私は安らかに死ねるよう、君に立ち去ることを命ずる。」

「そうすると、あなたが私にとって父のような存在だった（you have been a father to me）という理由で、私はあなたを死ぬに任せ、荒野の中で埋葬もせず放置せねばならぬのですか?」（下線筆者）（10:339–40）

提示の間接性に加え、「～のような」という表現を重ねることで、語り手は両者の関係に直接触れたくないような印象すら与えるが、「ロジャー・マルヴィンの埋葬」という物語の中心軸は、あくまでもこの特殊な親子関係、とりわけ義父マルヴィンが無意識のうちに息子ルーベンへ及ぼす心理的圧力に据えられている。何しろマルヴィンは、「このような事態」において「わが息子ルーベンよ」（Reuben, my boy）と呼びかけ、「父親の権威」を持ち出しつつ、自分を「置き去り」にして構わぬから君はぜひとも生き延び、娘と一緒に末永く生きて、子孫を繁栄させてくれ」と説く高潔で、敬虔で、勇敢な、しかし同時に父権的な人物である。養子のルーベンにとって有り難いと同時にかなり煙たい存在であるのは明らかであろう。この立派な「父親」マルヴィンの前では、未熟な「息子」ルーベンは萎縮し、己の若さ、卑劣さまでも露呈してしまう。「置き去り」場面でのぎごちない二人のやり取りは、両者の日常的力関係を示していよう。さらに、許嫁のドーカスは、父親の人となりを忠実に継承する家庭中心主義志向の女性であり、荒野での狩猟生活にも「暦」と「聖書」（10:354）を手放さず、「純白のテーブルクロス」や「白鑞の食器」という文明生活の小道具を持ち込んで、「家族の愛と家庭の幸福の真髄」（10:358）を称える歌を口ずさんだりする。義父亡き後は妻として（父の命日に言及するなど）ルーベンに義父との約束を想起させ、自分では気づかず夫の「罪悪感」を刺激して、義父同様の役割を果したであろう。生還後意識を回復した直後に痛い質問を投げかけ、彼に「顔を覆」わせた（10:347）

のは彼女である。つまり、ルーベンは篤志家マルヴィンの親娘二代にわたる「善意の」支配から逃れ得ない人間なのである。

ではなぜこのような閉塞状況が生じたのか。むろんルーベンが「父なし子」だからに相違ないが、その理由や経緯に語り手は一切触れない。ルーベンの家族、マルヴィンを義父とした経緯、マルヴィンの妻（ドーカスの母）にも言及はない。「ロジャー・マルヴィンの埋葬」は、冒頭パラグラフが予表する戦闘絡みの物語ではなく、主人公を中心とする「家族崩壊の物語」である（福岡　六二-六七）。それにも関わらず、その解釈上重要な情報が欠落している。物語の原点を成すルーベンが「父なし子」だという根源的事実が一切語られることなく存在し、そのため物語の核心部に不気味なブラックホールが口を開けているような印象を与える。肝心なことは曖昧にし、語らずにおく——これが「贖罪」場面での読者を欺く語りともども、この物語の語り手[11]の意図的戦略と見られる。

3 「贖罪」とは何か

ではルーベンの「罪悪感」の正体は何か。「贖罪」を考えるためにこの問題を整理しておこう。彼が「罪」を問われる可能性のある行為を列挙すれば以下の通りである。彼は荒野でマルヴィンを逡巡のすえ「置き去り」にし、その際義父と交わした約束を果たせず、「埋葬不履行」となった。その間、基地に運ばれ意識を回復した時、ドーカスに「虚偽報告」をし、その後の結婚生活においても、嘘の「是正不履行」に終わった。

しかし「置き去り」にせよ、「埋葬不履行」にせよ、「虚偽報告」にせよ、はたまた「是正不履行」にせよ、それぞれの状況を理性的に考えれば、ルーベンの行為は「罪」を問われる性格のものではない。「置き去り」はマルヴィンの要請に応えた結果である。「埋葬不履行」は、その後丸一日方向感覚もなく一人で退却を続け、人事不省の状態で救助されたルーベンにとって、現場に目印を付けてきたとはいえ、茫漠たる大荒野の一点に過ぎぬ「置き去り」場所へ戻れる見込みはなく、埋葬は元々無理な相談であった。また「虚偽報告」や「是正不履行」も、すでに義父は死に、埋葬実現の手だてもない以上、ドーカスに真実を告げたところで実際上何の意味もなく、誰に益するわけでもない。ルーベンの行為で明確に「罪」を問われるべきは、皮肉なことに、彼が「罪悪感」に駆られた末に行った息子の射殺だけである。想像上の殺人から「罪悪感」に悩み、本物の殺人を犯してその「罪悪感」から解放される（と思う）のがルーベンの悲劇の奇妙な本質と言えよう。

「贖罪」（本物の殺人）に至るまでの行為がみな正当化可能だとすれば、何が彼の「罪悪感」を醸成したのか。語り手は、真実を「隠匿」し続けたこと、さらには自分を「殺人者同然」とまで思い込ませた「ある連想」(a certain association of ideas)（10:349）の成せる業だと言う。その「連想」とは何か、これも語り手は詳らかにしないが、可能性の第一は、瀕死のマルヴィンが娘ドーカスに言及した時ルーベンの心に働いた「利己的感情」(selfish feeling) である。

[マルヴィンの言葉は] 自分が死んでも役立たぬ人間と運命を共にすることに比べれば、もっと明らかな別の義務があることを思い起こさせた。それにまた、利己的感情がまったくルーベンの心の中に入り込もうとしていなかったとも断言できない。（傍線筆者）（10:340）

「もっと明らかな別の義務」が、ドーカスとの結婚による「幸福の夢」（vision of happiness）（10:341）の追求なのは明らかで、「入り込もうとしていなかったとも断言できない」という何とも微妙な表現で言及される「利己的感情」が、自分は生き延び、義父には死んでもらいたいという欲求を指すのも明らかである。[12] マルヴィンは「息子」ルーベンにとって「独立」のため乗り越えるべき（義理の）「父親」であり、嫁となるドーカスの「父親」でもあって、二重の意味で乗り越える（「殺す」）対象であった。利他的なマルヴィンの気高さの前では自分が嫌になる「利己的」な動機だが、これに加え（語り手は否定するものの）、義父を「置き去り」にした不忠、義父と交わした「埋葬」約束の記憶、自己嫌悪の増殖に貢献したはずの卑しい「覗き見」などが、彼の「罪悪感」醸成に関わっていよう。

しかし問題は、「罪悪感」の中身がそうだったにせよなお、ルーベンの「贖罪」の必然性が十分説明できないことである。なぜ彼は（いくら分身的存在とはいえ）息子を射殺するのか。妻ドーカスの夢を砕き、家庭を崩壊させて、「ロジャー・マルヴィンの埋葬」を果たそうとするのか。

そもそもマルヴィンへの謝罪というのなら、ルーベンは戻ってきた「置き去り」現場で自分を撃つ選択肢もあったはずだ。むろん自殺はキリスト教徒にとって罪であり、罪を重ねることになるが、息子を撃つよりはましである。ルーベンの「贖罪」の軌跡には、自分を築いてくれたもの（マルヴィンの恩義と遺産）、自分が築いてきたもの（彼の家庭）すべてを巻き込んで破壊してしまおうとする自虐的で自爆的な心性が窺える。そうしたルーベンの行動はどう説明したらよいのか。

既述のごとく、この物語の核心は、義父マルヴィンが生死を超えて息子ルーベンに及ぼす精神的重圧にある。マルヴィンが要請した「置き去り」も「埋葬」も、逃げ場なきルーベンの日常的立場の縮図と言える。

彼の人生は、義理の「父親」の善意と寛容が（彼自身の義務感と響き合って）もたらす心理的重圧の前に、「息子」たる自分の「欠陥（未熟さ）／欠落（実の「父親」の不在）」を思い知らされる事態の連続であったはずだ。すべてが「父なし子」という宿命のブラックホールに収斂してゆく人生――それがルーベンの呪われた半生であった。従って、「罪悪感」による彼の懊悩の真の発生時点は、物語が始まる以前に遡るであろう。ルーベンは結婚後十八年を経て「贖罪」に至るが、「置き去り」当時「大人になったばかり」（10:338）だったというから、ほぼ同数の年月が「置き去り」以前にも想定される。「置き去り」場面は、極論すれば、両者によってそれ以前も長期間演じ続けられてきたぎくしゃくした日常ドラマの一コマであろう。要するに、「ロジャー・マルヴィンの埋葬」という物語には、長い、長い前置きが、これも語り手によって触れられずに存在しているのである。

ロジャー（Roger）とはゲルマン語で「名声と槍」（fame and spear）、マルヴィン（Malvin）はゲール語で「洗練された首長」（polished chief）を意味する。[13] 先住民と戦う文明世界のベテラン戦士らしい名であろう。しかし接頭辞 "Mal-" は「悪」であり、シェイクスピアの喜劇『十二夜』（*Twelfth Night*）に登場する執事マルヴォリオ（Malvolio＝悪意）の名をも想起させる。善意に根ざすマルヴィンの説得も、（窮地に陥った）ルーベンの心理的文脈では「悪意」となり、サタンの奸計に等しい。語り手がマルヴィンの説得を指して用いる「たぶらかす」（wile）、「巧妙にほのめかす」（insinuate）、「（魂を）勝ち取ったも同然」（the victory was nearly won）（10:341–43）などの表現にはその示唆が明白であり、ルーベンにとってマルヴィンは逃げ場なき状況へ自分を陥れる悪魔なのである。「置き去り」説得が「悪意」なら、「埋葬」要求はその「悪意」の極め付けと映ろう。当初マルヴィンは「埋葬は不要」と言っていた（10:341）ので、土壇場でのこの要求は余計難題となる。マルヴィンの重圧に喘ぎ続けるルーベンには、「義父」による「息子」いじめの決定打となり、重い債務意識を植え付けたのはもちろん、以前からのわだかまりを一気に怨念へと転化させるものだったに相違ない。

　こうした心理的文脈で見ると、今まで我々が彼の「罪悪感」として認識してきたものは別の様相を帯びる。むろん「置き去り」や「埋葬不履行」は恩義ある義父への裏切りであり、いかに正当化可能とはいえ、その限りでの「罪悪感」は免れ得まい。しかしその義父が恩義の対象のみならず怨念の対象でもあるとなれば、ルーベンの「贖罪」の意味も違ってくる。「夢遊病者」さながら、正気とは思えぬ彷徨を繰り返した荒野のルーベンがどこまで意識していたかは不明だが、彼の「贖罪」とは、実のところ、マルヴィンへの「報復」だったのではあるまいか。[14] 彼が「贖罪」のため自分でなく息子を撃つ必然性もそれで明らかとなる。息子の射殺はマルヴィンの抱いていた子孫繁栄の切なる夢を断ち切る行為だからである。

　この「子孫繁栄」は、荒野での狩猟生活が始まった直後に語り手がサイラスの願望[15] として唐突に持ち出す、「一族の父にして、一国民の家長」(the father of a race, the patriarch of a people) たらんとする「白昼夢」(10:352) となって明確な形を取る。この「ヨブのような、ワシントンのような、ダニエル・ブーンのような」(Beaver, 42) 家長の「夢」を最も強く抱いていたのが父権的人物マルヴィンだったことを読者は思い出す。またサイラスはルーベンが「置き去り」時に描いた「幸福の夢」の具現であり、ドーカスの家庭中心主義の「夢」の具現でもあった。ルーベンは、自ら「帝国建設者キュロス」(Cyrus) と名づけて愛おしんだ息子サイラスを、「父」であり「家長」たるマルヴィン（の遺骸）の前で射殺し、その遺体を己の罪の償いとしてマルヴィン（の霊）に捧げることで、三代にわたる父権的な「幸福の夢」の連鎖を自爆的に完全破壊したのである。同時にそれは自分を監視し、罪悪感を刺激する無邪気な妻ドーカスへの「報復」ともなった。冒頭に引用した一見敬虔な雰囲気の「贖罪／埋葬」場面は、怪物と化したルーベンが、「贖罪」の仮面の下から「報復」の顔を覗かせる場面であり、その「報復」にはさらに、彼の宿命に由来する自虐、倒錯の臭いも感じられ、我々はいっそうの戦慄を覚える。

ルーベンは、しかし、この「贖罪」によってマルヴィンの支配から逃れ得た――マルヴィンの記憶を「埋葬」し得た――であろうか。答えは「否」である。ルーベンは自分の家族を葬り去るという大きな代償を払ったが、義父の「埋葬」、つまり「ロジャー・マルヴィンの埋葬」は結局、意識の主体たる自分が消滅する日まで実現すまい。ルーベンが生き延び、夕暮れの原野にひとり立ち尽くす結末は、彼の身勝手とその結果たる孤独を際立たせるのみで、「埋葬」がまだ成就していないことを示す。その「祈り」は神に聞き届けられるはずもなく、「呪い」も彼から去ってはいない。語り手が宗教色を交えて語る最後の「贖罪」場面は、その意味でも大いなる皮肉である。

4　物語の自伝性と予兆性

さて、ここまでの議論で「ルーベン」としてきた部分はそのまま「ホーソーン」と置き換え、「マルヴィン」としてきた部分はホーソーンの叔父で父親代理を務めた「ロバート・マニング」（Robert Manning）と置き換えても成り立つ、と言えば少々オーバーではあろうが、全く的外れでもあるまい。「ロジャー・マルヴィンの埋葬」はそれほど自伝性の濃い物語なのである。ルーベンが陥る牢獄のような状況は、本格デビュー前のホーソーンその人の苦悩と不安の象徴的表現であり、物語は植民地時代の闇の史実を下敷きに、一人の「父なし子」の意識を通して語られた作家自身の「心の真実」とも言える。

この物語の語り手のひと癖ある語りも、自伝性の濃厚さと無関係ではあるまい。ブラック・ヒューモアばりの皮肉を用いたり、語るべき事柄を語らずにおいたり、肝心なところで曖昧な言辞を弄するのは、物語が自伝的に傾斜し過ぎる懸念から、作家が敢えて「信頼できない語り手」の存在を読者に意識させ、作家と読者との間に微妙な距離を置こうとする意図の表れと解釈できる。

作家が三歳半の時、遠洋貿易船の船長だった父親ナサニエル（Nathaniel Hathorne）[16]が黄熱病のため南米スリナムで客死した。留守がちな父親の記憶が薄く、葬儀にも埋葬にも立ち会えぬまま彼は「父なし子」となったのだが、その時彼の心に植え付けられたトラウマは、以後終生彼の人生と文学に消し難い影を落とすことになった。それは決して直接語られることはなかったが、本編のみならず彼の主人公たちの「父親探し」とその延長線上に来る「家庭崩壊」のモチーフとなって作品にはっきり反映している。また『緋文字』（*The Scarlet Letter*）に見るような「墓」や「埋葬」への言及、本編のごとき「荒野」での近親者の死や「埋葬」の要素を含む物語設定にも、南米という「荒野」で朽ちた父親の運命への息子としての落ち着かぬ想いが関わっていよう。「父親不在」の深刻さは、初期の短編から中期の短編、それに代表作『緋文字』を経て最後の完結作『大理石の牧神』（*The Marble Faun*）に至るまで、この作家の作品世界全体に及ぶ。彼の主人公の多くは、作家同様父親不在という宿命を抱え、それを克服できず、ルーベン同様宿命に起因する悲劇を再生産してゆく。それはあたかも、清教主義や大統領制に象徴される父権社会アメリカにあって「父なし子」たる宿命が、旧家の長男たる者、新興国の文化の担い手たらんとする者にとって、絶望に近いものを意味したかのようですらある。

父の死後ホーソーンは母の実家マニング家で、当主ロバート（母の弟）の保護の下に育った。メイン州における不動産所有やボストン・セイラム間の貸馬車業によって繁栄を極め、人格も優れた実業家として地元社会から尊敬と信頼を一身に集めていたこの叔父は、一族に男子の後継が少なく、自分に教育がないことから、姉の長男ナサニエルに目をかけ、大学卒業まで実の父親以上の愛情を注いだ。ただその商売人ゆえの実利主義的世界観と、自信に満ちて少々押しつけがましい行動態度が、居候で肩身の狭い（しかし早くから文学で身を立てようとしていたプライドの高い）ホーソーンには、感謝や尊敬とともに反感や自己嫌悪をも抱かせる要因となった。叔父の保護下での日常は本質上ルーベンの閉塞状況と同じであった。大学卒業後も世間で認知されぬ不安と怒りから、本編執筆当時のホーソーンは、既述のごとく、命にも等しい自作をしばしば焼却したが、それはサイラスを自ら殺害するルーベンの行為と象徴的パラレルを成す。また折から市場原理が文学界にも及び、作品を「商品」と見なす出版界の商業主義的姿勢[17]は、叔父の実利主義的世界観と重なって、ホーソーンの焦燥と怨念を募らせた。

その叔父が他界した一八四二年にソファイア（Sophia Peabody）と結婚し、「独立」を果たしたホーソーンは、恩義ある叔父に生前何の恩返しもできず、またその死に際してはなぜか葬儀にも埋葬にも立ち会わず、ルーベン同様更なる債務を自ら背負い込んだ。[18]ルーベンがマルヴィンを物理的にも心理的にも「埋葬」できなかったように、ホーソーンもまた叔父を二重の意味で「埋葬」できなかった。ソファイアは、ドーカス同様家庭中心志向の女性で、「父なし子」ホーソーンの妻であり、またロバートに代わる「保護者」ともなった。ホーソーンとソファイアは、世間の立派な評判の影で、子供の教育問題を中心に感情的対立を重ね、最終的には家庭崩壊を招来するに至る。[19]

かくて、修業時代の作品「ロジャー・マルヴィンの埋葬」は、ホーソーンのその後の人生を予兆する「予言の自画像」という性格を帯びていたとも言えるであろう。

5 むすび

「父親不在」が不毛の円環を形成してゆくという、作家の宿命観を示すこの作品で、円環の始まりに位置するのが、物語に一切登場しないルーベンの父親である。この父親は、しかし、不在ゆえの存在感を持ち、強い吸引力を発揮するブラック・ホールさながら、ルーベンはじめ登場人物すべてを破滅へと引きずり込む。

その父親は、ヘブライ語で「息子をよく見よ」(Behold a son) という意味の「ルーベン」という名を主人公に与えたわけだが、この名に秘められた予言は二重の意味で実現している。ひとつはもちろん、主人公ルーベンにおいてである。彼はナルシシズムに陥ることなく将来性ある彼の息子を「よく見る」べきであったろう。もうひとつは義父マルヴィンにおいてである。「父なし子」ルーベンに対し善意から注いだ愛情が、結果的に「息子」への重圧となり、予言は「贖罪」において実現して、「子孫繁栄」の夢が潰えてしまったからである。「息子」ルーベンが求めていたのは「父権的」な愛とは異質なものだったろう。マルヴィンはルーベンを「よく見る」べきであった。物語の冒頭と最後に言及され、円環のイメージを強調する「巨大な墓石」のような岩 (10:338, 356, 359–60) に「忘れられた文字」で刻まれていたという「墓碑銘」も、ヘブライ文字で書かれた「息子をよく見よ」であったかもしれない。

しかし結局、ルーベンに実際その名を与えたのは、主人公の不在の父親の、そのまた背後に控える、この物語を書いたホーソーン自身である。史実「ラヴェルの戦い」の影の部分に着目し、「置き去り」と「埋葬不履行」に関わった民兵二人の間柄を、敢えて「義父」と「息子」に設定し、「父なし子」たる自分の宿命観まで導入して、作家は予兆性を帯びた自画像を、この作品で描いてしまったのだと解釈できなくもない。ヤヌスの顔を持つルーベンの「贖罪」の背後には、心のブラックホールに支配・翻弄され、自爆的衝動に駆られ続けた修業時代の青年作家ホーソーンの暗い情念が怪物のように蠢いているように思われる。

第六章

創作の軌跡

エミリ・ディキンスンの草稿を読む

稲田勝彦

はじめに

詩人はどのようにして詩を書くのだろうかということは、詩を書かない者にとっては大変興味ある問題である。もちろん、昔から詩論や詩の創作技法などのような形で述べられた詩作に関する詩人の証言はたくさんある。しかし、たとえば詩人がある語句の取捨選択に迷ったりしたというような、詩人自身の生々しい創作過程まで教えてくれるものとなるとなかなか無いものだ。だが、これを可能にしてくれるものがある。詩人の推敲の跡が書込みとして残されている原稿である。

一七八九編の詩を書いたエミリ・ディキンスン（Emily Dickinson, 1830–86）は二二〇〇編近い自筆原稿を残した。そしてこの自筆原稿の約半数は何らかの書込みを持っているか、あるいは同一作品の複数の原稿間に何らかの違いを持つものである。これらディキンスンの豊かな創作の軌跡は、彼女の創作活動、創造精神の働きや詩作の過程に関して私たちの想像力を掻きたてずにはおかない魅力を持っている。

例をひとつ挙げてみよう。“I taste a liquor never brewed”（207）の自筆原稿では最終連は次のようになっている。

Till Seraphs swing their snowy Hats—
And Saints—to windows run—
To see the little Tippler
From Manzanilla come!
　From Manzanilla come!］→ Leaning against the—Sun—[1]

ディキンスンは、この詩の原稿の最下部に、最終行の代替行として“Leaning against the—Sun—”を書き込んだ。いったい彼女はいつ、どんなつもりでこの代替行を書き加えたのだろう。彼女が最初“From Manzanilla come!”としたのは、“Manzanilla”という語が持つ彼女好みの異国情緒のゆえであったと思われるが、この行に×印をつけて「太陽にもたれかかって」という代替行を書き込んだ時、その背後にどんな動機があったのだろうか。

この例では、ただ代替語句が書き込んであるだけなので、ディキンスンが最終的にこれを採用するつもりであったかどうかはわからない。しかし、この時、彼女の中では、“Shall I take thee, the Poet said/To the propounded word?/Be stationed with the Candidates/Till I have finer tried—”（1243）という詩行が告げている精神活動が行われていたにちがいないと思われるのだ。

ディキンスンの詩の原稿への書込みや異稿は何を物語るだろうか。仮説としては次のようなものが考えられる。それらはまず彼女の創作活動の実態を浮き彫りにしてくれるだろう。二十八歳頃から本格的に詩を書き始めたディキンスンが、書いた詩を推敲し、あるいは知人、友人に書き写しては送るという生活を送ったことを物語るドキュメントでもある。第二に、それらは一編の詩の創作の初期の段階から完成にいたるまでの過程を示す。ディキンスンはどのようにして詩の「種」を得たのか、どのようにしてこの「種」を発芽させ、成長させあるいは矯正し、そして開花させたかが観察できるかもしれない。第三に、彼女の書込みや異稿は彼女の言語選択のパターンや要因を示す。すでに書きあげた詩に手を加えようとする時、そこには何らかの言語的、心理的、思想的要因が作用しているはずだ。彼女の人や時代に対する配慮や信仰の変化を見ることができるかもしれないし、彼女のジェンダー意識の働きを伺うことさえできるかもしれない。

1 テキスト

ディキンスンの原稿にある代替語句の書込みや異稿間の違いを考察するには、まず考察の対象とすべき原稿（テキスト）を明らかにしなければならない。

現在、ディキンスン研究でもっとも権威あるテキストだと考えられているR・W・フランクリン（R. W. Franklin）編の『エミリ・ディキンスン詩集』（*The Poems of Emily Dickinson*, 1998）（以下、『詩集』）によれば、ディキンスンは一七八九編の詩作品を残した。しかし、この一七八九編の半数近い詩には、多い時には一編の詩に七種の異なる原稿があるなど複数の原稿が存在していて、その数を合わせると二四五八編にのぼる。[2]

これら二四五八編の原稿は次のような形で残されていた。まず、一八八六年にディキンスンが亡くなった時、妹ラヴィニア（Lavinia）が姉の部屋で見つけた鍵のかかった箱の中には「ファシクル」（fascicle）と呼ばれる一群の原稿があった。ファシクルとは、一枚のレターペーパーを二つ折四頁にして、これを通常四〜六枚重ね、左側を細ひもで綴じてあたかも手製の小詩集のようにしたもので、その数は四〇冊であった。一つのファシクルにはだいたい二十数編の詩が書かれており、ファシクルに載っていた詩の総数は八一四編である。ディキンスンが残した箱の中には、また、綴じてはないが綴じる予定であったかのようにまとめただけの原稿の束もあった。これは「セット」（set）と名づけられ、十五のセットに収められている詩の数は三三三編である。その他、彼女の原稿の箱には、ファシクルやセットと共に、ノートペーパーの切れ端や古封筒、広告のチラシ、招待状、牛乳の請求書、大学の入学式次第などに書かれた多数のばらばらの「断片」（working draft）があった。

『詩集』には、以上のほかに、ディキンスンが義姉スーザン（Susan）や姪のノークロス姉妹（Louise and Frances Norcross）それにヒギンスン（T.W. Higginson）など身内や知人に送った詩、また手紙の中から詩として抽出された詩、スーザンやトッド夫人（Mabel L. Todd）が書き写した詩、その他ディキンスン生存中に出版された十編の詩などが収録されている。

本稿で考察の対象となる原稿は、当然のことながら、これら二四五八編のすべてではない。まず、スーザンなどが書き写したもので詩人の自筆原稿でないものは対象とする必要はない。また、まったく代替語句などの書込みのない原稿も当然除外される。別の言い方をすれば、考察の対象とすべき原稿は、ディキンスンの自筆原稿で何らかの書込みのあるもの、および一つの詩が複数の原稿を持つ場合、それらの原稿の間に何らかの違い（variant）のあるものということになる。その数は一二二三編で、これは総原稿数の約五十％に当たる。

2　書き込みと異稿の形態

ディキンスンは、書いた詩を清書してファシクルに収めた後、折にふれてはファシクルを開いて詩の改作を試みた。こうした改作の試みは代替語句あるいは代替行（alternative readings）として『詩集』に忠実に収録されている。

ディキンスンが単語、語群、行にわたって与えた代替語句の記入の仕方は、一、改変すべき語句のすぐ上や後などの近辺に（スペースが十分ない場合は縦に）記入する、二、改変すべき語句や行の頭に×印をつけ、連と連の間のスペースか、原稿の最下部にまとめて記入する、三、時には代替行等を記した別の紙片をはさむ、などであった。

これらの代替語句の形態を分類してみるとおよそ次のようになる。まず、単語一語に対する代替語がある。書き込まれた代替語は一語の場合もあるが、"The Bible is an untold Volume"（1577）という詩では、"thrilling" という形容詞に "typic," "hearty," "bonnie," "breathless" など、実に十三個の代替語が与えられている。また、複数の単語に対する代替語句や行全体に対する代替行が書き込まれることもある。さらに、語句を追加したり、アラビア数字で語や行の順序の変更を指示するなどの形をとることもある。

ディキンスンの創作の軌跡はいわゆる「異稿」を比較検討することによってもたどることができる。ここで言う異稿とは、ディキンスンの手元に残った同一作品の粗原稿と清書稿、あるいはそれらと人に送られた原稿のことで、しばしば相互に語句の変更個所を持つもののことである。特に、特定の人に宛てた手紙としての詩には考察に値する興味深い改変個所がある。

以上のような形態をとる書込みと異稿間の違いの数は、約二七六〇であった。

3　書き込みを読む

それでは一二二三編の原稿を一つ一つ見ていって、そこにある約二七六〇か所の書込みや異稿間の違いを分析してみた場合、どのような詩人の意図が見えてくるだろうか。

誤字

一般に、一度書いた文章を見直す時、誤字や語法的、文法的誤りがないかということにまず目が行くものだ。ディキンスンも原稿を読み返した時、明らかな誤字や語法的、文法的な誤りに気づいて、まずこれを訂正しようとしたであろうことは想像に難くない。

ディキンスンの原稿にも"beyoned"や"fragant"など、明らかに不注意によると思われる誤字は見られるが、その数はそれほど多いというわけではない。ただ、誤字に関して面白い話がひとつある。一八六二年、彼女はヒギンスンに“Of Tribulation, these are They”（328）という詩を送ったが、その時“Ankle”（足首）を“Ancle”と綴っていたことに気づいた。そこで彼女は「Ankle の綴りを間違えました」と書き加えたのだが、ヒギンスンは、彼女の死後、この詩を『アトランティック・マンスリー』（*Atlantic Monthly*）に載せた時、“Ancle”をそのまま印刷して、ご丁寧にも「綴りを間違えました」という彼女の断り書きまで載せたのだった（『詩集』三五二）。

ディキンスンの誤字については、ある「くせ」を指摘することができる。たとえば“flutterring”や“tatterred,”“distill”や“waggon”などのように、文字の重なりに関してしばしば同じ間違いをしているし、“visiter”や“recieve,”“concieve”“desend”など、日本の学生が犯すような間違いが見られる。「ディキンスン、あなたもか」と思えて何やら微笑ましい。

より適切な語法、正確さを期すための改変

語法的・文法的誤りについては、ディキンスンの英語に学校文法的正誤の基準をあてはめれば、それこそ無数といってよいほど誤りとされるものがある。彼女は名詞の数、動詞の人称や数、代名詞の用法や綴り、比較級の原則などに関する約束事を守らなかったし、造語に近い単語を使った。これらを訂正するための書込みがほとんど見当たらないところをみると、彼女の語法的・文法的「誤り」は確信犯的なものであったと思われる。

しかし、彼女の代替語句の書き込みを見ると、彼女が語の用法について必ずしも無関心であったわけでは

ないことがわかる。たとえば“One need not be a chamber—to be Haunted—”（407）の最終連は、“More near”という変則的な比較級で終わっているが、これをスーザンに送った時は“Or more”に変え、結果的に完全押韻を実現している。

The Prudent—carries a Revolver—
He bolts the Door—
O'erlooking a Superior Spectre—
Or More—

この例は、ディキンスンも詩を人に送るときは、やはりそれ相応の気配りをしたことを示している。引用が正確でないことに気づいて訂正しようとした書込みもある。“Trust in the Unexpected”（561）の最終連は次のようになっていた。

The Same—afflicted Thomas—
When Deity assured
'Twas better—the perceiving not—
Provided it believed—
　'Twas better—the perceiving not—］→'Twas blesseder—the seeing not—

ディキンスンは三行目の“ ’Twas better—the perceiving not—”に対して“ ’Twas blesseder—the seeing not—”という代替行をファシクル・シートの最下部に書き込んだ。彼女は、新約聖書のトマスに関する記述を最初自分自身の言葉で書いたのだが、これが聖書で使われている字句そのままであったかどうか疑わしくなって、改めて聖書を開いて、“Jesus said unto him, Thomas, because thou hast seen me, thou hast believed; blessed are they that have not seen, and yet have believed.”(John 20:29) を確認したのち、“better ”を“blesseder”に、“perceiving”を“seeing”にしようとしたことは間違いない。

語法というより内容的に矛盾することに気づいて訂正しようとした例もある。“She sights a Bird—she chuckles—”（351）の最終連は次のようになっている。

The Hopes so juicy ripening—
You almost bathed your Tongue—
When Bliss disclosed a hundred Toes—
And fled with every one—
  Toes］ → wings

この詩は、あわやというところで小鳥を取り逃がした猫の姿から、希望とは手が届きそうになると逃げてしまいますというこの詩人好みのテーマを持つが、逃げるのは猫ではなく小鳥なので、ここでは当然“Toes”ではなく“wings”に変える必要があった。

韻律に関わる改変

ディキンスンが韻律、特に押韻を考慮して改変を試みたのではないかということも容易に想定されることである。なぜなら、彼女も読んだに違いない彼女と同時代の、特に女性詩人の書く詩は、見事と言ってよいほど完璧な押韻詩であるからだ (Sewall, 742-50)。ディキンスンの詩は一連四行で、abcb という押韻を基本とするが、彼女は押韻に関してはあまり厳密であったとは言えない。ロバート・フロスト (Robert Frost) は「押韻なしで詩を書くことはネットを張らないでテニスをするようなものだ」と言ったが、ディキンスンはさしずめ破れたネットでテニスをしたと言うべきであろうか。

ディキンスンの書込みを見ると、どうやら彼女は脚韻に影響を与える恐れのある語句や行の改変を避けようとしたことが伺えるが、彼女が押韻への努力をまったくしなかったわけではない。たとえば、“It was a quiet Way” (573) の原稿Aでは最終連は次のようになっていた。

No Seasons were—to us—
It was not Night—nor Noon—
For Sunrise—stopped opon the Place—
And fastened it—in Dawn—

ところが、二年後に彼女が人に送ろうとした原稿では二行目の “Noon” が “Morn” に変えられていた。“Noon” はこの詩人にとっては「天国の時刻」だが、これをあえて “Morn” にしたのは “Dawn” と完全な脚韻を踏ませるためであったと考えられる。
次の例（詩一二七二）はこの詩人の押韻への意識的努力を端的に表わすものだ。

So I pull my Stockings off
Wading in the Water
For the Disobedience' Sake
Boy that lived for "Ought to"
"Ought to"] →"or'ter"

"Ought to" の綴りを発音どおりの "or'ter" にして "water" と韻を踏ませようとしたのは苦肉の策にほかならないが、この比喩が、男の子はいつも男の子らしく生き「ねばならない」というジェンダーの規範を思い起こさせるところも何やら意味がありそうだ。

最終行の改変

ディキンスンの書込みをたどってみると面白いことに気づく。それは詩の最終行を変えようとする試みが多く見られるということだ。約二五〇編の詩が最終行に代替語句あるいは代替行の書込みを持っている。ディキンスンが詩を読み返している時、最後の行にさしかかるとつい変えたくなった気持ちはわからないでもない。なぜなら、詩の終わり方はその詩全体の意味や雰囲気を決定づけるからだ。

そう言えば、はじめに見た“I taste a liquor never brewed”（207）の“Leaning against the—Sun—”も最終行に対する代替行だった。この代替行の意図の一部が二行前の“run”と完全な脚韻を踏ませることにあったことは間違いないだろう。しかし、同時に「小さな女の子が太陽にもたれかかる」というイメージは、もともとこの詩人には天空に広がる壮大なイメージを好むところがあったということと無関係ではないと思われる。彼女のこのいわば壮大な宇宙の構図とも言うべきものへの好みは、たとえば“Bring me the sunset in a cup”（140）の「天体をしなやかな青い細枝で動かす」などを思い起こせばわかるだろう。あるいは“I would not paint a picture”（348）の次の例でもよい。

I would not talk, like Cornets—
I'd rather be the One
Raised softly to the Ceilings—
　　Ceilings] → Horizons

「天井まで」を「地平線まで」に変えることによってひき起こされる印象の変化は明白である。地平、海、空、宇宙に広がるイメージが生み出す開放・解放感の魅力をディキンスンは十分知っていたのだ。

次の詩“The name of it is Autumn”（465）もまた別の意味で興味ある最終行の代替行を持っている。

It sprinkles Bonnets—far below—
It gathers ruddy Pools—
Then—eddies like a Rose—away—
Opon Vermillion Wheels—
　　gathers ruddy〕→ makes Vermillion—
　Opon Vermillion Wheels〕→ And leaves me with the Hills.

この詩は、秋は赤色の雨を降らせ、赤色の水溜りを作り、それから赤い車に乗って引きあげていきますという内容の、秋を客観的に描写したものだが、これを読み直した時、ディキンスンはおそらくこの客観的な風景描写の中に自分自身を登場させたいと思ったのだろう。それが「そして私は丘と共にとり残されたのです」という代替行になったと思われる。それはなぜだか、夕焼けと風を客観的に描写した"She sweeps with many-colored Brooms—"(318)の最後で"And then I come away—"と詩人自身を登場させたあの効果的な手法を思い出させる。

意味を明確に、表現を平易にするための改変

ディキンスンの詩の代替語句を注意深く分析すると、彼女が代替語句を与えたもっとも有力な意図と思われるものが見えてくる。それは語または文の意味をより明確に、平易にしたいという意向である。彼女は自

分の詩を読み返した時、もっとわかりやすくしなければならないと思ったのだ。だとすれば、ディキンスンはたとえ同時代の人々からいかに奇矯だ、欠点だと言われようとも自分自身の独自性を守って、驚きと言葉のエコノミーを生命とする詩を書き続けたがゆえに今日でも偉大な詩人なのだと信じている現代の読者にとっては、これはやや意外な指摘となるかもしれない。しかし、彼女の代替語句はこの指摘が一面の事実であることを示している。

意味の明確化、表現の平易化を目的とする書込みと思われるものは多々あるが、ここでは代表的なものを二、三考えてみよう。

まず、ディキンスンは隠喩やイメージの平易化を試みた。たとえば次の詩（八五三）である。

She staked Her Feathers—Gained an Arc—
Debated—Rose again—
This time—beyond the estimate
Of Envy, or of Men—
　　Feathers—Gained an Arc] Wings—and gained a Bush—

この詩は小鳥が木の中の巣を離れ、大空（天国）へと飛び立っていくさまを描いたものだが、その謎々的性格のゆえに一読しただけではその意味をとることが難しいところがある。特に一行目の「孤を得た」（Gained an Arc）は難解だ。ディキンスンもそれを懸念したのであろう、"Arc"という語に"Bush"という代替語を与えようとした。確かにそれによって解釈が容易になった。つまり小鳥はまず別の木に飛びつくことに成功したのだ。代替語が「注」の働きをしている例である。ただ、この改変によって、“Gained an Arc” という表現が持つシュールな面白さが失われることもまた事実である。

意味を明確に、表現を平易にしようとすれば、当然、隠喩を避けようということになる。(詩九六五)

How far is it to Hell?
As far as Death this way—
How far left hand the Sepulchre
Defies Topography.
　Defies Topography.] → Forbid that any know

墓はどれほど左手にある？　という問いかけに対して、それは「地誌学の及ばぬところです」と結んだこの最終行は、ディキンスンの学術語好みを示す一つの例だが、彼女は、押韻を犠牲にしてまでも、これをもっと平易な表現にするべきだと思った。現代の読者から見れば、これもいわゆるディキンスンらしさを失わせる改悪の例だとしか思われないが、彼女が隠喩をこのように平易化しようとしたという事実は無視するわけにはいかない。

このような傾向はさらに衝撃性の強い語句を衝撃性の弱い語句に変えようとすることにつながる。

I asked no other thing—
No other—was denied—
I offered Being—for it—
The Mighty Merchant sneered—
　sneered] → smiled

この詩(六八七)で、ディキンスンは“sneered”という語を“smiled”という語に変えたいと思った。なぜだろうか。「私」は偉大なる商人=神に向かって、「私の命を差し出しますからブラジル=天国をください」と言ったのに対して、神が「冷笑した」とすればそれは「そんなとるに足りないもので天国を手に入れることができると思っているのか」と神が「私」の身のほど知らずを「嘲笑った」ということになる。これに対して神が「微笑んだ」とすれば神はそのような無知ではあるけれども純真な「私」に対して少なくとも理解は示してくれたということだろう。“Sneered”という強い響きを持つ語を“smiled”という穏やかな語に変えたことは、神は人間に対して厳しい存在であるという認識からやさしい存在であるという認識へ変化したことを意味する。ディキンスンが最初この詩を書いた時とこれを見直した時とでは彼女の神に対する受け取り方が違っていたのかもしれない。

もっとも、ディキンスンの書込みについては、逆のことも指摘できる。つまり、わかりやすい表現を隠喩化したりして逆にわかりにくくすることもあったということだ。たとえば、“'Tis so appalling—it exhilirates—”(341)の第一連四行目は“To know the worst, leaves no dread more—”となっていたが、彼女はこれに"A Sepulchre, fears frost, no more—"という代替行を与えようとした。「最悪を知ればもはや恐れるものはありません」ではあまりにも散文的だと思われたのだろう。「墓ならもはや霜を恐れることはありません」と隠喩化しようとした。ディキンスンは「あらゆる真理を語りなさい。でも斜めに語りなさい」("Tell all the truth but tell it slant")と言った。それは、第一義的には、真理が与える驚きに備えるための心構えについて言ったことだが、隠喩化、イメージ化も「斜めに語る」という彼女の戦略の一部であったのかもしれない。

4 異稿を読む

ディキンスンは、生前、義姉スーザン、ノークロス姉妹、ヒギンスン、ボウルズ(Samuel Bowles)などに計六四九編の詩を送った。ここで言う彼女の「異稿」の大部分はそうやって人に送られた詩によって占められる。彼女が人に詩を送った時、そこに何らかの動機や意図があったはずだ。つまり彼女の詩は手紙の働きをしていたと考えられる。「これは一度も返事をくれたことのない世間に宛てた私の手紙」("This is my letter to the World/That never wrote to Me," 519)という詩は、一人ひそかに詩を書き続けたこの詩人の特徴を示すものとしてしばしば選詩集の冒頭に置かれたりするが、彼女の詩が文字どおり手紙として使われたということはもっと注目されてよい。

詩が手紙として送られた時は、受取人との関係によって改変が行われた。その一つが代名詞の変更である。"Going to them, happy letter" (277)には三つのテキストがあって、ノークロス姉妹に送られたものでは代名詞は"them"であったが、誰か(たぶんサムエル・ボウルズ)に送られようとしたものでは"Him"に、詩人の手元に残された原稿では“Her”になっている。
ディキンスンの「詩手紙」は、多くの場合、病気見舞いやお悔みである。“My first well Day—since many ill—”（288）は二つの原稿を持つが、その一つは、一八六二年十一月に、その最終連が病気中のサムエル・ボウルズに送られたものである。

The loss by Sickness—was it loss—
Or that Etherial Gain—
You earned by measuring the Grave—
Then—measuring the Sun—

この詩は、「病気もよい経験ですから必ずしも損失ではありませんよ」という励ましのメッセージを持つが、翌年の春、彼女は代名詞を“I”や“My”に変えてこれをファシクルに入れたのだった。
お悔やみとしての詩のもっとも良い例はやはり“Perhaps they do not go so far”（1455）であろう。彼女は一八七七年の夏に次の詩を作っていた。

Perhaps they do not go so far
As we who stay, suppose—
Perhaps come closer, for the flight

Of their corporeal clothes—

同年秋、彼女はこの詩の“they”を“she”に、“we”を“you”に変えて、妻を亡くしたばかりのヒギンスンに送り、「奥様はあなたが思うほどそんなに遠くには行っておりませんよ。肉体という衣服を脱いだ今、むしろいっそう近くにいることでしょう」と彼を慰めたのだった。

ところで、詩の送り手は受け取り手のたとえば好みや理解力などをある程度考慮するのではないだろうか。ディキンスンは、少なくとも義姉スーザンに対しては、彼女の好みを考慮したと思われるふしがある。“She sweeps with many-colored Brooms”（318）の第三連は最初次のようになっていた。

And still, she plies her spotted Brooms—
And still the Aprons fly,
Till Brooms fade softly into stars—
And then I come away—

三年後、ディキンスンがこれをスーザンに送った時は、第三連が次のように変えられていた。

And still she plies Her spotted thrift
And still the scene prevails

Till Dusk obstructs the Diligence—
Or Contemplation fails.

スーザンに送った詩は明らかに抽象的となり、従って難解となっている。ディキンスンは、"Safe in their Alabaster Chambers"（124）を作った時、「たぶんこちらの方がお気に召すのでは？」などと言って、何度も改作をスーザンに送ったことがあったが、それが示すように、義姉の詩の鑑識眼に一目置いていた彼女が、相手の能力にふさわしい改訂版を送ったのかもしれない。

5　おわりに

二八〇〇個所近い書込みや異稿間の違いを持つ約一二〇〇編のディキンスンの自筆原稿を読み解きながら、その書込みや改変の動機や意図を推測してみたわけだが、本稿で言及したものはその一部に過ぎない。この他にも、たとえば、ディキンスンの自己像やアメリカ詩人としてのアイデンティティーに関係すると思われる書込みもある。彼女の信仰や人生に対する姿勢の「揺れ」を示唆するような代替語句もある。彼女が読んだ本や雑誌がヒントとなる書込みもあるだろう。

もちろん、書き込まれた代替語句の意図がまったく推測できない場合の方が圧倒的に多い。また、推測はあくまで推測なので、その正しさを立証することはできない。しかし、この作業は何とも言えず楽しい。書き込まれた代替語句や行を一つ一つたどっていると、まるでディキンスンと一体となってその意味や意図をあれこれ考えているような気持ちにさえなる。エミリ・ディキンスンの創作の軌跡をたどることは、百数十年前にアメリカという地で生きたこの女性詩人を非常に身近な存在としてくれるのだ。

第七章

ルイーザ・メイ・オールコット　アメリカ近代小説序説

平石貴樹

アメリカの近代リアリズム小説が、いつ、どのように始まったのか、という問いに、ピンポイントで答えることは不可能であるに違いない。「近代小説」や「リアリズム」の定義は従来から多様だったし、仮にそのどれかに準拠してみたとしても、小説はすこしずつ試行錯誤をくりかえしてきたばかりであって、始まりの時期も、完成の時期も、ぼんやりとしか定められない、という結論が出てくるばかりだろう。

だがそれでも、それだからこそ、近代小説の境界領域で活動した作家を、個人を超えた文学史的な試行錯誤の潮流の中に位置づけることは、曖昧な問いと答えをなるべく具体的に輪郭づけ、小説の歴史学の可能性をさぐる上で、魅力的でもあり不可欠でもある。ましてやオールコットのように、本格的な文学史論議からは落ちこぼれてきたが、じつは重要な位置を占めていると考えられる作家の場合にはなおさらである。[1]

1 「仮面の陰に」とフェミニズム

ルイーザ・メイ・オールコット（Louisa May Alcott, 1832-88）は、ジューヴァナイル小説『若草物語』（*Little Women*）によってのみ知られてきたが、[2] 彼女が近代小説の書き手としての実力をそなえ、現代の読者にさえ驚きと共感をさそう作家であることは、一九七〇年代以後続々と発掘・復刊されつつある彼女のスリラー小説、[3] とりわけその代表作「仮面の陰に」（"Behind a Mask: or, A Woman's Power", 1868）を一読すればあきらかである。舞台は英国の貴族コヴェントリー(Coventry)家の館、中年にさしかかった貧しい元女優ジーン(Jean Muir）が、美貌と演技力を武器として玉の輿に乗るべく、若い家庭教師として貴族の館に入り込み、若者兄弟を順に手なづけ、最後は老領主の後妻におさまりおおせる。彼女の野心は読者には最初から示唆されているので、はたして彼女の真のターゲットは誰なのか、その術策は成功するのか、それよりも彼女の過去を暴く情報がもたらされるほうが一瞬早いのか、緊迫のうちに読者は複雑な心理ドラマをまのあたりにする。

最終的にこの作品が、あくまでも「スリラー小説」のジャンルにとどめられるのは、主人公ジーンの野心が物語やドラマの推進力として絶対化され、なぜそこまですさまじい野心に燃えるのか（貧困だけでは、説明はどう見ても不十分である）、それほどの野心にたいして彼女の良心はどのように痛んだり背いたりするのか、といった人物理解へのリアリズム的な問いを最終的に置きざりにするからである。言いかえれば、この作品の近代小説らしい印象は主として彼女の外面上の演技によってもたらされ、彼女の内面はおおよそ抽象化された野心の化身であるにすぎない。その結果、作品の終了時点では、彼女は執念ぶかい野心をかかえた悪人、悪役として結論づけられざるをえない。このように人物理解に不足を生じ、悪役としての「役まわり」にその不足を帰することが作者（と読者）に可能であるのは、「これはスリラー小説だから、①人物よりもプロットが大事②人物像はしょせん勧善懲悪」といったジャンル的な約束事への依存＝甘えのおかげにほかならないわけだ。

ジーンを悪役としてスリラー小説を完成することは、もちろんオールコットの当初からの意図であり、彼女はこの作品ののちも、多くのスリラー小説を書きつづけた。このジャンルへの意欲は、「ジューヴァナイル小説」という別のジャンルに属する『若草物語』の連作執筆と並行してつづいたことが現在では判明している。[4]

そこで、なぜオールコットは、近代小説的な実力をそなえながら、ジャンル作品にばかりこだわって、ふつうの小説＝近代リアリズム小説を書こうとしなかったのか、という問いが、伝記的にも文学史的にもきわめて興味ぶかい焦点の問いとなる。

通常はこの問いにたいして、オールコット家の経済的困窮を理由としてあげることが多かった。ルイーザは家庭内でほとんど唯一の稼ぎ手だったので、編集者の求めに応じて、すぐに売れるジャンル作品を（筆名をもちいて）書きつづけた。これが一つの理由だったことは間違いない。

もっと内在的な理由として、オールコットのいわゆるフェミニスト的な情熱が近年しばしば議論されている。オールコットは少女時代に、父親を介してエリザベス・ピーボディ（Elizabeth Peabody）やマーガレット・フラー（Margaret Fuller）の知己を得ていた上、職業婦人として非婚の生涯をすごし、明確な婦人参政権論者だったから、広い意味でフェミニスト的傾向を持っていたことはうたがいないし、そのことは『若草物語』連作のジョー（Jo）やナン（Nan）の性格からもうかがい知られる。その点を重要視して、家父長制への批判、『若草物語』が強調するキリスト教道徳への内心の反撥などが、彼女のスリラー作品の核心にふくまれると、フェミニズム批評は強調してきた。その伝でいけば、「仮面の陰に」も、ジーンが女性性を武器として権力と自由を追求する物語として解釈されることになる。[5]

オールコットのフェミニスト的傾向も、無下に否定されるべきものではないが、彼女のスリラー作品発掘の時期は、たまたまフェミニズム批評の隆盛期に重なっていたから、この種の批評がオールコットの実情を超えて、彼女をフェミニストとして一面的に評価する（その結果しばしば『若草物語』の展開に失望する）気運を生じたこともまたいなめない。アルフレッド・ハベガー（Alfred Habegger）が言うように「オールコットが筆名で書いたスリラー小説に関してショッキングなのは、著者がラディカルな生れと育ちで、男女平等を主張したにもかかわらず、いかにそれらの作品が男性の優位や支配を受け入れているか、程度の差こそあれ政治的に反動であるか、という点にこそあるのだ」（Habegger, 236）とするのが、最終的には妥当な判断であるようにも思われる。かつてジューヴァナイル小説家としてのみあつかわれてきたオールコットを、今度はフェミニスト小説家としてのみあつかうことは、同種の偏頗の反復となるだろう。フェミニスト的側面と政治的反動のバランスの問題をふくめて、オールコットのスリラー作品の全体がどのような内的動機をかかえていたのか、それを緻密に検討する作業はなお今後の課題である。

そうした今後の課題に役だつためにも、本稿では以下、オールコットが唯一完成させた、ジャンルに属さない長編小説『気まぐれ』（*Moods*, 1864）を取り上げ、近代小説としてのこの作品の達成ぶりを検討し、あわせて彼女の内面の概容を、いささかなりとも推し量っておきたい。

2 『気まぐれ』の初版と第二版

『気まぐれ』は、その内容ばかりではなく、周辺的事実から見ても、オールコットが真剣に書き、長く愛着した作品であることがうかがわれる。第一に、彼女はこの作品を経済的理由からではなく、いわば内発的な理由から書いたとおぼしい。この作品の最初の草稿を完成した直後の一八六〇年八月、オールコットは次のように日記にしたためている。

『気まぐれ』——作家魂がはげしく燃えさかって、私は四週間のあいだ一日中書き、夜もほとんど一晩中考えこんでいた。まったく取り憑かれた感じだった。完全に幸福だった。何も欲しくなかった。……これはたぶん評判にもならないだろう。でも書かないわけにはいかなかったし、経験を積んだだけ勉強にもなった。(*PLMA*, 568)

書きはじめると「取り憑かれた感じ」になることはオールコットにはめずらしくなかったが、その点を割り引いても『気まぐれ』が特別の作品だったことは十分に察せられる。

第二に、オールコットはおよそ二十年を経たのち、この作品を改訂し、第二版（一八八二年）を出版した。第二版に付した序文で、彼女は「その後のどんな作品にもない愛と苦心と熱狂がこの本には込められた」(*PLMA*, 157) とあらためて愛着を表明している。

初版から第二版への改訂は、大がかりなものだった。現在では両方が再版されているほか、初版のほうには第二版との異同を示す注が付されている。[6]

主人公シルヴィア（Sylvia Yule）は、マーチ（March）家のジョーにも似た活発な少女で、兄やその仲間たちと森のキャンプに出かけたりするうち、野性的で夢想的なアダム・ウォリック（Adam Warrick）に恋心をいだく。初版では、このウォリックに、かつて旅先で「キューバ一の美女」（*M*, 98-99）と評判の女性オティヤ（Otilla）と結婚の約束をし、破棄した経緯があったことが描かれ、シルヴィアがオティヤを見かける場面さえ用意されているが、第二版では、オティヤに関連する記述はすべて削除されている。

その後シルヴィアは、ウォリックへの思いは届かないとあきらめ、折りから求愛していたウォリックの親友で温和なジョフリー・ムア（Geoffrey Moor）と結婚する。その後久しぶりに姿をあらわしたウォリックは、結婚を祝福しながらも、かつて自分もシルヴィアを愛したのだが、友人ムアのために身を引いたのだ、と告白する。シルヴィアの恋は再燃し、ウォリックへの愛に比べれば、夫にたいする感情は友情以上のものではなかったと気づく。苦しみ、沈むシルヴィアは、夫に問い詰められ、うわべをつくろう術もないまま、原因がウォリックへの愛にあることを告白する。このあたりが全篇のクライマックスである。

衝撃を受けたムアは一時的に別居を求めるが、彼女にたいする愛は変わらない。シルヴィアも信頼する友人フェイス（Faith）に相談し、結婚するならロマンティックで観念的なウォリックより、安定したムアのほうが望ましい、という忠告を受ける。ウォリックとムアはヨーロッパへ旅に出て、二人の友情は亀裂を乗り越えて深まるが、帰路の汽船が難破してウォリックは死亡、ムアだけがシルヴィアのもとへ帰る。

そこから先の結末部分が、初版と第二版の第二の大きな相違である。初版ではシルヴィアは、ふたたびムアに対面しても、ついに心からムアを迎える気になれないまま、衰弱を重ねて死んでしまう。第二版では、さらにフェイスとの応答をかさねるうちにシルヴィアはみずからの情熱的気質をいましめ、ムアとの平和な生活を望むようになる。「あなたはこれまで自分の気まぐれ（moods）の餌食だったけど、これからは徳義（principle）にしたがって、自分で認めた義務をしっかり守らないとね」（*PLMA*, 332）というのがフェイスの教えの核心である。かくして、シルヴィアは帰ってきたムアを迎えてハッピーエンドとなる。

改訂をへて、第二版が初版よりもすぐれた小説になったかどうかを判断することはむずかしい。最初の変更、ウォリックの恋愛事件については、削除するほうがよかったかもしれない。ウォリックはオティヤにたいして、性的な魅力で自分を騙したのだと非難する。「きみに信頼をおくことはできないし、きみが呼び覚ます情熱を尊重する気にもなれない」（*M*, 9）というかれの主張は、情熱（＝気まぐれ）の危険を考えるこの作品の主題、やがて主人公シルヴィアが直面せねばならない主題を、ウォリックがあらかじめ提示しておく役割をはたすし、またオティヤは、のちに彼女の存在を知ることによって、シルヴィアがいったんウォリックをあきらめることをたやすくする機能をになっている。官能的なオティヤとトムボーイ的なシルヴィアのコントラストが、印象的でないわけでもない。だが、シルヴィアがその主題に直面したとき、情熱的な愛の相手としてあきらめねばならないのは当のウォリックであり、ウォリック自身がかつて同様な認識を抱いていた事情は、この作品の主題を無用にねじれさせてしまうと思われる。また何よりも、ウォリックのオティヤ非難の言葉は、一度はその魅惑にとらわれた者の発言としては単純すぎ、現実味を欠いて見える。逆に、オティヤがまったく登場しなくても、シルヴィアの物語に本質的な影響はない。しかもウォリックとオティヤの別れの愁嘆場は、初版の第一章に置かれていたのだから、作品の第一印象にとって大きなマイナスだっただろうことも想像に難くない。

いっぽう第二の変更は、シルヴィアの死から彼女の成長とハッピーエンドへの変更であり、主題の様相に直接かかわっている。初版における彼女の死は、小説の結末として安易な印象をあたえるが、それでも、気まぐれよりも徳義と義務、と言われて、頭ではそのとおりだと納得しても、心がそれを受け止められない、という彼女の若さの実情をありありと反映する。他方第二版では、シルヴィアは苦悩ののちに、この道徳的な忠告を受け入れて成長する。いわば主人公の性格が議論によって深まる、という小説の禁じ手のごとき事態がここでは演じられてしまうことになる。オールコットは第二版の序文で、この変更について「十八歳のときはシルヴィアの難問を解決する唯一の方法として死しかないように思えたのだが、三十年［ママ］たってみると、幻滅を乗り越えて幸福を見つけたり、愛と義務とを調和させたりする可能性を学んだので、主人公は初版と比べて、ロマンティックではなくなるけれどもいっそう賢明な状況を迎えることになった」（*PLMA*, 157）と述べている。長年の人生経験の成果を年若い主人公にそのまま託することが、ロマンティックでなくなるだけではなく、人物像に無理を生じさせ、いわば抽象化してしまう不安を、オールコットは自覚しなかったのだろうか。

文学史的な興味から見ても、初版のほうが第二版よりも興味を惹く。というのも、初版と第二版の二十年のあいだに、ハウエルズ（William Dean Howells）やジェイムズが登場し、アメリカ小説は明瞭に近代リアリズムの時代に突入していたから、第二版が仮にある程度近代小説らしさを達成していたとしても、さしてオールコットの名誉にはならないし、その達成の水準は、この二十年のあいだに彼女が書きつづけた『若草物語』連作からもおおよそ類推されるからである。ところがその水準が、一八六〇年代前半にあらかた実現していたとすれば、アメリカ小説史の見取り図にとって有意義な観測点となるだろう。こうした事情と、結末の変更の問題を考慮して、本稿ではとりあえず初版を中心に検討をすすめることにしたい。

3　ジェイムズの書評

『気まぐれ』初版は、まだ作家として本格的なデビューをはたしていない若いヘンリー・ジェイムズ（Henry James）によって書評された。[7] 短くない書評の半分以上を割いてジェイムズが問題としたのは、はたしてウォリックの人物像、とりわけオティヤとの関係だった。第一印象のマイナスはやはり大きかったようだ。「恋人にたいするかれの口の利きかたを見ると、正気の男が女に話しているとは思えない」（James, 278）とまでジェイムズは酷評している。すでに述べたように、この点に関して現代の読者は、基本的にジェイムズに賛成するだろう。

ただし全体として、ジェイムズの『気まぐれ』書評は、採点がきびしすぎるように思われる。そもそもジェイムズによる以外のこの作品の書評は、のちに見るように概して好意的だった。いったい、ウォリックのように男性的な男性を、ジェイムズは個人的に嫌悪していたのではないか、そうでなければこれほど彼について長々と批判する必要はなかっただろう。[8] また、そもそも主人公シルヴィアは「早熟な娘」の類型に属し、この類型はそれ自体「観察の対象として不快であり益するところがない」（James, 276）とジェイムズは冒頭から断罪するのだが、のちに「デイジー・ミラー」（"Daisy Miller"）を書くことになる作者の言とも思えない。その調子でオールコットは「人間性を知らない」（James, 280）などと悪口をならべたあとの、ジェイムズの結論部分を見てみよう。

作者に現実の知識が乏しいために、作者は人物たちを……自分の道徳意識の深みから引き出している。その結果人物たちは、リアルでなくなったとしても、その分ある種の美しさと気品に満ちている。ミス・

オールコットは人間性について経験が少ないと想定せざるをえないが、それにたいする彼女の賞賛の気持ちは大きいのだ。ウォリックのオティヤへの態度を別にすれば、彼女は作品全体をとおして偉大なものにのみ共感を寄せている。……こうした美点がある以上、ミス・オールコットは、もし自分で目撃したものだけを書くことに満足するならば、すぐれた小説を書けない理由はないのである。(James, 281)

一つ一つの文が批判と賛辞を組みあわせて成り立っているこの一節は、あきらかに批判八割と読むべきだろう。だが、少なくともアメリカ文学のコンテクストから見るかぎり、この一節の中心部分を、批判の歯に着せる衣としての賛辞ではなく、文字どおりの観察記述として読んでみることも可能である。というのも、実際に『気まぐれ』で問われているものは「道徳意識の深み」にほかならないからだ。また、アメリカでは、ジェイムズ自身の『ある婦人の肖像』(*The Portrait of a Lady*)をはじめ、『サイラス・ラパムの向上』(*The Rise of Silas Lapham*)であれ、『ハックルベリー・フィンの冒険』(*Adventures of Huckleberry Finn*)であれ——つまり前後の時代は言うまでもなく、肝心のリアリズムの時代にあってさえ、作家が「リアルでなくなったとしても」「人物たちを自分の道徳意識の深みから引き出す」事例、いわゆる「ロマンス」的な小説の事例は引きもきらないからである。換言すれば、アメリカでは「道徳意識の深み」の問題は近代リアリズム小説が(「ロマンス」として)展開する上で障害にはならなかったのであり、[9] アメリカ近代小説の近代性は、道徳意識以外の領域にもっぱら求めねばならないのだ。「自分で目撃したものだけを書くことに満足」せよ、というジェイムズの忠告は、それゆえ、一見すると道徳を離れたリアリズムを主張するように見えるが、実際にはジェイムズ自身も守る気のない、初心者むけの教条をとなえているにすぎない。少なくともアメリカには、「自分で目撃したものだけを書くことに満足」した小説家など、ほとんどいたためしがないのである。

そこでジェイムズの『気まぐれ』書評は、それ自体アメリカ近代小説の成立期をいろどる、文学史的な小事件だったのかもしれない、と憶測をまじえることも許されるだろう。ジェイムズはいく度か、オールコットを、共通の特徴（＝欠陥）を持つ多くの女性作家の一人としてあつかっている。女性作家は一般に現実を知らない、リアリズムを知らない、とかれは言いたげなのである。「女性作家たちが非現実的な男性主人公を懸命に描き出すそのやりかたは、悪気がないだけにまったく失望させられる。ありがたいことに、そんな男が世の中に出回ることなどありえないのだ」（James, 277）。おまけにかれは、自説を繰り出す際に、フランスなど外国の小説の現状を得意げに参照してみせる。ジェイムズとしては、『気まぐれ』を一つの見本として、当時流行がつづいていた女性作家たちによる作品を、この際リアリズムとは似て非なるものとして、きっぱりしりぞけることを企図していたのかもしれない。あたらしいリアリズム小説の時代を国際的になうのは、彼女たちではなく、自分たち＝男性作家たちであるという自負が、かれのこの書評に込められていたとしても不思議ではない。

さらに別のコンテクストをここで想定することもできる。ジェイムズが嫌ったウォリックは、ソロー（Henry David Thoreau）をモデルにしていたと言われている（だからオールコットにとってはウォリックはかならずしも「非現実的」ではなかった）。オールコットの父ブロンソン（Bronson Alcott）は、周知のように超絶主義者として、ソローばかりでなく、エマソン（Ralph Waldo Emerson）の親しい友人であり（『気まぐれ』というタイトルは、エマソンのエッセイ「経験」（"Experience"）から取られた）、ホーソーン（Nathaniel Hawthorne）とも交際があった。ジェイムズの父親も超絶主義者たちと交際があったから、息子ジェイムズが、『気まぐれ』の著者をめぐるこれらの事情を知らなかったはずはない。だとすれば、ジェイムズの『気まぐれ』批判は、これから台頭しようとする近代リアリズム小説派が超絶主義陣営にたいして投げつけた、一種の挑戦状、絶縁状のおもむきをおびていたのかもしれない。[10]

ちなみに父ブロンソンは、『気まぐれ』に「形而上学」があることを賞賛し、「エマソンに見せなさい」と言い、ジェイムズの書評にはおおいに不満だったと伝えられる（Matteson, 313）。かれの言う「形而上学」は、やはりこの作品の「道徳意識」やフェイスの説く「徳義にしたがう」倫理観を指しているだろう。事実、この作品の書評の一つは、フェイスの思想に注目しつつ、この作品を「超絶主義的小説」と形容して評価している（Stern, 68）。要するに、オールコットは道徳や形而上学を尊重し、それらはリアリズムとは両立しない、というのがジェイムズの判断だったわけである。

4 道徳と自伝的リアリズム

結果的にジェイムズの書評に屈したかのように、オールコットは第二版でオティィヤ関連の記述を削除したが、すでに要約しておいたように、それによって『気まぐれ』全体の主題が変化したわけではなかった。むしろ全体の主題については、オールコットはいっそう頑固に、情熱を徳義によって抑制せねばならない、という主張を明確にした。シルヴィアは初版ではそうせねばならないと納得しつつ、それができないままに死ぬが、第二版ではなんとか情熱を自己管理しおおせ、心の成長のごときものを示すからだ。

道徳的な忠告をシルヴィアに与える年長の友人フェイスは、かつて（一八六三年）短編「私の逃亡奴隷」（"My

Contraband")の語り手として登場した人物であり、オールコットの分身、またシルヴィアの超自我的な理想であると考えられる。そのような人物に長々と道徳論議をさせ、それによって人生の難局に結論を出すやりかたは、すでにふれたように禁じ手の違反であり、小説として最低だ、という見方も、現代の読者は当然持ちあわせているだろう。小説はあくまでも主人公の個別の生を求めるのであり、多かれ少なかれ一般論が支配する道徳論議はおよそ小説にはなじまない。だが、ここではそう断ずる前に、この作品は最低であっても、ともかくも小説として成立しているのかと、まず問うてみなければならない。

フェイスの名前が示すように、『気まぐれ』で喧伝される道徳の背後にキリスト教信仰がひそんでいることは言うまでもない。だが他方、これまでの紹介から了解されるように、またジェイムズ書評からもうかがわれるように、シルヴィアの物語の展開にキリスト教がとくに強く作用している形跡はない。シルヴィアの愛の悩みは、あくまでも世俗の悩みとして追求される。悩みにおいて、信頼する年長者に相談し、その年長者が道徳的一般論をもちいて助言を与える、という展開は、現実にはいくらでも起こりうるだろう。だからフェイスの説教は、抽象的で退屈だと評することはできるが、ただちに現実的でないとまでは言えない。

したがって、もし近代小説のもっとも簡単な定義が、世俗の悩みを世俗的な次元で写実的に描く物語である、とすると、『気まぐれ』はその定義用件を、まずまず満たしていると言うことができる。すでに触れたように、この作品の写実的リアリズムの程度は、アメリカ近代小説として通常認められている諸作品とくらべてさほど遜色がない。ホーソーンの長編などよりはるかに現実的で、出来事の蓋然性も「まあ、ありうるかな」という程度には高い。

ただし、繰り返さねばならないが、その主題は道徳である。それはキリスト教信仰に接続されている。いや、接続されているだけではなく、「情熱や衝動ではなく、徳義が肝心」というオールコットの道徳は、十九世紀以前から喧伝されてきたキリスト教道徳のセルフ・コントロールや自己犠牲の美徳を、ほとんどそのまま再現している。この種の道徳は、猛威をふるう場合には、人生を既存の道徳の型にはめるから、今度は個人主義や個人の自由を否定する傾向をおびざるをえない。この時期の書評や小説論を整理したニーナ・ベイム(Nina Baym)の労作が示すように、当時小説をめぐってまっさきに議論されていたものは道徳であり、しかもそれは、「仮にこれも個人主義のイデオロギーなのだとしても、進歩よりも安定を目標とし、自己実現よりも義務を要諦として出てくる種類のものであった」(Baym, 193)。つまり、近代小説のもっとも大きな敵と言うべき、個人主義の抑圧や否定が、道徳の主張の陰にはとかくひそんでいたのだ。実際、シルヴィアの自由な情熱によってささえられた少年のような奔放(それは『若草物語』のジョーのものと同質である)が、「徳義」によって否定される場合、教育の場面であることをことさら想定しない限り、小説の過半をささえてきた彼女の人格そのものの否定のように思われて、近代小説の読者には受け入れがたいだろう。

それでは『気まぐれ』は、道徳的内容の古さ、個人主義の抑圧の傾向によって、世俗的なリアリズムの結構にもかかわらず、やはり近代小説以前の作品として葬り去られるほかないだろうか。ある意味ではそのとおりである。だが、話はそこで終わらない。というのも、情熱ではなく徳義、という自己否定的主張は、オールコットにとって、幼児期からきわめて個人的な、切実な問題だったからであり、その結果この作品は、彼女の個人主義的な自己表現や主題の追求にもなりえているからである。個人主義的な主題の追求が、リアリズムの結構と相互補強しあって、一個人の(世俗の、写実的な)物語を成り立たせることは言うまでもない。これが要言すれば、オールコットは逆説的なことに、自己否定の願望を自己表現しようとする作家だった。これが彼女が過渡期的な作家であることの深層の意味であり、また先に引用しておいたように、彼女が『気まぐれ』を「書かないわけにはいかなかった」理由、第二版まで二十年以上にわたって抱え込んでいた理由だったとも考えられる。

ざっと伝記を振り返るなら、オールコットは幼い頃からいわゆる癇の強い子、衝動的なエネルギーを発動させやすい子だったようだ。『若草物語』のジョーは次のように述べてオールコットの自伝的苦闘を表明する。「私は気持ちがたかぶると、何をしでかすかわからないみたいなの。ものすごく残酷になって、誰でも傷つけちゃうし、しかもそれが楽しいの。このままだときっといつか、何か取り返しのつかないことをして、人生をめちゃくちゃにして、みんなに憎まれるようになるわ。お母さん、助けて、お願いだから助けて！」（*LW*, 68）

このような幼少期だから、ジョーの父マーチ氏とは異なって、独特の教育家であり同時に強烈に家父長的な人物だった父ブロンソンとのあいだで、彼女の確執は相当なものだったと推測される。[11]

> ルイーザが自分の欲望や衝動に完全に夢中になってしまう様子は、二歳の子供として異常とは言えなかっただろうが、父親の目から見ると、これほど恥ずべきことはなかった。そもそもブロンソン・オールコットの道徳信条の第一条は自己放棄だったのである。……ブロンソンは長いあいだルイーザを、娘たちの中でもっとも利己的だと見なしていた。（Matteson, 64）

父ブロンソンは、自覚的にキリストを模倣した人生を送ろうとしていた。家をつかさどるキリストに反抗することは……事実上自分を悪魔と定義するに等しかった。ルイーザにとって、なんとか癇癪をなだめようとする自分の努力が実らなかったとき、ブロンソンが美徳だと主張する貧乏生活に不満をつのらせたとき、あるいは彼女の衝動的な性格を父が冷たく突き放したり、無理解を示したりしたとき、本当に自分は悪魔なのではないかと疑うこともあったに違いない。(Matteson, 192)

このように、ルイーザの少女時代の努力の多くは、欲望する自己の否定という父の教え、そして女性をとりまく当時の同趣旨のイデオロギーを、内面化することについやされたと考えられる。その内面化は、もちろんかなりの程度まで成功した。彼女はみずからの課題である自己否定の道徳の重要性を小説に書いた。[12]『若草物語』のジョーが典型的にあらわすように、その課題をなかなか内面化できないでいる娘の心的過程が、皮肉なことに小説としてかえって面白い場面を提供する、そのことはオールコットももちろん承知していたに違いないが、内面化の失敗をそのまま逆手にとって自己解放の方向へ舵を取ることは、彼女には思いもよらないことだったに違いない。反抗しながら、最後は従順——すでにハベガーを引用しながら触れたような、フェミニズム批評がオールコットを過大評価したり、逆に不満をいだいたりする事情は、このようにして説明されるだろう。はたしてジョーは成人するにつれて、子供たちに道徳を教える役割を積極的ににならようになる。『気まぐれ』は、ジョーの自己否定の課題に先だって、その課題を「結婚の失敗」という大きなプロットの中で真剣に、ジューヴァナイルでないかたちで描こうとした作品だからこそ、オールコットにとってもっとも重要な作品となったのである。

いっぽう、上の引用が端的に示すように、オールコットにとって、自己否定の道徳の内面化のプロセスは事実上、父親への同化のプロセスでもまたあった。ただしそちらのプロセスは、彼女の性格ばかりではなく、社会性も経済観念をも欠いた父ブロンソンの異様な性格もあいまって難渋し、「こんな家に生れなくてよかった」と伝記読者の誰もが思うような障害と困難につきまとわれていたが、[13] それでもそれは、道徳の内面化と基本的には並行するペースで、徐々に進展していったと推測することができる。ジョン・マーティゾン (John Matteson) によれば、

どうやら彼女は、実の父親が完全には満たしてくれない心の中の場所を埋めてくれる人物を探していたが、ただしおもしろいことに、思想や性格があまりブロンソンとは大きく違わない人物に惹かれていったようだ。父親の代わりを探すのではなく、どうも同じ父親の改良ヴァージョンを求めていたようなのだ。(Matteson, 210)

こうして『若草物語』のジョーは、年齢も職業もブロンソンに似た、ただしはるかに柔和なベア (Bhaer) 先生と結婚することになる。『気まぐれ』のシルヴィアについて言えば、ウォリックがソローの面影をもつのにたいして、彼女がフェイスの承認を得て結婚を継続しようとするムアは、エマソンの一面を引いていると言われる (*PLMA*, xvi-xvii)。どちらも父の親友であったことはすでに述べたとおりである。こうして『気まぐれ』という作品が、オールコットの個人的、伝記的な要因を率直に反映しながら、彼女の苦心の自己表現として書かれた、その意味で個人主義的な、一人前の近代小説であることは、最終的に否定できないだろう。だからオールコットは、道徳の内面化の課題を、自己解放に反するなどと考えて後悔したりしなかったは

ずだ。その点で彼女はあくまでもブロンソンの娘、エマソンやソローに教えを受けた従順な娘であり、そういう娘でありたかった。自分がそのような意味で（未完成ではあれ）道徳家であり、道徳の獲得への努力についてならいくらでも書くことができる、やや特殊な志向の持ち主であることを、彼女は徐々に自覚していったのではないだろうか。その自覚からすれば、たまたま書くように注文された少女むけ物語の中に、シルヴィアをもっと若くしたジョーを登場させ、教育的な家庭内物語を書くことは、さほど困難ではなかっただろう。

道徳以外の主題で小説を書くことは、彼女にはできなかったし、おそらく興味もなかっただろう。ただし、スリラー小説は別である。そこでは勧善懲悪という道徳の約束事が保証され、その中で、彼女は悪として自由になれる。それはまるで、自己否定をする前の自分を思い切り発散させるようなものだ。だからかならず筆名を使って、道徳に縛られない悪人を、思い切り書いてかまわないのだ。それはジョーの折りおりの癇癪や悪意の爆発に、本質的に似ていなくもない。

5　結婚の失敗というプロット

以上の観察をまとめてみると、『気まぐれ』は、古くさい小説だという印象はあるけれども、近代小説の一つの出発のしかたを告知する重要な作品として位置づけることが可能である。この作品は、道徳の内面化を課題とした、作家にとっても主人公にとっても個人的な物語が書かれ、ある程度のリアリズムがつらぬかれる、その様子を示すことによって、道徳の蔓延した十九世紀前半の風潮の中から、どのようにして個人的な人生を考察する近代小説が立ちあらわれたのか、という問いにたいして、一つの標準的な解答をあたえる。

その点をさらに明瞭にするために、最後に、この作品における結婚の失敗のプロットについて一考しておきたい。結婚あるいは婚約の失敗というプロットが、近代小説のおおきな支柱でありつづけてきたことは、あらためて論ずるまでもないが、近代小説史においてかならずしも正当に評価されてこなかったように思われる。その原因は、結婚の主題が伝統的に女性作家たちの領分であり、文学史が女性作家の作品を過小評価してきた事情にも求められるだろうし、現代のフェミニズム批評家たちが、なんとか「正しい結婚」をしようと努める伝統的な女主人公たちに、あまり共感してこなかった事情にも求められるだろう。

社会とそれを支える制度である結婚にたいする反乱としての「姦通」、いまで言う不倫が、近代小説の中で特筆すべき栄光とスキャンダルをになってきたことは、トニー・タナー（Tony Tanner）の『小説と姦通』（*Adultery and the Novel*）によって明らかにされているが、アメリカ近代小説の初期段階では、不倫を主題化することはさすがに困難で（『緋文字』は罪のロマンスだから可能だったのである）、アメリカの女性作家たちは、ぎりぎりのところ、結婚の失敗という大問題の中に、個人の自立への、そして道徳の主題との関連づけへの、契機を求めようとしてきたように思われる。この大問題は、女性の貞操と運命のゆくえを副次的興味ポイントとする点で、リチャードソン（Samuel Richardson）の『パメラ』（*Pamela*）をまねてアメリカでも独立前後の時期におおいに書かれた、いわゆる「誘惑小説」のジャンルを後継していると言える。ただしそれだけではなく、恋愛結婚を奨励するアメリカの近代性のもと、女性たちが主体性を強めるにつれて、女性作家たちは、女主人公の恋愛選択の失敗の中に、個性の発揮と反省的な道徳意識などの主題を確保しようとした結果だと考えられる。

ここで結婚あるいは婚約の失敗をあつかった三篇の作品を比較して、図式的な見通しを得てみよう。一八二二年に発表されたキャサリン・マリア・セジュウィック（Catherine Maria Sedgwick）の『ニュー・イングランド物語』（*A New England Tale*）は、善悪の明瞭な表示、説教くささ、物語の蓋然性の低さ、人物たち本位の場面の乏しさ、どれをとっても近代小説として失格だと思われるが、ニュー・イングランドの生活を点描するおざなりな意欲は別として、ここで特記すべきことは、女主人公ジェーン（Jane）が間違った相手と婚約してしまうというプロットを、あえて導入している点である。相手の不道徳の発見と、婚約した以上はそれを守らねばならないという仁義とのあいだにはさまれて、ジェーンは「対立する義務感のあいだの迷宮」（Sedgwick, 123）をさまよう。

この世俗の現実的な「迷宮」を、あえてしばらくのあいだ描出する度量が作者にあれば、それだけでもこの作品は近代小説に肉薄していただろう。だが、相手の男はわずか数ページののちに、ギャンブル好きであることが発覚し、それはジェーンにとって、婚約を解消する迷う余地のない理由になる。相手のほうが勝手に道徳の基準からはずれてくれるために、ジェーンの「迷宮」は空中楼閣であることが判明し、彼女はあらためて、正しい結婚にむかって邁進することができるのだ。もとより、「対立する義務感のあいだの迷宮」に迷うこと自体、セジュウィックが依拠する道徳観からすれば失敗であり、避けるべきことだったのだろうし、婚約ならまだしも、結婚してから失敗に気づくことなど、およそありえない破滅でしかなかったのだろう。

いっぽう、一八八一年のジェイムズの『ある婦人の肖像』は、言わずと知れた近代小説の傑作で、結婚の失敗を、今度はまったく個人的にあつかっている。ここでは失敗した相手が不道徳であることに気づいても なお、主人公イザベル（Isabel）は自分で選択の責任を取ることを選び、重い自己責任が彼女の道徳のおもな内容をなしているようにも見える（そしてそのような自己責任感が彼女の自尊心に由来することもまた、ジェイムズは的確に描き出している）。「自分の行動の結果は引き受けなきゃいけないでしょ。私は世界中の人の前で結婚したのよ。完全に自由だったし、あれ以上よく考えてすることなんかできなかったわ」（*Portrait*, 450）

結婚あるいは婚約の失敗という共通プロットの中で、以上の二作品は、道徳から性格へ、個性と主体性の量的かつ質的な拡大へ、大きく変化＝近代化していることをしめしている。[14]『気まぐれ』は、これら二作品のほぼ中間の時期に書かれた。道徳から性格への進展の中で、性格を道徳によって制御したいと願う自己否定的な自己表現があらわれたことは、まさに過渡期的な中間形態だ、と言っておけば安全かもしれないが、誠実な夫を裏切り、長々とつづいて死に至るシルヴィアの孤独な情熱と苦悩に信をおいて、この作品においてひとまず、近代小説はやや特殊なかたちで成立した、と見ることも可能であるだろう。彼女を「ひとまず近代人」と見なす見方は、ジェイムズの書評にはさからうことになるが、ジェイムズ自身の小説の歩みに直結した問題を、かえって正当に評価することになるはずだ。

この点は読者の反応からも傍証される。結婚してから別の男への愛に目ざめるシルヴィアは、妻として不謹慎である、という非難が、この作品の一般読者から数多く寄せられ、この作品が売れないのは、ほぼ間違いなく読者がこの作品を不道徳と見なしたせいだ、と出版社側は考えた（Zehr, 331）。この事実は、シルヴィアの時代に先がけた近代性を照らし出しているように思われる。いっぽう、ジェイムズを例外として、雑誌などに掲載された書評は概してこの作品を歓迎した。中でも『ハーパーズ』（*Harper's*）は、この作品は「高潔な人物像の中で相剋する情熱を、非常に繊細にまた巧妙に描いた」作品であり、「ホーソーンの作品以外にこれほど強力な愛の物語を思い出せない」と述べた（Stern, 66）。『ハーパーズ』の書評子にとっては、アメリカ特有のロマンス的なリアリズム小説はこの作品においてはっきり成立していたのである。その後の『若草物語』の爆発的な成功が、『気まぐれ』の功績を忘れさせた経緯は、皮肉と言えばあまりにも皮肉だった。

また同時に、オールコットばかりではなく、失敗するにせよそうでないにせよ、結婚問題を取り上げた作品が、かねてから女性作家たちによって連綿と書かれてきた背景的な事情にも、ここで注目しておくべきだろう。『気まぐれ』をあいだにはさむことによって、『ニュー・イングランド物語』からやがて『ある婦人の肖像』や『サイラス・ラパム』が出現するようになる、という、結婚物語を軸として見たアメリカ近代小説成立史は、もっと広く認知されていいだろう。すでに簡単にふれたように、ジェイムズやハウエルズは、近代小説を女性作家たちの小説とはあくまでも異なる新しい創作ジャンル、芸術の名に値する高尚なジャンルと見なしたがっていた。その態度にももちろん一理ある。だが、小説が高尚な芸術であるという認識が消滅しかけた現代、しかも源氏物語以来、女性文学の千年の伝統をほこるわが国にあっては、アメリカ小説の歴史を作ってきたのは女性作家たちの道徳や結婚への関心だった、という認識が仮にひろまったとしても、別にうろたえることはないのではないかと思えるのである。[15]

III

二十世紀文学の群像

第八章

アメリカ現代文学の起源　『ワインズバーグ・オハイオ』再読

諏訪部浩一

1　アンダソンをいま読むということ

シャーウッド・アンダソン（Sherwood Anderson, 1876–1941）という存在は、昨今のアメリカ文学研究において奇妙な、しかし象徴的な位置を占めている——彼をどう評価するかに関して明確な合意が持たれたことがないように思えるまま、その名が文学史から消えつつあるように見えるという点においてである。

数冊の研究書が近年発表されたという事実はある。だが、アンダソンに的を絞った二冊の研究書を繙くと、冒頭近くで一冊はアンダソン研究が八十年代以降下火になったと総括し（Bassett, 10–11）、もう一冊は八十年代に出版されたコロンビア版アメリカ文学史での扱いの小ささを嘆いている（Dunne, xv）。[1] これらの事例は、今日アンダソンを研究対象とするに際しては、弁解めいたことをいわねばならないという雰囲気があることを示唆している。

二十一世紀の現在、こうした事態はさして意外ではないかもしれない。右で問題となっている八十年代とは、アメリカでの文学研究の主潮が多文化主義的／文化研究的なものへとシフトし始めた時期であるが、そうした情勢下で考察の対象として扱われるには、アンダソンという作家はあまりにナイーヴな白人男性であるように感じられるからである。

だが、そのようにアンダソンを閑却しようとすると、「彼の文学の評価の低さにやましさを覚える」（田中九一）ことになるのではないか。実際、まさしく二十一世紀の現在から顧みれば、アメリカの二十世紀文学の起源に一九一九年の『ワインズバーグ・オハイオ』（*Winesburg, Ohio*）を発見するのではないだろうか。「二十世紀文学」が単線的にのみ発展したと考えれば白人男性中心主義に陥りかねないが、それにしても十九世紀的リアリズム文学と『ワインズバーグ』とのあいだの飛躍は決定的に見える。後者は圧倒的に「新しい」のだ。

『ワインズバーグ』の「新しさ」は、様々な面において明らかである。まず、二十以上のエピソードから成るという断片化された形式。それでありながらワインズバーグという共通の舞台と、ジョージ・ウィラード（George Willard）という主人公、さらに「グロテスク」という鍵語を用いて統一性を得るモダニスト的デザイン。言葉の限界への自意識。十九世紀末に時代を設定して「現代」という時代を問題化する戦略。田舎町の「共同体」を背景に凡庸な「個人」の「内面」に焦点をあてるということ。そして「性」という主題。

これら全てが現代文学の課題といって過言ではないし、そのことはアンダソンに後続する作家達が（第二次大戦後にも）「絶賛に近い賛辞をよせている」（宮本　一九四）ことからも確認されるはずである。死後出版の回想録で自分を芸術家としてはマイナーな存在でしかなかったと語るアンダソンだが（*Sherwood*, 11）、二十年代に人気の頂点を迎えた彼がいなければ（早くも一九二七年に研究書が二冊出版されている）、二十世紀のアメリカ文学は全く違ったものになったかもしれないのだ。

このような作家が文学史から消え去りかねないことは、文学史が文化史の中に埋没しかねないことを意味しているのだろう。しかし、文学とは本来、反文化であることを宿命とした芸術ではなかったか。むろん「反文化」も文化の一部ということはできる。だがそうだとすればなおさら、文学史を文化史に簡単に従属させてしまえば、文化史をも貧弱化させてしまう結果にならざるを得ないはずである。

したがって、現在アンダソンを「あえて」再読するのなら、彼がそのナイーヴさにもかかわらず、あるいはむしろそれゆえに、『ワインズバーグ』のような傑作を書き得たと考えてみる必要があるだろう。この視点の有効性を十全に証明するには彼のキャリア全体への多角的考察が必要だろうが、本稿ではそこへの足がかりとして、『ワインズバーグ』の「新しさ」を示す諸特徴が互いにリンクしていることを、彼がナイーヴな現代人であったがゆえに問題化した、（近代的）自我という主題との関係で示唆できればと思う。

2 アンダソン的主体

『ワインズバーグ』までのアンダソン作品、つまり『ウィンディ・マクファーソンの息子』（*Windy McPherson's Son*）や『行進する人びと』（*Marching Men*）などに、主人公の若者が田舎、あるいは「失われた全体性」から逃げるように都会に出るという共通点があることは、しばしば指摘されている（Bassett, 27）。『ワインズバーグ』の場合はジョージが田舎町を出るところで終わるために留保が必要ではあるのだが、作家活動を始めた頃のアンダソンにとって、若者が共同体に自分の居場所を見つけられないという焦り、「いまここ」にいる自分は真の自分ではないという焦燥は、特権的な問題であったといっていい。

もちろん、若者が田舎に不満を感じて都会へ脱出するというのは近代化が進んだ世では定型的な振る舞いであり、そのことはアンダソンの初期作品が習作の域を脱していないことの一因であるだろう。[2] しかしアンダソンの場合にそれを特権的主題と呼び得るのは、主人公が世界に感じる違和の過剰さゆえである。例えば『行進』のノーマン・マクレガー（Norman McGregor）は、都会に出てから労働者を組織して「行進する人びと運動」を推進するのだが、その動機は労働者の待遇改善などではなく、彼が世界の無秩序さに我慢ができず、そこにどうしても秩序を導入しなくてはならないと過剰に――作品には「秩序／無秩序」という語が七十回ほども出てくる――思いつめるためなのだ。

マクレガーの運動が都会に出て開始されることは、サム・マクファーソン（Sam McPherson）がシカゴで成功を収めても心が満たされないことと同様、アンダソン的主人公が抱える「いまここ」への違和感が、田舎／都会という二項対立に還元されない根源的なものであることを意味するし、それがほとんど強迫観念的な主題であることは、その違和感が作者自身のものであったことを示唆する。実際、自伝的作品『物語作者の物語』（*A Story Teller's Story*）の、メキシコ戦争時の訓練を回顧した「[ここでは] 人の個性は消え失せ、人は完全に肉体的で、巨大で、強く、素晴らしくまた英雄的になれ、野蛮で残酷になれる何かの一部になった」（272）という一節など、マクレガーが望む状態と変わらないものである。アンダソンの伝説的な失踪事件（一九一二年）を想起しておいてもいいだろう。

アンダソン的主体とは、「いまここ」に対する違和感を解消するために、失われた「何か」を求めるロマンティックな存在である。こうしたロマンティックな主体とは、全てが調和した叙事詩的な世界／全体性からの疎外として発見される近代的自我の謂であるといっていい。そこで想定される全体性とは近代的自我の側から見出されたものであり、だから彼らの探求は必ず失敗する。だが重要なことは、彼らはその失敗を代償に、自らの「主体性」を担保するということだ。これはロマン主義的錯誤、もしくは予定調和に過ぎないのだが、近代的自我とはその錯誤に、そして近代文学とはその予定調和に依存して「制度」として成立したのである。しかしそれはまた、小説というジャンルが、そうしたロマンティックな制度を自ら脱構築する宿命とともに生まれた近代の鬼子だということでもある。

『マクファーソン』や『行進』が多分にそうであるような凡庸なリアリズム作品と『ワインズバーグ』の差は、後者にはそうした予定調和への依存を断つ小説的な強度が備わっていることにある。ここで指摘したいのは、『ワインズバーグ』が近代的自我のロマン主義的錯誤を「問題化」していることである。アンダソンがその錯誤を超越したわけではない。急速に近代化の進む世界で狼狽えるといういかにも現代的なロマンティシズムゆえに、彼が人間の――自分だけの、ではなく――本質を、その錯誤において見出したということなのだ。この認識は、自己相対化と他者へのシンパシー――エンパシーではなく――を内包する点で、優れて小説家的なものであるといっていい。『ワインズバーグ』を形成するエピソードを一九一五年から翌年にかけて次々と書いた（Phillips, 24）という状況もおそらく幸いし、アンダソンは自分の問題を他者へと開く契機をつかんだのだ。

『ワインズバーグ』がアンダソンに飛躍をもたらした最大の理由は、マクレガーのような人物を特権的主人公にせず、「グロテスク」な人物の一人に「格下げ」したことに認められるはずだが、その作業は、故郷をモデルとした田舎町を、格下げされた「主人公」達の共同体とするというものだった。「グロテスクな人びとについての本」("The Book of the Grotesque") と題したメタテクストを冒頭に据え、そこで老作家の出会った人々が「みなグロテスクだった」(*WO*, 6) とされているこの作品が、ときに短編集と呼ばれてきたのは理解に苦しむが、ともあれここではこうした断片化と統一化の緊張関係というモダニスト的意匠が、アンダソンが小説というジャンルの核に迫るための必要条件だったことを強調しておきたい。だがもちろん、小説を読むということは、その十分条件を見ていくということである。

3　グロテスクな人々

『ワインズバーグ』の鍵語が「グロテスク」であることは常識であり、「[老作家]の考えによれば、一人の人間が一つの真実を自分のものにして、それを自分の真実と呼び、それに従って生きようとした瞬間、その人物はグロテスクになり、抱いた真実は虚偽になってしまうのであった」(7)という一節を引用するのも気が退けるくらいである。だが、この有名な語をどう解するかについて、研究者達は明確な答を出してこなかったように思われる。これは一つには、グロテスクという単語自体が難しいものではないからだろうし、もう一つには、二十以上のエピソードに現れる人物のほぼ全員をグロテスクと呼ぶには、厳密な定義をしない方が適当にも思われるということがあるからだろう。

こうした事情を意識しつつも、この「グロテスク」とは何よりもまず、既に述べてきたような意味で「ロマンティック」ということであると提案してみたい。つまり、やや単純化していえば、自分は他の人間とは違うのだと考える主体のあり方である。トマス・インリン (Thomas Yingling) は、『ワインズバーグ』では、現代社会における「集合的アイデンティティの喪失」が個人の「内面」にひどい負荷をかけていることが示されていると指摘するが（103）、これはすなわち、その「ひどい負荷」が現代人を宿命的にグロテスクにするということである。

自分は他の人間とは異なる存在であり、またそうでなくてはならないという意識が最も明白に表れている例は、「神への思い」（"Godliness"）のジェシー・ベントリー（Jesse Bentley）だろう。共同体の余計者だった彼は、疎外感を反転させて「自分を特別な人間と考え」（*WO*, 33）、農場の繁栄に執心し、娘ルイーズ（Louise）から孫を奪いさえする。そうした彼のオブセッションが、心の平安が得られないという恐怖や「得体のしれない飢餓感」からのものとされていることは（33）、「時代と土地が生んだ人間」（32）と呼ばれていることとあわせ、ジェシーを原型的なアンダソン的主体にする。このエピソードが長さや時代設定の点で例外的なものとなっているのは、それが『ワインズバーグ』の基盤的世界であることを示唆するように思われる。

「変人」（"Queer"）のエルマー・カウリー（Elmer Cowley）は、ジェシーと対称的（にして相補的）な位置にいる人物である。共同体が自分を変人と考えていると妄想する彼は、他人の目に映る自分は真の自分ではないという過剰な自意識に苛まれる。だが「他の連中と同じようになってやる」（107）と考える彼は、自分が他の人々と同じではないという「真実」を常に既に信じてしまっているのであり、自意識の穴から這い出ることはほとんど原理的にできないのである。

エルマーの自意識がそれ自体としては典型的に若者らしいものであることは、全ての人間がグロテスクとされる以上、当然であるだろう。全ての人間はかつて若者であり、若者は共同体との関係を通して「人間」になるのだから。このことは『ワインズバーグ』をジョージの成長物語として読む際に留意すべきことだが、ここでは「物思う人」（"The Thinker"）のセス・リッチモンド（Seth Richmond）に触れておけば、この若者は寡黙さのゆえに「何か」があると一目置かれているが、まさしくそれゆえにそうした周囲の評価と(空虚な)「内面」とのあいだのズレに悩まされることになるのだ。

エルマーもセスもジョージを共同体の代表として考えていることは興味深いのだが、ここで指摘したい二人の共通点は、彼らが自分を共同体にとけこんでいないと考えて孤独に苦しむこと、そしてまた、その「孤独」ないし「苦しみ」を言語化できないことである。こうした特徴はこの小説の登場人物一般にあてはまるものであり、その意味において彼らが自分の「孤独」を自分だけのものと考えていること自体が若者としての未熟さの証左となる——が、このアイロニーが向けられているのは「若者」に限ったことではない。このアイロニーが全ての「主人公」達に向けられていることに読者が気づかされるとき、ロマンティックな人々の物語が、互いを相対化しあう小説の場へと一気に開かれるのである。

4 孤独の構造

「手」（"Hands"）のウィング・ビドルボーム（Wing Biddlebaum）に始まり、この小説の世界は他者と意思疎通が取れずに孤独になる人物で満ちている(小説がエピソード単位で分割されていることは、個々の物語／真実に幽閉された彼らの孤独を象徴する)。彼らの抱える問題がしばしば性に関連することは、この点において重要である。この作品における性は——ウィングの手のように——常に隠されるべきものとして扱われるからだ。ウィングの問題は、彼の行為を共同体が性的なものと「誤解」したこと自体にあるわけではない。問題はむしろ、彼が（孤独であるゆえに）自らの行為が性的なものである（と解釈される）ことを理解できないほど性的に抑圧されていること（Yingling, 115）にあり、それゆえに彼が孤独を逃れる道が絶たれているということにあるのだ。

こうした抑圧的状況が、町を出る機会を与えられない女性人物達（Atlas, 250）の人生で顕著となるのは当然だろう。「母親」（"Mother"）のエリザベス・ウィラード（Elizabeth Willard）、「冒険」（"Adventure"）のアリス・ヒンドマン（Alice Hindman）、「神への思い」のルイーズは、「性に充足を求める」（Miller, 206）というより、「いまここ」からの脱出を求めて身近な男に身を委ねる。だが結局、エリザベスは家庭に閉じこめられ、アリスは（家父長的責任感に一時的に目覚めた男に）田舎町に残される。そして伝えられない気持ちを胸にルイーズが身を寄せると、夫はキスで彼女の口を塞ぐのである（*WO*, 49）。

性は言葉の代補となり孤独を癒すのではなく、コミュニケーションを阻害し、孤独を固定化する。意思伝達の手段としてのウィングの手が、その障害となってしまうことの皮肉がすぐ想起されるだろう。「死」（"Death"）のエリザベスが得たリーフィ医師（Reefy）からの共感は情交と解釈されることに気づいて頓挫する。「女教師」（"The Teacher"）のケイト・スウィフト（Kate Swift）がジョージに「何か」を伝え損なうのも、性が入りこんできたためと思われる。「神の力」（"The Strength of God"）のカーティス・ハートマン牧師（Curtis Hartman）がケイトを直接救おうとしないのも性の問題が介在しているためだろうし、「酒」（"Drink"）のトム・フォスター（Tom Foster）はヘレン・ホワイト（Helen White）への性的な思いを酔うことで抑圧する。「ものがわかる」（"Sophistication"）でヘレンとジョージのあいだにある種の理解が成立したとしても、それは性の問題が（小説を終わらせるためにいささか強引に）棚上げにされているためなのだ（Jacobson, 69）。

性がこのように扱われていることは、アンダソンが自らのセクシュアリティに居心地の悪い思いをしていたこと（Crowley, "Introduction," 4–5）に起因するのかもしれないし、あるいは／それゆえにこの小説が、ジェンダー化された（抑圧的）性文化の外部を志向する——夢見る——テクストとなっているといってもいいかもしれない（藤森）。だが本稿の文脈では、こうした性への意識／戸惑いが、いかにも二十世紀初頭を生きた男性に相応しいことを強調しておけばいいだろう。近代という時代が性を「個人の人格を構成するものの基幹に据えた」（竹村　四一）ことに、彼は素朴なまでにストレートに反応しているのだ。

性という主題が、ミシェル・フーコー（Michel Foucault）が詳述したように近代においては隠されているがゆえに告白せねばならないものになったとすれば、個人の内面を見ようとしたアンダソンがその主題に接近したことはおそらく必然だったのだろう。だが重要なことは、『ワインズバーグ』で問題とされているのが性自体ではなく、性について隠さねば／告白せねばならないというテーゼ自体がどうしようもなく含意する、個人の内面という「制度」の重さであることだ。だからアンダソンはたまたま性という主題を取り上げたといってもいいのだが（性に無関係な問題であっても、人をグロテスクにすることには変わりがないのだから）、それが必然と感じられるところが、彼が時代を生きた作家である所以なのである。

マルカム・カウリー（Malcolm Cowley）は、登場人物達がグロテスクになるのは、真実に固執するからというより、自己を表現できないからだという（58）。性の問題を例として見てきたあとでは、これらが同じコインの両面であることは明らかだろう。表現できないからこそ、表現できない「何か＝自己」を自分だけの真実と考えるのだし、またそうした真実／内面の存在が意識するまでもない前提とされているため、彼らの自己表現は端緒から躓いている。この躓きがアンダソン的主体の核にあるものなのであり、したがってモニカ・

フルーダニク（Monika Fludernik）が登場人物の（自己）表現の失敗を人間性の証とみなしているのは正しい（450）。しかし、それをいかにもアンダソン的なヒューマニズムにすぐ回収するのではなく、彼らの「人間性」の過剰さを吟味しなくてはならないだろう。

例えば、「孤独」（"Loneliness"）のイーノック・ロビンソン（Enoch Robinson）。この画家は、都会に出たもののうまく自己表現ができず、人付き合いもできず、自分だけの部屋（=真実）に引きこもっていた。物語のクライマックスは、その部屋を訪れた女性に理解された途端、彼が激怒する場面である（*WO*, 97–98）。自分の表現することが他人に理解されないために余儀なく選んだはずの孤独は、それだけが彼のアイデンティティを保障するものへと変貌していた——というより、もともとそのようなものでしかなかったのだ。ここには、自己表現の失敗こそが自我を担保するというロマンティックな主体構造が赤裸に露出している。女性を部屋から追い出したとき、彼が作り出した人々も消えてしまうことは、そうした自我が脱構築されてしまったことを意味するはずだ。

孤独であることが孤独を正当化する——自分だけの真実に固執することは、こうした袋小路に陥ることである。彼らは自我の無根拠性、あるいは自分の（失敗した）人生には「意味」がないのではないかという不安に苛まれている。だから彼らはその人生に「意味」を与えてくれるような過去の特権的な事件に縋り（エピソードの基本的構造がフラッシュバックにあること[Jacobson, 61]の必然性はこうして理解できる）、それを真実として固定することでさらにグロテスクになる。過去の経験を女性一般への嫌悪に固定化する「品のよさ」（"Respectability"）のウォッシュ・ウィリアムズ（Wash Williams）や、唯一の男性経験にしがみつくアリスはその典型ということになるだろうし、彼らが小説中、通常の意味で最もロマンティックな二人であるというのも偶然ではないだろう。

人は一人で孤独になどなれない。したがって、共同体からの疎外感を孤独=自我の基盤にすることで、アンダソン的主体は自我の無根拠性（「無意味」な人生）から目を背けられるのだし、それは彼らが（その意識レヴェルでは）好きで孤独でいるわけではなく、むしろ共同体からの承認を渇望することと矛盾しない。「俺を見ろ」と叫ぶ「創意の男」（"A Man of Ideas"）のジョー・ウェリング（Joe Welling）はその滑稽な例であるし、「思いつめる人」（"The Philosopher"）の医師パーシヴァル（Parcival）がジョージに自分の過去を調べろと執拗にいうことも、自分の人生には記者が関心を持つような「意味」があると信じたいからに他ならない。だが、リンチされるという彼の怯えが杞憂だと判明してしまうとき、全ての人間を軽蔑するように使嗾する彼の言動が子供時代からの疎外感への反動に過ぎず、空虚な自我を抱えた彼が本当に孤独であることが、皮肉な形で露出されることになるのだ。

このように考えてくると、「冒険」の結末——アリスが「ワインズバーグにさえ孤独に生きて孤独に死ななければならない人間が大勢いるという事実に、むりやり自分を勇敢に立ち向かわせようとし始める」（*WO*, 64）場面——が感動的なものであるのは、当然といっていいだろう。雨の中を裸で走って呼びかけた相手は、象徴的なことに耳の遠い老人だった。誰も自分の話など聞いてくれないと思い知らされる状況になって初めて、彼女は人生の「無意味さ」に向かい合うのである。

この結末はもちろん、ハッピー・エンディングではない。だが、ここでのアリスは自分の孤独を相対化できている。そうした彼女の立ち位置が作者自身のものと似通っていることは、『ワインズバーグ』でアンダソンが見せた飛躍を説明するものであるだろう。そしてまた、それは他の多くのグロテスクな人物が、自分の物語／真実／孤独を（主として）ジョージに話すことで絶対化しようとすることと対照的である――だとすればなおさら、小説全体の「主人公」である若者、ジョージ自身について、やはり最後に考察しなくてはならない。

5 ジョージと「若さ」

『ワインズバーグ』が成功した理由の一つに、ジョージというキャラクターの使用があることは確かだろう。ある研究者が指摘するように、この小説は「ジョージという主人公」と「グロテスクな人々」という二つの「焦点」を持つ楕円という形での統一性を獲得しているのである（Reist, 350）。[3]

ここで思い出しておきたいことは、この小説がそれまでのアンダソン作品と違う理由が、ロマンティックな主人公を登場人物達の一人へと格下げしたことにあったことである。特に初期の批評家はこのテクストを「成熟」した（そして作家になった）ジョージが語っているとしばしば考えたが（Burbank, 68）、少なくとも作中の彼はメタレヴェルにはおらず（彼が関与しないエピソードは、彼の世界の死角を照らすといっていい）、むしろその「未熟」な面が強調されている。彼は芸術家に必要な「消極的能力（negative capability）」を欠いており、人々の話を理解し損なうというクレア・コルクイット（Clare Colquitt）の指摘は妥当だろう（81）。

なるほど「誰にもわかりはしない」（“Nobody Knows”）、「めざめ」（“An Awakening”）、「ものがわかる」などで描かれる異性関係は、ジョージの変化を感じさせはする（Rideout, “Simplicity,” 152-54）。だがそれでも、最終的に彼がヘレンと「束の間、現代の世界で男女が成熟した生き方をすることを可能にするものをつかんだ」（*WO*, 136）としてもそれは束の間のことなのだし、「ものがわかる」が若者に関する一般論に満ちていること（Jacobson, 67）は、彼が作中で教養小説の主人公に相応しく成熟したという見方を疑わしくする。最終エピソードの「出発」（"Departure"）においてさえ、彼は都会に出て行く「千人ものジョージ・ウィラード」の一人に過ぎないとされているのだ（*WO*, 137）。

だから仮にジョージが成熟した「人間」になり得るにせよ、それは小説が終わってからのことだといわねばならないし、それは取りも直さず、彼が何か決定的な経験をしてグロテスクな人間になる可能性が、先送りにされているだけで、存在していることを意味する。彼の家庭環境がエルマーやセスやトムのものに比べれば「普通」であることを想起しておいた上でいえば、作品世界におけるジョージは、未熟な「若者」であることによってグロテスクとなることを免れているだけなのだ。

小説の二つの焦点が、一つはグロテスクな人々に、そしてもう一つはグロテスクになるかもしれない若者に据えられていることは、グロテスクという主題の特権性をあらためて物語るが、前節からの文脈で強調したいことは、こうしたジョージの人物設定が、グロテスクな人々が彼に——作品中最も成熟したキャラクターと思われるリーフィ医師のような人物にではなく——自分の物語を語ることを可能とするということである。ジョージが人々の話に実際以上に大きな知恵を見出すことについては指摘があるが(Fussell, 42)、これは彼が未熟であるがゆえに生じる効果であり、そうした「効果」をグロテスクな人々が目の前で確認したいと考えることは理解できるだろう。

もちろんここには倒錯があり、それはこの小説における「孤独」の構造を再確認させてくれる。人々がジョージに物語を語るのが、彼が話の「意味」をつかみかねるほどに未熟な聞き手だからこそだということは、彼らの語りには、コミュニケーションへの意志が欠落しているということになるからだ。グロテスクな人々が聞き手に求めるのは意見ではなく、理解でさえない。「タンディ」（"Tandy"）に登場する「よそ者」は、女性であること、そして愛されることの難しさを、男の中で自分だけが理解しているというのだが（*WO*, 79）、彼がその「真実」を語る相手は、アリスやケイトではなく、対話の相手とならない七歳の少女なのである。

解消され得ないことを自縄自縛的な宿命とする孤独を抱える人々は、平たい言葉でいえば、何のために語っているのかわかっていない。彼らはただ、自分の人生／自我／孤独／真実に、「意味」があることを確認したいだけなのだ。いまだグロテスクになっていないジョージの「若さ」に、彼らはその「意味」を投影する。「その彼らが彼に抱く期待、そして与える忠告は、彼に自分のようになって欲しいということに尽きている。「その少年の姿に、彼女はかつて自分自身の一部であり、いまでは半ば忘れてしまったものが、再び作られるのを何としても見たかった」（17）というエリザベスの願いは、ウィングやケイトという教師に限らず、彼に関わる大人達に共有されている。彼女が「あの子を賢い、成功した人間になどしないで」と「曖昧に」祈る場面（17）に感じられるアイロニーとペーソスは、自分の失敗／孤独を抱きしめざるを得ないことの矛盾と切なさに、グロテスクな人間自身がほとんど無意識のうちに気づいてしまっているために喚起されるのだ。

ジョージという人物は、未熟さと可能性の両方を内包する若さのため（先送りにされたグロテスクさのため）、こうしたアイロニーとペーソスを同時に浮上させる触媒的存在となる。「若さ」が『ワインズバーグ』において（年齢に無関係に）重要な資質となっていることの意義は、こうしていわば詩学の地平で理解されることになるだろうし、それは「若々しいもの」が老作家をグロテスクとなる危険から救ったというメタテクストでの記述（7）からも確認されることである。

ある真実を絶対的「真実」にしてしまうと、真実は虚偽になり、人はグロテスクになる。だが老作家から見れば、人はみなグロテスクである――つまり、人は何かを（客観的には虚偽でも）信じて生きるしかない、ということだ。だから（「グロテスクな人びとについての本」がメタテクストの位置にあるとしても）グロテスクな人々をメタレヴェルから批判する視点は否定されているし、「若さ」とは、そうした人々を批判しない／できない資性のことだろう。その「若さ」は、若者が「人間」になるときには抑圧される、ほとんど陰画的にしか見出せないような資質である。事実、老作家は、死を意識していることに加え、作品を出版しない、つまり作家というアイデンティティ＝自我を放棄することと引き替えにしないと、「若々しいもの」を顕現させることができなかったのだ。

だからアンダソンは、いわば他人（老作家）の考えを借りるような形で「グロテスク」という鍵語を用い、まだグロテスクになっていないという意味で存在自体がアンビヴァレントな若者を主人公に据えた。詩人でなくては書けないという趣意の表現が「手」に何度か出てくることを想起しておいてもよいが（10, 11, 12）、アンダソンが共同体における自我という極めてモダン＝ロマンティックな主題を、小説として辛うじて――しかしそれゆえに見事に――提示することができたのは、自分だけの、オリジナルな絶対的真実／孤独／自我などないのだという、ほとんどポストモダン的な認識に到達し（てしまい）、それを物語内容と物語形式の両方に貫通させることによってだった。アンダソンが自己表現の失敗に苦しむ登場人物達へと示す共感は、最終的にはこうした水準において理解されるはずだ。

「偉大」な作品を書くことが一種のオブセッションとなっていたモダニズムの時代に、自分を「マイナー」な存在だと認めざるを得なかったことは、アンダソンにとっては辛い経験だっただろう。だがそれは、誰も

——書き手も読み手も登場人物も——特別な人物ではあり得ないという近代（文学）の宿命に、彼が確かに触れていたことを示唆するはずだ。だとすれば、マイナーな作家が現代文学の起源に位置するということは、歴史の——文学史の——必然だったのかもしれない。この必然性が感じられるからこそ『ワインズバーグ』はその「新しさ」をいまだに失わないのだし、この必然性を感じ続けるために、『ワインズバーグ』は再読され続けるべきテクストなのである。

第九章

大作家と大女優の「愛の形」ヘミングウェイとディートリッヒ

今村楯夫

はじめに

二〇〇三年四月七日、『ニューヨーク・タイムズ』にアーネスト・ヘミングウェイ（Ernest Hemingway, 1899–1961）から女優のマレーネ・ディートリッヒ（Marlene Dietrich）に宛てた手紙が比較的大きな見出しで次のようなタイトルで報じられた。"To 'Dearest Marlene' From 'Papa'" 副題は "Hemingway's Letters to Dietrich are given to Library" と題され、そこにはヘミングウェイがディートリッヒに送った三十通の手紙（電報を含む）がジョン・F・ケネディ（John F. Kennedy）図書館に寄贈されたと記されていた。ニュースはその日のうちに世界中を駆け巡った。版権を有するディートリッヒの末裔が同図書館への寄贈を決めたのだが、寄贈後四年間は凍結し、書簡の公開はその後とする旨が伝えられた。

そもそもこの図書館はその名の通り、ジョン・F・ケネディを記念して建てられた図書館であり、その設立に際しては故ケネディの妻、ジャクリーヌ・オナシス・ケネディ（Jacqueline Onassis Kennedy）夫人がその中心的な役割を担い、膨大な寄附によって出来た図書館である。ほぼときを同じくしてジャクリーヌからヘミングウェイの妻、メアリ（Mary）・ヘミングウェイ夫人に声が掛けられ、ヘミングウェイの遺品の寄贈への呼びかけがあった。メアリは即座にその要請に応え、それまでニューヨークの銀行に保管されていた絵画や貴金属を除く遺品のほぼ大半を無償で提供したのである。そこに納められた遺品はオリジナル原稿から校正刷りに始まり、切れ端のようなメモからさらには汽車の切符に至るまで点数にしたらおそらく数万点にのぼる。そこにはヘミングウェイが所持していた写真のみならず、父親が撮った写真や母親が記録した子供たちの生い立ちを記した日誌とそこに貼られた写真などが含まれ、その数は一万枚を優に超え、大事に保管され、研究者の要請に応えてプリントしてくれる対応をとっている。

ディートリッヒの遺族から寄贈された書簡は四年を経て、二〇〇七年三月末、公開されることとなり、ふたたびそのニュースは世界を駆けめぐることとなった。日本では例えば朝日新聞が「誰がために恋文？　書いた」と題して三月三十一日付の夕刊で次のように伝えている。「米ボストンにあるジョン・F・ケネディ大統領図書館は二十九日、米文豪アーネスト・ヘミングウェーが、「リリー・マルレーン」などの歌で知られる女優マレーネ・ディートリッヒにあてた手紙など三〇点を四月に初公開すると発表した。書簡はディートリッヒの娘が、今年まで公開しない条件で二〇〇三年に寄贈していた」（ニューヨーク発　江木慎吾）。

この記事を基にして、さらに詳しい調査と書簡内容の吟味を私は朝日新聞社から求められた。ヘミングウェイからディートリッヒに宛てた全書簡のコピーをケネディ図書館に依頼したところ、ほぼ十日後に、これまで行方不明とされていたディートリッヒからヘミングウェイに宛てた手紙三十通も合わせて送られてきた。主席司書のスーザン・リン（Susan Wrynn）氏の説明によると、前年の秋にそれまで密封されたまま「重要書類」と記載されていた箱を同図書館で開封したところ、ヘミングウェイが大事に保管していた書類と共に、ディートリッヒの書簡が発見されたということである。私は四年前にヘミングウェイからディートリッヒに宛てた手紙の存在を知って以来、このディートリッヒからの書簡の行方を捜し続け、その間、ケネディ図書館を始め、カーロス・ベイカー（Carlos Baker）が教鞭をとっていたプリンストン大学、ヘミングウェイ文献を保持しているペンシルベニア大学あるいはテキサス大学などさまざまな図書館に問い合わせを行ってきたが、いずれもその書簡の行方を知る者はおらず、またその問い合わせの途中で音信不通となっており、ケネディ図書館から送られてきた書簡のコピーはまさに驚嘆すべき事件であった。ともあれ、そこからヘミングウェイとディートリッヒ往復書簡の研究は始まった。

ヘミングウェイとディートリッヒの親交はヘミングウェイが自死する一ヶ月半前まで続いた。ほぼ二十七年間の長い歳月続いた。この長い歳月の間にふたりの間で何があったのか、またこれほど長い期間、訣別することもなく、それぞれ家庭をもち、まったく異なる人生を歩み続けたふたりを結び続けることになった要因は果たして何だったのだろうか。特に異性の間で変わらぬ交情を続けることが概して困難であるとされる中で、ふたりがその困難さを超えて生涯、交友を続けることを可能としたものは何だったのだろうか。そんな疑問を書簡は解き明かしてくれるのではないかという期待を抱いて書簡の解読を進めた。

1　文通の始まり

そもそもふたりの文通が始まったのは、最初の出会いがあった一九三四年から十五年も経てからのことである。その後の手紙のやり取りからすると、どうしてそれまで互いに手紙を書くことがなかったかと少々、不思議な感じはある。おそらく、手紙を媒体とした交信の機会がなかった、あるいはふたりの間で微妙な意識とタイミングのずれがあったためだと思われる。最初の手紙はヘミングウェイが出した一九四九年九月二十六日付けのものである。ディートリッヒに孫が生まれたことに触れており、少なくともその知らせを書簡以外の方法ですでに知らされていたということを鑑みれば、おそらくふたりの間で電話などによる交信はあったと見るべきであろう。[1] 実際、キューバに住むヘミングウェイとアメリカを拠点に世界各地を転々と動き廻っていたディートリッヒとの間での堅実な交信方法が電話あるいは電報であったことは事実であり、この手紙による交信の後にもこの方法がとられた痕跡を辿ることができる。

九月二十六日付けの手紙を要約すると、まず十月末のディートリッヒの滞在先の住所を尋ね、先の孫の誕生のこと、まもなく脱稿の予定(『河を渡って木立の中へ』[*Across the River and into the Trees*])であり、この本の原稿かカーボン・コピーを贈呈したいことなどがしたためられ、再会の機会に対する期待がこめられたものとなっている。「この本が出版されたら、数編の短編と詩を一緒に出版の予定です。リッツ・ホテルのバーでの朗読をいっしょにやれるかもしれません」とも記している。『河を渡って木立の中へ』がこれまでの著作と比べても優れた本であり傑作であるという自負心の一方で、完成を間近に控えた喜びによって高揚し、ヘミングウェイはディートリッヒに原稿かコピーを進呈すると申し出ているのだ。事実、ヘミングウェイのディートリッヒ宛の書簡がケネディ図書館に寄贈された際に、遺族から『河を渡って木立の中へ』の写し(カーボン・コピー)がいっしょに納められ、ヘミングウェイが確かにディートリッヒにこの作品のコピーを進呈したことが判明した。当時、ヘミングウェイがこのような心配りをディートリッヒに向けて表現したことの背景に直接的には何があったかは定かではない。ただ明らかなことは、当時まだコピー機もない時代に、書き上げたばかりのタイプ原稿の写しである唯一のコピーであるカーボンコピーをディートリッヒに送ったという事実と、その事実の背後に潜む密かな思いと、新作を傑作と信じて疑わなかったヘミングウェイの自作に対する自負心をここに見ることができよう。

2 往復書簡が語るふたりの関係

そもそもふたりが最初に出会ったのは一九三四年三月二十七日、豪華客船イル・ド・フランス号の船上であり、以来、交流はヘミングウェイの死の直前まで続く。ふたりが互いに引かれ合い、その交友関係が続いたことは知る人ぞ知る、ある面では周知のことである。その二人を深く結びつけていたものは一体、何だったのか。一人の人間が一人の人に魅了される理由や要因は多様であり、多面的で複雑なので端的にそれを言い当てることは難しいことだが、ふたりが交わした書簡、それぞれ三十通、合計六十通の書簡を通じて、理由と要因を推察してみようというのが、この書簡研究の始まりである。

まずは先に触れたふたりの始めての出会いについて明らかにしておこう。

一九三四年、ヘミングウェイはアフリカでのサファリを終えて、パリを経由してアメリカへの帰国の途に着くべくイル・ド・フランス号に乗船した。その旅の最中、ディナー・パーティでふたりは出会う。パーティに遅れてダイニング・サロンにやってきたディートリッヒは自分のテーブルが十三番目にあたることを見て取ると、迷信深く立ち去ろうとし、そこでヘミングウェイが前に立ちはだかり、「私が十四番目の席を作ってさしあげましょう」と申し出、ディートリッヒはパーティにとどまることになった（Baker, 258-89; Dietrich, "My Life," 165）。

このときの出会いについては一九五五年二月に発表された自伝的なエッセイ「私が知る最もすばらしい男性」（"The Most Fascinating Man I Know"）の中でディートリッヒは詳しく述べており、「それまでの人生で出会った男の中で、ヘミングウェイこそ最も魅力的な男性であった」（"The Most," 2）と記している。

一方、ヘミングウェイ自身がディートリッヒについて公にしている自伝的なエッセイはそれより前の一九五一年十一月に『ライフ』（*Life*）誌に発表されており、そこではディートリッヒの美貌と恵まれた才能について、勇敢、誠実、寛大などの美辞麗句で絶賛している。こうした言葉によって飾り立てられた公的な賛美と賞賛、さらにそれを支えていると思われる相互の深い理解と心がどこまで、ふたりのプライベイトな手紙の中で語られているか明らかにしたい。

ふたりが急速に親しさを増したのは第二次世界大戦の最中にあって、連合軍のノルマンディ上陸作戦において ドイツ軍を撃退し、さらに進軍し、一九四四年八月にパリを解放して間もなくのことだ。パリのリッツ・ホテルがドイツ軍から奪回され、新たに連合軍の支配下におかれ、ヘミングウェイはその一室を占有し、ディートリッヒもまたそこに投宿することとなった。

ディートリッヒがドイツ人でありながら反ナチスを唱え、ドイツ人からすれば敵国アメリカ側について、連合軍の慰問団の一員に加わり、前線で兵士たちを慰問し、鼓舞していたのは確たる道義的、政治的な信念に基づいたものであり、あえてナチズムに非を唱え、祖国に背を向けた生き方に対して、ヘミングウェイは強く心を動かされ、尊敬の念を強く抱いたようである。

またそれとは異なる、極めて個人的な問題がヘミングウェイに生じており、三番目の妻、マーサ・ゲルホーン（Martha Gellhorn）との結婚はすでに破綻状態にある中で、ロンドンで従軍記者をしていたメアリ・ウォルシュ（Mary Walsh）に一目惚れし、熱烈な求愛をしていた。そのメアリもまたパリのリッツ・ホテルに投宿しており、ヘミングウェイはディートリッヒに懇願し、メアリとの間を取り持ち、結婚の約束を取り付けようとしたのである。絶世の美女に、ひとりの平凡な女性との仲立ちを依頼したヘミングウェイは、少なくともこの時期にディートリッヒに恋愛感情は抱いていなかったようだ。

小柄なメアリのことを「ポケット・サイズのヴィーナス」（Dietrich, "My Life," 171）という愛称を付けて呼びかけ、一方でメアリはヘミングウェイに対して、あまりまともに対応する姿勢もなかったような状況下にあって、結局、ディートリッヒの説得は効を成して、ふたりはパリで密かに結婚の約束をすることになる。そういう意味では、まさにディートリッヒはヘミングウェイとメアリを結ぶという運命的な役を演じたのだ。メアリとディートリッヒというふたりの女性とヘミングウェイという、この奇妙な三人の取り合わせは終生、続いた。

こうしたディートリッヒの存在はヘミングウェイ自身の運命をも左右するような役割を演じたことにより、ヘミングウェイの人生にも大きな影を落とすことになるが、ふたりの交友関係がこれほどに長く続いたのは、もちろん、ふたりには男と女として、互いに異性としての魅力を感じ、引かれ合っていたこともあったことは往復書簡を通じて明らかである。ただし、ふたりが互いに主張しているように、ふたりの間は結果的にプラトニックな関係にとどまり、それがどこか「同士の友情」に近い形であったが故に、生涯を通じて存続しえたように思われる。

3　ヒュルトゲンの闘い

しかし、ふたりをさらに強固に結びつけたのは、ディートリッヒの政治的姿勢と信念と勇気に見られる人間的な尊厳に対するヘミングウェイの深い尊敬の念にあった。書簡の中で繰り返される言葉はいくつかあるが、ディートリッヒを「ヒーロー」と呼び、決して女性形の「ヒロイン」という呼び方をしなかったのは、ディートリッヒを戦友として、また同士として、自らのヒーローに仕立て上げたヘミングウェイのディートリッヒに対する、ジェンダーを超えた人間としてのディートリッヒの存在を物語るものでもある。

書簡の中に繰り返されるもうひとつの重要な言葉はヒュルトゲンヴァルトあるいはヒュルトゲンという言葉である。ふたりが互いに深く引かれ合うこととなった要因を探ることは極めて難しいが、この言葉がひとつのヒントとして浮かび上がってくる。「リッツ・ホテルのバーでの朗読」について触れているところにその秘密がある。このことが果たしていかなる意味をもっているかは後に明らかにしよう。ともあれ、ヘミングウェイはある詩を書き上げ、それをディートリッヒに朗読してもらい、ディートリッヒ本人はもとより、そこに居合わせて人びとが感動して涙したというのだ。その詩は「メアリへの第二の詩」（"Second Poem to Mary"）と題された長詩であり、後に詩集『八八の詩』（*88 Poems*）に所収された七頁にも及ぶものである。詩の末尾には「パリ、一九四四年九月から十一月」（113）と創作時期が記されている。詩は「いまや彼は年老いた淫売の死と共に眠る。昨日、彼は彼女を三回拒んだ」（107）という言葉で始まり、そこには戦場での悲惨の情況が、「淫売」を死のメタファと重ねながら、戦争と死について語っている。

ディートリッヒはヒットラーに非を唱え、ナチを否定し、アメリカ慰問協会の慰問団の一員として、戦時下にあってヨーロッパ戦線を点々と巡っていた。連合軍のパリ奪回の直後にパリに入城し、ドイツ軍の支配下から解放されたリッツ・ホテルに滞在していた時期にヘミングウェイと再会した。ヘミングウェイが第二次大戦の戦闘の中で最も激戦だったとされるヒュルトゲンヴァルトからパリに戻ったときのことである。このときにヘミングウェイはディートリッヒにリッツ・ホテルのバー（現在、「バー・ヘミングウェイ」と命名されている）でこの詩を見せ、朗読してもらった。カーロス・ベイカーはそのときの様子を次のように記している。

ディートリッヒはリッツのバーでその詩（「メアリへの第二の詩」）をしわがれ声で朗読し、ヘミングウェイを含めてテーブルを囲んでいた人びとの涙を誘った。「パパ」と大きな哀愁を帯びた目でじっと見つめて「あなたがこの詩を書いたのですから、何をなさっても私は受けとめます」とディートリッヒは言った。（Baker, 432）

詩そのものはヘミングウェイが熱烈な恋に落ちていたメアリに捧げられたものであるが、内容は悲惨な戦場の情況を描き、「クリスマスは終わり、この丘からは遥か彼方に連なる丘には、クリスマスの木で覆われた山腹が見られるであろう」とクリスマスを間近に控えながら、兵士たちは今まさに死を迎えようとしているという一節で閉じている。反戦の詩であるこの詩にディートリッヒもまた涙しているのだ。この詩に繰り返し謳われている戦闘はヒュルトゲンヴァルトの闘いの前に展開したジークフリート（一九四四年九月十三日から十四日）の闘いであり、壮絶な闘いの最中にあってヘミングウェイは詩の元となる断章を戦場で書き連ね、後にそれらをつなぎ合わせたのだ。そこには戦死した兵士たちへの弔いの言葉が記されていた。

しかし、後日、ふたりをより一層結び付けることになる共通体験はこの戦闘に続くヒュルトゲンヴァルトでの壮絶な闘いの渦中にあって生き延びたことにあるようだ。以後「ヒュルトゲンヴァルト」はふたりの間でふたりだけの暗号のようにしばしば使われることになるからだ。ディートリッヒ自身が戦場でどれだけ身の危険にさらされたかは不明だが、少なくともヘミングウェイにとってはまさに戦闘そのものに巻き込まれた前線体験であった。この戦闘に関しては後に詳しく触れることとし、ふたりの間で交わされた書簡から見えてくる「事実」を明らかにしよう。

「ヒュルトゲンヴァルト」はドイツの地名でもあるが、同時にドイツ軍との戦闘にあって、最も大きな激戦の地そのものである。電報を除けばわずか二十五通のヘミングウェイの書簡に、このヒュルトゲンヴァルトという地名が実に五回も出てくるのには、ヘミングウェイが受けた衝撃の深さが痕跡となって残っていることを裏付けるものである。

ただし、ヒュルトゲンヴァルトでの戦闘は連合軍側のアメリカ軍のまったくの戦略ミスであり、ドイツ軍の策略による罠にかかった無用な戦闘であり、その結果、膨大な死傷者を出した。それが「戦略上の間違い」だったという事実はアメリカの戦争史の中では長く隠蔽されてきたことも後日、明らかにされたが、このことは本論の趣旨から外れるので省くが、当時の報道がその隠蔽に荷担していたことだけを確認しておこう。

このヒュルトゲンヴァルトの戦闘において、ヘミングウェイが従軍記者として随行していたのは第四師団第二十二連隊であり、その連隊長、ラナム大佐と共に生死の境を彷徨い、かろうじて生還するという経験をしたのだ。十一月十六日から十二月三日の約二週間だけで、この前線ではラナム大佐が率いる第二十二連隊は十分の一の兵を失った。人的損害は合計二六七八名。将校十二名、兵一二六名が戦死、行方不明一八四名、一八五六名負傷。ラナム大佐自身がヘミングウェイの戦闘を前に死を覚悟していた（Baker, 436）。

ヒュルトゲンの前線から戻ったヘミングウェイはパリのリッツ・ホテルでディートリッヒと再会した。そのときの様子は『ジス・ウィーク・マガジン』（*This Week Magazine*）に掲載されたディートリッヒのエッセイ「私が知る最もすばらしい男性」で言及されている。「私たち、ヘミングウェイと私は第二次大戦、ヒュルトゲンの森の戦闘の最中に再会しました。この戦闘は第二次大戦の中で最も凄惨な戦闘のひとつでした」(2)。ここでは、当時、ディートリッヒは前線基地に命を賭して慰問団の一員として、兵士たちの前で歌を謳い、慰め、鼓舞しており、そのときのことを回想しているのである。

一方、ヘミングウェイは手紙でこのことにさまざまな言及の仕方をしているが、前線でかなり重症のシェルショックを受けており、その後遺症ＰＴＳＤに悩まされていたようである。ディートリッヒに宛てた手紙以外では触れていないが、次のように記している。「ぼくがヒュルトゲンヴァルトの後ですっかり打ちのめされていたとき、驚いたことに、よく君は朝になると会いに来てくれました」（一九五一年九月二十六日付）。前線から生還したふたりはともにパリのリッツ・ホテルに投宿しており、ディートリッヒがヘミングウェイの部屋を慰問してくれたことを、戦後、六年後に改めて手紙で記し、そこには感謝の気持ちがこめられている。

ヘミングウェイはアフリカでサファリを二度行っているが、二度目のサファリの最中に飛行機事故に遭遇し、「ヘミングウェイ死亡」の記事が世界中を駆け巡ったことがある。飛行機墜落事故と離陸失敗のあげくに飛行機が炎上するという、まさに九死に一生を得るような体験による精神的な衝撃はさることながら、この事故によってヘミングウェイは以後、死を迎えるまでの残りの七年間は肉体的に後遺症に苦しめられ、結果として躁鬱病に悩まされることになる。ヘミングウェイはその飛行機事故をヒュルトゲンヴァルトの戦闘になぞらえ、ディートリッヒ宛ての書簡で次のように記している。「実に厳しいものです。これに耐えられるのは君と私以外にはいない。まさに勲章ものです。これはヒュルトゲンの森よりも厳しい」（一九五四年四月四日）。

一方、ディートリッヒは新聞で「ヘミングウェイ死亡」を知り、翌日、「ヘミングウェイ生存」を知ったときの衝撃と心の揺れをヘミングウェイに電報で知らせている。「あなた方おふたりをどんなに愛しているかを知るために、あのような酷い昼と酷い夜を過ごさなければならない必要は私にはありませんでした」（一九五四年一月二六日）。

ふたりを強く結ぶひとつの共通体験がヒュルトゲンヴァルトの戦闘にあったことはさらに繰り返されるヒュルトゲンヴァルトへの言及（一九五〇年五月二十三日付、一九五一年九月二十六日付書簡）で明らかとなるであろう。[2]

4 結び

作家ヘミングウェイと女優ディートリッヒの交友は広く人びとに知られる事実であるが、ふたりが互いにどのように引かれていたか、どの程度に深く魅了されていたかを知る鍵はこの往復書簡に潜んでいる。本論はその鍵のひとつとして「ヒュルトゲンヴァルト」という言葉にこだわり、そこに秘められた謎を解いてみようと試みたものである。

もちろん、それではヘミングウェイがディートリッヒに抱いていた「愛」の形の一端がほんのわずか垣間見ることができただけのことであり、またディートリッヒがヘミングウェイにいかなる思いを抱いていたかは見えてこない。ふたりの関係の全容を明らかにするのはその双方向から研究する必要がある。このことに関してふたりの関係を簡単に記しておこう。

ふたりが長く交友関係にあったことを知る人たち、あるいはふたりの間にこのような往復書簡が交わされていたことを知った人たちが異口同音に尋ねる問いは果たしてふたりの間にプラトニックな愛を超えた関係があったかどうかという問いである。

結論から言えば、私はなかったと考えている。確かに書簡にはふたりが相思相愛の中にあって、異性として魅了される思いが潜んでいたことは事実として浮かび上がってくる。

一方、ディートリッヒからヘミングウェイに宛てた手紙にはしばしば孤独を訴える言葉が連ねられている。書簡が交わされるようになって間もない一九五〇年七月五日の手紙には「私は孤独です。でも他の人たちのような孤独と違っていて簡単に抜け出せるものではありません」と記している。そこにはかつてジャン・ギャバン (Jean Gabin) を愛したのと同じ位深く愛している男性がいるのだが、しばらく離別していた妻の許に戻っていくことになったと書いている。この手紙に先立ちヘミングウェイはディートリッヒに「ぼくが君に恋をしているとき、君はほかの馬鹿な男に惚れ込んでいた」(一九五〇年七月一日付)という言葉に象徴されるように、共に魅力を覚えながら、ふたりはいつも互いにタイミングがずれ、終生結ばれることはなかったように思われる。

ディートリッヒは自伝『マイ・ライフ』(*My Life*) の中の「ヘミングウェイ、もちろん第一に」と題した章の末尾で次のように述べている。

私の人生において、肉体的な愛は愛の中では一部に過ぎず、ただそれだけのものでしかありませんでした。ですから「仮初めの幸せ」を知ることもありませんでした。ヘミングウェイに対する愛は束の間のものではありません。同じ町に充分長く一緒にいたこともなく、何事も起こりませんでした。あの方はきれいな若い娘さんと一緒にいたり、暇が出来たときには私の方が忙しかったり、私に時間ができると彼の方が忙しくなっていたという具合でした。

私は不純な状況は好まず、「人の妻」に対して尊敬するという主義を守り通しました。ですから真夜中にすれ違う船のように、私は通りすがりに多くの非凡な男性と巡り逢いました。あたかもあの人たちに港に錨を降ろしたかのように、愛は長く続いたのだと思います。（*My Life*, 173）

ここでもディートリッヒは多くの愛すべき男たちとの出会いについて述べているような書き方をしているが、それが「ヘミングウェイ」と題した章に納められていることを鑑みるに、ふたりの擦れ違いの要因のみならず、ディートリッヒのヘミングウェイに対する思いと信条は明らかであり、しばしばふたりの関係に親密さを超えたものがあったという邪推が間違っているように思われる。

ときに悲壮な孤独な思いが綴られた手紙が散見されるが、それはヘミングウェイに対して深い敬愛の念を抱き、同時に、どこか直感的な同朋意識のような思いを抱き続けていたように思われる。

ヘミングウェイが自らの命を自死という形で絶つ直前にディートリッヒは次のような手紙を送っている。原文を引用しよう。

Papa, what is it? Whatever it is—I don't like it, I don't know geography, so I don't know where you are, but I will come to see you if you want me. Will stay in N.Y. through June, July. I have to take care of the other kids. /I love you. /Your Kraut.

悲鳴にも似た悲痛の叫びが聞こえてくるようなこの手紙は小さな紙片に4枚に渡って、取り乱し、感情も露わな筆致の文字が連ねられ日付はない。ただし、封筒には「一九六一年五月十六日」と郵便局の消印がある。ヘミングウェイが自殺するよりわずか一ヶ月半前のことだ。この手紙に呼応する手紙はヘミングウェイからは出されていない。おそらく病院からディートリッヒに電話をかけ、その電話に衝撃を受けたディートリッヒが手紙を書いたのだろう。

電話はヘミングウェイの入院先のミネソタ州のメイヨー・クリニックから、前日の五月十五日にかけられたのであろう。その二日前の五月十三日に親友のゲイリー・クーパー（Gary Cooper）が癌で死亡し、翌日、五月十四日にヘミングウェイにクーパー夫人から棺を担ぐ一人（いわゆる“pall bearer”）になって欲しいという依頼が届き、ヘミングウェイはクーパーの死亡を知る（Reynolds, 356）。

ここにヘミングウェイ、ディートリッヒ、ゲイリー・クーパーという二十世紀の半世紀を彩る作家と俳優という名士の心の交流と悲劇が凝縮された形で浮き彫りになる。

ヘミングウェイが異常なほどにクーパーの死に衝撃を受けたのは何故かというのも興味深いものであるが、本論の主旨からは外れるので、このこともまた別の機会に譲ろう。ただ、ディートリッヒがほとんど自制心を失い、パニックになって書かれたと思われるわずか四行の手紙に露見している「乱れ」の背後に、ディートリッヒのヘミングウェイに対する深い憂慮を見ることができるが、おそらくヘミングウェイは自殺をほのめかすような台詞を口にし、それに対して恐怖心とも言える激しい動揺を見ることができよう。

ヘミングウェイとディートリッヒの往復書簡が公開され、ふたりの関係の親密度についての関心が寄せられてきたが、ある面では多くの人たちの期待を裏切り、ふたりが極めてプラトニックな関係であったであろうということは、ふたりの個人的な書簡を通じて明らかである。ヘミングウェイ自身にはもっと親密な関係に対する期待があったようにも文面からは推察される。ただ、ふたりが共通して抱いていた思いは、どちらかが相手を必要としていたときに、もう一方が別の人を愛していたというすれ違いと、ふたりが共にプロフェッショナルな仕事を抱え、かたや作家として、またかたや女優として多忙な日々を送り、地理的にも物理的にも再会する機会が限られ、その間隙を埋めることが出来たのは手紙と電話でしかなかったことによる。

一方で、プラトニックな愛の形を貫いた結果、ふたりの交友関係は長く、生涯、持続し得たようだ。ヒュルトゲンヴァルトの戦闘を共通体験として分かちあったことによって、ヘミングウェイとディートリッヒは互いに、それぞれを自分にとっての「永遠のヒーロー」として、心に刻み、その思いは長い歳月を経て、相手に対する畏敬の念と愛をさらに深めていったように思われる。

二十世紀を代表するひとりの作家とひとりの女優が、このような形で出会い、長く友情を保ち続け、激動の時代を手紙を通して刻み得たことは極めて興味深いものである。今後さらに書簡の細部を分析し、ふたりの関係と人物像を時代背景と歴史的事実を確認しながら明らかにしたい。

第十章

孤独のインペラティヴ　カーソン・マッカラーズの文学

後藤和彦

1　マグマと木塊——漱石とマッカラーズ

夏目漱石が小説を書いていたのは、『吾輩は猫である』以来、わずか十年あまりの歳月であった、と聞けば誰も一様に驚くだろう。漱石は小説家としては晩成の人で、亡くなるまでに、未完の大長編『明暗』を含め、小説十四作をまさしく一気呵成に書き上げた。ひとつ作品を仕上げる間もなく、次の作品が、一種の強迫さえともなって、決着をつけなければどうにもおさまらぬ勢いで、引きも切らずに彼に襲いかかってきた——おそらくそうだったのではあるまいか。そして漱石は四十九歳で、あっという間に亡くなった。

さてカーソン・マッカラーズ（Carson McCullers, 1917-67）は、漱石とは好対照の作家人生を送った人だ。彼女は弱冠二十歳で「神童」（これは彼女の最初に出版された短編小説のタイトルでもある）としてのデヴューを飾った。彼女も生涯書き続けた。だが、その生涯から生まれてきた作品は、長編と呼べるもの二作（第一長編『心は孤独な狩人』と最晩年作『針のない時計』）、中編三作（『黄金の目にうつるもの』、『哀しい酒場の唄』、『結婚式のメンバー』)、戯曲一作(『素敵の平方根』)のたった六作(そのほかに短編集もあり、ごく短い子供向け詩集『ピックルスのように甘い、豚のようにきれい』[*Sweet as a Pickle and Clean as a Pig*]もあり、エッセイもあり、小説として出した作品を戯曲に改編したものもあるが、それならば漱石にも小品集があり、小説を書き始める前のあの長大な『文学論』と『文学評論』があり、加えて種々の近代文明批判論や、漢詩もたくさん書いている)。

マッカラーズの亡くなり方を決して「夭折」と呼ぶこともまたできない。彼女が亡くなったのは、漱石の享年とほぼ同じ、五十歳のときであった。三十年に及ぶ作家としての人生のうちに、彫琢に彫琢を重ねた珠玉のごとき作品を、慈しむように、名残を惜しむように生み出した――というのであれば、話はまた美しく落ちるのであろう。だが、これとも事情は異なるのである。マッカラーズという作家が今もなお文学史に名を残すべき作家であるとすれば(今やそれもやや怪しい仮定となりつつあるのかもしれない)、主として上にあげた長編二作と中編三作の達成によってでなければならない。しかし、これら五編の書かれ方には不思議な特徴がある。

最晩年の『針のない時計』(*Clock Without Hands*)をのぞくと、彼女の小説作品の主だった四作品すべては、実はほとんど一気に書かれている。一九四〇年に第一長編『心は孤独な狩人』(*The Heart Is a Lonely Hunter*)は出版されたのだが、この出版を待つあいだにわずか二か月間で第二作『黄金の目にうつるもの』(*Reflections in a Golden Eye*)は急き立てられるように書きあげられ、第一作出版後ほとんど間をおかず四一年に世に出る。最終的には四六年、五〇年にそれぞれ出版される『哀しき酒場の唄』(*The Ballad of the Sad Café*)と『結婚式のメンバー』(*The Member of the Wedding*)もまた、実のところ、あわただしく最初の作品たちが出版されるのとほぼ同時に、やはりあわただしく構想され、書き出されていたことが伝記などによってすでに明らかにされている（Savigneau, 61-77）。彼女の作家人生にはたった一度だけ豊穣の時が訪れた。そしてその三〇年代後半および四〇年代初頭から、興業上の大失敗に終わった『素敵の平方根』（*The Square Root of Wonderful*）（五七年上演）までほぼ十五年、いわば羽ばたくことのない白鳥の歌とも呼ぶべき『針のない時計』（六一年刊行）まで実に二十年が経過している。

つまり、こういうことである。漱石を怒涛のごとき執筆へと掻き立てたのは、彼の心中にわだかまっていた不定形のマグマのごときものであったとすれば、マッカラーズのそれは最初から形の定まった、さほど巨大とも言えぬ静かな木塊のようなものであった。だから、漱石は彼の命そのものが尽きてしまわなければ、ひとつのマグマの流出があらたな場所からのマグマ噴出の呼び水となって、その奔流が差し止められてしまうことはあり得なかったとさえ思えるのに対し、マッカラーズは、それこそ漱石の『夢十夜』第六夜の運慶が木の塊からその中に埋まっている仁王を彫り出すかのごとくで、彫り出される仁王の数は木の塊の大きさ次第にあらかじめ決まっていたのではないかと思わせるのである。さらに言えば、彼女の作品は運慶の仁王像のように彫り出されるのを待って、彼女のなかにあらかじめ眠っていたのであり、眠っていたものは比較的順調に彫り出されたのに対し、そもそも彫り出されるはずのなかった作品が、彫り出されるべきものがあらかた彫り出されたあとの木塊の残骸から、木っ片を寄せ集めるようにしてかろうじてできあがった――それが主要作品と晩年の作品とのあいだに、時間的に、そしておそらくは質的に、看過しがたい差を生んだ理由なのではないか。

私はマッカラーズという作家によって書かれるべく予定されていたのは、『心は孤独な狩人』と『哀しい酒場の唄』と『結婚式のメンバー』の三作のみではなかったかとさえ考えている。『黄金の目にうつるもの』は、

第一長編の出版契約が固まり、作家となる野心に目鼻がついたところで、めらめらと火のついた創造の霊鬼によって、それこそ一気呵成に、一種躁病的なユーフォリアのうちに、本来書かれるべき作品の収まった木塊からではなく、根を張る土ももたぬ虚空の花のごとく生み落とされたのではないかと思えるのである。『黄金の目にうつるもの』は、彼女自身が様々な場所で告白しているように（qtd. Savigneau, 63, 82）、軍人だった夫リーヴィス・マッカラーズ（Reeves McCullers）から漏れ聞いた軍駐留地に「のぞき魔」が出たというひとつのエピソードをもとに、瞬く間に書き上げられた、というよりひとりでにできあがったような小品であり、上にあげたマッカラーズ文学の根幹をなす三作品とは——無論、人の孤独といったテーマの見やすい重複こそあれ——全体として明らかに異質な空気をたたえているのは否定しがたい（たとえば、この小説の人物を描写する筆先はつい目を覆いたくなるほどで、言わば情け容赦もないのだが、このような描写の仕方を、たとえばのちに触れる自伝的な女性登場人物にもマッカラーズがあてがうことができたかどうか、私には大いに疑問である——また、最晩年の小説『針のない時計』の人物描写についても原則これと同じことが言えると思う）。

漱石とマッカラーズのほぼ同じ五十年という寿命、あるいは文学者としての人生を形容して、かたや漱石のそれが底の浅い盃にあふれるままにそそいだ酒のようであったと言うのなら、マッカラーズのはみずみずしく豊かに書きだされたひと筆の、筆先に含まれた墨のつきるまで、あるいは墨の尽きたあともなお書きつづけようとした、最後は寂しい墨痕とでも形容すればよいか。そしてマッカラーズは、その生涯ただ一度の豊穣の時に、リーヴィスと恋に落ち、せかされるように結婚をし、そして同じぐらいあわただしく離婚をしてもいる。小説家カーソン・マッカラーズの人生そのものが、ほんの短いはずだった充実のときをとうに過ぎて、しゃにむにうしろへ引き伸ばされてしまったようなものではなかったか。それはちょうど、『哀しい酒場の唄』に登場する「せむし」のライモン（Lymon Willis）が、アミリア（Amelia Evans）とメイシー（marvin Macy）、不倶戴天たるふたりの決闘の日に、ペンキと刷毛で酒場の壁を塗り替えようと試みて、自分の小さな背のとどくところばかり、気の向くあいだのごく短い時間だけ塗ったので、塗られぬままの板壁が蕭然と取り残される――ちょうどその板壁のたたえる寂しさのようであったとも言えるかもしれない。

であるがゆえに、マッカラーズを論じることとは、無論ひとつひとつの作品を鑑賞するという基本的な作業に加えて、きっとおそらくそれにも増して、宿命の作品群が切り出されてきた大本の木塊のその姿、その感触に迫ることなのだと思う。

これからマッカラーズの代表作を吟味してみたいと思うのだが、それらはいずれもおおむね同じ肌合いを共有している、ほぼ同じ方角を指してつづられている。それらが同じ木塊から彫り出されてきたと今性急に断ずるゆえんである。

2 神なき世と「私の心」

それでもなお『心は孤独な狩人』はいわゆる「処女長編」らしき野心もあって、ホートン・ミフリン社の新進作家発掘の公募に応じて提出したこの小説のプランにも明らかなように、社会や政治のあり方にも足を踏み入れようという（彼女らしからぬ――と言いたい）果敢さが垣間見えもする（"Outline of 'The Mute'," 163）。人をこのように寂しく哀れに生きさせるのは、一方でマッカラーズという人をはぐくんだアメリカ南部という特殊な土地のことであるのは間違いがない。マッカラーズによれば、南部を南部たらしめているのは「命の安っぽさ」であって（"The Russian Realists and Southern Literature," 254）、それはこの地域の人種差別と貧困という、歴史的とも、それゆえに宿命的ともいえる事情が差し招き醸し出した風土のことである。おそらく同じ南部のアースキン・コールドウェル（Erskine Caldwell）も、ロバート・ペン・ウォレン（Robert Penn Warren）も、そしてウィリアム・フォークナー（William Faulkner）もまた、この土地に巣くった「命の安っぽさ」という風土を描こうとした作家たちであるだろう。しかし、これらの男性作家とマッカラーズの文学のあからさまな読み応えの違いは、彼らがこぞってこの風土そのものに取り組んでいるのに対し、マッカラーズは「命の安っぽさ」に感応するこちらの心をいつまでも相手にしていることから生じているようなのだ。マッカラーズは、同じ南部の「命の安っぽさ」をとりあげつつ、これを産み落とした南部社会の社会や歴史への分析や批判に立ち向かって、みずからの文学の核心に据えることは原則としてない。

マッカラーズにとって南部社会通有の「命の安っぽさ」という命題は、彼女が人間として抱えている心の問題について、ことさら説明を求められれば、便利にあとづけることができるような、あるいは都合よくこと寄せられるような、どこかよそよそしい一般性を備えたひとつのアイディアに過ぎなかった。だから、彼女本人にしてみれば、「命の安っぽさ」とは、実のところ木で鼻をくくったような回答にしか過ぎなかった。偶然南部を故郷としたことが彼女とその文学にとって重要ではなかったというのでは決してない。しかし、マッカラーズは彼女の心の問題について、それを「宿命」という漠然としたものと了解することを好みつつも、具体的な歴史などに言い及んで説明したいとは思わない人だったのではないか。そのような問題に対し、分析的なまなざしを向けようとも、ましてやその解決を志向しようともしなかったし、そもそも彼女はそれを解決したくはなかったのではないか。

その理由は無論、その「心の問題」こそが、彼女のなかに存在した木塊の正体であるからで、木塊が存在し続ける限り、彼女は作家であり続け、文学をやり続けることができるのだから、彼女の「心の問題」は「問題」であるがゆえに彼女の心を容赦なくむしばみ続けるのだが、一方で、「問題」といいつつ、解決はつねに先延ばしにされ続けなければならない、心を野放図に蚕食し続けるままなおも温存しておかれなければならない何かだったのではないか、と思うのである。

確かに人種隔離制度下の黒人エリートの苦悩——黒人種の知的独立という理想主義的大義に順ずればすなわち同胞は彼を見捨て、同胞への恭順はすなわち反知性のぬかるみに停滞することを意味するというディレンマ——はきわめて的確に黒人医師ベネディクト・メイディ・コープランド (Benedict Mady Copeland) の造型に描き出されている。農本主義的な労働観、つまり、天の配剤次第という他力本願的な発想から抜けきれず、雇用というドライな契約関係であるべきものが家族主義的な桎梏のうちにかすめ取られた南部労働者たちに、政治的団結を布教しようという理想主義的マルクス信徒の孤立無援もまた、ジェイク・ブラント (Jake Blount) の姿に実によく映し出されている。

しかし、『心は孤独な狩人』全編を貫いて流れているのは、寂しき人ひとりびとりの心の手なずけがたさ、あるいはもてあまされたそれぞれのエゴのゆくえなのであって、これらがある総体的かつ俯瞰的な視座へと止揚されることがありえないのは、彼らがこぞって心を打ち明ける、彼らそれぞれのプライヴェートな「神」ジョン・シンガー (John Singer) の死の意味の不毛に端的に現れている。そもそも彼らは誰ひとりシンガーの自殺の原因を知らない、知ろうとしない。この事情を「マッカラーズはさまざまに理想化されたシンガー像と、彼に夢を見出したそれぞれの人間に起こる小説内のできごととのあいだに十分な関係を確立しえなかったのである」と解説する批評家もある。彼らに起こる「これらのできごとはシンガーの死と因果関係によって結ばれてはいない」、と(Graver, 55)。

繰り返すまでもないことだが、作品の寂しき人々は聾啞のシンガーにそれぞれ思いの丈をよせる、彼だけは世間の誰ともちがって自分を真に理解してくれる人だと信じて。彼らひとりびとりのこの世にどこにも置き所のない孤独な心を、自分の知らぬ間に肥大したエゴを、たったひとりシンガーだけは、ありのまま、いや、彼らみずからが信じてほしいとおりに「正しく・美しい」ものとして受け入れてくれる、と。

問題は、シンガーが耳が聞こえず口のきけない人であることから生じるこのドラマティック・アイロニーが、ドラマティック・アイロニーであることを、いつまでも——たとえシンガーが死んだ後も、たとえ作品が終わっても——やめないことの意味である。あるいは皮肉が生じるカラクリの最終的な開示と登場人物個々にもたらされる覚醒を前提とするのがドラマティック・アイロニーであるとすれば、この小説の中心をなしているこの仕掛けはドラマティック・アイロニーとして機能していない、あるいはむしろ最初からそう意図されてはいなかった。つまり、登場人物は誰もシンガーが彼らの「神」なんかではなかったことにいつまでも気がつかない。自分ばかりではない。自分が鬱屈しているがゆえに、他人の言動に普段はそれぞれ人一倍辛辣なはずの彼らが、自分の隣に、都合のよい寂しい嘘に酔い、自己欺瞞の哀れな虜となっているものがいることに気づこうとしない。

だからシンガーの死は何事も変えはしない。登場人物たちのおかれた境遇は、彼の死の前後で本質的に何も変化しない。たとえばコープランド医師は、シンガーの死後、悪化した肺炎ゆえに診療をあきらめ、亡くなった妻の一族の住む田舎の農場へ引き込むことになる。しかし、彼の民族の自立という理想の火は決してここで消えてしまうのではなく、また彼の燃え上がる情熱は、以前と同様、同胞から理解されることも顧みられることもないのである――「自分のなかに火を感じ、じっとしていられなかった。起き上がって大きな声で話したかった。だが体を起こそうとしても力がはいらなかった。心のなかの言葉は次第に大きく膨れ上がって、収まろうともしない。しかし、老人［彼の義父］はもうとうに聞いてはおらず、彼の言葉に耳をかたむけるものは誰ひとりいなかったのである」(336)。

事情は無論ジェイク・ブラントの場合も同じこと、そもそも流れ者のジェイクは、この町でも労働者の意識啓発のためと称し、毎度酔ってはくだを巻き、人をみればからみ、「もののわかったこの俺を誰も理解しない」といってはまた鯨飲、そして泥酔……、これを繰り返しているばかりだったが、仕事先の移動遊園地サニーディクシーショーにおける人種暴動に巻き込まれ、シンガーの死を知り、その足でこの町に来たのと同じように文無しでまた次の町へ流れてゆこうとしている。「町をあとにすると、新しい活力がわいてきた」、いったい彼はどこにゆくのだろう、その「新しい活力」は次の町でいかに発揮されるのだろう。「心に希望がある」という、「何もかももう一度はじめからだ」という――おそらくこの町に流れ流れやってきたときと同じように。「しかし、そう遠くへゆくつもりはない、南部は出て行かない」と彼はいう。ひときわ労働者階級意識の低いのが南部だから、彼の「戦場」もまた南部でなければならない。自分は正しい、この自意識の不毛な美しさは、あるいは美しい不毛は、いずれにせよ彼の人生を通り過ぎていったシンガーの存在から導き出されたものでは決してあるまい (350)。

彼らそれぞれにとっての「神の死」が「神の死」にふさわしく遇されることがないのは、イギリス産の南部文学者リチャード・グレイ (Richard Gray) が言うように、彼らが「孤独によって魂の傷ついたものたちの伝統的な慰め手であったはずの神ばかりでなく、人類共通の確固たる起点として現代において神の代替たりえたはずの歴史さえもが死に絶えた」世の中に生きていることを示唆しているのかもしれない(273)。しかし、いったい、神が死に、そして歴史が死に絶えた世の中とは何の謂いか。大文字の神が去り、自前の小さな神が人の数だけ存在する世とは、自分だけの神との偶然の幸運な出会いを求めてさまよい続ける小さな魂たちばかりからなる世のことか。ならば歴史の死に絶えた世とは何か。人ひとりびとりが求める神と神のあいだに本質的な差異が存在しない世のことか。だとすれば、コープランド医師もジェイクもただただ悩みつづけるのだ。彼らの悩みはそれぞれ彼らが置かれた社会的環境ないしは歴史的条件によってたまたま惹起されてきたのに過ぎない。黒人コープランド医師の民族の自立のための懊悩も、ジェイクの労働者大同団結という理想のための七転八倒も、知らぬ間に乳房が成長してシャツにすれるのが痛いミックの悩みと、それらはいずれも同じ価値をもつ悩みであるということだ。

今、急いで付け加えておきたいと思うのは、であるがゆえに、マッカラーズが彼女の故郷南部にひしめく黒人やそのほかの「地に呪われたもの」たちについて微温的な関心しか持たなかったというのでは決してない、ということ。彼女の世界に存在するのは等しく悩める人の心のみ。さらに言葉をつぐならば、世界に存在するのは悩める「私の心」ひとつ、だったのである。だから彼女はその決してぶれることのありえない地点から、少しも「政治的に」気負ってみせる必要もなく、彼女を囲繞する等しく悩めるものたちの心に繊細な共感を恬淡と抱くことができた人だったし、だからこそ、たとえば彼女の描く黒人たちは、しばしば引用されるごとく、黒人作家リチャード・ライト(Richard Wright)が『ニューリパブリック』(*The New Republic*)誌において「[彼女の第一長編のたたえる]瞠目すべきこのヒューマニズムは、ひとりの白人作家をして、南部文学において初めて、黒人登場人物を彼女と同じ人種の登場人物を描くのとまったく等しくやすやすとしかも公正に扱うことを可能たらしめた」と賛辞を惜しまぬ出来栄えともなったのである（qtd. Savigneau, 66）。すなわちマッカラーズにとって、どこまでいっても問題はその悩める「私の心」だったのであり、先に述べたような理由でその悩みは——もちろんそれがやすやすと悩み終わるような種類の悩みであったといっているのではない、もしもそのようなものがあるとすれば、それはもはや「悩み」でさえない——作家であり続ける以上、早々に見切りをつけることのできない悩みでなければならないので、かくして、マッカラーズ読者は終わることのない彼女の「私だけの悩み」に延々とつきあうなりゆきとなる。

3　悩める心の至上性

マッカラーズ自身、「私は自分の書いている登場人物その人になってしまうのだ」と書いているとおり（"The Flowering Dream," 276-77）、彼女の描くあらゆる登場人物の心の悩みは彼女本人の心の悩みをつねにいくばくか反映している。しかし、小説のリアリズムという作法にのっとる限り——つまり、彼女の書くものが小説でありうる限り——、たとえばコープランド医師の悩みは黒人であることに由来する悩みでなければならず、ジェイクの悩みは貧乏白人のそれ、『黄金の目にうつるもの』のペンダートン大尉（Captain Penderton）の悩みは白人インテレクチュアルの、しかもホモセクシュアルであるがゆえに秘められた種類の悩みでなければならず、『針のない時計』のシャーマン・ピュー（Sherman Pew）の悩みは貧乏白人の女と黒人農夫のあいだに生まれ、青い目をした黒人ならではの悩みでなければならないだろう（ただし、『心は孤独な狩人』のギリシャ人スピロス・アントナープロス［Spiros Antonapoulos］はただひとり、その薄弱な知性ゆえに、動物的な欲求とは質を異にするはずのいわゆる「悩み」から解放されていると言えるだろう――つまり、そのような意味でもあの「処女長編」はマッカラーズにとって「野心的」な作である）。

言うまでもなく、マッカラーズの「私の悩み」は、彼女にとって自己投影しやすい登場人物にそれだけより直接的に反映することとなる。彼女の主要三作にはいずれもそのような登場人物が存在する。『心は孤独な狩人』におけるミック・ケリー（Mick Kelly）であり、『哀しい酒場の唄』のアミリア・エヴァンズであり、そして『結婚式のメンバー』のフランキー・アダムズ（Frankie Addams）である（そして、私が最後の長編『針のない時計』をマッカラーズの「本質的」最重要作品から除外しようとするのは、まさしくこの点において、つまりこの小説にマッカラーズらしき女性がすっかり不在であるからだ）。

無論、ここに『素敵の平方根』のモーリー・ラヴジョイ（Mollie Lovejoy）を加えることも不可能ではなかろう。しかしながら、どの作品よりも自伝的な要素を色濃く有するとも評される『素敵の平方根』は、彼女の文学的源泉としての木塊に全面的にわたりあうのではなく、その胸に秘めた木塊の性質ゆえにこう結果せざるを得なかった悲惨な彼女自身の結婚の成り行き――マッカラーズは第二次世界大戦をはさんで二度同じ男と結婚し、その男、文学の夢やぶれ、酒におぼれ、女ばかりでなく男も愛し、妻の小切手を偽造し、心中を強要しようとした、かつてのDデイの英雄、リーヴィス・マッカラーズは、やがて異国の地で自殺を遂げた――という一側面に特化し焦点をしぼり込んだ作品であった。最新の伝記をものしたフランス人ジョシアンヌ・サヴィニョー（Josyane Savigneau）によれば、『素敵の平方根』とは「カーソンにとって、単なる戯曲とは異なっていた、それは死んだリーヴィスとの対話だった」（263）。しかし、同じサヴィニョーはこの作品を称し「死んだリーヴィスの浄霊の試み」と呼んだのだが(240)、こうした悲劇的結末に至ったことに対する自己憐憫と自己正当化のまるで泥酔者のつぶやくような繰り言が、果たして亡夫の「浄霊」となり得ただろうか。夫と離婚しようと、夫が縊れてひとり寂しく死のうと、作家たる彼女の「私の心」は、あるいは「私だけの悩み」を悩む「私」はなんとしても温存されねばならなかった——「私の心」という文学的至上主義《インペラティヴ》は貫きとおされねばならなかった。

この絶対命令《インペラティヴ》にしたがって生み出されたミック、アミリア、そしてフランキーは、おそらく書き上げられたこの順番で——とは、つまり、最初から完成してしまっていたようなこの作家独特のごく限られた成長にしたがって——次第により忠実に、より直接的に、より濃密に、マッカラーズの「私の心」を代行し、「私だけの悩み」を悩む人物へとしあがっている。

4-A　ミック——孤独の始動

『心は孤独な狩人』のミック・ケリーの思いは、千々に乱れている。彼女は自分が父母、兄ひとり、姉ふたり、弟ふたりという大家族に加え、家そのものが安下宿を営んでおり、静かに自分の心と向かい合うことそのものに困難を感じている。彼女の見る夢も『水の代わりにさ、すっごいたくさんの人の海を両腕かきまわして泳いでんのよ、あたし』」となり(39-40)、描いた絵もまた「飛行機が墜落して人々がわれ先に飛び降りる絵、そしてもうひとつは大西洋横断する客船が沈んで乗船客がみな押し合いへし合い救命ボートになだれ込もうとする絵」など「すべて人だらけ」、怒号と喧噪に満ちあふれる(43-4)。

だから彼女には「内なる部屋」が必要だった。そこでじっくりと自分の心と向き合うのだ。そしてそこは、なかでも、「ゆっくりと大きく咲く花のような」端正で閑静な音楽が——そしてやがて音楽のごとく穏やかで静かな、彼女の小さな「神」、シンガーもまた——存在を許される場所であった(163)。だがしかし、その実、音楽もまた彼女を狂おしく掻き立てずにはおかない——「[ラジオから聞こえる交響曲が終わると]突如ミックは自分のふとももを両のこぶしで打ち始めた。同じ筋肉を思い切り叩き続けたので、やがて涙が出て顔を伝って落ちた。しかし、これでもまだ強さが足りなかった。茂みの下にころがっている小石はとがっていた。それらを手のひらいっぱいに握り込んで、同じ場所を上下にこすり始めると、やがて手が血だらけになった。そして仰向けに地面に横たわると、夜空を見上げた。火のついたように痛む足がかえって心地よかった」(119)。

つまり、ミックの「悩み」はいまだ前駆段階にある。しかし、彼女は真の悩みに間違いなく到達しつつある。なぜなら音楽もまた誰かの迷える魂が産み落とした苦悩の産物であり、ほんものの悩みへの扉であること、その鳥羽口にすぎないこと、に気づこうとしているからである(マッカラーズは、よく知られているとおり、挫折した音楽家でもあった)。ハリー・ミノウィッツ(Harry Minowitz)との交通事故のような初体験がここでやってくる。すでに父は尾てい骨を骨折して以降、十分な養い手ではありえなくなっていたが、やがて姉のひとりは手術の必要な卵巣の病に倒れ、くわえて弟ババー(George "Bubber" Kelly)がライフルで女の子を誤って撃ってしまい、いよいよ家の経済は火の車状態となって、ミックはやむなくウールワースの売り子として働きに出なければいけなくなる。「今はもう彼女の心にどんな音楽もなかった。おかしな話だ。まるで自分の内なる部屋から自分が追い出されたみたい」(353)——いや、少しも「おかしな話」ではない、真の悩みとは、少なくともマッカラーズにとっての真の悩みとは、常時全身全霊にかかわるもので、これを回避したりすることのできる時間や場所はほんとうはどこにも——心のなかにさえ——存在しないからだ。

少女から大人へと向かうミックのうちに「内なる部屋」が存在することは、彼女が、彼女を創造した作者とともに、すでに生涯にわたって「悩み」とともに生きる、言わば「悩み」の使徒となるべく印づけられていることを意味するだろう。なぜなら、「内なる部屋」とは、ほんものの生活というものが、誰のものでもない彼女の人生というものが、始まるやいなや、ジョン・シンガーという小さな彼女だけの神とともに、ひとたまりもなく消え去るのが定めのか弱い存在にすぎないからだ。だが、それは「かつてはきっとあった」と彼女の心のどこかに今後痕跡として刻み込まれるので、だからこそあからさまに、日常は「内なる部屋」の消えた時間として、たよるべき神の死んだ場所として、つまり「私だけの悩み」の生まれいずるどこにも存在しない時空として、逆説的な存在を保持し続けることになるのだからだ。

4-B　アミリア——孤独の公式

『哀しい酒場の唄』は、先行する『心は孤独な狩人』とも後続の『結婚式のメンバー』とも肌合いを異にしているが、それはこの作品が、一般に民間伝承などを謡う「バラッド」と名付けられているように、「悩み」を悩むべき人、アミリア・エヴァンズに一定の距離をとって語る語り手の存在があるからだ。いかにもバラッドの語り手らしき、自立的な存在でありながら、同時に不特定の不透明な語り手は、ミックやフランキーの泥濘のごとき苦悩の感触そのものを伝えることはないながら、それだけアミリアの悩みのありかを、ほとんど滑稽なほど端的に射貫き、言い当ててしまう——「ミス・アミリアはカズン・ライモンを愛してしまったのだ」(215)。「私だけの悩み」は、そして孤独は、いつだって愛から始まる。

この作品には、「世の中には愛するものと愛されるものがいて、ふたりは違う国に生まれると言ってもよい」の一節から始まって、「愛するもの」と「愛されるもの」のあいだの関係を語り手が諄々と述べる箇所があり、しばしば引き合いに出されてきた。そこに語られていることは、原則としてすべて正しい。しかし、「こうした理由で私たちはたいてい愛されるより、自分が愛することのほうがよいと思う。ほとんど誰もが愛するものになりたいと思う。……というのは、愛するものは愛されるものをいつだって素裸にひん剝いてしまおうとするからだ。愛するものは愛されるものとの結ぼれに飢え、それがどんな関係でもいいから愛されるものと結びつきたいと願う、たとえこの経験が愛するものに痛みだけしか与えないとしても」とは、つまり、愛をまったく知らぬものが愛に心を開かれるという瞬間を厳密に想定することで、ようやく愛の原則として成立しているのにすぎない。

確かに孤独の苦悩はつねに愛から始まる。愛は主体も対象も選ばないからだ——「この愛するものとは男でも女でも子供でも、実際この世に生きているどんな人でも愛するものになりうる。さて、愛されるものはどうかといえば、これまたどのような種類の人でもありうる。どんなに風変わりな人でも刺激となって愛を発動させられる」(216)。

しかし、愛とは、つねにすでに起きている。誰かを愛しうる心をもつことそのことが、すでに苦悩の始まりであると言い換えてもよい。

この作品の小説らしからぬところ、すなわちバラッドと称されるべきところの核心は、ここにある。アミリアという有能な女性は、もはや思春期をすぎ、いわゆる結婚適齢期もすぎ、その上これまで一度も愛に心を開かれたことがない女性という、およそ非現実的な、寓話的な、だからこそまさしく「バラッド」に謳われるべき人である。ライモン・ウィリスが登場するその日まで流れた彼女の人生の三十年の年月、彼女が「どんな人でも愛するものになる」という愛の公理にずっと背反し続けた人物であるということについて、小説的リアリズムに即応するべく作品に与えられている根拠はほぼ皆無である。彼女は「やや中央に寄ったまなざしがなければ、美しいといってもよい」人なのだが(198)、強いてあげれば、母を亡くし、男親によってたくましく育てられ、その男親も早々に亡くなっており、父の期待以上に男らしい筋骨隆々たる大女に偶然育ってしまったことなどをあげることができようか。

『心は孤独な狩人』のミック・ケリーは、今このときにも彼女の「内なる部屋」を打ち破って誰かを愛しそうな心の状態にあって、であるがゆえに「私だけの悩み」の始まりにおかれた少女であるとするならば、アミリアは、「私だけの悩み」の画然たる開始と——始まればこの苦悩に終わりはありえないから——そのなりゆきをまことに明確な、つまりは「公式」通りに生きるべく造形された女であった。アミリアは、波風ひとつ立たぬ静穏な、それこそ吟遊詩人の謡曲の聞こえてきそうな「内なる部屋」を生きていた。ところが「誰もが愛する人となる、誰もが愛される人となる」という原則をそのまま実地に移したごとく、アミリアの縁者を名乗って現れたよそ者、「せむし」のライモンに恋に落ちる。となれば彼女の「内なる部屋」は、無論、消えてなくなるのが定めで、それはこの作品において、酒場となる館のこれまで誰も通したことのない二階の奥の、かつては彼女の父が暮らしたその部屋に、今彼女の愛するライモンを親しく招き入れたところに象徴的に表現されている。

そこに、かつて同じ公理に従うようにアミリアを愛し、存分に愛するものの苦痛を味あわされたのち捨てられ、それこそ民話にしか現れないような冷酷非道の悪漢に生れついた地金をさらけ出し、刑務所から復讐に舞い戻ったマーヴィン・メイシーが登場する。そしてこともあろうにライモンは、今一度同じ公理に準じるように、マーヴィンに恋に落ちる——といった、バラッドのもつリフレインを思わせる反復的な展開を経て、この作品は大団円へと向かう。結末はアミリアの愛が徹底的に——つまりあまりにも不合理に、しかしながらマッカラーズの孤独の苦悩の至上主義からすれば、一部の隙もなく図式的かつ論理的に——打ち砕かれる。すべてが無残に終わったのち、そこには永遠に悩み続けるひとりの女が完成されている。

「バラッド」はここで終わる。しかし、「小説」はここから始まるのである。

4-C　フランキー——「木塊」の感触

「あの緑色の狂った夏にそれは起こった、そのときフランキーは十二歳だった」と始まる小説『結婚式のメンバー』の主人公フランキー・アダムズは、決して愛の苦悩の始まりにおかれたミックの再現ではない。むしろフランキーは、ライモンがマーヴィンとともに去ったあと、家の窓という窓を、ひとつをのぞいて、板を打ち付けてひとりひっそりと家にこもり始め、時折、封じてしまわなかったひとつの窓から悲しい顔をのぞかせ、見るものすべてがきっと色を失い狂って見えるのに違いないほど真ん中に寄ってしまったその両目で、もの憂げに、もの欲しげに、眺めやるアミリアの——つまり「バラッド」では語り得なかったアミリアの——言わば、小説的再来でこそある。

フランキーが同年齢のミックに比べて、より早熟だったからではない。そうでなくて、小説が始まる前にフランキーは、すでに愛に心を押し開かれていたからである。フランキーはもはや「私だけの悩み」をもつ女性となっていたからである。だから彼女は最初から終わりまで徹頭徹尾悩める人で、その意味で、フランキーはマッカラーズのもっとも忠実な分身であり、「私の心」という作家マッカラーズの文学の源泉たる木塊の中核から切り出されてできあがった人物である。

『結婚式のメンバー』は全編、フランキーの「私だけの悩み」に悩むがゆえの、つまりは何ものによっても癒されることのない不安に貫かれている。だから彼女は性急に、手に触れることのできるあらゆる人を、体験するあらゆる出来事を、その不安が穿った空虚にあてがってみようと試みる。無論、その空虚は、正確に彼女が愛したものそのものでなければ、決して満たされることはない。

この何か大切なものが欠け落ちていて満たされず、じりじりするような宙づりの状態にある様子をもっとも端的に表しているのは、彼女の耳に飛び込んでくる音楽だろう。最初はトランペット——「そして何の前触れもなく起こったことが、フランキーは最初信じられなかった。その曲が落ち着くべきところに到達するちょうどそのとき、音楽は終わり、トランペットは途絶えてしまった。突然、演奏を止めてしまったのだ。しばらくのあいだフランキーはこのことが理解できず、どうしていいかわからなかった。彼女はしまいにジョン・ヘンリーにこうささやいた、『ラッパに唾がたまったね、だから今、振って唾を出してんのよ。すぐに最後まで演奏するはずだわ』と。しかし、音楽は二度と帰ってはこなかった。曲は終わりまで演奏されぬまま、途切れたまま、だった」(293)。そして次は調律中のピアノ——「すると夢をみているような調子で、一連の和音がゆっくりと、お屋敷の階段を昇るように高く昇っていった。しかし、最後に八度の和音がきて音階が満了すべきところ、そのかわりに訪れたのはひとつ休止だった。すると最後にくるべき和音の一度前の和音が繰り返された。七度の和音が、音階の未完成さ全体をことさら響かせるような調子で、何度も何度もうち鳴らされ、ついに静寂がおとずれた」(329)。

こうした耐えられない生殺しのような未了感がこの小説の基調をなし、ミックのやることなすこと、彼女に起こるあらゆること、それらはすべて落ち着きどころを失った不安感に支配されている。この「七度《セヴンス》」の感覚、この不安がフランキーの周辺に遍満しているがゆえに、彼女は自分という存在の収まりどころを見いだせぬ「(世界から)遊離した(separate)」あるいは「宙ぶらりな(loose)」感覚を抱きつつ、何か肝心のものが欠け落ちていることのみ明瞭な感覚が彼女を無軌道に逸《はや》らせ、彼女の焦燥を強く掻き立てるので、逆に「息の詰まりそうな(tight)」、あるいは「身動きがとれないような(caught)」感覚をも繰り返し味あわねばならない(たとえば358)。

フランキーはしばしば刃物をもてあそぶ。一度は、「結婚式のメンバーになりたい」という思いを、この下宿屋の台所をあずかる黒人女性バーニース・セイディ・ブラウン(Berenice Sady Brown)にからかわれて猛烈に腹を立て、台所のテーブルからナイフを手に取ると、バーニースの「『ナイフをおきなさい!』」という制止も聞かず、手首を存分にきかせて勢いよく放り投げ台所のドアに突き立て、「『あたしは町で一番のナイフ投げの名手よ』」とうそぶきさえする(285-6)。ふたたび激したときは、引き出しから引っ張り出した「肉切り包丁」を握りしめ、同じバーニースの黒人らしく編み込んだ髪の一房をそれで断ち切ろうかという仕草をしてみせもする(356)。しかし、フランキーが実際に刃物を人の体に突き立てえぐるとき、突き立てられえぐられる肉体はほかならぬ彼女自身の肉体である(280, 284)。もちろんフランキーは足にささったとげをナイフでえぐり取っているだけなので（といっても、例のバーニースは「『あんたそんなことして痛くないの』」と顔をしかめて言うほどではある）、これをとりたてて「自傷行為」といった大仰な術語で呼ぶ必要などまるでないのだが、ひとりの少女が刃物をもてあそぶ行為そのものが自然に醸す何とも不穏で不快なこの感じは、前の段落で述べておいた、自分をおいたまま先へ先へと流れてゆく世界を刺し貫きたい、同時に自分が自分であることしか許そうとしない同じ世界を切り捨てたい、そして願いはいずれもかなおうはずがない、かなうはずがないことを自分自身わかってさえいる、そうした永遠の「七度」的な状況に差し止められた彼女のデスパレットさに通じているようにも思える。

母をもたぬフランキーにとって、この世のあり方を的確に——しばしば身も蓋もなく——教え諭すべき母的存在は、無論、黒人のバーニースにほかならず、だから彼女はフランキーに「『そんなふうに聞いたこともないようなものにたびたび恋に落ちててごらんなさい、そんなことでいったいあんたどうなっちまうと思うの？……あんた、これからずっと結婚式のあるたんびにそこにしゃにむに押しいっていくつもりなの？それってどんな人生なのよ？』」と、今度もまたあまりに的確な言葉でフランキーをいさめようとする（347）。しかし、この的確な忠告も、この忠告の的確さがたとえフランキー本人によって重々承知されていたとしても、フランキーその人には決して届かない。あるいは、このあまりにも常識的な意味で「的確な」バーニースの忠告は、マッカラーズの愛と苦悩の論理、「私の心」の至上主義からすれば、まったく的確ではないのだとも言える。なぜなら、誰もが愛する人となるのだからだ。愛する人によって愛される対象は何ものでもありうるのだからだ。そして終わらぬ愛の苦悩はいついかなるときも始まるものだからだ。

『結婚式のメンバー』における「私の心」の至上性とは、過ぎゆく夏のその終りに小さな台所で達成される、フランキー、バーニース、そしてジョン・ヘンリーのあの三人の一体感——『ハックルベリー・フィンの冒険』においてミシシッピにたよりなく浮かぶ筏の上にのみ成就されるハックとジムのあの神話的一体感を思う——が、フランキーの心が求める愛の対象とは異なるというただそれだけの理由で、即座に何の未練もなく跡形もなく解消されてしまうところに端的にうかがうことができる(アダムズ一家はこの地を去って新しい家に移るのであり、バーニースは生活の安定のために意に染まぬ結婚を決意し、ジョン・ヘンリーは髄膜炎で死に、彼の描いた台所の壁の落書きは、引越しの準備が済んだ台所では白しっくいの下に消え去る)。あるいはそうでなければ、互いをしっかり抱きしめあい、呼吸と鼓動さえ同調するかのようにして、涙とともに自然に生まれる彼ら三人の歌声の甘く物悲しいハーモニー——「彼ら三人の声は相和し、彼らそれぞれのパートはひとつに結びあった」(359)——がむざむざ消えうせ、もはや二度とかえりみられることもない理由を我々読者は決して決して了解することができないだろう。フランキーの、いやマッカラーズにとっておおよそ恋するものの心は、すべからく孤独の狩人でこそなければならない。孤独とは、アメリカ文学史がことのほか言祝《ことほ》いできた人種と性別を超えた一体感をも犠牲に供するところをもって、鮮烈で残酷な至上性を付与される。

では、彼女を「私だけの悩み」の永遠の煉獄に突き落としたもの、小説の始まりに先立って彼女の愛する心を開いてしまったものは何だったか——つまり、「結婚式のメンバーになりたい」というのはいったいどういう意味なのか。

フランキーの愛の対象は、ひとりの人格ではない。また人そのものでさえない。「結婚式のメンバーになりたい」彼女が愛したのは、人と人のあいだ。人と人がむつみ合う、そのあいだ、ふたつの官能がひとつに解け合うそのはざま。彼女の愛する心を最初に押し開いたのは、自立した一個の人格としてさえ存在せず、つまり現実にはどこにも存在せず、したがってそれはそこを目指して愛を注ぐ場所のない場所、愛しく待ち望めば立ち現れるのでもなく、振り返れば待っているのでもないそのような、ただただ切ない不可能の時空のことなのである。

しかし、それはそれでも愛として彼女の心に登録され、すでに彼女の「私だけの悩み」は始まっている。我々が寂々寥々たる幻の彼女の愛の道行きに読者としてつきあうことは、果てしなくつらい。我々マッカラーズ読者は、バーニースのように正しく彼女を問いただすことを、彼女の細い肩を両手でかかえてゆさぶるようにして「しっかりと目をさましなさい」と当たり前の正しいことを言って聞かせたい思いをあらかじめ封じられているからだ。我々マッカラーズを知る者は、終わらぬ苦悩のインペラティヴが彼女の文学世界を統べる絶対の掟であることを知っているからだ。そしてあてどなく彷徨する寂しきものたちの群を俯瞰することを許す高みを徹底的に欠いた、だからまさしく「七度の感覚」のその場所に、我々みずからがたどり着いたとき、我々は、もうひとりの伝記作家が指摘しているごとく (Carr, 397-8)、現実に愛し合っているふたりの人間のあいだに、たとえば新婚初夜の花嫁と花婿のむつみ合う床のあいだに、自分のもっとも心地よい場所を見出そうとした、実に「聞いたこともないようなものに恋におちる」ことを常としたカーソン・マッカラーズという人の、「私の心」に触れるつらさを追体験しているのだと思う。

IV

フォークナー研究の新しい展開

第十一章

ダーク・マザー

初期フォークナーの「母」たち

新納卓也

小説を読んでいると、ある登場人物が描写の連なりのなかで次第に奥行きをもつに至り、気がつくと読み手はまるで現実の人間を評するかのようにその人物のことを考えたり論じたりしていることがある。そうしたとき我々は、いわば立体的に立ち現れてきた人物について、「良く書けているなあ」などと感嘆の言葉を漏らしながら、こうした人物造型をおこなった作家の想像力の奥深さに思いを向ける。ウィリアム・フォークナー（William Faulkner, 1897–1962）という作家はこの点で難しい作家なのかも知れない。なぜなら多くの場合、彼の描く主人公たちは激情や奇想にとりつかれており、そのうえ直面している問題の背景や内容が複雑かつ深刻であるため、人間としてはなんとも巨大で、等身大の人間としての彼（女）らの「心」にたどり着くのは容易ではないからだ。しかし見方を変えると、それぞれにかなり特徴のある人物造型や、ときに神話的あるいは象徴的な色づけを解きほぐしてゆくと、リアルな心理の層にたどりつくことができるわけで、その過程がフォークナーを読むことの醍醐味になっているとも言えるだろう。

　フォークナー作品に登場するあまたのリアルな人物の中で、比較的近づきやすいが、論者が以前から興味と感動をもって眺めてきた人物の一人として、『響きと怒り』(*The Sound and the Fury*)のキャロライン・コンプソン(Caroline Compson)が挙げられる。彼女は娘のキャディ(Caddy)同様に、物語の語り手としての声を与えられてはいないものの、実際には多弁であり、その姿を三人の息子たちもまた無名の語り手も丹念に報告している。語り手それぞれが描き出す彼女の姿は互いに矛盾を呈することがなく、交錯する複数の視点によって陰影が刻まれるにつれて、彼女の姿がまさに立体的に浮かび上がってくる仕儀となっている。

　本稿の目的は、習作期の作品で、若者の恋愛を主要テーマとしたものにはきまってある特徴的な性格づけがなされた「母」が登場することに着目し、フォークナーの初期小説の「母」の系譜をたどったうえで、コンプソン夫人の人物造型の再検討をすることである。パリから帰国後の作品ではシンボリックな母性の描き出しにむしろ力が注がれるため、この類型の「母」はいったん姿を消すのだが、一九二八年春頃に乾坤一擲書きはじめられた『響きと怒り』においては、その「母」たちの特徴が十分に深められて、コンプソン夫人および「代理母」である娘キャディとして再登場したというのが本稿の論点である。最後には、夫人にこれまでの「母」たちにはみられない側面が与えられているさまを確認し、フォークナーが「母」のテーマを育ててゆく過程をめぐっての一展望を示してみたい。

1 恋人たちの「敵」の登場――「月光」("Moonlight")

一九一九年の秋にミシシッピ大学に入学したフォークナーは、以後二〇年代の前半、習作的な散文と詩をおりまぜて執筆するほか、ときに書評や評論なども発表し、一種の文学修行の時期を過ごすことになった。一九二四年の末にシャーウッド・アンダーソン(Sherwood Anderson)との出会いを経験し、スケッチ的な散文を書き出す以前のこの時期を「習作期」と呼ぶことにし、以下の議論を進めたい。なお習作期に書き始められたと推測される短篇のうちで現在も原稿が残っているのは、「幸運な着陸」のほかは、散文詩とも呼びうる「丘」("The Hill")(一九二二年三月出版)と、いずれも若い男女の恋愛を描いた「月光」「青春」("Adolescence")「フランキーとジョニー」("Frankie and Johnny")の三作品である。

「月光」は、若い恋人同士が男友達の協力のもと、親の目を盗んでこっそり逢い引きをして性行為に及ぼうとするものの、ぎこちないやりとりのなかでその晩はひとまず取りやめるといった展開をもつ短い話である。まず目につくのは、欲望をもてあました童貞の若者(名前は与えられていない)が恋人のスーザン(Susan)の気まぐれに振り回される姿で、詩作時代のモチーフを受け継ぎながら、今後フォークナーの小説世界を賑わすことになる、その気にさせては身をかわす魅力的な女性に苦しむ男たちの系譜のはじまりとみなしうる人物造型となっている。もっとも男の苦悩の理由は、ままならぬ恋人の態度にだけあるのではない。というのも彼は前回の逢瀬のおり、スーザンとささやきあっているところを彼女の「保護者」(4)である叔父のバーチェット(Burchett)氏にいきなりハンモックから落とされたかと思うと蹴りつけられてしまい、逃げ帰ったあとで、黒人の召使いから侮辱を受けたサトペン(Thomas Sutpen)さながらに「奴はピストルすらもっていなかった、棒すら手にしていなかった…声すらかけることをしなかった」(5)とその扱いにひどくプライドが傷つけられたさまを披露する。この動揺はスーザンからの手紙であっさり解消されてしまうが、この日の逢い引きに向かうにあたり、彼は自分たちの姿を見とがめるかもしれない隣人を想像しては、「母親、親という階級と身分全体を代表している」(1 傍点論者)ととらえ、またバーチェット夫妻を「ただ自分の両親同様に、自分という存在に自然にへばりついて、なぜか自分がしたいことを危険にさらすもの」(4)と敵視する態度をあらわにしている。このとき作者はあくまで若者に付き従っており、若者の性欲を汚れたものとみなし、親の存在をその抑圧装置として懲罰的に引き合いに出している印象はない。彼がその夜思いを遂げられないのは、ふしだらなことを考えたせいではなく、あくまで恋人の気まぐれによるものであり、ふたりにはまた「明日の晩」(13)が残されているのである。

「月光」のタイプ原稿としては、もう一つ、おそらくは初期のヴァージョンが残っているが(McHaney xi)、そこでも若い恋人のふたりジョージ(George)とセシリー(Cecily)が友人のロバート(Robert)の助けを借りて逢い引きを楽しもうとする。ただジョージは、先に述べた若者とは異なり、ロバートとともに女遊びに慣れた雰囲気を漂わせていて、終始落ちついており、態度をはっきりさせないセシリーに翻弄されている印象はほとんどない。じっさい後のヴァージョンとは対照的に、今夜は先に進むことを思いとどまって「町に出かけよう」(27)と言い出すのはジョージのほうである。この話ではむしろセシリーに試練が与えられていて、彼女は男の気持ちを確かめつつ、先に進む勇気を出せるかどうか悩まなければならない。注目すべきはこの恋を続けていく際にもう一つ障害となるのが、彼女にとっても親だという点である。

「あたしドアのところで待っていたらボブがベランダまでやってきたから飛び出したのよ。そしたらママが二階から呼んだので、あたし、ウォルター・ウィリアムズ［Walter Williams］よって答えて、ボブをつかんで走ってきたのよ」（22）

二階から声をかけるだけで物語から消える「ママ」は、改訂版のなかでは、前述した男を蹴りつける娘の叔父や、女性のもとに向かう男がふと目をやりながらも放念する、「昨年の夏母親が、ボーイスカウト一級の試験に合格した祝いに買ってくれた」（8）腕時計に再イメージ化され、若者の行く手を阻む役割を与えられているわけである。

2 罵倒する「母」たち——「青春」「フランキーとジョニー」

未刊に終わったもう一つの短篇「青春」は同じ観点からみて興味深い作品である。主人公であるジュリエット・バンデン（Juliet Bunden）は、母親が亡くなったあとで家にやってきた継母と折り合いが悪く、七歳のときに父方の祖母のもとに預けられ、そこで成長してゆくが、十三歳の夏に同じ年頃のリー・ホロウェル（Lee Hollowell）と知り合い、ともに着ているものを脱いで水遊びをしたり、寄り添って眠ったりと自然のなかで平和な時間をふたりきりで過ごすようになる。次の年も同じように過ごしていたところ、秋のある日、ふたり裸で毛布にくるまっているところを祖母に見つかり、引き離されてしまう。その後は祖母からこの件で叱責される毎日が続くが、あるとき父とリーの父が密造酒の取締官に殺され、息子のリーも行方不明となったという知らせがはいり、ジュリエットがひとり悲しみに沈むところで物語は終わっている。

ジュリエットとリーは牧歌的な自然のなかで心地よい時間を過ごすだけで、ふたりはあからさまな性的行為はおこなわない。しかし一方で「親と子のあいだの永遠の確執を幼少のときから知っている」ジュリエットは、ふたりの平和なひとときが「自分より上の権威をもつものに知られないかぎりにおいてのみ邪魔をされない」(*USWF*, 462)のだということを最初からわかっており、また「不変なものはなにもない、何事も変化してゆくということだけが不変なのだ」(465)との認識をもっていて、体の変化の訪れとともにいずれふたりのあいだに性というものがはいりこんでくるであろうことを予感しているさまがうかがえる。

したがって秘密の発覚後において、どれほど責め立てられても彼女が「心の奥底に激しい誇りをくすぶらせていた」(466)のは、自分とリーが性的行為を断じておこなっていなかったことに胸を張っているからではなく、リーと過ごす時間を求めたことに何ら恥じるところはないと考えているからだと忖度できる。自分の行動に矜持をもちながら、祖母の言動に苦しむジュリエットの孤独と悲しみを描きあげるフォークナーは、もっぱら彼女に同情的で、その行動に理解を示している。一方で彼女の「母」の役割を果たす祖母によるジュリエットへの容赦のない処罰は不当なものとして描かれる。祖母は孫娘を「淫売」(465)と決めつけて口汚くののしり続け、また「月光」において若者への蹴りつけというかたちでおこなわれた制裁は、ここでは年のせいで動きが鈍くなっている祖母が杖を使って力の限りおこなう打擲に変形されて、やはり若い主人公を痛めつけているのである。

「フランキーとジョニー」も娘が恋をする話である。この短篇には、後年メリウェザー(James B. Meriwether)がこのタイトルをつけて『ミシシッピ・クオタリー』(*Mississippi Quarterly*)に発表した二十三ページにわたるタイプ原稿、その第二章を独立させて『ダブル・ディーラー』(*Double Dealer*)に散文のスケッチ集「ニューオーリンズ」のなかの一篇として発表したもの、さらに『ニューオーリンズ・スケッチズ』（*New Orleans Sketches*）に収録された小品「若者の経験」（"The Kid Learns"）と、三つのヴァージョンが残っている（小山三六-三七）。「母」はこのうち、初期の「フランキーとジョニー」に登場する。

町の若者たちの目を引く魅力的で「活発な娘」（*USWF*, 339）フランキーは、ふとしたことから「ごろつきの若僧」（341）で、自動車修理工のジョニーと恋仲になる。しかしあるときふたりのつきあいがフランキーの母親に知れ、母親は物語冒頭で紹介されるフランキーの父親の死後、女手一つで彼女を育ててきた苦労を引き合いに出しながら娘を罵倒する。

いいかい、おまえにはあたしが通ってきた苦労をさせたくないんだよ。でもそれがおまえの生まれもったもの（in your blood）で、そうしたいってなら、いっそ町の女になって男連中をくわえこむほうが、かせぎの悪い文無し野郎に縛りつけられるよりはましだと思うよ。まったく、あたしたち女にとって生きるってのはなんてつらいことなんだろうね。（324）

ところがこうした激しい反対にもかかわらず、フランキーはつきあいをやめることはない。章が変わると彼女は妊娠しており、その事実にもかかわらず落ちついているフランキーの様子が、激高して涙声でわめきたてる母親の姿と対照的に描かれている。すでにジョニーの頼りのなさに気がついている彼女は、子供をひとりで育てる決心をしていて、「自分が世界の中心である」（346）と感じながらその自らの決意に誇らしい気分を味わい、己を「大地そのもの」（347）と感じるところで話は終わっている。

母親と娘の対立を描きながら、フォークナーがここでも娘に同情を寄せているのはあきらかだろう。フランキーの母は「通ってきた苦労」を口にするが、娘と口論した直後に娘を家に残していそいそと男と泊まりがけのドライブ旅行に出かけていて、苦労の内実は金を持った男の情婦になることだったことがわかる。「母さんは手のつけられない子供のようなものだわ」と考える娘は逆に大人で、「母さんがあんなに愚かでなければいいのに」（345）と親のことを見切ってしまっている。フランキーとジョニーの物語は、改訂を加えられた『ニューオーリンズ・スケッチズ』所収の二篇「フランキーとジョニー」「若者の経験」では、娘と母との葛藤の部分は完全に消され、ジョニーがフランキーと知り合うことになる経緯のみに焦点をあてた短い話になっている。このときフォークナーは、問題をはらんだ母と娘の物語を切り捨てて、女を追い求める男というモチーフを優先させたのであろう。

3　母への失望——原光景

習作期の短編小説のここまでの検討では、性を求めて異性におもむく子を邪魔する（「母」）親という人物イメージが、自己中心的で、子供の気持ちを尊重も理解もせず、子供の性の発露を暴力的な態度で否定する「母」へと、イメージ上の強化が図られていたことを確認した。とりわけ「青春」と「フランキーとジョニー」の二作品を検討して気がつくのは、娘たちが、恋人とのつきあいへの「母」による激しい反対に直面して、そこではじめて「母」に対し失望感や反発を抱くわけではないということだ。むしろ彼女たちはあらかじめ「母」とのつながりを喪失してしまっており、だからこそ代わりの愛を求めて恋人に向かったのだと受け取れるように描かれている。それでは恋愛よりも前に生じたと思われる母と娘の断絶は、いかにして起きたのだろうか。

「青春」におけるジュリエットの「母」との関係は、いわば喪失の連続として示されている。まず彼女の生母は「長老派的な抑制という熱情の火を守るために作り上げた見せかけの愛情関係」として結婚し、ジュリエットに「満たされぬ愛情を注ぐ」(459)ことになったとされている。その後母親はジュリエットを含めて五人の子供を産むが、男子が続くと「関心をなくして名前もつけなく」(459)なるような女性で、ジュリエットを含む子供への愛情が問題含みであったことが示唆される。[2] その母を死によって失ったジュリエットは、次にやってきた父の後妻とのあいだで「一目見たときから本能的な反感がくすぶり」、対立をつのらせたのちに、「動物的な親への愛」(460)を失ってしまう。父がしかたなくあずけた第三の母たる祖母とのあいだに摩擦はなかったものの、代理的な愛情を注がれることもなく、孤児か捨て子さながらの境遇の中で、リーと過ごす時間に安らぎを求めるに至る。いっぽう「フランキーとジョニー」の場合も、母親の娘に対する愛情の注ぎかたは独善的で、尊重や慈愛とは無縁である。夫を早くに失った母は、娘との生活を支えるためと称して男性たちとつきあうが、その実女性としての楽しみを優先しているのだ。母が娘とジョニーとのつきあいに反対するのも、「あたしが年をとって男たちが見向きもしなくなったときはどうすればいいんだい？」(345)という言葉が示すように、娘の結婚に自らの経済的安定を期待しているからであり、娘が苦労することを心配してのことではないのである。フランキーの態度には、すでに母に対する失望とそれにともなう葛藤を何度も味わって、相手を諦念とともに眺めることを覚えてしまった様子が読みとれる。

これらの「母」たちは、ノエル・ポーク(Noel Polk)が初期フォークナー(ポーク論文では一九二七-三二年頃とされる）の文学世界に遍在していると指摘する、抑圧的であると同時に誘惑的であることで作家自身のエディプス・コンプレックス的危機に呼応する、「母」なる人物類型に連なるところがある。ポークによれば「彼女はひとりであり、しかし同時に多数である。彼女は、男性ならば判事か保安官の姿で現れる。女性ならば祖母か母か未婚女性か未亡人となった叔母である。彼女たちはしばしば世間が通り過ぎてゆくさまや子供が遊ぶさまを窓の枠越しに見つめる様子が描かれる。また彼女は寝たきりであったり、病弱である場合が多く、メデューサのように髪を広げて枕に頭をのせているが、そのさまは彼女が忌み嫌い、恐れ、抑圧している自身と他人のなかの性的欲望のグロテスクなパロディーとなっていて、誘惑的な母と断罪する母なるエリニス（訳注エリーニュエスのことか）のあいだを行き来する」（Polk, 73–74）。

抑圧的であると同時に誘惑的であること。習作期の「母」たちが抑圧的であることはすでに論じたとおりだが、「誘惑的」と呼べるような側面は果たして見いだせるのだろうか。ポークはこのアンビヴァレンツを、エディプス・コンプレックスにともなう母への欲望（母胎回帰願望）とその欲望への罪悪感や処罰に由来すると説明する。彼の原理的な説明が個別の人物に関してどの程度有効かという点はそれぞれに検証を要するが、彼がエディプス・コンプレックス状況を劇的に示す場として、フロイト（Sigmund Freud）の狼男の症例研究に示された「原光景」の概念を引き合いに出して論を展開している箇所は本稿の議論にとって示唆的である。この概念を敷衍する精神分析医の説明によると、原光景は、必ずしも幼児による両親の性行為の目撃を意味するわけではなく、「性的意識、好奇心、緊張、恐怖、興奮、理想化の崩壊やその他多くのことの暗い成長過程の総体」であり、誤解や叱責に加え、「エディプス的欲望と恐怖、嫉妬と罪悪感の展開の総体」（Polk, 54–55）が起こりうる特権的な事件である。子供に物心がついていれば「息子はしばしば母が裏切っていたのだと感じ、また聖母のような自分の母がそんな卑しいことにふけるのかと破滅的な幻滅を経験する」(Polk, 55)。フォークナーが実際に「見た」かどうかは別にして、実人生でなにか原光景体験と呼べるようなものを経験したからこそ、彼は反復強迫的に原光景的な状況とそれにまつわる心理学を描くことに専心してしまったのだというのがポークの主張なのだが、彼はオリジナル版『サンクチュアリ』(*Sanctuary*)から原光景的場面の具体例を複数取りあげて、いかにフォークナーがこうした状況を取り憑かれたように描こうとしていたかを説得力をもって示している。[3]

それでは習作期の短篇に原光景的な場面や状況を見いだすことができるだろうか。たとえば「月光」のスーザンが登場するヴァージョンでは、若者が逢い引きに利用する叔父たちの部屋に入ったときに、叔父や叔母たちもおこなっていることを自分たちがして悪いはずはなかろうという思いを胸に、次のような想念をもつ。

> 家には人影はなく、緊密で秘密めき、無数の愛の仕草をささやきかけるようだった。何故なら彼の叔父と叔母はまだ若かったからだ。かれの両親はもちろん年老いていた。かれは両親が一緒にベットにいる姿を想像したり考えたりするのを断固(そして難なく)拒絶していた。だが、叔父と叔母は話が別で、彼にそれほど近い親戚ではないうえに、若かった。(6-7)

ここでわざわざ両親が言及されているのはいささか不自然だ。この場面で若者は、自らがかつて目撃しながら「断固(そして難なく)」抑圧していた父母の交わりを、両親から叔父夫婦に転移したかたちで幻視的に再現してしまっていると解釈できないだろうか。もちろんこの瞬間的な幻想は、若者の親への反発（親や叔父たちもかつては自分と同じだったはずだという思い）に吸収されるだけで、精神分析的意味を通じて主題展開に何らかの寄与をするまでには至っていないが、習作期にこうしたイメージが隠れていることは、「母」のイメージの成長という点で注目に値する。

「青春」では、ジュリエットの母親の死後にやってきた後妻は、最初からジュリエットの母になることを拒絶する上に、もともと親としての自覚の薄い父も、娘の味方になるどころか結局その世話を自分の母親に委ねている。父母が自分たちの男女としてのつながりを優先し（あるいはそのかかわりにのみ関心を向けて）、子に対し父性や母性は発揮せず、親の愛情を求める子に失望感・幻滅感を与えるというこの状況は、広い意味で「原光景的な状況」と呼べるのではないだろうか。

「フランキーとジョニー」では、フランキーの母にパトロン的な恋人がいることは先に触れた。この作品で注目すべきは、母親のセクシュアリティが淫猥なまでに強調されている点で、それがそのまま娘への愛情の欠如の大きさを含意している。フランキーに自動車の修理工場で働く恋人がいると知って激高する母親は、その直後に男とのドライブ旅行が控えていて、大騒ぎしながらも準備のための化粧は怠らない。娘はそれを手伝うばかりか、電話をかけてきた母の恋人と不愉快な会話をし、その呼び出しにあわてて出かける母を見送ることになる。母とのやりとりをみると、フランキーが、男を渡り歩くようなことをしている母にこれまでにも原光景的場面を見せられ、失望と幻滅を味わっていたであろうことは容易に想像がつく。

このように「青春」と「フランキーとジョニー」では、原光景的状況にさらされて「母」の愛情の欠如に失望と疎外を感じていた娘が、成長したのち異性に愛を求めるも、その振る舞いを当の「母」に責められてしまうという共通の展開が認められる。ただ「フランキーとジョニー」の物語が出版時にはジョニーの物語へと改訂されたことが示すように、娘を主人公としてその心をたどることにフォークナーは自らの作家的意図とのずれを感じていた可能性が高い。ジュリエットもフランキーも、あるいは今後フォークナーが描くことになる多くの娘たちも、「母」の冷遇に対して多くの場合不機嫌な態度で反発し、失われた「母」との絆への執着をほとんど見せない（そもそも息子でなく娘であるがゆえに、原光景的状況が母への欲望という契機をはらみえない）。あるいはフランキーのように娘は自身が母となりうるわけだが、第二世代の母娘の関係を心理レベルから描く方向にもフォークナーは進まなかった。次に検討する『エルマー』(*Elmer*)が示すように、おそらくある時点で彼は、自らの作家的興味が拒絶されたり裏切られた子の、むしろ母への執着にあることに自覚し、焦点を息子に移して、「母」の「誘惑的」な側面の追求に向かうことになるのである。

4 「母」の抑圧と誘惑――『エルマー』

一九二五年にニューオーリンズでの生活を終えて渡欧したフォークナーは、パリに身を落ち着けるとすぐに新しい長篇小説『エルマー』を書き始め、そのことを郷里の母モード（Maud Falkner）にも手紙で報告している（Blotner, 13-14)。この小説は、エルマー・ホッジ（Elmer Hodge）という名の男性主人公がしだいに性に目覚めてゆくなかで芸術家を目指すようになり、ついに追い求めていた女性マートル（Myrtle Monson）を獲得するものの、そのかわりに芸術を失うまでの顚末を描こうとした未完の作品で（Blotner, 25)、三〇年代になってその一部を改訂して短篇に仕立てたものが「エルマーの肖像」（"The Portrait of Elmer"）である。

『エルマー』が本稿の議論において重要なのは、この小説でフォークナーが、幼少期の主人公が母の不十分な愛への失望を味わう原光景的な出来事そのものを描こうとしているうえに、その経験ののちの人生への影響、とりわけ主人公の女性とのつきあいと芸術活動への影響に関心を向けている点である。しばしば指摘されるようにフォークナーはフロイトを読んでいたか、少なくともその概要を聞いて知っていたと推測できるのだが（Zeitlin, 219）、この小説には、無意識や抑圧、精神的外傷やフェティシズム、夢や幻想などの用語で説明可能な心的現象をいくつも確認することができる。フロイトの主張に、聞きかじりであったとしてもそれなりに説得力を感じたフォークナーが、その知見を手がかりに、関心が深まりつつあった母と息子の問題に新たな視点と文学的手法をもちいて取り組む機会をもったと考えられる。

問題の事件はエルマーが五歳のときに起きる。ある晩仮住まいの家が火事になって激しい炎に包まれ、エルマーは母にしがみつきながらその様子を見ていたのだが、火の熱さを避けるためにからだを移動させたはずみで母とはぐれてしまい、自分は見捨てられたのだという思いを記憶にとどめることになる――「エルマーは目を閉じると、母が幼い裸の自分を見捨てたとわかったときの本物の恐怖を再び感じることができた」（36）。[4] そのとき母の姿をすぐに見つけ出しはするが、母は「厳しい表情をした見知らぬ女性」（36）に見える。また「ひざまずいた彼が、ありえないほどのものすごい恍惚にひたって頭を母の膝にもたれたときに母が座りながらからだを激しく揺すった低い椅子」（7）が家の中から乱暴に放り出されるさまが彼の目に入っており、母に見捨てられることで母子合一の幸せな時代が終わったことが象徴的に示されている。そのうえ、エルマーの父が「ズボンをはこうとして片足でぴょんぴょん跳ねて」（7）いるさまや、もともと裸の姿を人に見られることを嫌がる子であった彼が近所の人の前で裸をさらす羽目になる（去勢不安）など、ここには原光景を思わせる描写が散見される。

この小説でも、主人公の母親は抑圧的で、自己中心的な女性として造型されている。おとなしい父とは対照的に、エルマーの母は、息子の言葉を借りれば、「自分の血と肉を分けた子供は誰であれ、結婚でもまたあるいはどんな方法でも、自分の文句を言いながら示す愛情の円周の外に出てうまくやっていけるはずなどあろうはずがない」(24)と思い込んでいる、身勝手で押しつけがましい母親なのである。だからこそエルマーの兄弟たちも、またエルマー自身も家出をしてしまうのだが、たとえば娘のジョー・アディー(Jo-Addie)が出て行っても母は、娘の心配は一切せずに、不機嫌な態度で残されたものの生活に意を向けるのみである。

その母への執着を心理学的観点から描くために着想されたのが、母の愛からの疎外を味わった少年エルマーが示す姉のジョーに対する愛着である。彼は同じベッドで寝る際にこの姉の体に触れたがり、また姉も「触れられることは嫌いだったが、気分がよいときには触れさせて」(13)くれるのであるが、弟が「奇妙な寂さ」(13)にかられて手を伸ばしまう箇所などから明らかなように、このふたりの関係に含意されているのは早熟な性欲の発露ではなく、エルマーが喪失した母との肉感的な関係の代理的な再現であると考えられる(Zeitlin, 230)。代理母は、息子の失われた母との絆へのこだわりと「母」が息子に対して示す誘惑というモチーフを担わせることができる仕掛けとみなしうるが、のちの『響きと怒り』において、キャディがその役割を担うものとして再び登場してくることになる。

姉が家出をしたのち、エルマーは、同級生の少年、女教師、エセル(Ethel)という名の女性との関わりのなかで少しずつ成長してゆく。おりふしに示される幼少時からのファルス的なものの愛好や、ジョーの中性性、母親の専横ぶり、芸術への志向の成長といった要素をフォークナーがいかなる心的連関のもとに整理していたのか、作品が未完であるということもあって、判断しにくいところがある。エルマーはその母親が死ぬと、「激しい母親の無軌道な衝動のせいで大地の表面を行き当たりばったりに引きずり回されることは二度とないだろう」(23)と考え安堵するとともに「ああ、うまくやっていけるさ」(24)と心の内で言い放って、芸術の世界へと歩みを進める。家出によって「愛情の円周」から抜け出すことで、過去のトラウマから抜け出し、さらに死によって母の圧力からの完全な脱却を果たしたとエルマーは感じているわけだが、実際のところ、エルマーが本当に母の「円周」から抜け出せたかどうかは微妙だ。フォークナーは、一九三〇年代のものと思われる彼の原稿用紙に、[5]『エルマー』の短篇化をもくろんでいた痕跡とみられる手書きの文章を四ページにわたって残しているが、その中に「エルマー」とタイトルのように書いた直後に始められている類似した二つの文章がある。

灰色の川なすモンパルナス通りとラスパイユ通りが合流するところがモンパルナス地区だ。さまざまな夢が合流する場、欲望を受け身に、仰向けになって、受け入れるべくつくられた子宮である暗黒の女。暗黒の母(The dark mother)はスミレ色の屋根のある小ぎれいにタイルを貼りつけた壁の砦に守られ、その向こうで空がゆっくりと暮れてゆく。(132　傍点論者)

灰色の川なすモンパルナス通りとラスパイユ通りが合流するところ。さまざまな夢が合流する場、欲望を受け身に、仰向けになって、受け入れるべくつくられた子宮である暗黒の女、暗黒の母は、スミレ色の屋根のある小ぎれいにタイルを貼りつけた壁の砦に守られて、近親相姦を犯しつつ(incestuous)横た

わり、その向こうで空がゆっくりと暮れてゆく。(133 傍点論者)

結局フォークナーはこの文章を短篇「エルマーの肖像」でも採用していないので、ここにみられるイメージをあまり重視するのは危険であろう。しかしながらエルマー自身の自覚とは裏腹に、またあっさり家出する姉のジョーとは対照的に、この息子がパリに来てもなお「母」の「円周」からは抜け出し得ていないと示唆されているのは興味深く感じられる。習作期、フォークナーが家族をドラマの中心にすえた物語を書こうとすると、抑圧的な「暗黒の母」が子を苦しめるという類似の展開が繰り返し顔を出すことになったわけだが、『エルマー』に至り、娘はその圏域を思い切りよく出て行くが、息子は母の圏域に抑圧と魅惑を感じながらとどまるという図式が、形をなし始めていたのだとみなせないだろうか。

さらにエルマーがたどり着いた芸術家の「夢」をのみこむモンパルナスの地を、少なくともいったんは「暗黒の母」とし、芸術活動を母と息子との近親相姦としてとらえようとしている点は重要である。[6] というのもこの回帰的な母子合一と芸術との深いかかわりに対する認識は、フォークナー文学の中心的主題を「母」とみなす、九〇年代に登場したラカン派のフェミニズム批評家たちの主張につながるものがあるからだ。その一人デボラ・クラーク(Deborah Clarke)は、フォークナーが母なるものを描こうとすることで強い想像力を得ることができたのだとし、その創作エネルギーの源を、彼が繰り返しイメージ化や物語化を試みた前エディプス期の母の領域に見いだそうとしている(Clarke, 12)。子にとっての前エディプス期の母は、なつかしい幸福な母子合一の空間として魅惑的だが、同時にそこは確たる自己がのみこまれてしまう脅威的な場でもある。ポークが主張するエディプス的葛藤における誘惑と抑圧が、ここではラカン的な枠組みのもと説明し直されていると了解できよう。フォークナーは、「親切で、いらいらしていて、厳しく、愛情に満ちた女性」(*Elmer*, 15)だったと伝わる彼の母親モードのもたらす失望と魅惑を個人的家族関係のなかで反復的に味わい、その意味を反芻しながら小説の中の人物に繰り返し転移させ、しだいに己の文学世界を深めていったのかも知れない。[7]

5　コンプソン夫人

『エルマー』執筆から三年あまりが過ぎたのち、フォークナーはついに母と子の葛藤を物語の核にすえた小説『響きと怒り』に着手する。習作期の「母」たちが、コンプソン家の母親の人物像に息づいていることは明らかだろう。フランキーの母には、娘が貧乏な男とつきあっていると知らされて怒りを爆発させた際に「傷ついた気持ちをぺらぺらと自己憐憫の言葉を口にすることで収めようと」(342)し、娘に子供のようになだめられてぐずり、[8] また妊娠発覚の際には「世間の人がなんというかね」(345)と嘆いてベットのうえですすり泣くなど、[9] コンプソン夫人におなじみの振るまいが見てとれる。また「青春」のジュリエットの祖母は、孫娘を「淫売」呼ばわりするうえに、[10] 体が不自由であることを理由に家事や家畜の世話を孫娘に押しつけて自分ではなにもせず、[11] ジュリエットが家事について弱音をはいたことを自分の息子から受け継いだ怠け者の血のせいだとし、[12] さらには息子をそそのかしてジュリエットの夫を見つけさせようと手を回すといったこともおこなっている。[13] エルマーの母とコンプソン夫人のあいだには人物描写にも類似点がある。エルマーが逃げ出そうとする母の「文句を言いながら示す愛情の円周」は、『響きと怒り』では息子クエンティン

(Quentin)が母へと変化するさまを幻視するあの「牢獄」(173)へと再イメージ化されているとみなしうるであろうし、その押しつけがましい愛情は、夫人がジェイソン(Jason)に注ぐ愛情に通じるところがある。

このように初期散文の「母」たちの特徴を受け継いだ夫人は、したがってなによりもまず子供たちに失望感や疎外感を与える母親として描き出されている。キャディと母との直接の対峙の場面はほとんど描かれていないが、ベンジー(Benjy)の名前の付け替え事件の際に彼女は「あたし、雨なんかきらい。あたしもうなにもかも全部きらい」(57)と漏らし、「お母さんがこの子の心配をする必要はないわ…あたしが世話をしてあげるもの。ね、ベンジー」(63)と代理母[14]となることを自ら宣言している。知的障害が動かしがたい現実となって息子を捨てた母親へ失望、また一方で上流家庭の規範への形式的なこだわりを強要する態度への不満が早くも娘に芽生えており、彼女がのちに家を出て行く根本原因になっていると読みとることができる。

ベンジーは「捨て子」ではあるが、皮肉なことに彼が捨てられた悲しみを感じるのは、代わりに愛してくれたキャディに対してのみである。彼にはコンプソン夫人の冷たいあしらいに失望を感じる認識力はないが、キャディのセクシュアリティの発露を感知する力が付与されていて、香水や、近所の若者とのつきあい、処女喪失、結婚式などのさまざまな場面でうめき声をあげる。ベンジーが暗闇に浮かぶブランコのところでチャーリー(Charlie)とともにいるキャディをじっと見つめる場面(47)があるが、これが原光景的であることは明らかだろう。(代理)母の離反をうめきながら悲しむ「三歳児」ベンジーの造型はきわめて印象的だが、親のセクシュアリティの発露を子に対する裏切りや子の放逐を意味する場面として利用する発想は習作時代の収穫だったと言えよう。

クエンティンもまた、それぞれに抑圧と魅惑の役割を受け持つふたりの「母」から捨てられることになるわけだが、母が母でなくなるさまを知的に観察することができる彼は、ベンジーとは異なり、喪失の苦しみを二重に味わうことを余儀なくされる。キャディの喪失と彼女への執着についてはすでに議論し尽くされている感があるので、ここではコンプソン夫人への彼の思いに注目してみることにしよう。二章では彼が母親を長々と思い出す場面が二箇所描かれているが、その第一はキャディの処女喪失の際に父母が言い争う姿である。この場面でクエンティンは、次男のジェイソンだけがわが子であり、あとの三人はコンプソン氏が引き取るようにと強く主張する母の長い口上(102–04)を聞かされている。おそらく以前から気がついていたこととはいえ、母であることの放棄を息子の目の前で宣言する姿が息子にとって打撃であったに違いなく、それ故に彼がその言葉をそっくり記憶にとどめ、自死の前に思いだしているのだと推測できる。

母をある長さをともなって思い出すもうひとつの場面は、ハーバート (Sydney Herbert Head) とコンプソン夫人の車の中でのやりとりである。フィリップ・M・ワインスタイン (Philip M. Weinstein) は、クエンティンが「僕がお母さん　と呼べさえしたら」(95)「もし僕に母親さえいたら　お母さん　お母さんと呼べさえしたら」(172) という思いを放つ箇所について、それがいずれもこの場面であったと指摘したうえで、ここには「処女の娘がするはずの恋愛遊戯と母の役割を終えた女の愚痴」のいずれかしかなく、クエンティンは自分が望んでいた慈愛を注ぐ母の姿がないことへの落胆が表されているとしている (Weinstein 29)。確かに彼女がハーバートとのあいだでこの会話ができているのは、この会話をかつて学び、身につけているからに違いない。しかし夫人の必要以上のはしゃぎぶりからは、以前学んだ台詞をただ使い回しているのではなく、久しぶりに女性として扱われて年甲斐もなく興奮するさまがみてとれる。「おんな」の残滓をグロテスクにまき散らす四十すぎの母の姿に、失望感と喪失感をあらためて感じさせられたがゆえに、クエンティンはこの恨みの言葉を意識にのぼらせたのではないだろうか（夫人の年齢については註17を参照のこと）。

さらにもう一点着目したいのは自殺に趣く直前に寮の自室に寄る場面である。そのとき彼は、矢継ぎ早に子供時代の記憶を想起するが、その内容は、母が病気の際にフジ棚で遊んだ記憶、ベンジーの名前の付け替えは母の誇りが高すぎるためだったとするディルシーの言葉、牢獄の絵本の記憶、夜中に階下に降りていった記憶、[15] モウリー（Maury）伯父さんをめぐる父母の諍いと、いずれも母親にかかわる暗い思い出となっている。自殺の直接の原因は、時の猛威に逆らってキャディへの自らの愛に永遠の意味を与えることにあったと考えられるが、これほどまでに妹への愛の成就にこだわらせた心理的な背景がここに一気に示されている感がある。

最初の二章で確認できた「母」が抑圧と誘惑により息子を苦しめるというこうした構図は、ジェイソンセクションに至って崩れてくることになる。まず第一に物語の現在ではジェイソンはおよそ三十五歳になっており、[16] 子供時代の記憶の想起にしても父の葬式に「小さかったころのことや、あれやこれやいろんなことを考え」(203)たときのみに限られ、母喪失の疎外の解決を母胎回帰に求めるといった幼児的心理の課題をもはやかかえていないのは明らかである。実際母子のやりとりは、現在の一九二八年にかわされるものが大半であり、老いた母と息子の関係が前景化されている。時にさめざめと泣き、時にはうんざりするような愚痴を口にし、意味があるようには思えない彼女独特のこだわりに固執し、あるいは気持ちが重くなるばかりの口癖になった言葉で息子への期待や買いかぶりを伝える様子は、あのエルマーの母の「愛情の円周」を思わせるが、中年となった息子は、それに対し失望感や疎外感と言うよりは苛立ちの感情を抱くのみであるし、母の鬱陶しい圧力に押しつぶされて生きている様子は見られない。

実際ジェイソンは、母を通じて大金を貯めることができ、また母をだまして車を購入することに成功しているだけでなく、デボラ・クラークが指摘しているように、彼には母を筆頭にした家族を養っているという事実をもって己の男性性の確保を図っているところがある(Clarke, 28)。家計の維持だけでなく、情婦のあしらいや世間体を守ることにもこだわりながら、一人前の男性として自己演出をはかるジェイソンは裏を返せば、自らの男性としての弱さをいかに抑圧するかにきゅうきゅうとしている人物である。母の意を酌んでやることは、母を大事にするという南部男性の規範的ふるまいを演じつつ、母に逆らえない自分の弱さを隠蔽するのに役立っているが、もちろんそれはあくまで演技なので、母に皮肉を言って泣かし、あるいは怒鳴りつけるといった「男らしくない」行動を彼はしばしばおこなう。

こうした「母」をめぐる関係の変容をたどってくると、我々読者も、ジェイソンの雇い主アール(Earl)にならって、「あの人は淑女なんだ。わしはあの人におおいに同情しとるんだよ」(227)と考えることが可能になってくるのかも知れない(Williams, 402)。家柄が上位のコンプソン家に嫁いできた彼女としては、当初人生に大いに期待を持っていたはずだ。男子三人を含む四人の子供をもうけることができたのは、南部の母として十分に役割を果たしたと言えるだろう。にもかかわらず、早い時期に夫婦の不和の兆しが見え始め、(かりに二十歳で結婚してすぐに長男が生まれたとすると)[17]まだ三十歳を越えたばかりの頃に兄の名前をつけた三男の知的障害が判明する。この頃から体調は悪く、しかし部屋に臥せっていると兄を夫が子供の前で馬鹿にするので、無理をして階下に降りてこざるを得ない。三十代後半になると長女が異性に関心を向ける姿が目につくようになり、良き家柄の証しと信じてきた「淑女」や「処女性」にこだわり、それを止めようと躍起になるが、夫は平気な様子をしている。ついには取り返しのつかない事態に至るが、それでも夫は娘をかばい続け、止める手伝いをさせたジェイソンを非難する。この事件に衝撃を受けた長男はせっかく一年ハーバードに通ったにもかかわらず自殺する。その後すぐに娘が結婚前に妊娠していたことが夫にばれて離婚され、息子ジェイソンは約束してもらった銀行の仕事を失ってしまう。いっぽう夫は不義の子供であるミス・クエンティンを引き取って連れて帰ってきてしまい、その後は過度の飲酒をやめることなく自殺同然の死を遂げるに至る。ワインスタインは、先にふれたハーバートとのやりとりに触れ、南部イデオロギーが当時の女性に与えてくれたレトリックの乏しさこそが問題の本質であって、むしろ夫人には「悲哀」が感じられると、夫人に同情的である（Weinstein, 38）が、このように夫人の側に立ってその人生をながめてみると、失格の母親として断罪に終始するのは確かに、いささか気の毒かもしれない。

ジェイソンの章に至ってフォークナーが、問題は母親の人柄ではなく、イデオロギー自体なのだ、という新しい認識を手にしたとまではもちろん言い切れないだろう。ともに母子合一の時代が忘却の彼方に消えた年齢となった母と息子の関係を、フォークナーがすぐれた描写力で描くなかで、おそらく「その重みを感じながら意味をつかみ切れ」（江藤　一九）ないままに、新たな母の側面を陰画的に浮かび上がらせてしまったのではないだろうか。しかしこの「発見」が、今後の南部の母（や父）をめぐるイデオロギーに視線を焦点をあてた小説群の創造へとつながっていった可能性をひとまず指摘しておくことは許されるのではないだろうか。

第十二章

『響きと怒り』の技法とテーマ　人種・階級・ジェンダーの境界消失

大地真介

1　ストーリーの時間と空間を解体する技法

ウィリアム・フォークナー（William Faulkner, 1897–1962）の代表作は何かとあえて問うならば、無論、多種多様な意見があるだろうが、筆者は、『響きと怒り』（*The Sound and the Fury*, 1929）、『八月の光』（*Light in August*, 1932）、『アブサロム、アブサロム！』（*Absalom, Absalom!*, 1936）および『行け、モーセ』（*Go Down, Moses*, 1942）だと考える。それらは、フォークナーのヨクナパトーファ・サーガ（Yoknapatawpha Saga）の中でも特に複雑かつ難解であるが、その四作品を一言で説明しようとするならば、次のようになると思われる。それらのフォークナーの小説においては、南北戦争での敗北によってアメリカ南部で劇的に引き起こされた〈人種・階級・ジェンダーの境界の消失〉、すなわち〈貴族階級の白人男性層という旧南部社会の基盤の解体〉が主要なテーマであり、そのテーマと連動する形で、技法において、ストーリーの基盤——ストーリーの時間と空間——が劇的に解体されており、旧南部社会の基盤の解体のテーマが、ストーリーの基盤を解体する技法によって強化されている。[1]

ストーリーの時間を解体する技法とは、クロノロジカルな時間の流れに沿った物語であるストーリーを、分断し、起きた順序を無視して配列する技法である。そして、ストーリーの空間を解体する技法とは、一つのストーリーを、複数の語り手によって描くか、あるいは主人公の異なる複数の物語によって描く技法である。『響きと怒り』、『八月の光』、『アブサロム、アブサロム!』および『行け、モーセ』は皆、ストーリーの時間と空間を劇的に解体する技法を駆使している。なお、それらの作品を中枢とするヨクナパトーファ・サーガ(年代記)という巨大なストーリー自体も、起きた順序を無視して発表された複数の物語(小説)によって描かれているという意味で、時間的かつ空間的に解体されているといえる。

次に、〈貴族階級の白人男性層という旧南部社会の基盤の解体〉のテーマについて説明したい。旧南部社会は、人道的に極めて問題のある黒人奴隷制度を採用し、貴族階級の白人男性層によって統治されていた。南北戦争での敗北により、黒人奴隷制度は廃止され、それに依存していた貴族階級なるものも解体の一途をたどることになる。旧南部では、奴隷制度を支えるものとして確固として存在していた父権制も、奴隷制度の廃止によってその根拠を失い(Wilson, 46, 106, 203)、また、女性や子供を守るはずの〈父親〉の権威は、南北戦争での敗北自体によって揺らぐこととなった。冒頭で挙げた四作品は皆、南北戦争敗北によって劇的に引き起こされる〈人種・階級・ジェンダーの境界消失〉を主要なテーマとしている。フォークナーは、「南部の呪いは奴隷制度である」と発言しているように(Gwynn, 79)、旧南部社会には致命的な問題があったことを痛感していたが、当時没落しかかっていた旧南部貴族の跡取りの立場としては、旧南部の崩壊を単純に喜ぶこともできず、板挟みの状態にあったと考えられる。[2] 実際、『響きと怒り』、『八月の光』、『アブサロム、アブサロム!』および『行け、モーセ』において、旧貴族階級の白人男性の自滅の描かれ方は、辛辣でありながら悲劇的（同情的）である。

冒頭で述べた、『響きと怒り』、『八月の光』、『アブサロム、アブサロム!』および『行け、モーセ』の技法とテーマについての筆者の考えを細かく検証したいが、紙幅に限りがあるので、本論文では、ヨクナパトーファ・サーガ第二作の『響きと怒り』の技法とテーマについて、同サーガ第一作の『土にまみれた旗』（*Flags in the Dust*）との比較を通じて確認していきたい。

『響きと怒り』は、「フォークナーの経歴における転換点」であり、『土にまみれた旗』から「大躍進」したということは定説となっているが（Bleikasten, 41; Stonum, 61; Fargnoli, 290）、『響きと怒り』が『土にまみれた旗』よりも格段に優れた作品であることの理由を一言で述べるならば、やはり、『土にまみれた旗』と異なり『響きと怒り』は、南北戦争敗北により南部で劇的に引き起こされた〈人種・階級・ジェンダーの境界消失〉を主要なテーマとしており、その〈貴族階級の白人男性層という旧南部社会の基盤の解体〉のテーマが、ストーリーの時間と空間、すなわちストーリーの基盤を劇的に解体する技法によって強化されているからだと筆者は考える。実際、『土にまみれた旗』においては、旧南部社会の基盤も、ストーリーの基盤も、充分に解体されていない。ストーリーの時間の解体について言えば、『土にまみれた旗』では、第三部六章で若干時間が遡ったり（*Flags*, 716, 727）、たまに回想の場面が挿入されたりするが、基本的に、ストーリーの時間は解体されていない。一方、『響きと怒り』では、作品を構成する四つの部が、クロノロジカルな時間の流れからかなり逸脱する形で配列され、なおかつ、ベンジー（Benjy）、クエンティン（Quentin）、ジェイソン（Jason）の部において語り手の意識が頻繁に過去に遡っており、ストーリーの時間は劇的に解体されている。ストーリーの空間の解体とは、先ほど述べたように、一つのストーリーを、複数の語り手によって描くこと、あるいは、主人公の異なる複数の物語によって描くことである。まず、『土にまみれた旗』は、作品全体が全知の語り手によって語られているので、「一つのストーリーを複数の語り手によって描くこと」に相当しない。確かに、第一部一章の終りと第三部六章でウィル・フォールズ（Will Falls）の少し長めの語りが挿入されているが、『アブサロム、アブサロム！』の、ローザ・コールドフィールド（Rosa Coldfield）、コンプソン氏（Mr Compson）、クエンティンおよびシュリーヴ（Shreve）の長大な語りに比べると極めて小規模である。「一つのストーリーを主人公の異なる複数の物語によって描くこと」に関して言えば、『土にまみれた旗』は、ヤング・ベイヤード・サートリス（young Bayard Sartoris）の物語とホレス・ベンボウ（Horace Benbow）の物語という二つの物語を基盤にしているが、リーナ・グローヴ（Lena Grove）の物語、ジョー・クリスマス（Joe Christmas）の物語およびゲイル・ハイタワー（Gail Hightower）の物語という三つの物語を基盤にしている『八月の光』と比べるとやはり小規模である。一方、『響きと怒り』は、「一つのストーリーを複数の語り手によって描くこと」に相当する。最初の三部はそれぞれ三人の異なる語り手の内的独白から成り、最終部は全知の語り手の語りから成っており、ストーリーの空間は劇的に解体されている。以上のように、『響きと怒り』のストーリーの時間と空間は、『土にまみれた旗』のそれよりも格段に解体されているのである。

2　人種・階級・ジェンダーの境界消失のテーマ

次に、『土にまみれた旗』と異なり『響きと怒り』においては、貴族階級の白人男性層という旧南部社会の基盤が劇的に解体されて人種・階級・ジェンダーの境界が消失していることを詳細に確認していきたい。まず、『土にまみれた旗』では、人種の境界は残存している。サートリス家の黒人召使のキャスピー・ストロザー（Caspey Strother）が、人種の平等意識とともに第一次世界大戦から帰還し、「戦争がすべてを変えたんだ」（*Flags*, 589）と言ってサートリス家の白人に対して反抗的な態度を取ろうとするので、人種の境界は消失するかにみえるが、キャスピーは、オールド・ベイヤード（old Bayard）・サートリスに薪で殴り倒され、結局、黒人の元の従属的な立場を受け入れてしまう。また、ヤング・ベイヤードは、一時期「農園を馬でまわり」、「冷酷なやり方で」「黒んぼたち（niggers）と騾馬を、ののしって仕事に追い立て、働かせ続けて」おり（712, 715）、この人種関係は、実質的に、旧南部の白人農園主と黒人奴隷の関係と変わっていない。そして、ヤング・ベイヤードが、見ず知らずの黒人たちとクリスマスの祝い酒を飲んだことについて、「黒んぼたちは、友好的に、少々遠慮しながらベイヤードと飲んだ――人種、血、性質および環境によって相反する二つの対立する概念が、幻想の中で一瞬触れ合って融合する――人類は、一日だけ、その欲望と小心と食い意地を忘れる」と描写されているが（843）、この描写は、逆に言えば、人種の境界が通常は明確に存在していることを示している。

一方、『響きと怒り』においては、人種の境界はあいまいである。コンプソン家の黒人召使のラスター（Luster）やフロニー（Frony）は、ベンジーに対して、泣きやまない場合、あるいは泣き始めそうな場合、鞭をくれてやると何度も言っており（*Sound*, 888, 889, 900, 930, 1119）、また、真偽はともかくラスターは、ベンジーを鞭打ったことがあると言う（890）。無論、知的障害者のベンジーがよく泣きわめくので、ラスターたちはそういった発言をするのだが、黒人奴隷を保有していた南部貴族の末裔のベンジーが、鞭で打つぞと黒人召使に繰り返し脅されたりすることは、旧南部で白人が黒人奴隷を鞭打っていたことを想起させ、鞭打つ者と打たれる者の立場の逆転を暗示している。[3] また、舞台はボストンであるが、クエンティンと同じく南部出身の黒人ディーコン（Deacon）は（*Sound*, 951–53）、最初は、「『アンクル・トムの小屋』風の衣装を着て」旧南部の黒人召使のような物腰で「若旦那様」と呼びつつ南部人のクエンティンたちに近づくが、「服装がよくなってくるにつれて物腰もだんだん北部風になってきて、僕たちがとうとう金を巻き上げられて状況を飲み込み始めるころには、僕たちをクエンティンとかなんとか呼び捨てにしている」とクエンティンが言うように、結局はクエンティンを「完全に服従」させており（951）、ディーコンとクエンティンの立場は逆転している。「つまらない社会的な線引きなど私はしない。どんな立場にいようと、私にとっちゃ人は人さ」（953）というディーコンの言葉も暗示するように、ここでも人種の境界は過去のものである。また、ジョン・T・マシューズも指摘しているように（Matthews, 100）、森などで男と逢引するキャディ（Caddy）の素行がコンプソン家の致命傷になると考えるクエンティンは、「どうしてお前は黒んぼ女みたいな真似をせずにはいられないんだ」とキャディに言っており（947）、彼女の娘ミス・クエンティンについて同様に考えるジェイソンも、「［ミス・クエンティンが］黒んぼみたいな真似をする」と繰り返し言っており（1016, 1022）、人種の境界はやはり消失している。

次に、階級の境界の消失について見ていきたいが、まず、『土にまみれた旗』においては、階級の境界も残存する。V・K・スーラット（Suratt）が言うように、サートリス一族は、「大きな屋敷に住み、銀行に大金を預け」、農園も保持している（655）。プア・ホワイト出身のフレム・スノープス（Flem Snopes）が、オールド・ベイヤードが頭取を務めるサートリス銀行の副頭取にまで出世していることが言及されているが、サートリス一族とスノープス一族は対等の立場ではない。旧貴族のナーシサ(Narcissa)・ベンボウと結ばれるのは、彼女に艶書を送り続けるバイロン(Byron)・スノープスではなく、ナーシサと同じ階級のヤング・ベイヤードである。また、ホレス・ベンボウは、代々法律家であるベンボウ家の伝統を引き継いで弁護士をしており、ベンボウ家の屋敷も美しい状態で保たれている(676-77)。[4]

一方、『響きと怒り』においては、階級の境界は消失しており、「先祖の一人が知事で三人が将軍だった」旧貴族のコンプソン家は(954)、ひたすら没落の一途をたどる。クエンティンの大学の学費を捻出するために四十エーカーのベンジーの草地を売却するしかなく(949, 1011)、その後も「あれこれ出費がかさみだして家具や残りの草地を売らねばならず」(1078)、ジェイソンの代になるまでにコンプソン家の財産はすっかり無くなってしまう(1028)。家のペンキははげ、玄関先の柱廊は朽ち(1106)、馬や牛に満ちていた納屋は、今は空で、屋根が落ちかかっており(886)、馬車は痛んで傾き、それを引く馬は老いぼれている(1121)。『響きと怒り』の「付録——コンプソン一族」("Appendix: Compson, 1699-1945,"1946)においては、南北戦争での敗北を境にコンプソン家の経済的凋落が始まって一マイル四方の土地が切り売りされていき、新興のスノープス一族が徐々にその領地に食い込んでいったことが描かれている(*Sound*, 1130)。また、コンプソン夫人は、「中途半端な立場はないということ、女は貴婦人かそうでないかのどちらかだということ」(956)を娘時代に教わったと言い、階級の境界を強く意識しているが、「貴婦人」であるはずのキャディは、素性が不明な余所者のドールトン・エイムズ(Dalton Ames)と関係を持ち、階級の境界を超える。コンプソン夫人の階級意識に呼応する形で(Ross, 79)、クエンティンは、キャディがエイムズによって処女を喪失したため「僕たちはみんな汚された」と言い、キャディの処女喪失によってコンプソン家の名誉が汚されたと考えている（*Sound*, 954）。「付録――コンプソン一族」でも、「コンプソン家の名誉」が、キャディの「ちっぽけなもろい処女膜によって、ただ一時的に支えられている」とクエンティンが考えていたとされており（1131–32）、キャディの「処女膜」の喪失は、階級の境界の消失と結びつけられている。クエンティンの自殺後は、コンプソン家の名誉は、婚前妊娠によるキャディの離婚によってさらに「汚され」、ジェイソンは、「田舎の小さな雑貨屋」の使用人となり（1047）、ミス・クエンティンは、母と同じく男性遍歴を繰り返した揚句、素性が不明な余所者の巡回ショーの座員と駆け落ちする。なお、コンプソン家と同じ階級のバスコム（Bascomb）家の跡取りであるモーリー（Maury）も落ちぶれており、「付録――コンプソン一族」によれば、彼は、コンプソン家の黒人召使のディルシー（Dilsey）からも借金しており（1139）、ここでも、階級の境界は消失している。

次に、ジェンダーの境界の消失について見ていきたいが、まず、『土にまみれた旗』においては、ベンボウ家ではホレスが妻の尻に敷かれている感もあるが、サートリス家では父権制は確固として存在し、ジェンダーの境界は残存する。オールド・ベイヤードの父ジョン・サートリス大佐（Colonel John Sartoris）は、死んでいるにもかかわらず、生きている人たちよりも「はるかに確固たる存在」であるという長々とした説明から『土にまみれた旗』は始まる（543）。大佐は、今もなお、「サートリスの家とそこで営まれる生活、そして、自分が建設した鉄道が遠方を細くよぎる、辺り一帯の風景までも支配」しているのである（633）。したがって、ヤング・ベイヤードの父ジョン（サートリス大佐と同名）が若死にしても、また、ヤング・ベイヤードも息子を残して若死にしても、サートリス家の父権制は揺るがない。実際、ピーボディ医師（Dr Peabody）の息子ヤング・ルーシュ（young Loosh）が、ヤング・ベイヤードの遺児ベンボウ・サートリスがサートリス家の男の伝統を引き継ぐことに関して、「あのベンボウ家の血が、彼を多少支配するかもしれないね。物静かな人達だから。特にあの娘［ナーシサ・ベンボウ・サートリス］は。……それに、彼を育てるのは女たちだけだし」と言うが、ピーボディ医師は、「彼にもサートリスの血が流れているぞ」と即座に否定している（873）。

一方、『響きと怒り』においては、ジェンダーの境界は消失しており、コンプソン家の父権制は明らかに弱体化している。コンプソン家の当主コンプソン氏は、酒で現実逃避してばかりいる無力な父親である。コンプソン氏は、キャディが男性遍歴を重ねていることを知りながら無責任にも放任し、父親の役目を果たそうとしない。クエンティンに対しても同様であり、クエンティンが、自殺することをコンプソン氏に予告しても、コンプソン氏は、自らのニヒリズムを披露するだけでクエンティンの自殺の予告をまともに取り合わず（1012–14）、結局、コンプソン家の跡取りのクエンティンを死なせてしまう。さらに、ジェイソンによれば、ジェイソンの代になるまでにコンプソン家の残り少ない財産がすっかり無くなってしまったことの原因は、アルコール中毒のコンプソン氏の酒代がかさんだためである（1028）。また、キャディの娘ミス・クエンティンの場合、父親がいないばかりか、父親が誰なのかキャディ自身にも分からない状況であり（Collins, 259–60）、ここでも、父親の不在が強調されている。コンプソン氏の死後、コンプソン家の家長となったジェイソンは、コンプソン夫人が言うようにミス・クエンティンにとって「父親同然」の立場であるにもかかわらず（1077）、彼女に八つ当たりするばかりである。結局ジェイソンは、そのミス・クエンティンに出し抜かれ、長い年月をかけて貯め込んだ大切な金を奪われる。彼は、「奪ったのが男だと信じられさえしたらいいのだが」実際は「女に、それも小娘に出し抜かれた」と悔しがっており（1113）、「精神的に去勢された」も同然である（田中一三五）。泣いてばかりいるベンジーは、実際に去勢されており、クエンティンも、去勢されたかのように、キャディの処女喪失の際、女性のように泣きじゃくっている。川辺でクエンティンは、「キャディの湿ったブラウスに顔を押し付けて泣き…泣きやむことができなくて　彼女は僕［クエンティン］の頭を湿った固い胸に押し付け」、その後もクエンティンは泣き続ける(993-94, 998)。また、クエンティンは、エイムズに殴りかかった際、殴られもしないのに「女の子みたいに気絶」しており（1001）、ここでも、ジェンダーの境界は消失している。

以上みてきたように、『響きと怒り』は、『土にまみれた旗』と異なり、人種・階級・ジェンダーの境界の消失を描いているのである。

3　『響きと怒り』と『土にまみれた旗』の違いの理由

前節において、ヨクナパトーファ・サーガ第二作の『響きと怒り』が、同サーガ第一作の『土にまみれた旗』と異なり、人種・階級・ジェンダーの境界消失を主要なテーマとしていることを確認したが、本節では、その『響きと怒り』と『土にまみれた旗』の違いの理由について考察したい。『土にまみれた旗』のサートリス家は、「衰退と没落をはっきりと体現している」といったことがよく言われるが（Hamblin, 347）、確かにサートリス大佐の代の勢いはなく「衰退」しているかもしれないが、前節で確認したようにサートリス家に関しては階級の境界は消失しておらず、同家は「没落」はしていない。また、『土にまみれた旗』の最後でヤング・ベイヤードは死ぬが、彼の死と同じ日に彼の息子ベンボウ・サートリスが生まれており、同家は断絶も免れている。なお、ベンボウ・サートリスのその後の様子が、『サンクチュアリ』（*Sanctuary*）、「女王ありき」(“There Was a Queen”)、『館』（*The Mansion*）および『駒さばき』（*Knight's Gambit*）で描かれたり言及されたりしているが、彼は没落などしていない（*Mansion*, 516; *Knight's*, 239–40）。『土にまみれた旗』のベンボウ家も、前節で確認したように没落しておらず、また、断絶も免れている。一方、『響きと怒り』のコンプソン家は、前節で確認したように没落する。そして、ジェイソンは結婚するつもりは毛頭なく（*Sound*, 1066–67）、コンプソン家の断絶が暗示されており、実際、「付録——コンプソン一族」において、ジェイソンは「コンプソン家最後の者」であると説明されている（1134, 1137）。『響きと怒り』のバスコム家も、前節で確認したように没落しており、コンプソン夫人が、独身で甲斐性もない兄モーリーについて、「彼はバスコム家の最後の一人よ」と言っているように（1050）、同家も断絶することが暗示される。つまり、『土にまみれた旗』の旧南部貴族は没落していないが、『響きと怒り』の旧南部貴族は没落して断絶寸前なのである。

この違いの理由は、当時実際に没落しかかっていた旧南部貴族のフォークナー家の跡取りとして、フォークナーは、同家をあからさまにモデルにした『土にまみれた旗』のサートリス家を没落・断絶させることができなかったことにあると考えられる。サートリス大佐のモデルは、フォークナーの曽祖父で「老大佐（Old Colonel）」と呼ばれたウィリアム・クラーク・フォークナー（William Clark Falkner）、オールド・ベイヤード・サートリスのモデルは、フォークナーの祖父ジョン・ウェズリー・トンプソン・フォークナー（John Wesley Thompson Falkner）だということは一目瞭然であるが（Wittenberg, 69–70; Minter, 82, 87）、その流れからすれば、おのずとヤング・ベイヤード・サートリスのモデルはフォークナー自身ということになる。[5] ただし、フォークナーとヤング・ベイヤードには、いくつかの大きな相違点もある。フォークナーは、『土にまみれた旗』の執筆当時は、売れない作家で経済的な余裕はなかったが、ヤング・ベイヤードは、車を乗り回すなど贅沢な生活をしている。また、フォークナーは、エステル・オールダム（Estelle Oldham）やヘレン・ベアード（Helen

Baird）と結婚しようとして失敗していたが、ヤング・ベイヤードは、結果的に二人の女性と結婚する。そして、フォークナーは、第一次世界大戦に参戦したくてもできなかったが（Williamson, 180-82）、ヤング・ベイヤードは、同大戦で英国空軍の戦闘機に乗って活躍している。

つまり、『土にまみれた旗』においてフォークナーは、ある程度自分自身を美化する形でヤング・ベイヤードを描いている。英国空軍で訓練中に終戦を迎え、飛行機を操縦することさえできなかったにもかかわらず、帰郷後にフォークナーは、自分の戦闘機が墜落して怪我をしたと偽って杖をつき、将校の軍服を着て町を闊歩していたが（Williamson 182-83）、『土にまみれた旗』での自己美化はその延長線上にあったのである。サートリス家の男たちは「虚飾（vainglory）」に満ちているという説明が『土にまみれた旗』の最終部最終章で繰り返されているが（869, 870, 871）、『土にまみれた旗』自体が、まさにフォークナー自身の「虚飾」であり、フォークナーは世間体を強く意識して同作品を執筆したといえる。ヨクナパトーファ・サーガの出発点である『土にまみれた旗』の執筆の際、長年住み続けている郷里を作品の舞台に設定するにあたり、なおかつ、フォークナー家をあからさまにモデルにした一族を描くにあたり、没落しかかっている同家の長男フォークナーは、まず世間体を取り繕う必要があったのである。そしてフォークナーは、『土にまみれた旗』が「批評家のみならず一般大衆にも受けること」を期待していた（Blotner, *Faulkner*, 560）。

『響きと怒り』の執筆事情は、その『土にまみれた旗』とは全く異なるものである。結局『土にまみれた旗』は出版社からにべもなく拒絶され（Blotner, *Faulkner*, 559-60）、絶望したフォークナーは、『響きと怒り』の「序文」で述べているように、「あらゆる出版社の住所録や著作リストと自分の間のドアを閉め…自分自身のために、美しく悲劇的な少女」キャディについて書き始め、当初は「出版するために書いていたのではなかった」

ので（"Introduction, 1946," 299–300; "Introduction, 1933," 295）、世間体を気にすることもなく、等身大の自分の姿や心情を小説化した。すなわち、『響きと怒り』の執筆当時、斜陽の旧南部貴族だったフォークナーが、最愛の美しい幼馴染エステルがコーネル・シドニー・フランクリン（Cornell Sidney Franklin）と結婚したことを悲しんでいた状況は、斜陽の旧南部貴族のクエンティンとベンジーが、最愛の美しいキャディがシドニー・ハーバート・ヘッド（Sydney Herbert Head）と結婚してしまったことを悲しむ状況と重なっている（Watson, 10, 190）。また、当時エステルは、彼女の息子マルコム（Malcolm）は自分の子供ではないと主張する夫から離婚を迫られており（Williamson, 218）、父親が不明の子供を産んで夫から離婚を言い渡されるキャディと同様な「不名誉と恥辱」（"Introduction, 1933," 293）の真っただ中にいたのである。なお、フォークナーは、一九三三年にランダム・ハウス（Random House）社のために執筆した『響きと怒り』の「序文」の出版を一九四六年に同社から提案された際、出版に反対しただけでなく、お金を払ってでも「序文」を破棄しようとしたが（Blotner, *Selected*, 235）、フォークナーがそこまで「序文」の非公開に固執した理由は、フォークナーと妻エステルの非常に個人的かつ「不名誉」な体験を『響きと怒り』が反映していたことを「序文」が暗示しているからだと考えられる。[6]

　以上のように、『土にまみれた旗』と異なり『響きと怒り』においては、当時実際に没落しかかっていた旧南部貴族フォークナーは、等身大の自分の姿や心情を描いているが、それは、当初は「出版するために書いていたのではなかった」ためであり、また、フォークナー家は既にあからさまにサートリス家のモデルになっていたのでフォークナー家が没落貴族コンプソン家と結び付けられる危険は少なかったためである。なお、表面的にはコンプソン家は、フォークナーの郷里を代表する名家のトンプソン（Thompson）家の長女が嫁いだチャンドラー（Chandler）家をモデルにしており（"Thompson" と "Chandler" を合わせて "Compson"）、同家の長男は大学で自殺し、長女は失踪し、次男は生涯独身を通し、末息子はベンジーによく似た知的障害者だった（Cullen, 79-80; Kinney, 190）。その意味でも、フォークナー家とコンプソン家が結び付けられる恐れは少なかったといえる。

4 結論

本論文の第1節で確認したように、『土にまみれた旗』と異なり『響きと怒り』では、ストーリーの時間と空間、すなわちストーリーの基盤が劇的に解体されており、また、本論文の第2節で確認したように、『土にまみれた旗』と異なり『響きと怒り』では、南北戦争敗北により南部で劇的に引き起こされた〈人種・階級・ジェンダーの境界消失〉、すなわち〈貴族階級の白人男性層という旧南部社会の基盤の解体〉が主要なテーマとなっている。つまり、旧南部社会の基盤の解体のテーマは、ストーリーの基盤を解体する技法ときっちり連動しているのである。そして、ストーリーの基盤を解体する技法によって、旧南部社会の基盤の解体のテーマは強化されているといえる。最後に、『響きと怒り』の〈人種・階級・ジェンダーの境界消失〉のテーマに関して、さらに考察を加えておきたい。

旧南部の価値観からすれば人種・階級・ジェンダーにおいて最上位の立場である旧貴族コンプソン家の男たちが転落していく様は、人種・階級・ジェンダーにおいて最下位の立場である黒人召使女ディルシーの何事にも動じない不動の姿勢を浮き彫りにする。彼女は、没落するコンプソン家と運命を共にしたために社会的上昇もせず、「自己犠牲と自制」の心を持ち苦境に耐えている（*Sound*, 1104）。『響きと怒り』の「付録――コンプソン一族」でも、コンプソン家の黒人召使、とりわけディルシーについて、「彼らは耐えた」とされており（1141）、『響きと怒り』の「序文」でも、ディルシーは「忍耐強く不屈」であると説明されている（"Introduction, 1933," 294）。自分がディルシーたちをとても懐かしがっていることにクエンティンが気づくのが、大学からの帰郷の際、「不朽の忍耐力」を備えた「不動」の黒人を見たときであることからも窺えるように（*Sound*, 943）、ディルシーの特徴は、何事にも動じない〈不動性〉と〈忍耐力〉である。クエンティンが自殺するのも、結局のところ、ディルシーが持つ〈不動性〉と〈忍耐力〉を欠いているからだといえる。

ただし、「[作品の最後で]ディルシーの勝利とその平和が到来する」といった類のディルシー讃美は（Vickery, 49）、「ディルシーは……崩壊したコンプソン家の廃墟で、崩壊した煙突のようにやせ衰えて……立っていたのだ」という『響きと怒り』の「序文」の説明と照らし合わせるまでもなく（"Introduction, 1933," 294）、単純すぎる主張である。しかしながら、ダイアン・ロバーツ（Diane Roberts）のディルシーおよび『響きと怒り』批判、すなわち、「やむことのない白人の圧制に耐える」聖人のような黒人乳母として称揚されるディルシーは結局のところ南部の既存の体制を強化する役割に終わっているという主張も（58-68）、極端であり、的を射たものではない。なぜなら、南部の既存の体制を強化するもなにも、『響きと怒り』は、本論文でみてきたように、その体制が拠り所とする〈人種・階級・ジェンダーの境界〉自体が既に消失していることを描いているからである。

何事にも動じない〈不動性〉と〈忍耐力〉を持つディルシーとは対照的に、ベンジーは、作品の最後の場面で示されるように、自分の乗った馬車が町の中心の南軍兵士像の周りを回る際、時計回りではなく、時間に逆行するような反時計回りでないと耐えられずに動転して泣きわめき（Bassan, 48）、「すべてが、定められたとおりの位置にある」状態に固執している（*Sound*, 1124）。フォークナーが、コンプソン家の問題点は、「彼らがいまだに一八五九年や六〇年［すなわち南北戦争前］の態度で生きている」ことだと述べているように（Gwynn, 18）、ベンジーの、「すべてが定められたとおりの位置にある」状態への固執とその状態を失ったときの動転ぶりは、コンプソン家の男たちが、過去に囚われるあまり現実とのギャップに過剰に動揺することの象徴となっている。無論、もはや、「すべてが定められたとおりの位置」にはなく、旧南部の〈人種・階級・ジェンダーの境界〉は消失しているのである。

第十三章

「エミリーへの薔薇」の歴史と寓意

臨終場面に見えるノーブレス・オブリージ

田中久男

1 はじめに

ウィリアム・フォークナー（William Faulkner, 1897–1962）の「エミリーへの薔薇」（"A Rose for Emily"）は、一九三〇年四月に初めて全国規模の商業誌『フォーラム』（*Forum*）に掲載された短編として、また、彼の作品の中では最も人口に膾炙した代表作としてアンソロジーにも絶えず収録されてきた。それ故、この短編には多くの研究が累積されてきたし、とりわけ、語り手の特異性やクロノロジーの整合性、あるいはジェンダー批評の隆盛による、主人公の見直しの問題等は、今でも読者の興味を引きつけるところである。これらの問題だけでなく、原稿段階までは残っていた臨終場面の意義についても、検証する余地は十分残されていると筆者は考えている。

そこで本論文では、「エミリーへの薔薇」の再考の試みとして、執筆時のフォークナーを取り巻く伝記的、歴史的状況を検証しながら、従来の作品像や人物像とは違った面を抉り出し、臨終場面の意義をフォークナーの構造的な創作ヴィジョンに関連づけて考察することを目指したい。

2 「エミリーへの薔薇」執筆の背景

本短編の執筆開始時期の推定に関してジョゼフ・ブロットナー（Joseph Blotner）は、『兵士の報酬』（*Soldiers' Pay*, 1926）と『蚊』（*Mosquitoes*, 1927）の刊行元のホレス・リヴライト（Horace Liveright）に宛てた一九二七年二月十八日付けの手紙を根拠にしている――「現在二つのものを同時にやっています。小説と、私の町の人たちについての短編を集めたものです。さらに、あなたにお示しできる掘り出し物がほかにもあります。それは、文学的にどうこうしようという熱望は一切なく、ただ暇つぶしに書いた人の原稿です」（*Selected Letters*, 34）。ブロットナーは、この手紙で言及されている「小説」は、『土にまみれた旗』（*Flags in the Dust*; 一九二九年に *Sartoris* と改題して出版）で、「短編を集めたもの」は、『エミリーへの薔薇、その他の短編』（*A Rose for Emily and Other Stories* と出版契約には記載され、一九三一年に『これら十三編』［*These 13*］として出版）、そして無名の友人のように作者が装っている人物とその著作は、ほぼ二年半後の一九二九年六月二〇日に彼が結婚することになる初恋の女性エステル・オールダム（Lida Estelle Oldham）と、彼女の小説『白いブナの木』（*White Beeches*）だと注釈を付けている（*Selected Letters*, 35）。

『蚊』を刊行した時点では、「詩におけるエリオット、散文におけるハクスリーの巧みな南部出身の追従者」という、二流作家のレヴェルにいたフォークナーが、一気に脱皮できた大きな要因として、「彼がそうした転回をした中心点は、夫との離婚手続き書類を揃え終えたエステルが、一九二七年一月にオックスフォードに帰郷したことだ」(Martin, 627) と捉えるジェイ・マーティン (Jay Martin) の精神分析的解釈を受け入れてみると、フォークナーが『エミリーへの薔薇』の執筆に向かったときの状況や動機が、読者にはいっそう切実なものとして明確に見えてくる。

実際、エステルをミューズとし、創作に燃えたフォークナーは、『土にまみれた旗』を一九二七年九月に完成、『響きと怒り』(*The Sound and the Fury*, 1929) を一九二八年十月に完了、オリジナル版『サンクチュアリ』(*Sanctuary: The Original Text*, 1981) を一九二九年五月に書き上げ、六月にエステルとの結婚で腰が落ち着いた彼は、一九三〇年一月には『死の床に横たわりて』(*As I Lay Dying*, 1931) を完成というふうに、まさに信じがたいほどの創作のデーモンに駆り立てられて大作を産出した。その間、「エミリーへの薔薇」の原稿を一九二九年十月七日に『スクリブナーズ・マガジン』(*Scribner's Magazine*) に拒絶された彼は、その年の暮れに同誌の編集者アルフレッド・ダシール (Alfred Dashiell) 宛に、「私には短編のセンスがなく、確かに全然書けないのです」(*Selected Letters*, 42) と弱気な手紙を送っていたが、「エミリーへの薔薇」が翌一九三〇年一月二十日に『フォーラム』に受理されると、それから二年間分の全国版商業誌への売り込みと採択状況を自ら記録した「短編送付一覧表」の猛烈な創作ぶりが示すごとく、[1] 一九三〇年代前半には一流の短編作家としても成長脱皮していくのだ。その先鞭を付けたのが「エミリーへの薔薇」の商業誌上での発表であってみれば、この短編には作者の特別な深い思い入れと、短編作家としてデビューするための戦略があったはずなのである。

3　「最も恐ろしい物語」としての「エミリーへの薔薇」

『サンクチュアリ』(*Sanctuary*, 1931) はポット・ボイラー (potboiler)、つまり、金儲けのために書いたもので、「想像しうるかぎりの最も恐ろしい物語 (the most horrific tale) を作り出した」(vi) という、モダン・ライブラリー版 (一九三二年) に作者自身が付した「序文」の発言は、「エミリーへの薔薇」にこそふさわしい彼の本音を語ったものではなかったか。というのは、その序文での陳述は、この短編を執筆した時期、彼が経済的な安定を早く確保して長編の創作に専心したいという願望の率直な表明とも読み替え可能だし、全国的なマーケットに乗って大衆読者受けをねらうには、無垢の女子大生が密造酒に関わる悪漢によってトウモロコシの穂軸で強姦されるという、『サンクチュアリ』のどぎついトピックと同類のものを使うのが、最も手っ取り早い手段であるからである。実際、フォークナーは「エミリーへの薔薇」においても、そのような題材を選択したのだ。南部の上流階級の良家の娘が、父の死亡により拘束から解放されて、町の人たちの良俗感覚を逆なでするかのように、北部からやってきたヤンキーである道路工事の現場監督と結婚寸前まで行き、そして謎めいた事情で毒殺してしまい、しかも、その死体に彼女が添い寝をしていたという死体愛好症 (necrophilia) を暗示するような物語は、そのサスペンスに満ちたゴシック風の展開も手伝って、一般大衆読者向けの扇情装置としては、実に効果的な働きをしたはずなのである。

そうした装置は、合衆国の中の異質な南部というステレオタイプ像を助長する危険がなくもないし、現実に『アブサロム、アブサロム!』(*Absalom, Absalom!*, 1936) の語り手のカナダ人のシュリーヴ・マッキャノン (Shreve McCannon) が、「南部について話してくれ。そこはどんなところなんだい?」(142) と、寮友クエンティン・コンプソン (Quentin Compson) を茶化し、興味本位に挑発するときには、彼の頭の中に「ベン・

ハー」(176)のような劇場的な南部という型にはまった像がすでにある。しかしフォークナーは、あえて好奇心に満ちた部外者が発しそうな問いに答える地方色(local color)の強い物語を提供することこそが、全国の一般読者に南部を売り込み認知してもらう有効な方策であり、逆にまたそうした期待に応えるだけの完成度の高い芸術作品を創造することが、その基盤的題材である南部という個別性、地方性が、普遍的なレヴェルまで突き抜けていけることを見抜いていた。そこで作者は「エミリーへの薔薇」の執筆に向かった時、『土にまみれた旗』において創造し、オリジナル版『サンクチュアリ』において名付けたジェファソンという小さな南部の共同体を、南部的な風景と場所の感覚を伝えるトポスとして、いっそうその強度に磨きをかけたのだ。

4　南部共同体のパノプティコン的監視の目と語り手

南部の異質性を全米中に印象づける歴史的な事件が発生した。「エミリーへの薔薇」執筆開始二年前の一九二五年夏にテネシー州デイトンで、ジョン・T・スコープスという高校の科学教師が、ダーウィンの進化論教育で咎めを受けた、いわゆるスコープス裁判(Scopes Trial)である。H・L・メンケン(H. L. Mencken)を代表とする北部の知識人やジャーナリストたちが、「南部は田舎者で反動者の国であり、そこでは、無知が美徳であり、文明の諸々の美徳は知られておらず、とりわけ奇妙なことに、望まれてもいないのである」(Davenport, 51)と、南部の社会文化の後進性や偏狭性と宗教の原理主義(Fundamentalism)の頑迷さを酷評したのである。それに対する反撃を開始し、その狼煙として『私の立場』(*I'll Take My Stand*, 1930)を刊行した南部農本主義者たちの陣営にフォークナー自身は参加しなかったが、一九三〇年秋にそのメンケンが編集長として主宰する『アメリカン・マーキュリー』(*American Mercury*)に「あの夕陽」("That Evening Sun," 1931)を売り込んだ際に、性的な含意表現とジーザス(Jesus)という名前の修正を要請されたその返信の中でフォークナーは、「私は〈スイカの蔓〉の件は削除しました。思うにあれがボストンの人々の憤激の種ですからね」(*Selected Letters*, 49)と、北部の読者の反応を熟知したような言い草を残している。

北部への南部の反発を、ダイアン・ロバーツ(Diane Roberts)はもっと広い社会的、歴史的な文脈から次のように眺めている――「一八九〇年代から一九三〇年代の間、南部白人たち(主に中流と上流の階級)は、先手を打って旧南部、南北戦争、再建時代のプロパガンダを始めた。フォークナーの幼少時代から少年時代にかけて、南部婦人連合会(the United Daughters of the Confederacy)のような団体は、トマス・ネルソン・ペイジ(Thomas Nelson Page, 1853–1922)の小説に合わせて過去を改変した。南部連合の記念碑の大半は、ミシシッピ州オクスフォードの郡庁舎の前の広場にあるものを含めて、一九〇〇から一九一二年の間に建立された」(12)。[2] 南部の郷土愛に満ちた、時に歴史を自己流に美化しかねないこのショーヴィニズム(chauvinism)的な動きは、いわゆる防衛機制(defense mechanism)の表出であり、南北戦争で勝利をおさめた北部主導の逆賊南部という歴史記述に異議申し立てをしたいという欲求の表れだが、南部人から見ると過剰なほどのメンケンたち北部人の反応と同様、こうした身辺の南部社会の半ば反動的な動向も、「エミリーへの薔薇」を執筆するフォークナーにとっては、歴史の捉え方と、大衆の好みを考慮した題材選びの面で大きなヒントになったのではないかと思われる。

南部の同質性の強い社会をクリアンス・ブルックス(Cleanth Brooks)は「共同体の強烈な感覚」(198)と

いう言葉で捉えたが、その同質性の強さは、「エミリーへの薔薇」において読者がすぐに意識する語りの主体である「我々（we）」の異質な使用に表れている。ダイアン・ロバーツの呼称で言えば、その「コーラスのような語り手（明らかに男性）」（159）は、人間関係が濃密で粘着力のあるジェファソンという共同体の集合的意識を体現している。それ故、その語り手は、町の窃視症（voyeurism）的な眼差しの代表者の役目を担っている。例えば、町の役人たちが税金の取り立ての交渉にエミリー・グリアソン（Emily Grierson）の家に押し掛けた場面（120–21）、彼女がホーマー・バロン（Homer Barron）を毒殺するために購入したヒ素入りの箱を自宅で開ける場面（126）、物語の最後で、葬儀の参列者と一緒に、「四十年間誰一人みたこともない二階のあの領域にある一室」（129）をこじ開け、彼女がバロンの死体と添い寝をした跡を、まじまじと見つめて確認する場面などは、語り手の視線が、町のパノプティコン（panopticon）的な監視の装置として遍在的に機能していることを明かしている。この窃視症的な視線の集合体が、ジェファソンという共同体において噂の伝播を助長し、社会の体制や秩序を維持するイデオロギーの刷り込み装置としても働いていることを示唆しているのである。

そのイデオロギーとは、「貴婦人の品位（ladyhood）という旧南部的な硬直した概念」（Roberts, 158）でエミリーを縛ろうとする騎士道的な父の態度に典型的に表出しているもので、上流階級の白人女性の処女性や純血の遵守、および高潔なる道徳性と上品な振る舞いという規範として、父親が死ぬまでのエミリーの人生を抑圧し支配している。そうした社会文化の規範が、同じように町の住民に共有され、精神や行動の軸となる価値観として内面化されている例は、彼女がダンディーぶったバロンと軽装馬車でドライヴを始めたとき、「最初我々はエミリー嬢に興味を持てるものができたと喜んだ。というのは、『もちろんグリアソン家の人なら北部人で日雇い労働者など真剣には考えないでしょうよ』と、婦人方全員が言ったからだ。しかし、さらに年をとった人の中には、悲嘆したからといって、ほんとのレイディーが、ノーブレス・オブリージ（noblesse oblige）を忘れるようなことはないでしょうよと言う人もいた」（124）という説明に示されている。この語り手の情報は、町の人たちの噂話の裏に、貴婦人としての生活態度に要求される道徳的な振る舞いの規範を、彼女たちが尊ぶべき価値として、内面化していることを暗示している。

そして、その説明直後の「もっとも、ノーブレス・オブリージと呼ばれたわけではなかったが」（125）という但し書きは、すでに現在では、その概念が生きていた時代の生活感覚や価値観が変化し失われてしまったことをも伝えている。

5 「冥界下降譚」の変奏型と歴史の寓意化

特異な語り手の存在と同様、読者がこの短篇を一読して気付く大きな特徴は、物語がエミリーの葬儀への町の人たちの参列で始まり、その後すぐにフラッシュバックして、主要な出来事が織り成す彼女の人生の物語が展開し、再びその葬儀参列と劇的な彼女の秘密の開示で終わるという円環構造の採用である。死者を冥界から呼び戻すかのように仕組まれたこの構造を、筆者は評論家の三浦雅士の用語に従って、「冥界下降譚」の変奏と捉えたい。「神だって仏だって、この世のものじゃない。あの世のものだ。だけど、この世はあの世によってしか、最終的には意味づけられない」（七三）という独特な言い方で、三浦は「冥界下降譚」というかたちの物語の意義を説明しているが、このひそみに倣って言えば、「エミリーへの薔薇」の現在のジェファソンの世界は、エミリーという死者が生きた個人の人生を一部とするジェファソン共同体の過去によってしか意味付けられない、つまり、現在はそれに影を投げかける過去との強い結び付きの中でしか意味を持ち得ないという、「the past は is である」(*Faulkner in the University*, 84)[3]と捉えるフォークナー流の歴史認識を形象化したものである。

ギリシャ神話に伝わる詩人・音楽家オルフェウス[4]の故事は、妻エウリュディケー(Eurydice)を冥界に迎えに行き、冥界の王ハデス(Hades)との約束に背いて、後ろを振り向いて妻の姿を確かめようとしたため、妻はたちまち影となって此岸に連れ戻せなかった悲劇であるが、「〈オルフェウス的主題〉とは、はからずも生き延びたオルフェウスについて語るよりも、むしろ地上に、こちら側に連れ戻されることなくハデスの闇に取り残され、あるいはそこへ落ちて行ったエウリュディケーの行方について語るべきテーマではないのか」(四五)と吉田文憲氏が鋭敏に説く類いの認識を、フォークナーはアナクロニズムにも見えるエミリーという女性の生き方を通して歴史化し、また寓意的に物語化しようとしたのではないかと思われる。

歴史という冥界の闇からエミリーを救い出す方法として、フォークナーは南部の過去の歴史を寓意的に甦らすという方策と抱き合わせにした。この短編を寓意的に読み解いてみると、どうやら次のような構図になるのではないか。――南北戦争敗北がエミリーの父の死亡に相当し、父の死後、エミリーが北部からきたバロンと、周囲の期待をかき立てる如くデイトを続け、結婚願望まで募らせたのが、再建期に南部が連邦政府の援助に対して抱いた過度の期待に対応し、裏切られた願望に対するエミリーのバロン毒殺とその後の幽閉が、結局は彼女を町の厄介な存在にしてしまったように、政府の再建事業に裏切られた思いをした南部が、[5]ジム・クロウ法(Jim Crow law)やクー・クラックス・クラン(Ku Klux Klan)などの活発化によるおぞましい人種差別的な退行現象を起こして、時間の流れから自閉し、結局は南北戦争の時と同じように、合衆国政府の反逆児的な存在になるという歴史の転回に重なっている。この寓意をもう一歩進めて、バロンの道路工事や郵便配達制度が象徴する北部的な文明の進歩を、エミリーに体現される伝統的な価値観が拒絶したがために、南部がいっそう歴史から取り残されて自家中毒的な幽閉状態に陥ってしまうという悲惨な運命をたどることになったと解釈することも許されるだろう。

このような構図は、南部と北部、過去と現在、旧世代と新世代、伝統主義と現代主義、女性原理と男性原理、没落貴族と中産階級といった、フォークナーの想像力の根幹をなす対位法的な(antithetical)ヴィジョン[6]を、露骨なまでに二項対立的な寓意に満ちた配置によって、「エミリーへの薔薇」に読者には分かりやすいメリハリの利いた輪郭を与え、商業誌に売り込むことを図る作者の戦略から作り出されたものなのだ。その際に、問題の臨終場面がこの短編の中で、どのような意義をもつことになるのかを見極めることが、作家として彼が成長できるかどうかの試金石であったように思われる。

6 臨終場面におけるエミリーのノーブレス・オブリージ

問題のその臨終場面は、現行版の「エミリーへの薔薇」のセクションⅣとセクションⅤの間に置かれていたもので、手書きとタイプの両原稿に現れるが、手書き原稿の末尾が欠落しているせいもあり、タイプ原稿での二頁分の描写の方が、倍以上長く臨場感にあふれている。

その場面は、死の床に伏しているエミリーと、ベッドのそばに立っている黒人使用人トービー(Tobe)との緊迫した描写から始まり、「自分が死ぬまでは、誰一人家に入れてはダメよ」と指図し、それから秘密の取り決めを彼に告げる――「お前は嬉しいでしょうね。三十年間も言っていたように、いよいよシカゴに行けるんですもの。家と家具を売って手に入れたお金を持ってね。……（原稿では三点の省略符）遺書はサートリス大佐が預かっています。連中がお前のものを略奪しないように、あの人が面倒をみてくれます」と。トービーがそれを断ると、彼女は、「どうすることもできないのよ。三十五年前に署名し封印されてしまってるんですからね。それが、賃金をお前に払えなくなったと分かったときの私たちの取り決めではなかったの？ つまり、お前が私より長生きしたら、残った物全部をお前が手に入れ、もし私の方が長生きしたら、お前の名前を刻んだ金の板を棺桶に付けて埋葬してあげるっていうことよ」と、かつての約束ごとを持ち出すが、彼は「私はその当時は若くて、金持ちになりたいと思ってました。が、もう今は家など要りません」（*Manuscript*, 210–11）と応えて、救貧院行きを決めていることを告白し（手書き原稿はここで途切れている）、日中は汽車が走るのを眺め、夜は汽車が窓に明かりをつけてエンジンを吹かすのを見て過ごすつもりだと述べて、それを聞き終えたエミリーがゆっくり息を引き取るという形で幕を閉じるのである。

この場面に描かれている、トービーに対するエミリーの思いやりと優しさは、南部社会では美徳と見なされてきたノーブレス・オブリージの顕現だが、世俗を見下し自己の信条に忠実に孤高の生活を守ろうとしてきた彼女の厳しい人物像という現行テクストが与える印象とはそぐわないので、残ったまま出版されていれば、確かに人物造型の一貫性が破たんする結果になっていただろう。マイケル・ミルゲイト（Michael Millgate）も指摘するように、「物語と状況の豊かな曖昧性が著しく損なわれることにもなっただろうし、非現実と幻想への退行という中心テーマを強調すべきところが希薄になりかねなかった」（264）という危険性もあったことは事実である。

しかし、フォークナーが直面した問題は、単にそうした審美的な価値基準から見たときの損失というだけでなく、郷土南部に対する自己の内部に潜む感傷性を、どこまで苛酷に相対化して、地方色作家という二流の域を突き抜けた優れた作品を生み出せるかという大きな課題でもあったのだ。それを彼は後に、「今日の風景を激しく弾劾するか、それとも、多分どこにも存在したことのない刀とマグノリアとものまね鳥の架空の領域に逃避するか」(*A Faulkner Miscellany*, 158) という独特な言い方で、拮抗する自己の双方向の心性を表現している。これは『響きと怒り』の新版をランダム・ハウスが企画したときにフォークナーが一九三三年八月に用意した「序文」の言辞だが、南部の現実の醜さを糾弾するか、それとも旧南部の栄光という幻想に逃避するかという緊張関係を、いかに芸術的に昇華するかという問題に、この「エミリーへの薔薇」でも直面したのである。

7　歴史の相対化の試練

「エミリーへの薔薇」では、冒頭のエミリーの葬儀の描写からすぐに、彼女の家の建築様式が一八七〇年代という再建期 (Reconstruction [1867-77]) の華やかな装飾の名残をとどめていること、ジェファソンの戦いで倒れた北軍と南軍の兵士たちが墓地で眠っていること、あるいは結末で彼女の葬儀の参列者の中には、南軍のユニフォームを着用した古老たちもいたという記述に見られるように、フォークナーは作品全体を、南北戦争とその後の歴史についての記憶によって枠をはめるような構図を作っている。『土にまみれた旗』で、作者の曾祖父をモデルにした、かつての南北戦争の英雄であるジョン・サートリス大佐（Colonel John Sartoris）を、「時間から解放されているのに…二人の老人［老ベイヤード（Old Bayard Sartoris）とフォールス老人（Will Falls）］よりも、はるかに実体感のある存在」（*Flags*, 5）であるとか、大佐の妹で気丈夫な八十歳のヴァージニア・デュ・プレ（Virginia Du Pre）の思い出話は、「彼女が年を取るにつれて、ますます豊かになり、（中略）二人の軽率で無鉄砲な少年たち［兄のジョンと次兄のベイヤード］の血気にはやるいたずらであったものが、勇壮で見事な悲劇の焦点となった…」（12）と、戦争世代を賛美する描写に傾斜したことを、チャールズ・レーガン・ウィルソン（Charles Reagan Wilson）は、南部の精神風土に見られる「祖先崇拝の一つの祭儀」と呼び、南部の旧体制を「聖なる記憶」に変えようとする欲望（33）と深く絡まっていると読み解いたが、「エミリーへの薔薇」においても、そうした感傷性は短編という緊密な構成の中では押さえ込まれているとは言え、作者の地域ナショナリズムの尾てい骨のようなものとして、読者にはやはり感じ取れるものである。

例えば、それは、サートリス大佐が見せる気遣いにも表れている。市長であった大佐が税金免除というかたちでエミリーの経済的苦境を救ったエピソードを、語り手は、「エミリーの父が町に金を貸し、その返済の現実的な処理の問題として、町がこの方法を望んだという趣旨の手の込んだ話を、サートリス大佐がでっち上げたのだ」（120）と説明し、名誉と貴婦人の品位を重んじる旧世代の英知の美談として紹介している。この大佐の知恵と振る舞いは、この短編で一度だけ使われているノーブレス・オブリージという、階級社会において上流階級の者が振る舞いのコードの基盤とすべき恩徳の表れである。この道徳的精神は、エミリーの家から漏れ出る悪臭への町の苦情に対して、八十歳の市長のスティーヴンズ判事（Judge Stevens）が取った貴婦人への礼節を重んじる処理の仕方（122–23）にも発揮されている。このような描き方に、ノーブレス・オブリージという精神を、旧南部から引き継いでいる誇るべき南部的な精神として賞揚したいという作者の欲望がにじみ出ている。

しかし、この精神は、エミリーの父親が娘の純血、貴婦人としての品格の守護神として振舞おうとした硬直した騎士道的精神とも直結するものだが、それは町の人たちの古い価値観から見たときのエミリーの堕落と反逆によって、だが、父の拘束から解放された彼女にしてみれば、自由に自分の欲望とセクチュアリティに忠実に生きる姿勢によって、したたかに粉砕されるかたちになっている。伝統的な価値観の継承者のように見えていたエミリーが、父の死を境にその反逆者になるという異様な変貌を、ジョン・N・デュヴォル（John N. Duvall）は「偶像破壊者に反転した偶像」（"the icon turned iconoclast"）（128）という巧みな概念で捉えている。この偶像の寝返りは、エミリーの父親や大佐たちの価値観やイデオロギーが、すでに南部の共同体においては時代遅れになってしまったことをあらわにしたのだ。

それと同じように、臨終場面でエミリーが、今までのトービーの従順な滅私奉公に財産譲与を保証した遺書によって報いたいと意志の表明をすることは、ノーブレス・オブリージという高徳の精神に値するものであるが、それを黒人使用人がやんわり拒絶するところに、この精神がしたたかにパロディ化され格下げされてしまったことを示唆している。エミリーがおそらくグリアソン家の最後の砦としてこだわってきた屋敷という貴重な所有物が、そのような俗世の欲望とは全く関わりのないトービーの牧歌的な余生の過ごし方の表明によって、アナクロニズムなものとして無に帰しているのである。おそらくそこにこそ、「エミリーに対する一輪の薔薇を」（a rose for Emily）という作者のオマージュの真の意味がある。[7]

こうしてエミリーは、かつては自らの意志で南部社会の偶像破壊者になったが、今度は自らの意志が肩すかしを食らうかたちで、再度、偶像破壊者の役割を演ずる立場に落とされてしまうのだ。このように臨終場面は、読者の窃視症的な欲望に応えるには効果的なものになっただろうが、芸術作品という一つの有機体からみれば、エミリーとトービーの内面が情緒的に開示され過ぎるきらいがある。孤高のエミリーという持続して保たれた人物像と、葬儀の参列者を受け入れた後、こっそり裏口から出て姿を消したトービーの行く末が読者に残す憂慮と緊迫感が薄れてしまったことは間違いないだろう。フォークナーは「エミリーへの薔薇」において、貴婦人の品位とかノーブレス・オブリージという旧南部の残照の中で余命を保っていた南部文化の精神を、一度はきっぱり葬送するという作家としてのけじめをつけることによって、社会的、歴史的な広がりの中で南部をいっそう冷徹に相対化する成熟を図ったのである。その成果は、『八月の光』（*Light in August*, 1932）、『アブサロム、アブサロム!』、『行け、モーセ』（*Go Down, Moses*, 1942）等の傑作が証明している。

V

核時代の文学

第十四章

敗北の「鬼《イット》」を抱きしめて

『アンダーワールド』における名づけのアポリア

渡辺克昭

「神について考えることは、神の名前が名ざしするノットについて考えることである」
——マーク・C・テイラー『ノッツ』

1　二つの「ボール」

ドン・デリーロ（Don DeLillo, 1936– ）文学の金字塔『アンダーワールド』（*Underworld*, 1997）は、端的に言えば、次元を異にする二つの「ボール」によってもたらされたトラウマといかに向き合い、衝撃のグラウンド・ゼロに回帰してやまない表象不可能な「残余」にいかに名づけを試みるかというアポリアの物語に他ならない。長大な歴史的パースペクティヴを横切る最初の「ボール」は、言うまでもなく、プロローグに描かれた一九五一年十月三日の球史に残る名試合、ニューヨーク・ジャイアンツ対ブルックリン・ドジャーズのプレイオフ第三戦において九回にボビー・トムソン（Bobby Thomson）がラルフ・ブランカ（Ralph Branca）から奪った起死回生のホームランである。おりしもポロ・グラウンドで、フランク・シナトラ（Frank Sinatra）をはじめとする名士たちに混じって観戦中だったＦＢＩ長官エドガー・フーヴァー（J. Edgar Hoover）のもとに、ソ連がカザフスタンの砂漠で二度目の原爆実験に成功したという一報が密かに入る。「世界じゅうに響き渡った一撃」として翌朝の新聞の見出しを飾るこのホームランは、「観客席へと弾道を描く間にも核弾頭へと変貌を遂げ、球場全体を包む無垢なユーフォリアをよそに、国家的危機をもたらす痛恨の一撃として、黙示録的な脅威を唐突にフーヴァーに突き付けたのである」（渡辺　三三〇-三三一）。

こうして広大なテクスト／歴史空間に一気に躍り出たウイニングボールは、学校を怠けて球場に紛れ込んだ黒人少年コッター・マーチン（Cotter Martin）が家へ持ち帰って以来、あの試合の「神話の一部」(96)として聖杯のごとく追求され、数奇な運命を経て最終的に主人公ニック・シェイ（Nick Shay）の手元に納まる。だが、原子爆弾の「放射性核とまったく同じサイズ」(172)のこのホットなボールは、熱烈なドジャーズファンだった彼にとって、勝利とは無縁のトラウマティックな「敗北の記念品」(97)に他ならない。だとすればなぜニックは、「不運というものにつきまとう神秘」(97)に魅せられ、敗北を抱きしめるかのように、贋作かもしれない恥辱のメモラビリアを三万四千五百ドルもの大金と引き替えに手に入れようとしたのか。

そこで前景化されるのがもう一つの「ボール」である。父ジミー（Jimmy）が失踪中の若き日のニックが、代理父とも言うべきジョージ・マンツァ（George Manza）の頭部に放った「弾丸《ボール》」である。戯れにジョージの銃を手に取ったニックは、「弾丸《ボール》」は装塡されていないという彼の言葉を真に受け、引き金を引いてしまう。彼の人生に一大痛恨事をもたらす「エディプス的衝動」（Wilcox, 125）に彩られたこの一撃がもとで、ニックは更生施設に入所を余儀なくされ、もう一人の父、パウルス神父（Father Paulus）の導きにより、自らが内に抱える〈現実界〉、言い換えれば「象徴化を拒み、常に忘れられるにもかかわらず、常に回帰してやまない」（Žižek, 69）「残余」と向き合うことになる。「楽園追放」にも相当するこのトラウマティックな銃撃事件は、反復強迫的に彼に取り憑くが、事件の顛末は、過去へと遡るテクストの最深部、第六部の結末まで明らかにされることはない。

ここで強調しておきたいのは、二つの「ボール」が醸し出す対照の妙である。トムソンのホームランは、審美化された野球という国民的神話を通じて大衆的なユーフォリアを醸し出し、[1] 多民族国家アメリカを束ねると同時に、その陰画とも言うべき核の恐怖を為政者に密かに突き付ける。だが試合後、歴史の闇に紛れ、収集家たちの垂涎の的となったウイニングボールは、結局ニックの手元に私物として退蔵される。一方、彼がジョージの頭部に撃ち込んだ「弾丸《ボール》」は、未必の故意が微妙に絡む密室殺人に彼を巻き込むことにより、彼のユーフォリックな青春の「無秩序な日々」(810)を一撃のもとに壊滅させ、逆に国家権力の介入を招くことになる。このように公私の領域において軌道を交差させる二つの「ボール」は鮮やかな対照をなすが、両者は、象徴化しきれない「現実界の回帰」(Wilcox, 121)と向き合い、トラウマティックな沈黙をいかに言葉によって解きほぐしていくかという点で、共通したアポリアを彼に突きつける。

だがここに、そうしたテクストの基本構造を骨太に貫く二つの弾道とはほとんど交わることのない、地味ではあるが重要な人物が存在する。アルバート・ブロンジーニ(Albert Bronzini)である。かつてニックが性的関係をもったクララ・サックス(Klara Sax)の夫であり、弟マット(Matt)にチェスの手ほどきをした高校の物理教師、ブロンジーニほど、作者に重要な役割を担わされた脇役もいないだろう。彼が真価を発揮するのも、同じく『アンダーワールド』の地層の最も深いところに位置する第六部「灰色と黒のアレンジメント」である。一九五一年秋から翌年夏というタイムスパンにおいて、ブロンクスのイタリア系居住区を中心に展開するこのパートは、伝記的に言ってもデリーロ自身の実体験を少なからず反映しているが、アルバート・アインシュタイン（Albert Einstein）と同じファースト・ネームをもつブロンジーニの時間をめぐる思索は、この小説に独特の風合いと奥行きを与えている（234-5）。

本稿では、彼の視点から頻繁に言及される路地裏の子供の遊びに着目し、"it"と呼ばれる鬼ごっこの「鬼」を手掛かりに、表象不可能性を孕んだ不可知の暗黒の力をめぐるニックの名づけのアポリアを考察することにより、彼がいかに表象のアンダーワールドへ身を開いていったかを探ってみたい。

2 路地裏の「鬼《イット》」

第六部の冒頭から読者は、散歩好きのブロンジーニを水先案内人として、ノスタルジックな五十年代初頭のイタリア系居住区へと誘われる。まずもってブロンジーニは、ストリート・ウオッチャーである。「散歩がアートだと考える」（661）彼は、放課後日課のようにその界隈を彷徨し、猥雑で活気に満ちた市井の人々と気さくに言葉を交わす。さながら街の考現学者とでも言うべき彼をとりわけ魅了したのが、路地裏を占拠して子供たちが興じる多種多様な遊戯である。あるとき彼は、こうした冷戦期のホモ・ルーデンスたちが眼前に繰り広げる至福の光景が潰え、過去の遺物として審美的価値を賦与されて博物館に収まる未来を幻視する。「彼はこんな未来を想像した。白墨の図柄が残る路面がきれいに切り取られ、丁寧に梱包されて、カリフォルニアのとある博物館に運ばれる。そして古代の大理石彫刻の脇で生ぬるい日光のおこぼれにあずかる。街角の落書き、石蹴り遊び、アスファルトの路地と白墨、ブロンクス、一九五一年」（662）。

幼い頃病弱で、路地裏の遊びにあまり縁がなかったブロンジーニは、子供たちが間に合わせの物を用いてブリコラージュのように融通無碍に編み出した遊びについて、その呼び名と囃し歌を一つ一つ反芻し、時空を超越した彼らの遊戯を審美的に愛でる。“patsy” もしくは “potsy” と呼ばれる石蹴り、“buck-back” という呼称の馬跳び、女の子が興じる “jacks” や “double dutch”、男の子が打ち込む “boxball” というボール遊びやビー玉遊び。とりわけ彼の興味を惹きつけたのは、“ringolievio” と呼ばれる鬼ごっこである(662)。五人の少年が、中国、ソ連、アフリカ、フランス、メキシコと書かれた円を五等分した扇方に片足を置き、中心の円には鬼《イット》がボールをもって宣戦布告の文句を唱えていく。冷戦の陣取りゲームを装いつつも、日常からは隔絶され、「歴史も未来もない」(666)この遊戯空間は、聖性を帯びた一種のアジールと化す。文字通り外部との交通を遮断し、「遊び場となった路地に流れる満ち溢れた時間」(666)にノスタルジックに浸るブロンジーニの関心は、やがて鬼《イット》という摩訶不思議な存在へと向けられていく。

　鈍重さゆえにいつも鬼《イット》にされてしまう小太りの少年に目をやりながら、彼は、「これが鬼《イット》の意味なのだろうか。中性化されたと言おうか、性徴がないと言おうか、非人格的な存在」(675)と、人的属性によっては分節化できない鬼《イット》というものの魔性について思いをめぐらせる。そこでにわかに彼を震撼させたのが、「あまりにも力に満ちているので名前さえ口にすることが憚られる邪悪な存在」(677)としての鬼《イット》の特性である。単音節の普通名詞にして、代名詞の匿名性をなおも痕跡として留める鬼《イット》。誰しも潜在的に自らのうちに含みもち、現前を恐れる鬼《イット》。彼の直観によれば、鬼《イット》になるということは、とりもなおさず自らの「名前を失い、悪魔と化すということ」(677)を意味する。名状し難いこの “it” という呼称には、「名に屈することなく、取り込むことも思考することもできない闇、つまり名づけることのできない他者として言語それ自体に取り憑く死」(Boxall, 194)のように、表象を拒む恐ろしい力が宿っている。「いったん鬼《イット》になってしまうと、つまり名前を剝ぎ取られ、少年でも少女でもなくなってしまうと、おまえは恐怖の対象となり、路地裏の暗黒の力となる。こうしてある種の魔性を感じたおまえは、ほかの子供たちを追いかける。骸骨のような手でタッチし、穢れを、呪いを伝染しようとする。できるなら、"it"という音節をゆっくり発音してみるがいい。死の囁きのように聞こえるかもしれない」(677)。

ここで彼の意識に浮上するのは、野球がもたらすユーフォリアによって審美化された五十年代の古き良きアメリカと対極をなす中世的な不可視の地下世界への畏れとでも言うべきものである。名を剝奪され、"it"としてのみ立ち現れる「真夜中の皮膚の下を這うような中世の畏怖、いやそれよりももっと古代の畏怖にまで達する」(678)暗黒の力こそ、にわかに影を落としはじめた核と廃棄物を射程に収めたテクストの深層を貫通するもう一つの比喩=形象《フィギュール》に他ならない。

ちなみに、歴史に語り継がれるあの名試合の翌日、ブロンジーニは、「世界じゅうに響き渡った一撃」について話を向けたパウルス神父に、「野球の試合にはまったく関心がないんです」(670)と言い放つ。「野球ってものはなんとも簡単だ。タッチする。それで相手はアウト。タッチされて鬼《イット》になるのとは大違い」(678)。こう考える彼にとって、鬼ごっこの鬼《イット》は、野球をはるかに凌ぐ深遠な歴史性を帯びている。ボールをタッチされた瞬間、アウトになった選手の動きが止まり、それまでのプレイが清算される野球とは対照的に、鬼ごっこは、鬼《イット》という封じ込められざる感染力が途絶えないことによってのみ成立する。そこにブロンジーニは、「崇高」さすら感じる。彼は、宇宙を支配する名状し難い不可知な闇をめぐる人間のアンビバレントな畏怖の念が、鬼《イット》という困難な名づけそのものに集約されていることを直観的に見抜いている。

そのような鬼《イット》が路地裏から姿を消しつつあると嘆くブロンジーニに対して、パウルス神父は、ピーター・

ブリューゲル（Pieter Brueghel）の『子供の遊戯』を引き合いに出し、四百年ほど前に描かれたにもかかわらず、この絵画には、自分たちもやったことがあり、今もって見慣れた遊びがたくさん描かれていると応じる(673)。ブロンジーニは、この絵画が話題になったことを帰宅後妻クララに報告するが、まだ駆け出しのアーティストだった彼女は、十六世紀に描かれたその「退廃的な」(682)絵画から醸し出される黙示録的な不気味さを理由に、そこに描かれた子供たちが決して無垢な存在ではないことを指摘する。「美術史的にあの絵がどう言われているか知らないわ。でも私に言わせると、あれはほかの有名なブリューゲルの絵とたいして違わないの。大地を横切って死の軍勢が行進してくる絵とかね。あの子供たちってみんな太っちょで、愚鈍で、ちょっと不吉な感じがするの。ある種の脅威っていうか、愚かさっていうか。『子供の遊戯』って絵。小人がなんだか恐ろしいことをやってるみたいに見えるじゃない」(682)。

かく言う妻に触発され、ブロンジーニは、『死の勝利』と二つ折りのディプティックのように対をなす『子供の遊戯』において、広場を埋める夥しい数の子供たちが様々なかたちで興じる「鬼ごっこにはどこか亡霊性がつきまとう」(Boxall, 182) ことに思い至る。言うまでもなく、この文脈において逆照射されるのは、プロローグに描かれたポロ・グラウンドで、風に舞って飛来したブリューゲルの複製画に文字通りタッチされたエドガー・フーヴァーである。皮肉にも『ライフ』誌（*Life*）から剝ぎ取られたブリューゲルのカラー刷り『死の勝利』が、ボックス席の彼の肩の上に紙屑のように舞い降りたとき、潔癖症の彼は、「まずもってこんなものが自分の体と接触してしまったことに当惑する」(41)。

にもかかわらず彼は、密かにもたらされたソ連の核実験の第一報と相前後して到来したこの絵画に心ならずも魅せられ、鬼気迫る黙示録的な絵柄を食い入るように眺める。冷戦時代の核への恐怖と中世の黒死病への恐怖が奇妙にオーバーラップし、タナトスへの渇望を感じるフーヴァーの脳裏に再形象化される地獄絵図。経帷子を着た骸骨どもが、死神と化した鬼《イット》の軍勢さながら跳梁跋扈し、生者を拷問にかけ、狼藉の限りを尽くす『死の勝利』の絵柄は、いかなる文化装置をもってしても同化吸収できない〈享楽〉を彼に与えずにはおかない。ここで彼は、死と汚れを免れていたはずの楽園「アメリカ」が、共産国の核という鬼《イット》／糞《シット》に触れ、コード化され得ない〈現実界〉の暗黒世界《アンダーワールド》へ一気に引きずり込まれていくという予感に戦慄を覚える一方で、まさにそこに悦楽のスリルを感じてしまう。核という究極のシニフィアンは、「ラカン的な意味でファルスとの親近性」(Wilcox, 126)を賦与されているものの、「命名を免れている」(77)からこそ崇高にして無であり、ＦＢＩ長官の無意識を虜にしたのである。

興味深いことに、プロローグにおいてこのようにエドガー・フーヴァーに突然接種された冷戦の「鬼《イット》」は、彼の幻の兄妹《シスター》とも言うべきもう一人のエドガーへと必然的に伝染していく。「十六世紀の巨匠の絵画の片隅から抜け出してきた脇役と言ってもおかしくない」(232)シスター・エドガー(Sister Edgar)は、偏狭にして頑迷な冷戦の尼僧として教室に君臨し、教条主義的なボルチモア教義問答集を唯一の拠り所とし、学童たちを恐怖政治で慄かせる。「彼女は、痩せぎすの顔の輪郭と真っ白な肌の色のせいで、『骸骨シスター《スケリー・ボーン》』として学校中に知れ渡っていた。彼女の痩せ細った手に触れられると、とんでもない宿命を背負わされたように思えた。冷たく骨ばったタッチが、永遠に相手を「鬼《イット》」にしてしまうのだ」(717)。ＦＢＩ長官フーヴァーが、個人の秘密に触れ、それらをファイル化することによって長年権力を維持してきたのと同じように、ラテックスの手袋の愛用者である彼女もまた、病的に他者との接触を忌避しつつも、恐怖の接触《タッチ》によって権力を保持してきたと言ってよい。あたかも中世からタイム・スリップしたかのようなシスターは、こうして冷戦ナラティヴを背景にブリューゲルの絵画を媒体としてブラザーと共振し、[2] 名づけ得ぬ「鬼《イット》」のエイジェントとして、教室で死の政治学を司ってきたのである。

3　名づけのアポリア

そのような「骸骨シスター《スケリー・ボーン》」から厳格な鉄拳教育を施されたのが、ニックの弟マットである。彼は、シスターに文字通りタッチされた証として核戦争用の標識《タッグ》を付けられ、最も多感な時期に「鬼《イット》」としての彼女の影響をまともに受ける。だがニックは、弟とは違ったかたちで中世的なるものと運命的な出会いを果たす。それは彼が、イエズス会の更生施設で、ある書物をパウルス神父から与えられたときに遡る。黒死病が猛威を振るっていた十四世紀頃、不詳の神秘家によって書かれた『未知の暗雲』について、彼は、行きずりの関係をもった女性に赤裸々に信仰告白を行う。「その本のせいで俺は、神のことを一つの力として考えるようになったんだ。俺たちから自分の姿を包み隠しているある力としてね。なぜなら、隠されていることこそが神の力の源泉なのだから」（295）。この書物がまさしく自分に直接語りかけていると感じた彼は、決して姿を見せぬ不可知の存在としての神にいかに切迫するか、さらに次のように説明する。

そこで俺はこの本を読んで、神のことを一つの秘密、光に照らされることなく延々と続いていく長いトンネルのようなものだと思うようになったんだ。……神は秘密を守るんだ。そして俺はその秘密を通して、その不可知性を通して神に近づこうとした。……知性を通じて神を知ることは不可能だ。『未知の暗雲』はこのことを教えてくれる。それで俺は、秘密がもつ力を尊ぶようになったわけさ。人間は作られる。創造される。でも神は創造されない。こんな存在を知ろうとするなんて試すだけ無駄というもの。人間は神を知らない。我々は神を肯定しない。その代わり我々は神の捉え難さを大切にするんだ。我々惨めな弱者はね。それで神という観念に自分たちを縛り付けるような剝き出しの意志を育もうとする。『未知の暗雲』は、この意志を一つの単語に基づいて育て上げるように勧める。その単語が単音節の語ならなお良い。……この一語が見つかれば、雑念は消え去り、神の不可知な存在までにじり寄ることもできるんだ。(295–96)

ニックのこうした思考回路は、一見不可知論のように見えながら、認識不可能なものの前で立ち止まるのではなく、「長いトンネルのような」神の秘密に向かって「にじり寄って」いくという姿勢において、不可知論とは一線を画する。彼自身が、「神の神秘ってものはロマンチックなものだ」(296)と述べているように、究極の単音節の言葉を見出し、それにすがって神の神秘に肉薄しようとする彼の試みが、ロマンチックな彩りを帯びていることは否定し難い。だがこの試みはまた、彼がイタリア語で「ディエトロロジア」と言う「物事の背後にあるものを研究する学問」(280)、言い換えれば「暗黒の力関係の学問」(280)として位置づけることもまた可能である。現前することのない「未知の暗雲」としての神を名づける、言い換えれば、名づけ得ぬものを名づけるという文脈において、ここで浮上してくるのが否定神学をめぐる議論である。

「神は〜ではない」という否定命題の陳述を重ねることによって、究極的に神の至高性を肯定しようとする否定神学は、「神は〜である」というように、名づけの対象である神を言葉によって明確に名づけられないことこそが、神の至高性を担保するというアポリアに陥る危険性を常に孕んでいる。自己同一的な主体として神の中心にぽっかりと空いた虚無に漸近するというまさにその点において、否定神学は無神論へと限りなく傾斜していくように見えるが、両者は最終的に指向するところにおいて本質的に位相を異にする。その限りにおいて、ニックが心酔した『未知の暗雲』のアプローチは、神の言述不可能性によって特徴づけられる否定神学とも、父なる神そのものを措定できない無神論とも一線を画する。だがここで注目すべきは、殺人を犯し無明の世界でもがくニックが、神に「にじり寄る」べく、究極の単音節の言葉を模索する過程においてまず向き合ったのが、不可知な闇に働く暗黒の力だったことである。

ニックにしてみれば、ハデスが支配する冥界に立ち込める「未知の暗雲」を貫き通す「強度」(539)をもつ言葉でない限り、神の闇への切迫もまた不可能なのである。その言葉が単純極まりなく、単音節であらねばならない理由は、まさしくそこにある。彼はさっさと英語に見切りをつけ、闇を突き破る言葉として、まずイタリア語の「助け《アイウート》」にその可能性を探る。試行錯誤の末、彼が何とか見出したお守り言葉は、スペインの神秘家、十字架の聖ヨハネ(John of the Cross)の言葉、「全と無《トド・イ・ナダ》」(297)である。「その冬じゅう、俺はこの文句を抜身の刃に見立て、暗黒のなかに、神の秘密のなかに切り込んでいった」(297)。ここで強調したいのは、更生中の彼が、「神の秘密」をまず「暗黒のなかに」と表現し、「未知の暗雲」への切り込みを、「全《トド》」のみならず「無《ナダ》」をも意識しつつ行おうとしたことである。彼にとっては、神の名を希求する神学と、神の名が欠如した否定神学は、一枚のコインのように表裏一体をなしていたのである。

このように自らが犯した罪の償いとして、得体が知れず危険極まりない「鬼《イット》」=廃棄物の処理を天職とするニックが、生涯をかけて名づけ得ぬものを名づけようと究極の言葉を探し求めるようになったのは、パウルス神父との会話が大きな契機となっている。観念論に陥りもがき苦しんでいたニックに、神父は、「物自体を見なかったというのは、どう見ていいかわからなかったからでしょう。またどう見ていいかわからないというのは、そもそも名前を知らないからでしょう」(540)と諭し、日常品の代表格とも言うべき靴の細かな部分の名称を矢継ぎ早に問いただす。「最も見過ごされがちな知識は、ありふれた事物にこそ宿る」(542)と主張する神父は、一見神学とは懸け離れた「平凡極まりないもの《クォティディアン》」の名をめぐる即興の教義問答を通じて、日常的なるものを異化し、アダムの昔よりそこに秘められた命名の神秘にニックの目を向けようとする。[3]

　ここに見て取れるのは、ありきたりな物の名づけを積み重ねることにより、名づけが困難な「奥行きと幅」(542)を備えた超越的なるものに切迫し、それを言葉で捕捉しようとする強靭な意志である。こうした言語観は、デリーロ自身の言語観をかなり忠実に反映していると考えられる。そもそも言葉によって現実というものが形づくられ、そこからカウンター・ヒストリーが生まれるという立場に立脚する彼の文学においては、名づけこそがすべての導きの糸となる。『ドン・デリーロ——言語の物理学』(*Don DeLillo: The Physics of Language*, 2002)においてディヴィッド・コワート(David Cowart)は、「我々は言語の物理学をやっているのですよ」(542)というパウルス神父の言葉を副題に採り、デリーロは、「何であれ名づけに抵抗するもの、あるいは名づけを擦り抜けるものへ特別な感性を示す」(182)作家であると指摘する。この見解はまさに正鵠を射ているが、彼は、「ここに、言葉になるものとならないものとの間に繰り広げられるある種のアゴン、言い換えれば、名づけられるからこそ馴致される一方の経験と、既定の承認済みの語彙目録の埒外にある他方の経験の間に、ある種のアゴンが存在する」(182)とも述べている。

　だが、ここで彼の言う「アゴン」を、静的な二項対立として捉えるのは妥当ではないだろう。というのもデリーロの真骨頂は、名づけられるものと名づけ得ぬもの対比させ、弁証法的に止揚させるのではなく、そもそも名づけ得ないものに名を賦与するという不可能な命名行為のアポリアにニックを追い込んだところにあるからである。ニックがかりそめに探り当てたお守り言葉「全と無《トド・イ・ナダ》」は、あくまでも「全《トド》」と「無《ナダ》」であり、「全《トド》」か「無《ナダ》」ではなかったはずである。だとすれば、「言葉になるものとならないもの」の関係は、二項対立的なアゴンというよりもむしろ、ダイナミックに反転する「メビウスの輪のように」(Boxwall, 184) 表裏一体の様相を呈する。このように名づけ得ぬものに名づけることで生じるアポリアは、逆に言えば、名づけ得るものには名づけが必要ないというアポリアに繋がる。この点に関して、デリダ (Jacques Derrida) は、「名を救う」("Sauf le nom") において、次のように述べている。「……名が必要であるということは、名が欠けているということを意味する。すなわち、名は欠けていなければならず、欠如している名こそが必要なのである。こうして、自らを消失させることで、名そのものは救われることになるだろう。名そのものを除いて」(68)。

　命名をめぐるデリダのこのような脱構築的な洞察は、「光に照らされることなく延々と続いていく長いトンネルのような」神の闇をめぐってニックが行う名づけを考察するうえでも有効な指針となる。と言うのも、彼が生業としてきた「ホット・スタッフ」(285, 286) としての廃棄物の闇もまた、神の闇に劣らず名を欠き、同定し難い秘密であるからである。名もなき人々の日常史の残滓とも言うべき膨大なゴミが、「明白な運命《マニフェスト・デスティニー》」として神々しくもギザのピラミッドのように迫り出した廃棄物処理場。原爆の生みの親オッペンハイマー博士 (Dr. Oppenheimer) が、開発当初、フランス語で「糞」を意味する"merde"としか呼びようのなかった核兵器。神々しいアンダーワールドとして「隠されていると同時に、目に見えぬかたちで顕現する」(O'Donnell, 110) 冷戦の遺物は、固有名を欠いた表象不可能な「鬼《イット》」さながら、地表を「押し戻し」(287)、生者に亡霊のごとく取り憑いてやまない。穢れと崇高性をおびた「悪魔の双児」(791)には、「手を触れることもできないアウラ」(88)が宿っているからこそ、古代エジプトの「ファラオの死と埋葬を準備するみたいに」(119)恭しく取り扱わねばならないのである。

このように見てくると、「廃棄物の司祭」(102)であるニックの畏怖に満ちた振る舞いは、神の闇をめぐる彼の探究、言い換えれば神の名をめぐる彼の探究と深いところで通底していることがわかる。冷戦という「安定したパラノイア」(Knight, 814)が液状化した今、廃棄物の闇に深く分け入ることは、彼にとって、神のアンダーワールドである「鬼《イット》」の闇に徒手空拳で「にじり寄り」、名づけ得ぬものの名づけを試みることを意味する。いかなる言葉をもってしても名づけ得ないジョージへの銃撃により、言わば「鬼《イット》」にタッチされ「鬼《イット》」となってしまった彼が、敗北の象徴としてボールを護符のように手元に置いたのは、自らに課した神の闇への名づけを想起するためである。敗者である彼に買い取られたことにより、ホームランボールは、野球という共同幻想のアウラを取り除かれ、彼に名づけの使命を喚起する私的なメモラビリアへと変貌を遂げたのである。

4 「路上へ」——「幽霊」の開かれた名前

エピローグ「ダス・キャピタル」は、物語の核心をなすジョージへの銃撃をもって終わる第六部と断層をなすかのように、一気に九十年代へと折り返される。そこに浮上するのは、ある種の諦念と静謐さを湛えた初老のニックである。この章では、まず彼が視察したカザフスタンの旧核実験場で見世物として行われる核廃棄物爆破実験が前景化され、次に二つの「キーストローク」の逸話が提示される。こうしたスペクタキュラーでキッチュなパフォーマンスとは裏腹に、フェニックスに居を構えるニックの日常は、平穏無事でありながら、それなりに「奥行きと幅」が備わっている。彼は、「本物の路地を歩き回った無秩序の日々」(810)を懐かしみ、路地裏に今もさ迷い続ける死者たちに思いを馳せる。

母ローズマリー(Rosemary)の死後、「彼女の真実によって充たされ、引き伸ばされているように感じた」(804)ニックは、「母は俺をさらに大きくし、人間であるということがどういうことであるのかという感覚を増幅してくれた。今や彼女は俺の一部でありすべてであり、慰めにさえなっている」(804)と打ち明ける。また彼は、父ジミーについても、ギャングに抹殺されたというトラウマティックな妄想に取り憑かれてきたにもかかわらず、「ファミリー・ミステリー」(87)としての父の失踪をようやくシンプルに受け止めるようになる。「地面が開け、彼は内部へと足を踏み入れた。…彼は沈んでいったのだ。…あの人は地下に潜りたかったのだと思う」(808-9)。こうして、「ジェイムズ・ニコラス・コンスタンザ」という父の固有名を若くして刈り取られたニック・シェイは、廃棄物《シット》という「幽霊の文明」(810)を取り扱うことを通じて、路地裏の「鬼《イット》」よろしく廊下をさ迷う「のっぽの幽霊たち」(804)への名づけを引き受けたに等しい。「廊下には幽霊が歩いているのを知っている。だがこの廊下、この家のことじゃない。幽霊たちはあの安長屋に戻ったのだ。夜の果ての隘路に建つ安長屋に」(810)。かく語る彼は、シミュラークルの氾濫によって歴史が無化され、「テクノロジーが記憶に取って代わる」(Parrish, 703)ポストモダン的状況下で、敢えて路地裏の幽霊たちに向かって身を開き、彼らの記憶を神の闇への導きとする。

そのような意味で彼のボールは、闇の彼方へと後退していった同定不可能な「鬼《イット》」の比喩=形象《フィギュール》としての死者たちや打ち棄てられし物たちを彼に繋ぎ止めるのに大きな役目を果たしている。母が鬼籍に入ったのち、本棚を整理し始めたニックは、くだんのボールを手に取り、しみじみと次のように述懐する。

> 俺はそれを見つめ、きつく握りしめ、それから本棚に戻す。斜めになった本と直立した本の隙間に押し込む。美しくも高価なこの物体を俺は半分だけ隠れるような場所に置いている。それはおそらく、どうしてそれを買ったのかを忘れてしまいそうだからだろう。はっきりとその理由を覚えていることもあるのだが、忘れていることもある。スポルディングの商標近くが緑色に滲み、半世紀弱にもわたる土や汗や化学変化を経てブロンズ色に変色した美しき記念品。そして俺はそれをもとのところに置き、次にまた出会うときまでその存在を忘れる。(809)

この言葉が暗示するように、日常と非日常、此岸と彼岸の挟間に位置するかのように、「半分だけ隠れるような場所に」安置されたボールは、彼のお守りとして、日常的でありきたりなものを手がかりに、神の闇を名づけるという重大な使命があることを密かに彼に思い起こさせる。やがてその名は、神の闇にも喩えられるテクストの「長いトンネル」の向こうに、光明のように浮かび上がる。「暫定的な希望」(Osteen, 259) として「神々しい単語が一つ。君はクリック一つでその単語の起源、発展、最初の使用例、言語間での転移を追い……その生成の根源の地下《アンダーワールド》トンネルにその単語を追うことができる」(826)。この前置きに続き、唐突に挿入されるジングル「締める、密着させる、束ねる」(827)は、ニックが、ゴミ出しのときに唱える呪文《マントラ》に他ならず、彼の名づけ行為が、廃棄物処理という彼の天職と通約可能であることを示唆している。

このジングルに導かれ、長大な一文からなる次の段落で読者は、死後サイバースペースに闖入したシスター・エドガーが行き着いた水爆サイトから目を転じ、窓の外の近くの庭で遊びに耽る子供たちへと誘われる。クリック一つで現出する核爆発の崇高美に神を幻視し、フーヴァーとハイパーリンクしたシスターをよそに、だしぬけに二人称で語りかけられた読者は、プロローグのコッター・マーチンさながら「君の言葉で話し」(11, 827)、即興の遊びに興じる子供たちの肉声に心惹かれていく。そして語り手とともに「君」の視線は、異化された眼前の「平凡極まりないもの《クオティディアン》」へと注がれていく。「光を受ける机の木目の模様の生々しさ」、「昼食の皿の上でセピア色に変色していく林檎の芯」、「電話機の斜面に反射する修道士の蠟燭」、「蠟の光沢と編まれた灯芯の曲線」、「コーヒーカップの欠けた縁」、「そこに勝手な方向を向いて挿し込まれた君の黄色い鉛筆」、そして「その黄色い鉛筆の黄色さ」(827) 等々。

こうして「単純至極な表層のもとに幾重にも折り畳まれた人生」(827)を感じさせる日常の詩学を手がかりに、「君」の名づけはいよいよ最終段階に差し掛かる。「……君は画面上の単語が現実世界で物象化することを思い描く――そのあらゆる意味、その静謐さと充足感をどうにか路上へ持ち出し、和解の囁きを伝えること、絶え間なく外部に向けて拡張していくその単語……希求をぞんざいにひろがる都市のスプロールに行き渡らせる単語、そしてその外の夢見心地な小川や果樹園を越えて孤独な丘陵地帯まで行き渡らせる単語とは」(827)。

"Peace"。冥界の王プルートが支配するテクストの長いトンネルの闇から浮上したこの名を、こうして「君」は、ミニッツメイドの広告板[4]とコンピュータの水爆サイトから、ホモ・ルーデンスが戯れる「路上へ持ち出し……外部に向けて拡張していく」。だが、それ自体サイバースペースから浮かび上がったこの名は、確定された名ではなく、さらなる上書きへと開かれた「幽霊」的名づけであることもまた否定し難い。そこには、無数の名が亡霊のように取り憑き、「いつもばらばらになって意味をなさない名前」（Taylor, 27）までもが包含されている。祈禱の言葉でもある **"Peace"** という名は、[5] コーヒーカップに挟まれた「君の黄色い鉛筆」によってエクリチュールとして刻まれるたびに、そこに潜む無数の「幽霊」、無数の「鬼《イット》」によって裏書されると同時に、別の名へとずらされ、上書きされていく可能性をも含みもつ。[6] こうして、勝者なき冷戦の敗者となることを甘受したニックは、敗北の「鬼《イット》」を抱きしめてはじめて、「われら自身をわれらから隔てる、死することのない死」（Boxwall, 193）に対して身を開き、二十世紀アメリカに取り憑く「幽霊」の開かれた名前を「君」とともに再び「路上へ」と誘うのである。

＊『アンダーワールド』からの引用にあたっては、上岡伸雄・高吉一郎訳（新潮社）を参照のうえ、原則としてその訳文に準拠させていただいた。

第十五章

汚染の身体とアメリカ　現代女性環境文学を読む

伊藤詔子

「私たちを癒しもし傷つけもする母親との関係はいかなるものなのか。母の子宮こそ私たちが住む最初の風景なのだ。」テリー・テンペスト・ウィリアムス『鳥と砂漠と湖と』(Terry Tempest Williams, *Refuge: An Unnatural History of Family and Place*, 1991, 50)

「私はラジウム・ガールとともに生きる。彼女らが裁判所で光りながら死につつあるのを見つめる。私は従姉妹たちとラジウム・ガールたちと並び、子宮と首と頭を光らせながら立ちたい。」スザンヌ・アントネッタ『汚染の身体——環境的追想記』(Susanne Antonetta, *Body Toxic: An Environmental Memoir*, 2001, 196)

1　はじめに——カーソンの環境的病の発見と「レイチェルの娘たち」

環境文学の道を切り開いた『沈黙の春』(*Silent Spring*) および『われらをめぐる海』(*The Sea around Us*, 1951; rep. 1961) の予言の射程は、科学的にも修辞的にも二つの方向で拡大していった。ひとつはカーソン (Rachel Carson) が先駆者となった環境の病としての癌の捉え方である。癌は、フェミニスト作成の記録映画のタイトルにちなみ「レイチェルの娘たち」[1] と象徴的によばれる現代の女性環境作家たち、テリー・テンペスト・ウィリアムス (Terry Tempest Williams, 1995–)、サンドラ・スタイングレイバー (Sandra Steingraber, 1959–)、スザンヌ・アントネッタ (Susanne Antonetta, 1956–) の中では、単に一つの病ではなく、汚染に蝕まれる身体の文化的社会的構築物であるとの認識を深め、その見えにくいネットワークを解明するときの豊かな表象性を担っていった。いまひとつの方向は『われらをめぐる海』の一九六一年の再販で、太平洋マーシャル諸島ビキニ環礁における核実験による、海の核汚染という新しい問題についての深い懸念を書き加えたカーソンの序文に始まっている。序文でカーソンは、本文のダイナミックな海の誕生のドラマとは裏腹に、詳細に海洋への「汚染廃棄物、高・低レベル放射性廃棄物投棄による放射性汚染物質の海の生き物および全世界への影響」について警告を発している（Carson, 1961 xi）。アントネッタが「カーソンの『沈黙の春』の啓示の一つに、放射線と化学薬品汚染が同じ場所にあると互いに影響を強めあうという点がある。体内では細胞構造とDNAを攻撃し生体防御を衰えさせる。侵略性の強い癌に使う放射線化学療法のように、健康体に直接向かう」（Antonetta, 139）とするように、カーソンの加筆序文は二十一世紀の環境問題への啓示ともなった。『沈黙の春』第十四章も、まさに母乳の核汚染をテーマとしている。

エピグラフに掲げたウィリアムスは、家族の病となった癌と危機に陥った砂漠の自然史を融合させた『鳥と砂漠と湖と』で、新たな環境と身体の一体感覚とも呼ぶべきものを展開した。人間の最初の風景として子宮を捉え、核汚染により子宮癌に苦しむ母親の病において、塩湖と砂漠の環境が考察されている。またアントネッタの「私は従妹とともにラジウム・ガールと並び、子宮、首、頭の中をラジウムで光らせたい」という表現は、一九二〇年代アメリカ最初の放射性物質汚染事件とされるニュージャージー州での、兵士用時計のラジウム工場で働き、口頭癌、脳腫瘍、子宮癌に苦しみ、訴訟中に亡くなった少女たちと自分の運命を重ね、汚染の身体の歴史的連続性の感覚を喚起するものである。

この論文では、環境文学を読み解く鍵とされてきた場所性の変容と最近の環境意識の変化とを考察し、その変化におけるジェンダーの視点の重要性を検討する。カーソンの衣鉢を継ぐ女性環境作家のうち、以上三人の主要作品は土地の汚染と癌の関係を共通テーマとしている。共に汚染の身体の根源として子宮に着目していることを重視し、身体の汚染のトラウマを、いかに歴史化し場所の感覚を内面化し、生命の始まりにおいて表象しているかを論じたい。

2 環境意識と場所性の変容――ウィルダネスから身体へ

白人中産階級の環境保護運動の中核をなしてきたウィルダネスと自然領域保護の思想は、ウィリアム・クロノン(William Cronon)編集の『非共有的大地』(*Uncommon Ground*)の緒論を契機に、完全に相対化されるようになってくる。クロノンは、巻頭の一章「ウィルダネスの問題」において、ウィルダネス美学の概念形成に働いた白人のイデオロギーが、ネイティヴ・アメリカンの居住区がある場所の、非歴史化と幻想化を図るものだと論じ、「自然」の人為的文化的社会的構築性についての議論に圧倒的な影響を与えた。同時に一九九〇年以降の環境思想における多文化主義からも、環境観そのものに大きな転換がおこった。『エコクリティシズム読本』(*Ecocriticism Reader*)を後継して環境文学研究のリーダーとなった『環境正義読本』(*The Environmental Justice Reader: Politics, Poetics & Pedagogy*)の序文は、度々引用されることになる新しい環境の定義「環境とは居住し労働し憩い、祈るところ」を明示しているのは周知のとおりである。これはパトリック・ノヴォトニー(Patrick Novotny)の『私達が居住し労働し憩うところ』(*Where We Live, Work, and Play: The Environmental Justice Movement and the Struggle for a New Environmentalism*)など、他のマイノリティに先行したアフリカ系アメリカ人の環境的平等を求める動きの書名と重なるが、本論ではとくに『環境正義読本』に祈りの要素が加わったことを重視したい。汚染をテーマ化する文学の最も重要な要素が祈りだからである。こうした環境観の転換は、環境文学の要である場所の捉え方にも根本的な変更を迫った。これまでの自然領域のテーマ化に対し、環境の不平等は何よりも居住する場所の状況、居住地の簒奪や強制移住、また排斥の歴史とともに語られ、場所は歴史化され力の葛藤の場となってきたのである。

環境正義の議論は今述べた経緯から人種と階級と不可分に進められ、さらに環境文学の場所性は、環境概念の変化に伴って、核を含む有害廃棄物投棄場を抱える居住区などへと拡大変化している。しかし『環境正義読本』編者の一人スタイン（Rachel Stein）は、遺伝子から臓器売買にいたる多彩なテーマの論文集『環境正義の新しいパースペクティヴ』（*New Perspectives on Environmental Justice: Gender, Sexuality, Activism*）の序文で「環境正義キャンペーンの多くは、これまで環境とジェンダーの平等性の関係についてはあまり語ってこなかったが、サヴァイヴァルにかかわる問題には、ジェンダーのテーマが第一義的重要性を持つ」(5)としている。環境正義の議論においてジェンダーを不問に付すことは、人間の自然支配と強者の場所支配と、歴史的に共通の過誤を犯すことになるだろう。

スタインの論文集の序文冒頭に引用されているチカーナのシェリー・モラガ（Cherrie Moraga）の一節は、環境文学における場所性の変化とジェンダーの重要性をよく物語っている。これまでの環境保護運動の中ではレオポルド的土地の概念、バイオコミュニティの場が強調されてきたが、モラガは「土地はすべてのラディカルな行動のための共通の場として存在する。しかし土地は岩や木々以上のものである。移民と先住民にとって土地は私たちが働く工場、子供たちが飲む水、わたしたちが住む家を建てるところである。土地は、女性、レズビアン、ゲイにとって、私たちが身体と呼ぶ物理的集合である」(Moraga, 173)とする。このように大地と身体は、物理的であるとともに文化的かつ社会的構築物として重層的に捉えられ、スタインは階級と人種の観点だけからは見えてこなかったジェンダーこそ環境正義の核心に位置しているとし、さらに「個人的なことは環境的なこと」(“personal is environmental”)(Stein, 5)を掲げる。この標語は“personal is political”としたフェミニズムをさらに一歩進めるもので、人種中心的文学運動の白人対有色人種の二項対立的発想に対し、女性を運命共同体と捉え人種と階級を横断する環境意識の、フェミニズム的連帯を主張している。

環境正義とジェンダーの本質的関係は、特に女性環境文学に固有な汚染の身体表象に窺える。そして場所性の変化はジェンダーの観点からは、野外からホームへ、コミュニティから個人へ、そしてエピグラフのように、身体全体から生命のはじまりである子宮(womb)への収斂というかたちが見られるのは注目に値する。スタインも母体と子宮は、環境正義の核心に位置しているとし、女性の身体的特質から、胸や子宮は毒性物質や女性ホルモンをとおして化学物質の影響を受けやすく、汚染が世代を超えて継承され、その原因究明には個を超えたパラダイムの必要を訴える。そのパラダイムとは、汚染を前景化する文学を生み出し読みこむ場合に必要な新しい想像力のことでもある。子宮が文学の中で豊かに担ってきたセクシュアリティの象徴性は、エコロジカルな言説の中で、解体されるとともに変容し、新たな表象性を帯びるからである。

3 ウィリアムスの砂漠を照らし出すユッカの松明

環境文学におけるジェンダーの意識化は、ウィルダネスの美学に潜む白人イデオロギー批判の原点に位置するメアリー・オースティン（Mary Austin）から始まった。オースティンの文学ではすでに、環境正義を目指すジェンダーの闘いの構造が前景化されていた。しかしこの点についてはすでに別稿で述べたのでここでは割愛し、『雨の少ない土地』（*The Land of Little Rain*）の序文も書いた西部作家ウィリアムスによって、それがどのように受け継がれ、またカーソンの提示したテーマによってどのように変容しているか考えてみたい。

ユタの作家ウィリアムスも、モルモン教文化圏で書く女性として父権制社会から受けた抑圧を、ひたすら従順に生き子宮癌で死んでいく母親を通しても経験している。また人種の枠を超えて自己のオルタナティヴを先住民文化の表象で捉え、伝統的自己の中に埋め込まれていた自分を発見するように、フォーコーナーズのナバホランドに赴き、土地の霊的ヴィジョンを語り継ぐ『白い貝の物語――ナバホの国への旅』（*Pieces of White Shells: A Journey to Navajoland*, 1984）に作品化した。フォーコーナーズは、アメリカの核の歴史の出発点であるとともに、作家のモルモン文化とナバホ文化のシンクレティズム実現の場でもあった。

この本は、ナバホという一つの文化への旅と、私自身の文化モルモンへの帰還の物語だ。ショショーニの友人の言葉から、私が渡り鳥のようにほんの短期間ナバホにやってきたことを想起させられた。そのとおりかもしれないが、どんな文化も鳥の歌を支配はできない。でも私達は皆同じ空を戴いている。(2)

「ユッカの地」（Land of Yucca）と呼ばれるユタ南部からネヴァダで、ユッカは代表的な植物であるが、ナバホの民話を語る短編「ユッカ」（"Yucca"）の書き出しで、それはとぐろを巻く蛇であり、女性の髪であり、籠でもある。ユッカは砂漠という土地のマジックを求心的に表象し、ナヴァホの地母神「チェンジング・ウーマン」にも変身してゆく。

ある夜　星が私を夢へと誘った。私の前には一つの籠。ぐるぐると巻き、ぐるぐると巻き、柿ノ木色の縞模様があり、私は膝まづくと、いつしか一人の女性の長い髪が籠の網目に絡んでいるのをみた。私はアカザの小枝を拾い、髪の上で音をたてて振った。すると突然編まれた籠は息づいて、よじれ、一匹の蛇がゆっくりと体を巻き戻した。シャーウーマン、シャーウーマン、ヒス／シャーウーマン、シャーウーマン、ヒス／ちろりと出る赤い舌、ガラガラ、ヒス／ちろりと出る赤い舌、ガラガラ、ヒス／シャーウーマン、シャーウーマン、ヒス。私は風が彼女を直立させ、ついに白い砂漠の松明になるのを見た。それはユッカだった。(49–50)

ユッカは日常的にはキナルデ(女性の menstration の儀式)に欠かせない石鹼、杖、薬、お菓子すべてに変身する、豊かさと対極にある砂漠の経済を体現する植物である。それは砂漠を司るマジックの主体であり、蛇、籠、女性、黒髪に変身する。また自らシャーウーマンとなる語り手は、オースティンのパイユートの女性、セヤヴィの魔術的な籠編みの芸術家とも重なる。オースティンはセヤヴィの籠に「器の底に向かって拡がる生命のデザイン」を知る。オースティンはさらに籠の材料であるヤナギを水につけ編んでいく工程をヤナギのしなだれる川の描写と共に詳細に辿り、その籠がパイユート族の自然の時間を巧みに利用する生き方から生まれたとする(Austin, 97–98)。セヤヴィは白人との闘いで「苦い湖」(Bitter Lake)に追いつめられていったパイユート族最後の部族民で、飢饉のときは髪を切り罠に仕立てて鳥を捕り、作家のペルソナとして、土地の過酷な状況を運命として引き受け独自の人生観を確立し、砂漠を性役割を越え行動する主体性確立の場と捉える人物と描かれている。

ウィリアムスのシャーウーマンは、一連の変身の後、砂漠の植物ユッカとなるが、ユッカは「落日がユッカを照らし出すと、砂漠の蠟燭となって砂漠のあちこちに揺らめく。それは遠くから照らし出し、蛾はその蜜に寄せられ花粉を受粉する」(50–51)とあるように、砂漠のエコロジーを保つ中心的存在でもある。「暗闇の中小さな蛾が訪れ、蜜をすいながら受粉をする」「円環、サイクル、ユッカ、蛾」(“Circles, Cycles. Yucca and moth”)(51)。こうしてユッカは生命共同体の中心として、雨の少ない土地の共生サイクルを保つとともに、砂漠の夜を照らす自然の松明ともなっていきものを導く、まさに自由の女神の、砂漠版にして西部版ともいえる存在なのである。

このユッカにちなむ名前を持つ霊峰ユッカマウンテンは、オースティンも書いたモハベ砂漠にありウェスタン・ショショーニの土地であった(石山　六四–六六)。しかし今は山の中空をくりぬいたトンネル内に高レベル核廃棄物貯蔵所を建設中で、二〇一〇年から稼動が決った世界でもっとも危険なトポスであることは周知の事実である。[2] 注で述べたように二〇〇九年五月オバマ大統領はこの稼動を凍結して注目されているが、スロヴィック(Scott Slovic)の論文「ユッカマウンテンのように考える」にもあるように、全面的に立ち入り禁止区域になっているネヴァダ核実験場とともに「国家犠牲区域」(National Sacrifice Zone)と呼ばれ汚染の極地にある。ウィリアムス一家はカリフォルニアよりの帰途、一九五七年九月七日夜明け前、ラスヴェガスの北をユタのソールトレイクに向けて、ここを車で通過した。「車は大地から跳ね上がり、白い雪のような粉が車に積もった。」このときの被曝と「きのこ雲の目撃」を、自らの原風景として『鳥と砂漠と湖と』は構築された。ギャラガー（Carole Gallagher）の『アメリカのグラウンドゼロ——西部における隠れた核戦争』（*American Ground Zero: The Secret Nuclear War in the West*）もしめすように、核実験によるユタ砂漠の汚染は、モルモン教の教えを守る禁欲的な生活をしてきた作家を含む一族を、三十年もの年月を経て次々と癌に罹病させ、十三人のうち七人がなくなっていく。ウィリアムスは、カーソンが最初に明らかにした環境の病としての癌と女性の身体の関係を、ユタ州のアメリカ政府による「国内植民地主義の結果である」地上核実験の繰り返しと結合して、この作品でプロテストを開始した。

エピローグ「片胸の女たちの一族」は周知のように、女性たちがこの禁止区域に抗議の立ち入り行進をする。語り手はアマゾネスの片胸を切り落とし弓を引く女兵士と呼ばれ、このユッカの土地を核汚染から守るため戦うことになるが、彼女らの行動は、オースティンの描き出すパイユートのセヤヴィや旧約聖書に由来するデボラの直系といえよう。というのもこのとき女たちが月光の下踊り歌うのはショショーニの呪文 **“Ah ne nah, nah/ nin nah nah/Nyaga mutzi; oh ne nay—Nyaga mutzi; oh ne nay”**（287-88）であり、大地と子宮を結びつけ、核実験により死産を繰りかえす大地を、本来の住民の手に取り戻そうと、砂漠の芸術である呪術的な歌で踊る。大地の汚染を身体の体験として描出するショショーニのリズムは、大地と子宮を一体化し、いわば反自然の強大な政府に対抗する、魔術的力を結集させようとするものである。最近の対談集『荒野からの声』（*A Voice in the Wilderness*）でもテストサイトでの運動について、「彼（ショショーニの老人、レイモンド・イエル・チーフ）は歌い太鼓を叩く三千人以上もの人々の前に立った。私達は大きな籠と籠いっぱいの花をもってきたが、それは悪に向かって花を投げそれと対抗するためだった」（47）と言っている。籠と花がここでも芸術的で魔術的な力を持つものとして、アメリカ政府の核政策への対抗的プロテストとして記述されている。

こうしたテキストを白人中産階級男性主導の環境保護運動とウィルダネス・ナラティヴのバイブルと目されてきたエドワード・アビー（Edward Abbey）の、『砂の楽園』（*Desert Solitair*, 1968）と比べると興味深い。奇岩や渓谷のひしめく太古からの土地で国立公園が林立する砂漠への深い愛をウィリアムスと親しい友人でもあったアビーは共有していた。しかしウィリアムスは自らの身体を侵す癌を通して、その土地での爆撃と放射能汚染を身体への攻撃として記述してゆくことになる一方で、アビーは砂漠の汚染の現実には沈黙し、荒野の美学で砂漠をロマンティサイズしていった。アビーはアーチズの砂漠が、何者にも汚染されていない「原始の状態」であることを繰り返し述べているが、アビーのアーチズ国立公園でのソロー的「一時滞在」は、一九五〇年代後半三シーズンにわたっている。一九五三年以降アメリカはビキニ環礁から核実験場をネヴァダに移し、地上核実験で核降下物飛散をアーチズ国立公園にももたらした。彼はその影響も十分考えられる膵臓癌で亡くなり、遺言によりその遺体は「原始の状態」にあったとアビーが書く砂漠に埋葬された。これはアビーがいかに砂漠を愛していたかとともに、モアブ族の地であった場所をいわゆる「人跡未踏のウィルダネス」（pristine wilderness）として、いかに脱歴史化し神話化したかの証となる。二人の相違は、砂漠へのジェンダーの差異として、またすでに述べた環境観の六十年代から九十年代の変容の一例としても理解できる。

4 ドラマとしての出産を物語る

スタイングレイバーは『風下に生きる――エコロジストは癌と環境を見つめる』(*Living Downstream: An Ecologist Looks at Cancer and the Environment*)で、自らの癌の発生プロセスを疫学的に調査し、故郷イリノイの、平原から農地への劇的な土地開発のプロセスにその環境的要因を見出した。伊藤拙論で論じたように、スタイングレイバーは、公私を峻別することで科学者としての発言のオーセンティシティを保とうとしたカーソンの、自らの癌に対する沈黙について、それがいかなる問題をはらんでいるかについても指摘した(伊藤二〇〇七年、二三)。自らの病をむしろ作品に前景化するのみならず、その発生に働く癌と社会の複雑なネットワーク的構造を『風下に生きる』は明らかにしようとする。

このようにカーソンから与えられた課題を果たそうとする彼女は、最近、出産する母親の身体と胎児の成長をテーマとした作品『信念を持つ』(*Having Faith: An Ecologist's Journey to Motherhood*, 2001)で、エコロジストが母になるまでの過程を、体内に宿るFaithと名づけた娘の、受胎の瞬間から細胞分裂の始まり、胎児の成長プロセス、出産までの十か月を化学的・医学的・環境学的観察と瞑想で作品化した。このテーマの背景には、生命の源である子宮が、胎児が宿るときすでに汚染されていることへの恐れや、出産時すでに起こっている子供への健康被害の着目、母乳の汚染からくる伝統的な母性祝福の不可能性、そして至福であるはずの子宮そのものが危機に瀕していることから来るトラウマとなった汚染の感覚が、最近の女性環境作家の中心的テーマとなっていることが窺える。マーチャント(Carolyn Merchant)も『大地へのいたわり』(*Earthcare*)の中で「家は女性と子供が多くの時間を過ごす場所であるが、もはや安息の場ではない」(147)とし「身体、家庭、地域社会は女性が自ら体験し、自ら戦う場である」(161)とする。

『信念を持つ』には無事に出産を済ませる医者であり母親である語り手の膨大な科学的データと疫学的議論があるが、妊娠から出産までのドラマと平行させて、科学を物語として語るカーソン的手法を、スタイングレイバーはさらに二つの点で発展させていることが指摘できる。一つはこれまで情緒的なセクシュアリティのテーマとして扱われてきた、女性の親密な内奥である子宮そのものが外部化され前景化され、細密な記述を受ける点である。文学では神秘化されまたは他者化され、男性世界からは歴史的に忌み領域として嫌悪もされてきた場であるが、同時に人間の生の始まりとしてロマン派文学では楽園幻想とも結合してきた。しかし子宮は今や安定した固定的な観念の場ではなく、個人の身体、製薬会社、国家、情報ネットワーク、グローバルな食料供給や保険機構などの立体的交錯から成る場であることを直視し、子宮こそこうしたもろもろのネットワークのドラマが展開する根源的始まりであるという認識が作品から浮上してくる。

もう一つは十章のタイトルに込められた、子宮と宇宙的エコロジー回復の試みである。一月から十一月に至る月の名称は「農事サイクル」から成り、それぞれ“Hunger, Sap, Egg, Mother's, Rose, Hay, Green Corn, Harvest”のタイトルを持つ。こうした章題からは英語語源の月名が避けられており、自然の変化を表現するネイティヴ・アメリカンや、ヒンズーの月の名称が交互に使われている。[3] 著者の生命観が、子宮、胎内、赤ん坊、母体、ミルク、母を取り巻く環境としての大地と地球の間に働く有機的なエコロジーのネットを取り戻すべく構成されているのがわかる。それは大陽がもたらす季節と地上の生き物と収穫の時期を示すのみならず、月が母体に及ぼす物理的精神的力の波及についての、古来よりのエスニックな着目を明示している。ウィリアムス同様、月の満ち欠けと女性の身体との宇宙的繋がりを信じるネイティヴ・アメリカンやヒンズーの自然観と、宇宙的調和の感覚を回復しようとするものであろう。こうして出産サイクルを、花暦学的自伝と呼ばれたネイチャーライティングの一年間の季節の回帰の伝統で理解しようとしているといえる。ここには西洋合理主義の産物である客観的な言説構造を持つ科学と、土俗的な信仰との融合が見られる。現在の環境問題が単に自然界のネットワークだけではなく身体内で展開し、子供の誕生はこれらの交錯からかろうじて実現するいわば奇跡であると実感させる。カーソンを苦しめた女性科学者と社会の対立は、『信念を持つ』の中で一種の和解をみているともいえるだろう。

さらに着目すべきは、特に各章のはじめに置かれる季節の変化の叙情的記述に、ソロー的季節の神話の復活が顕著であることである。外気を感じつつ母体との交感からなる胎児の成長のドラマを「親密な母性のエコロジー」とよぶが、エコロジーはこのように、身体と自然と社会と科学的事実などを、トータルに提示する語りの手法として、再度ソローの『ウォールデン』(Henry David Thoreau, *Walden*) で見られたような季節の語りの伝統を取り戻したといえよう。以下の例は、『ウォールデン』第十七章「春」の光と風の変化の描写、第四章「音」を想起させ、ソローの音風景を髣髴とさせる。

「湿った月」 この季節には、何かが緩み始める。その変化はほとんどそれとわからないかすかなものだ。風景は同じ茶色の幹と黒い揺れる枝でも、光が違っている。ぎらぎら感がへり、おぼろげになる。すると風がたつ。(29)

四月初めになると、銀色に光るかえでが瘤のような蕾をつけ、私も眠りから目覚める。コマドリの声がして、明るい空気の中何度も続けて歌う。するとショウジョウコウカンチョウが、大きな流れるような鳴き声で、世の中を疎ましく感じる十代の若者の、目に見えない解説のように聞こえる。トウーウィット、トウーウィット、トウーウィット何が楽しいの？トウーウィット、トウーウィット、トウーウィット何が楽しいの？　最後に嘆きバトが柔らかな疑問の鳴き声を発する。私が愛しているのはフー、フーフー？　三種の鳥達のうちハトの声がすると、本格的な春なのだと思わせる。（56）

「音」が夜の森と嘆くフクロウに焦点を当てたのに対し、ここでは春の視覚的表象と、朝の音風景が印象的である。スタイングレイバーは、ホームページでこの作品が影響をうけた過去の環境文学として特に三つの作品、『鳥と湖と砂漠と』、ラモット（Anne Lamott）の『オペレーティング・インストラクション』（*Operating Instructions*）とアントネッタの『汚染の身体――環境的追想記』をあげ、われわれの運命を形成する書としている。『汚染の身体』は、スタイングレイバーの科学的言説の対極に位置する乱れた瞑想と迷走の書であるが、以下で見るように、自伝と追想と汚染の分析からなる新たな段階の環境文学である。

5　トラウマとしての汚染をメモワールとして語る

『汚染の身体――環境的追想記』は、汚染の浸透する身体の歴史を、病の中から十二章でかたる病理学的自伝の告白的追想記で、追想は、四世代の移民のサーガとアメリカ史を交錯させるところに「個人的なことは環境的なこと」を標榜するフェミニスト環境作家の特質を強く帯びる作品である。曽祖母はイタリアから、曽祖父はカリブのバルバドスからの移民四世代目の詩人アントネッタは、有害化学物質汚染による酷い病状、祖父によるレイプ、病への両親の無理解、ドラッグと四重苦のなかで十代を送り、十一歳より三十二歳までつづった日記に、沈黙の家族のストーリー、汚染の深化、一家のアメリカンドリームの追及プロセスとその実相が描出される。一家はニュージャージー州南海岸のホーリー・パーク（Holly Park）に格安の土地を入手し、バンガローを建て夏場の住居とする。二世紀の時間を交錯させながら語られる沈黙と貧困の移民家族、アントネッタ家の歴史は、以下のように語り始められる。

散々迷った挙句、沈黙が本性の祖父はアメリカにやってきた。彼はバルバドスの暑いうるさい島を後にした。いつやってきたかは誰も知らなかったが、祖父は黙っていたかったから、安らぎを求めてここにきたのだ。お茶らしい色をしたお茶を飲むため、土曜日には、祖父が死ぬまでずっと見ていた「ムササビと間抜けな鹿」のような漫画を見るためにきたのだ。彼は結婚して　沈黙が本姓の私の母の父となり、ここアメリカが、此れでもなくあれでもない、世界のどこでもない国、これまでいたバルバドスでもヨーロッパでもなく、アジアでもアフリカでもなく、お茶らしいお茶を飲み、猿や何百も芽の出た焼きジャガイモのようなひどい食べ物から抜け出せるところだと思ってやってきたのだった。(Antonetta, 1)

ここにあるアメリカの別名「反場所」（anti-place）は、すでに厳しいパラドックスにおかれている。祖父にとってアメリカは場所というよりは、どこでもない場所、ひどい貧困から抜け出せる理想の地、つまり人間らしい暮らしの約束されたところであった。同時に一章後半のストーリーからわかるが、反場所は「人間らしい暮らしの約束されえないところ」の含意をもっている。ローレンス・ビュエル（Lawrence Buell）は、『環境批評の未来』（*The Future of Environmental Criticism*）第三章で、場所を place, non-place に分け、故郷のような愛着のある場所をplace、空港のような通り過ぎるだけの場所をnon-placeと区分した。われわれはここに、収容所や戦場や身体を破壊するほどの汚染の場所としてのanti-placeをおかねばならない。この新しい場所性は、作品が次第に映し出す『核の西部』(*Atomic West*)をかかえる騙し絵的アメリカの姿を浮かび上がらせる。

このメモワールを文学作品として成熟させているものとして、フラッシュバックとインターテクチュアリティの技法があり、汚染が人間に与える影響が、いかに歴史的に構築されていくか、複雑に綾なす個・家族・国の三層の時間が、二十一世紀に向けて生きる詩人個人の身体に、いかに汚染という歴史を書き込んでいったかを語る。汚染の結果の苦しみの中で、語り手が個・家族・国を貫く時間を発見しようとしていることがみてとれる。また汚染への認識は、トラウマのように突然よみがえる生々しい記憶によって、ある日啓示のように、身体の内部に呼び起こされるものであることを見事に描出している。

一家が夏を過ごしたホーリー・パークには、世界最大規模の多国籍化学会社チバガイギー(Ciba-Geigy)があり一九五二年から六十六年まで、DDT、トリチウム、クロルデン、ベンゼンおよびプルトニウムなど核を含む有毒化学物質の廃棄物一万四千バレルが放置され、無数のドラム缶は腐食し、大気、地上水、土壌、地下水に信じがたい汚染をトム川河口に長年浸透させた。続く九十一年までもチバガイギーは、大西洋に十マイルのパイプをしいて未処理廃液を投棄し続けた。一家のバンガローから二マイルのオイスター・クリークでは、核燃料工場の放射性物質含有廃液が捨てられ続けた。その結果アメリカ国内のみならず世界で最も忌まわしい巨大汚染の場所に指定され、大規模環境災害Superfund Site(一九八〇年制定大型放置有害産業廃棄物除去基金)対象となり、NPL(National Pollusion List)に指定され現在も浄化作業が続いている。冷戦期この場所は西部での核プラントを支えた核燃料製造の地でもあり、NPLというのはすなわちNSZ (National Sacrifice Zone) でもあった。五十年代の冷戦構造の始まりに語り手は生まれ、その人生は、汚染の悪化をたどったアメリカの動きとぴったり重なっている。五十年代のミサイル防衛への国民的熱狂を、語り手は次のように回想する。個人のレベルで進行した汚染による病の浸潤について、いかにそれが市民権運動と暗殺、危険な薬品の流布など国家的レベルでも同時進行したかが語られる。

月面着陸、発電所（ニューワークとエリザベス）暴動、ケネディとマーティン・ルーサー・キングが死んだ翌年、そしてサマー・オブ・ラブの一九六九年で、私は、マリファナ、ハシーシ、スピード、鎮静剤、LSD、メスカリン、ペヨーテを知った。リチャード・ニクソンの治安維持強化要綱で一九六八年の選挙が行われ、「遮断作戦」によってメキシコから合衆国へのマリファナ流入が止められた。マリファナは明らかに危険だが、それは、植物そのものからくるのではなく、植物への散布に使われる除草剤パラコートからくるものだ。私の脂肪組織にはDDEがあり、骨には鉛、水銀、ダイオキシン、PCB、ヨー素131、ストロンチウム90がある。私は3H20だった。（144）

信じがたい汚染がもたらした苦痛の記録として著者はこの書を『アンネの日記』と呼ぶ。そこには国家の専制への恐れと、その家庭内での反復でもある、母親や子供が父権的な祖父や父のもと、英語の苦手な移民一家の特徴でもある沈黙を強いられるなか、家族からも病への無理解と孤立を余儀なくされドラッグにはまっていった少女の、隠れ家での手記の意味がある。誰にも読まれずホロコーストの後発見されたという形をとりたいとする願望があるとともに、民主主義国家アメリカが、語り手にとってはナチの専制と同様のホロコーストの恐怖を与える、人命軽視の汚染を容認する国と映るのである。作品はしばしば以下の引用のように日記のイタリックス部分を挟んで、上にアメリカの歴史への言及、下に家族史またはその逆がくる三重構造となっている。これらの層は相互に反射しあう構造となっていて、この三層構造は、作品の多くの部分を占める汚染物質の医学的解説の場合も繰り返されるが、個と家族と国の三層構造を結合しているのは、汚染物質でもある。

被曝母体内に最高濃度のDDEが母乳中にあると思われる。一九五〇年代のほとんどの女性とは違い、また自然というものが嫌いな母らしくもなく、母は母乳で育てた。

われは元素と天使の霊により精巧に造られし小世界なり

そして我らが吟遊詩人は胸に抱かれた赤ん坊のことを詠う。奇形生殖器、子宮内膜などを抱えると、どうして発達と生殖に異常が起きることになるか。いかに繊細な問題であるか。私は父と母のDNA、そして二人が持っていたDDEが婚礼の部屋で作り出したものである。母乳とDDEが私の最初の人間としての食事となった。身体が復活するとき、罪とともに、評決の部屋に一緒に持ち込まれる。ペテロは罪悪、恩恵、殺虫剤、放射線を評価する。(138)

このもっとも内密なノートには、ファシズムの専制と軍事行動に対抗して「ヨーロッパを解放するため」第二次大戦に参戦し、戦後の新しい世界秩序を目指す冷戦期のアメリカを支えるエレノア・ルーズベルト

(Eleanor Roosevelt) の写真がついている。しかし冷戦期のアメリカで、語り手の幼年時には認識されえなかった秘密裡の核開発による汚染が深く進行していったことは、個をこえた国の歴史と重ねて把握されている。エレノアの反ファシズムへのクルセイドーは、核軍備に走った五十年代アメリカを支えた心情でもあり、時代の雰囲気は軍拡一色にいろどられていた。Garden State と呼ばれ、文学のかぐわしい舞台ともなってきた牧歌的避暑地で三世代の一家が夏場を過ごし水泳を楽しんだトム川での追憶、ポッター入江での蟹採りや砂地でのベリー摘みとともにメモワールは進行するが、いったんは達せされたアメリカンドリームの虚偽への認識により、危機が深いトラウマとして感覚され、ナラティヴと違い、経験の時間と記憶される時間差を特質とするメモワールとして語られるところに深い意味がある。

なぜなら現代の核汚染の根源を、ニュージャージーに一九二〇年代、ラジウム工場ができた時点にまでさかのぼり、その後のアメリカの繁栄と、作者が生まれた五十年代から九十年代まで歴史が身体に汚染として刻まれていく形で、国家の記憶、家族の記憶、個人的な身体の記憶が、三重の時間的ズレを孕みながら、一つの環境的追憶と重なってくるからである。汚染の結果が語り手に六十年代から七十年代にかけて発現する前、浸透の長い欺瞞的歳月が流れ、結果が病となって現れた後、牧歌的風景の意味がことごとく塗り替えられ、すべての思い出のシーンが、折り重なっただまし絵から真実の映像がたち現れるように立ち上る、いわば恐怖の語りともなっている。一家のアメリカンドリームの実現が、実は汚染が身体と精神を不治の病へと蝕む歴史でもあったことを、混濁した意識のフラッシュバック、「回想場面を突然切り替えし、突然よみがえる生々しい記録、幻覚の再発、トラウマとなっている経験の強烈で鮮明な記憶で繰り返しよみがえるもの」(ジーニアス英和辞典)で語る。

私の体にどんなことが起こったかは誰にも説明できない。どんな人に起こっても、それは誰にも説明はつきはしない。多くの脳障害が子供たちに起こり、図りきれないほどの有毒物質が空気中に放射線を撒き散らした。私の身体のあらゆる生命システムは破壊された。不整脈の心臓、膠着した脳、酷いアレルギー、無用の生殖器。この身体、それはソドムでありこれは神の憤り、あるいはそれは人の憤り、無思慮で愚かでしかも神よりも不変の。(203)

語らねばならない衝動が最後の三つの章「ラジウム・ガール」「核の鏡に映した自画像」「エピローグ」には鮮明化されるとともに、先祖の国、イタリア、ヨーロッパ、西インド諸島への旅、アメリカ各地の核関連施設、トリニティサイトの原爆製造地、ヤッカマウンテンなどへの言及が時間と空間を越えて次第に一つの意味へと収斂し、語り手は自身の存在の意味を二十年代のラジウム・ガールと重ねる。それは自らが歴史を貫く存在として彼女らの一族だという思いとともに、口に含んだラジウムが、少女たちの身体を汚染し光らせたように、苦痛をもたらす自分の身体の汚染を汚染源であるラジウムが可視化するように、テキストに書き込みたいとする願望であるともいえよう。エピグラフにもあげた文章を先導するのは、「彼女らはトリニティになったのだ、ラジウム・ガール、その魂・その身体・その霊を彼女らの身体は譲り渡した」(196) という一文である。ここでは歴史の中に透視する身体風景の内部から、汚染された身体と精神の苦痛が汚染そのものによって浮かび上がってくる。その恐怖は一種の汚染ゴシックのような雰囲気さえ持ち、環境文学が新たな段階に入ったことを実感させるものである。『ニューヨークタイムス』(*The New York Times*) で書評したマイケル・ポラン (Michael Pollan) によると、「この本では皿を洗う、香辛料のビンをまぜるといったごく単純な行為も、回顧的恐怖の面持ちがある」とし、「アメリカ作家が構築してきた風景と場所と心理との間に引いていた線を完全に打ち砕き、彼女は両者の関係を設計しなおすのである」とする。

トリニティとは、父と子と聖霊の一体性であり、この作品で繰り返してきた国と家族と個の三層構造、つまり歴史の中の三者の不可分性であると共に歴史を貫く汚染と死のネットワークであろう。作者はヒロシマの原爆製造地トリニティサイトの命名は、オッペンハイマー(Robert Oppenheimer)がジョン・ダン(John Donne)の死の前の連禱詩篇 "Trinity" から発想したことへの言及も忘れない(221)。フレデリック・ビュエル(Frederick Buell)のいうように、いまや汚染の感覚は内面化し、自伝、環境文学、告白小説の混交したこの作品のジャンルの新鮮さが、多くの読者を獲得している理由であろう。

『汚染の身体』は、スタイングレイバーの『信念を持つ』と両極をなす現代環境文学のエッジといえよう。理路整然とデータを並べる科学的記述へはもちろん、風景と自己との一体化を歌い上げる従来の環境文学的ナラティヴへも挑戦するものであり、とりわけアメリカが生み出したジャンルである、パストラルな風景に自己を浸透させるネイチャーライティングの伝統がもはや不可能なアメリカを提示している。一方汚染が身体と意識の深いネットワークを形成しており、彼女の苦しみにカタルシスはないが、個と家族と国を貫く一つの時間の発見をもとめて最終ページまで進み、これまでの告発型環境文学には見られなかった、粘り強く迷走する追憶のなかで、国家が身体に要求したトリニティの感覚に到達するのである。家族と国の歴史の追想の旅は、当然ながらアメリカの過去である、ヨーロッパと世界の歴史の時間軸へと辿りつくことになる。

註と引用文献

はじめに

引用文献

Barry, Peter. *Beginning Theory: An Introduction to Literary and Cultural Theory*. 3rd ed. Manchester: Manchester UP, 2009.

加藤典洋『テクストから遠く離れて』、講談社、二〇〇四年。

田中久男『ウィリアム・フォークナーの世界——自己増殖のタペストリー』、南雲堂、一九九七年。

フィールド、ノーマ、「源氏から多喜二へ——ノーマ・フィールド氏に聞く（聞き手＝成田龍一・岩崎稔）」、『週刊読書人』二〇〇九年五月一日（二七八六号）、一-二。

第一章

引用言及文献

Elliott, Emory, general ed. *Columbia Literary History of the United States*. New York: Columbia UP, 1988.

Jay, Gregory S. “The End of ‘American’ Literature,” *American Literature & the Cultural Wars*. Ithaca: Cornell UP, 1997.

Jones, Howard Mumford. *The Theory of American Literature*. Ithaca: Cornell UP, 1948. Revised ed., 1965.

Knapp, Samuel Lorenzo. *American Cultural History, 1607–1829: A Facsimile Reproduction of Lectures on American Literature (1829)*. Gainsville, Florida: Scholars’ Facsimiles & Reprints, 1961.

Macy, John. *The Spirit of American Literature*. New York: Boni and Liveright [Modern Library], 1913.

Matthiessen, F. O. *American Renaissance*. New York: Oxford UP, 1941. 7th impression, 1960.
Parrington, Vernon Louis. *Main Currents in American Thought*, 3 vols. Vol. I–II, New York: Harcourt, Brace [Harvest Books], 1954; Vol III, New York: Harcourt, Brace [Harbinger Books], 1958.
Spiller, Robert E., et al., eds. *Literary History of the United States*, 3 vols. Vol. I–II, Revised ed. in one volume, New York: Macmillan, 1953: Vol. III, New York: Macmillan, 1959.
Trent, William Peterfield, et al., eds. *The Cambridge History of American Literature*, 3vols. In one volume. New York: Macmillan, 1964.
Tyler, Moses Coit. *A History of American Literature, 1607–1765*, 2 vols. Complete in One Volume. New York: Collier Books, 1962.
——. *The Literary History of the American Revolution, 1763–1783*, 2 vols. New York: Published for the Facsimile Library, by Barnes & Noble, 1941.
Wendell, Barrett. *A Literary History of America*. New York: Charles Scribner's Sons, 1900. 5th ed. 1909.
大井浩二「アメリカ文化史とアメリカ文学史（パリントンまで）」、亀井俊介監修・平石貴樹編『アメリカ　文学史・文化史の展望』、松柏社、二〇〇五年。
亀井俊介『アメリカのイヴたち』、文芸春秋、一九八三年。
――――『アメリカ文学史講義』全三巻、南雲堂、一九九七-二〇〇〇年。
――――「アメリカ文化史を求めて」、亀井俊介監修・平石貴樹編『アメリカ　文学史・文化史の展望』、松柏社、二〇〇五年。
――――「文学・文化を比較すること」、『アメリカ文化と日本　「拝米」と「排米」を超えて』、岩波書店、二〇〇〇年。

第二章

註

1 この考察を読み直してみて恥じ入ったことがある。それはプドフキン(Vsevolod Pudovkin)の映画『アジアの嵐』(*Potomok Chingis-Khana*)の中で、モンゴルの英雄(先代の海老蔵に似ている)が囚われている室内で「金魚鉢を倒すという、カットなしのワン・ショットで済みそうなシーンに19のショットを使って、アプリオリに決定された意味を観客に提示する」(「アメリカ文学と映画(1)」六二八)と書いていることで、それは同頁の註に書いたJ. Dadley Andrew, *The Major Film Theories* (O.U.P., 1976)の主張をほぼそのまま紹介したのであるが、その後、淀川長治監修のIVCコレクション版ヴィデオでチェックすると、そのように細かいショットの積み重ねは行われていない。ひょっとすると、『アジアの嵐』に複数のヴァージョンが(例えば『ブレードランナー』[*Blade Runner*]に四つのヴァージョンがあるように)あるのかもしれないが、おぼろな私の記憶でアンドルーの言を信用してしまったのは申し訳なく、ここに訂正する。

2 詩人マラルメの伝統的なイメジは、高踏的で難解な詩を書く巨匠で、例えば「海の微風」(“Brise Marine”)など、中学生の私には「素白の衛守(まもり)固くして」が白い原稿用紙に何も書けないでいることである、などとは思いも寄らなかった。彼が当時の俗なレベル、ジャーナリズムにも関わりあった部分の研究が最近の動向であるように思われるが、この論文もその中に入る。

引用文献

Ackerman, John, ed. *Dylan Thomas: The Filmscripts*. London: J. M. Dent, 1995.
Berryman, John. *The Dream Songs*. New York: Farrar, Straus and Giroux, 1986.
Bowles, Paul. *Without Stopping: An Autobiography*. New York: G. P. Putnum's Sons, 1972.
Haffenden, John. *John Berryman: A Critical Commentary*. London: The Macmillan Press, 1980

Hartley, Anthony, ed. *Mallarmé*. Harmondsworth, Middlesex: Penguin, 1965.
Levine, Philip. "Mine Own John Berryman" in Kelly, Richard J. & Lathrop, Alan K., eds. *Recovering Berryman: Essays on a Poet*. Ann Arbor: U of Michigan P, 1993.
Lind, Ilse Dusoir. "Faulkner's Uses of Poetic Drama" in Harrington, Evans & Abadie, Ann J., eds. *Faulkner, Modernism, and Film: Faulkner and Yoknapatawpha, 1978*. Jackson: UP of Mississippi, 1979.
Milne, Tom. "Under Milk Wood" in Pym, John, ed. *Time Out Film Guide*. London: Penguin Books, 2003.
Stein, Gertrude. *Lectures in America*. Boston: Beacon Press, 1957.
——. *Operas and Plays*. The Major Works of Gertrude Stein, Vol. VIII. Tokyo: Hon-no-Tomosha, 1993.
Wall-Romana, Christophe. "Mallarmé's Cinepoetics: The Poem Uncoiled by the Cinématographe, 1893-98." *PMLA* Jan. 2005, Vol. 120, No.1, Special Topic: On Poetry. pp. 128-47.
志村正雄「アメリカ文学と映画（1）」、『英語青年』一九八二年一月、六二六-二八。
——「アメリカ文学と映画（2）」、『英語青年』一九八二年二月、六九五-九七。
——「アメリカ文学と映画（3）」、『英語青年』一九八二年三月、七二六-二八。
——「John Berryman, *77 Dream Songs* を読む（Ⅰ）」、『鶴見大学紀要』三三号二部（一九九六年）、六七-九三。
——「John Berryman, *77 Dream Songs* を読む（Ⅱ）」、『鶴見大学紀要』三四号二部（一九九七年）、四一-六三。
——「John Berryman, *77 Dream Songs* を読む（Ⅲ）」、『鶴見大学紀要』三五号二部（一九九八年）、七三-一〇一。
——「John Berryman, *77 Dream Songs* を読む（Ⅳ）」、『鶴見大学紀要』三六号二部（一九九九年）、一〇一-〇九。
——「John Berryman, *77 Dream Songs* を読む（Ⅴ）」、『鶴見大学紀要』三七号二部（二〇〇〇年）、一七-四〇。
スクラー、ロバート／鈴木主税訳『アメリカ映画の文化史』（上）、講談社学術文庫一二〇三、講談社、一九九五年。
高橋新吉『高橋新吉詩集』、創元社、一九五二年。
田中真澄「映画が文学を求めるとき」、『国文学』（学燈社）、特集〈映画文学〉、二〇〇八年一二月、六-一三。

宮沢賢治『宮沢賢治全集』第三巻、筑摩書房、一九五六年。

LD／VHC

Les Films Lumière. Columbia Discs 1, 2, 3, 4. 日本コロンビア、一九九六年。

The Great Cinema Story: 1893-1917. (Douglas Fairbanks Jr., Narrator). 日本フォノグラム、一九八七年。

8x8: A Chess Sonata. The Experimental Avant Garde Series, Vol. 8. New York Film Annex.（発売年不明）

Origins of French Cinema: 1895-1902. ジュネス企画（発売年不明。）

The Sorceress. Ivy Classics, Ashville, NC. 1995.

第三章

引用文献

Arac, Jonathan. "Global and Babel: Language and Planet in American Literature." Dimock and Buell 19-38.

Bloom, Harold, ed. *William Faulkner*. New York: Chelsea House, 1986.

Brooks, Cleanth. *William Faulkner: Toward Yoknapatawpha and Beyond*. New Haven: Yale UP, 1978.

Dimock, Wai Chee. *Through Other Continents: American Literature across Deep Time*. Princeton: Princeton UP, 2006.

—— & Lawrence Buell, eds. *Shades of the Planet: American Literature as World Literature.* Princeton: Princeton UP, 2007.

Faulkner, William. *If I Forget Thee, Jerusalem*［*The Wild Palms*］. 1939. Ed. Joseph Blotner and Noel Polk. New York: The Library of America, 1990.

——. *Lion in the Garden: Interviews with William Faulkner 1926-1962*. Ed. James B. Meriwether and Michael Millgate. New York: Random House, 1968.

Fliegelman, Jay. *Declaring Independence: Jefferson, Natural Language, and the Culture of Performance*. Stanford: Stanford UP,

1993.
Gruesz, Kirsten Silva. "The Gulf of Mexico System and the 'Latinness' of New Orleans," *American Literary History* 18.3 (Fall 2006): 468–95.
Hart, Gary. *James Monroe*. New York: Times Books, 2005.
Jefferson, Thomas. "A Declaration by the representatives of the United states of America, in General Congress Assembled." Fliegelman 203–08.
Millgate, Michael. *The Achievement of William Faulkner*. London: Constable, 1965.
Monroe, James. "Seventh Annual Message." Richardson 316–31.
Murphy, Gretchen. *Hemispheric Imaginings: The Monroe Doctrine and Narratives of U.S. Empire*. Durham: Duke UP, 2005.
Okihiro, Gary. *Island World: A History of Hawaii and the United States*. Berkeley: U of California P, 2006.
Ravitch, Diane. *The American Reader*. New York: Harper Perennial, 1991.
Richardson, James D. *A Compilation of the Messages and Papers of the Presidents—James Monroe*. Charleston: Bibliobazaar, 2006.
Tatsumi, Takayuki. *Full Metal Apache: Transactions between Cyberpunk Japan and Avant-Pop America*. Durham: Duke UP, 2006.
Twain, Mark. *Life on the Mississippi*. 1883. New York: The Library of America, 1982.
Washington, George. "Farewell Address." Ravitch 37–41.
Wolfe, Tom. "The Doctrine That Never Died," *New York Times*, January 30, 2005. http://www.nytimes.com/2005/01/30/opinion/30wolfe.html?pagewanted=2.
今福龍太『群島—世界論』、岩波書店、二〇〇八年。
遠藤周作『死海のほとり』、新潮社、一九七三年。

大江健三郎『洪水はわが魂に及び』、新潮社、一九七三年。

小松左京『日本沈没』上・下、光文社、一九七三年、再刊一九九五年。

——『未来の思想——文明の進化と人類』、中央公論社、一九六七年。

——、瀬名秀明、スーザン・ネイピア&巽孝之「シンポジウム：人類にとって文学とは何か」、雑誌『文学』（岩波書店）、SF特集号、二〇〇七年七–八月、一〇–三二。

中野記偉『逆説と影響』、笠間書院、一九七九年。

日本ウィリアム・フォークナー協会編『フォークナー事典』、松柏社、二〇〇八年。

野島秀勝『反アメリカ論』、南雲堂、二〇〇三年。

バーダマン、ジェームス・M、『ミシシッピ=アメリカを生んだ大河』、井出野浩貴訳、講談社選書メチエ、二〇〇五年、日本版オリジナル。

風呂本惇子編『アメリカ文学とニューオーリンズ』、鷹書房弓プレス、二〇〇一年。

山下昇『1930年代のフォークナー——時代の認識と小説の構造』、大阪教育図書、一九九七年。

——「フォークナーの『緋文字』——『エルサレムよ、我もし汝を忘れなば』における中絶と出産の相克」、『フォークナー』（松柏社）五号（二〇〇三年）、六六–七六。

第四章

引用文献

Behn, Aphra. *Oroonoko, or the Royal Slave.* 1688. Ed. Joanna Lipking. New York: Norton, 1997.
Brodie, Fawn M. *Thomas Jefferson: An Intimate History.* New York: Norton, 1974.
Carpenter, Mary Wilson. "Figuring Age and Race: Frances Trollope's Matronalia." *Frances Trollope and the Novel of Social*

Change. Ed. Brenda Ayers. Westport: Greenwood, 2002. 103–18.

Cobbett, William. *The Emigrant's Guide; in Ten Letters, Addressed to the Tax-payers of England*. London: Cobbett, 1829.

——. *A Year's Residence in the United States of America*. 1818–1819. New York: Augustus M. Kelley, 1969.

Dickens, Charles. *American Notes for General Circulation*. 1842. Ed. John Whitley and Arnold Goldman. Harmondsworth: Penguin, 1972.

——. *The Life and Adventures of Martin Chuzzlewit*. 1943–44. Ed. P. N. Furbank. Harmondsworth: Penguin, 1968.

Gordon-Reed, Annette. *Thomas Jefferson and Sally Hemings: An American Controversy*. Charlottesville: UP of Virginia, 1997.

Heineman, Helen. *Frances Trollope*. Boston: Twayne, 1984.

House, Madeline, Graham Storey, and Kathleen Tillotson, eds. *The Pilgrim Edition of the Letters of Charles Dickens*. Vol. 3. Oxford: Clarendon, 1974.

Kemble, Frances Anne. *Journal of a Residence on a Georgian Plantation in 1838–1839*. 1863. Ed. John A. Scott. Athens: U of Georgia P, 1984.

Kissel, Susan. *In Common Cause: The "Conservative" Frances Trollope and the "Radical" Frances Wright*. Bowling Green: Bowling Green State U Popular P, 1993.

Martineau, Harriet. *Demerara*. 1832. *Illustrations of Political Economy, Taxation, Poor Laws and Paupers*. Vol. 2. Bristol: Thoemmes, 2001.

Marx, Leo. *The Machine in the Garden: Technology and the Pastoral Ideal in America*. New York: Oxford UP, 1964. 榊原胖夫・明石紀雄訳『楽園と機械文明――テクノロジーと田園の理想』、研究社出版、一九七二年。

Meckier, Jerome. *Innocent Abroad: Charles Dickens's American Engagements*. Lexington: UP of Kentucky, 1990.

Mullen, Richard. *Birds of Passage: Five Englishwomen in Search of America*. London: Duckworth, 1994.

Roberts, Diane. *The Myth of Aunt Jemima: Representations of Race and Region*. London: Routledge, 1994.

Stowe, Harriet Beecher. *Uncle Tom's Cabin or, Life Among the Lowly*. 1852. Ed. Ann Douglas. New York: Penguin, 1981.

Trollope, Frances. *Domestic Manners of the Americans*. 1832. Ed. Donald Smalley. New York: Vintage, 1960.

——. *The Life and Adventures of Jonathan Jefferson Whitlaw; or Scenes on the Mississippi*. Paris: Baudry's European Library, 1836.

White, Edmund. *Fanny: A Fiction*. New York: Harper, 2003.

Wright, Frances. *Views of Society and Manners in America*. 1821. Ed. Paul R. Baker. Cambridge: Harvard UP, 1963.

大井浩二『旅人たちのアメリカ——コベット、クーパー、ディケンズ』、英宝社、二〇〇五年。

第五章

註

1 大学卒業（一八二五年）から『トワイストールド・テールズ』（*Twice-told Tales*）出版（一八三七年）までの十二年間。「孤独の時代」（Solitary Years）とも称される（Stewart, 27-44）。

2 Nathaniel Hawthorne, *The Centenary Edition of the Works of Nathaniel Hawthorne*, William Charvat, et al., eds. X (Columbus, Ohio: Ohio State UP, 1962-1996), 360. 以下この全集への言及は巻名と頁数をアラビア数字でカッコ内に示し、本文中で行う。

3 精神分析の手法を大胆に導入したクルーズの論文 "The Logic of Compulsion in 'Roger Malvin's Burial'," *PMLA*（LXXIX, September 1964, Part I）により、本編の再評価が始まった。この論文は一九六六年刊行の彼の単行本 *The Sins of the Fathers: Hawthorne's Psychological Themes* の第五章を成している。

4 『税関』（*The Custom-House*）のロマンス論（1:35-36）に見るように、通常「想像力」はホーソーン自身の小説世界を意味するが、ここでは愛国的姿勢で構築された歴史や神話の類を指す。

5　当時マサチューセッツ植民地では議会決定により、先住民の頭皮一枚当たり百ポンドの賞金を出していて、ラヴェル率いる民兵隊は賞金欲しさから、人道に悖る行為に及んだ（Daly, 99-115）。

6　これらは全て John Farmer and Jacob R. Moor (eds.) *Collections, Topographical, Historical and Biographical*（Concord, N. H., 1822-1824, in 3 vols.）に収録されている。第一巻にはシムズ（Thomas Symmes）の "Memoir of Lovewell's Fight," 第二巻には J. B. H. なる人物による "Indian Troubles at Dunstable," 第三巻にはアパムの "Lovewell's Fight, a Ballad"（1819）が掲載され、ホーソーンは叔母のメアリー（Mary Manning）とともに、三巻すべてを地元セイラムの図書館（Salem Athenaeum）から借り出している（Lovejoy, 528-31; Kesserling 21, 25, 50）。

7　ホーソーンより三歳年下のロングフェローは一八二〇年十一月十七日、十三歳で『ポートランド・ガゼット』（*The Portland Gazette*）誌に処女詩「ラヴェルの池の戦い」（"The Battle of Lovell's Pond"）を発表した（Carruth, 172）。

8　他の三編は「優しい少年」（"The Gentle Boy"）、「メリーマウントの五月柱」（"The May-Pole of Merry Mount"）、及び「灰色の戦士」（"The Gray Champion"）であった。

9　この語は『七破風の家』（*The House of Seven Gables*）の序文（2:1）で有名になったが、彼の文学は出発時点から最後までこの理念を追求したものである。

10　拙論「〈事実〉よりも〈真実〉を」を参照。

11　語り手は「私の話」（my tale）と言って物語中二カ所（10:348, 352）で介入し、注釈を加える。

12　増永は「幸福の追求」と利己性がルーベン悲劇の源とみる（一五七）。

13　*RHD* による。

14　同様の見解は一九七二年、精神分析の立場からアーリッヒが提案した（Erlich, "Guilt and Expiation," 385-86）が、あまり支持されなかった。しかしその後アーリッヒ自身が *Family Themes*（1984）で証明した、ホーソーンの精神形成に果たしたマニング（家）、特に叔父ロバートの大きな影響に鑑みれば、ルーベンの「贖罪」に「報復」の意味が潜む可能性は十分視野に入ってくるであろう。もっとも *Family Themes* のアーリッヒは「報復」という語は控えている。

15 コラカーシオは、この「白日夢」を「万人」（Everyman）の夢で、「ポスト・ピューリタン・ニューイングランドの地域的『美意識』を完璧に要約するもの」（Colacurcio, 121）と言う。

16 作家がwを入れるまでホーソーン家の家名はHathorneと綴られていた（Turner, 395-96）。

17 Gilmore参照。

18 拙著『恐怖の自画像』の「補章　ホーソーンの巡礼行脚――心の原点への旅――」を参照。

19 理想的家庭と謳われたホーソーン家の内情は近年暴かれ始めた。Herbertの著作はその例のひとつ。

引用文献

Beaver, Harold. "Towards Romance: The Case of 'Roger Malvin's Burial." *Nathaniel Hawthorne: New Critical Essays*. A. Robert Lee（ed.）London: Vision, Barnes & Noble, 1982.

Carruth, Gorton. *The Encyclopedia of American Facts and Dates*. 10th ed. New York: Harper Collins, 1997.

Colacurcio, Michael J. *The Province of Piety: Moral History in Hawthorne's Early Tales*. Cambridge: Harvard UP, 1984.

Crews, Frederic C. *The Sins of the Fathers: Hawthorne's Psychological Themes*. N.Y.: Oxford UP, 1966.

Daly, Robert J. "History and Chivalric Myth in 'Roger Malvin's Burial.'" *Essex Institute Historical Collections*, 109（1973）, 99-115.

Doubleday, Neal Frank. *Hawthorne's Early Tales, A Critical Study*. Durham, N.C.: Duke UP, 1972.

Erlich, Gloria C. *Family Themes and Hawthorne's Fiction: The Tenacious Web*. New Brunswick, N.J.: Rutgers UP, 1984.

――. "Guilt and Expiation in 'Roger Malvin's Burial.'" *Nineteenth-Century Fiction*, 26（1972）, 377-89.

Gilmore, Michael T. *American Romanticism and the Marketplace*. Chicago: U of Chicago P, 1985.

Hawthorne, Julian. *Nathaniel Hawthorne and His Wife: A Biography*, I・II. Boston: James R. Osgood, 1885.

Hawthorne, Nathaniel. *The Centenary Edition of the Works of Nathaniel Hawthorne*, William Charvat, et al., eds. I-XXIII. Columbus, Ohio: Ohio State UP, 1962-1996.

Herbert, T. Walter. *Dearest Beloved: The Hawthornes and the Making of the Middle-Class Family*. Berkeley: U of California P, 1993.
Kesserling, Marion L. *Hawthorne's Reading 1828–1850: A Transcription and Identification of Titles Recorded in the Charge-Books of the Salem Athenaeum*. New York: The New York Public Library, 1949.
Lovejoy, David S. "Lovewell's Fight and Hawthorne's 'Roger Malvin's Burial.'" *New England Quarterly*, XXVII (December, 1954), 527–31.
Stewart, Randall. *Nathaniel Hawthorne: A Biography*. New Haven: Yale UP, 1948.
Turner, Arlin. *Nathaniel Hawthorne: A Biography*. New York: Oxford UP, 1980.
丹羽隆昭『恐怖の自画像――ホーソーンと「許されざる罪」』、英宝社、二〇〇〇年。
――「〈事実〉よりも〈真実〉を――歴史とホーソーンの三短編」、『アメリカ文学評論』（筑波大学アメリカ文学会）一八号、二〇〇二年。
福岡和子『「他者」から見たアメリカン・ルネッサンス』、世界思想社、二〇〇七年。
増永俊一『アレゴリー解体――ナサニエル・ホーソーン作品試論』、英宝社、二〇〇四年。

第六章

註

1 詩の引用はすべてフランクリン版『詩集』による。引用詩のカッコの中の数字は『詩集』の作品番号である。↓に続く語句は、原稿に書き込まれた代替語句・行を示す。

2 本稿で示す原稿数などの数字は、数え方等により異なることもあるので、絶対ではない。

引用文献

Franklin, R. W., ed. *The Manuscript Books of Emily Dickinson*. The Belknap P of Harvard UP, 1981.
——, ed. *The Poems of Emily Dickinson*. 3 vols. Cambridge: The Belknap P of Harvard UP, 1998.
Sewall, Richard B. *The Life of Emily Dickinson*. London: Faber & Faber, 1974.

第七章

註

1 ただしその際、『若草物語』(一八六八年)はすでに近代リアリズム小説の一例である、という認識をもつべきなのかどうか、まずそれが問題になるだろう。出来事や描写の写実性に焦点をあわせた、リアリズムの広くおこなわれてきた定義づけにしたがうなら、著者の自伝的(=回想写実的)な要素に満ちたこの作品は、ほぼ完全にリアリズムを達成している。また同様に、彼女の南北戦争や求職活動の実体験にもとづく『病院のスケッチ』(*Hospital Sketches*, 1863)や『仕事——経験物語』(*Work: A Story of Experience*, 1873)なども、リアリズム小説の早期の事例ということになるだろう。だが、オールコットのこれらの写実的な諸作品が、ジェイムズやハウエルズに先がけたリアリズム小説の先駆として評価されてこなかったことには理由があるように思われる。そもそも写実的な場面は、部分的にはたとえば『開拓者たち』(*The Pioneers*)や『白鯨』(*Moby-Dick*)、あるいはポー(Edgar Allan Poe)の諸作品にさえ見られるのだから、もし写実性を基準とするなら、近代リアリズムは、十八世紀以降部分的に、少しずつ量的に拡大してきた、という単純で単調な歴史をたどることにしかならない。そこで本稿では、場面の描きかただけではなく、主題や作品全体の世俗性(=非宗教性)、物語の一貫性や蓋然性などにも複合的に注目し、以下に述べる理由もあわせて、オールコット作品としては『気まぐれ』をもっとも重要視することとする。

2 とりわけわが国ではその感が深いので、以下、いくらか紹介的な緩歩調をとって議論をすすめたい。なお、『若草物語』以外のオールコットの著作に一定の注意をはらった、おそらくわが国唯一の先行研究は、師岡愛子氏の編著書であり、同書に敬意をはらう趣旨から、本稿でオールコット作品の訳題は、同書のものを踏襲する。

3 オールコットがかならず筆名で発表したスリラー小説を、日記や手紙の記事から捜索・同定し、出版したのは、マドレーン・スターン（Madeleine B. Sterne）の一九七五年の編著である。ダニエル・シーリー（Daniel Sealy）の書誌によると、オールコットのスリラー小説はほぼすべて、新聞・雑誌掲載や連載のための中・短編として、一八六三年から七〇年の八年間のあいだに書かれ、合計三十篇以上に達している（Sealy, "Bibliography"）。これらの発掘と出版は一九七五年から一九九〇年代後半にわたっているが、シーリーによれば、当時の新聞雑誌に埋もれたままの未発掘の作品がいまだにいくつかあるという（Sealy, "Prospects," 164）。

4 ここで『若草物語』連作を「ジューヴァナイル小説」ととりあえず位置づける理由は、この作品が自伝的な写実性に富むものの、最終的には両親の庇護と教育のもとで娘たち（のちにはジョーの学校の生徒たち）の幸福と平和が保証される、という閉じた教育的＝道徳的構造をそなえている事情に由来する。

5 そのような解釈の代表例として、Fetterley を参照。

6 初版はエルバート（Sarah Elbert）編の *Moods*（*M*）、第二版は *Portable Louisa May Alcott*（*PLMA*）を参照。

7 オールコットは父親を通じてジェイムズの一家と交際があり、ジェイムズのこの書評が出る直前の時期に一家と会ったことがある。その会見の様子について、オールコットが「まるでむこうが八十歳でこちらがほんの小娘であるみたいに私にアドヴァイスをしてくれた」（*PLMA*, 578）と書き残したことはよく知られている。実際にはジェイムズのほうが十一歳年下で、会見の当時は二十一歳だった。

8 ジェイムズやハウエルズの小説家としての自覚とジェンダー意識、女性作家たちとの葛藤については、Habbeger, *Gender* とりわけ第十一章にくわしい。

9 リアリズム時代のロマンス優遇の一例として、ハウエルズがロマンスを高く評価していたことについては、Carter, 45–49 を参照。

10 エマソンら超絶主義者たちにたいしてジェイムズが概して批判的であったことは、『ホーソーン』（*Hawthorne*）や『パーシャル・ポートレーツ』（*Partial Portraits*）などの記述から広く認定されている。Edel, xiv–xvi を参照。ジェイムズはブロンソン・オールコットの実験農場「フルート・ランズ」についても情報を得ていたらしく、「『ダイヤル』誌（*The Dial*）やフルート・ランズやブルック・ファームは有閑階級の娯楽だ」と手きびしく批判している（Edel, 71）。

11 以下の議論は『気まぐれ』の主題との関係でオールコットと父親の関係をもっぱら前景化するが、母アビゲイル（Abigail）も、父親と少なくとも同程度に彼女の支えになっていた。作品を振り返るなら、フェイスはシルヴィアに「母のような抱擁」（*PLMA*, 332）を与える。『若草物語』の母親像もまた鮮明かつ重要であることは言うまでもない。ただしシルヴィアには母はなく、やさしい父とのあいだでとくに確執が起こることもない。

12 オールコットの最初期（一八六〇年）の短編作品「現代のシンデレラ」（"A Modern Cinderella"）にも「ぼくの反抗的な性格を克服したいんだよ」（Cinderella, 11）と言う若者が登場する。

13 一八五八年にルイーザが自殺未遂のような事件を起こしたらしい事情は、資料の不足から十分に解明されていないが、妹の死にくわえ、絶望的な貧困が原因の一つであったことは間違いなさそうだ。Matteson, 240-41 を参照。

14 ここでの議論は、「近代社会において、道徳は個人主義の主張それ自体にほかならなかった」（Armstrong, 27）と述べて、道徳と個性主張の重なり合いを重要視したナンシー・アームストロングに負うところがある。

15 かのイアン・ワット（Ian Watt）も、リチャードソンら男性作家たちの功績を論じた本論を後ろめたくおぎなうかのように、結論部分において、「女性の感受性はいくつかの点で、入り組んだ人間関係を描き出すのに男性よりも適しており、それゆえ小説の世界では大きなアドヴァンテージを持っている」（Watt, 298）と述べている。

引用文献

Alcott, Louisa May. *Little Women*. Ed. Anne K. Phillips and Gregory Eiselein. New York: Norton, 2004.

——. "A Modern Cinderella: Or, the Little Old Shoe." n.p: Kessinger Publishing, n.d.

——. Moods. Ed. Sarah Elbert. New Brunswick: Rutgers UP, 1999.

——. *The Portable Louisa May Alcott*. Ed. Elizabeth Lennox Keyser. Harmondsworth: Penguin, 2000.

Armstron, Nancy. *How Novels Think: The Limits of Individualism from 1719–1900*. New York: Columbia UP, 2005.

Baym, Nina. *Novels, Readers, and Reviewers: Responses to Fiction in Antebellum America*. Itacha: Cornell UP, 1984.

Carter, Everett. *Howells and the Age of Realism*. Hamden, CT: Archon Books, 1966.

Edel, Leon, ed. *The American Essays of Henry James*. Princeton: Princeton UP, 1989.

Fetterley, Judith. "Impersonating 'Little Women': The Radicalism of Alcott's *Behind a Mask*." *Women's Studies* 10 (1983): 1–14/

Habegger, Alfred. *Gender, Fantasy, and Realism in American Literature*. New York: Columbia UP, 1982.

——. "Precocious Incest: First Novels by Louisa May Alcott and Henry James." *Massachusetts Review* 26 (1985): 233–62.

James, Henry. Review of "Moods." *The North American Review* 101 (July 1865): 276–81.

——. *The Portrait of a Lady*. New York: Signet, 1963.

Matteson, John. *Eden's Outcasts: The Story of Louisa May Alcott and Her Father*. New York: Norton, 2007.

Sealy, Daniel. "The Author-Publisher Relationships of Louisa May Alcott." *Book Research Quarterly* 3 (Spring, 1987): 63–74.

——. "Bibliography." *Louisa May Alcott Unmasked: Collected Thrillers*. Ed. Madeleine Stern. Boston: Northeastern UP, 1995.

——. "Prospects for the Study of Louisa May Alcott." *Resources for American Literary Study* 24 (1998): 157–76.

Sedgwick, Catherine Maria. *A New-England Tale*. Ed. Victoria Clements. New York: Oxford UP, 1995.

Stern, Madeleine B, ed. *Critical Essays on Louisa May Alcott*. Boston: G. K. Hall, 1984.

Watt, Ian. *The Rise of the Novel*. Berkeley: U of California P, 1957.

Zehr, Janet S. "The Response of Nineteenth-Century Audiences to Louisa May Alcott's Fiction." *American Transcendental Quarterly ns* 1 (1987): 323–42.

師岡愛子編『ルイーザ・メイ・オルコット』、表現社、一九九五年。

第八章

註

1　七十年代までのアンダソン研究史は、D. Anderson, "Critics" を参照。八十年代以降については Whalan, 24–28 が有用である。

2　産業主義の影響で個人が疎外されたことが、『ワインズバーグ』以前の作品で前提とされていることについては指摘がある（D. Anderson, "Moments," 169）。

3　示唆的なことに、『グレート・ギャツビー』（*The Great Gatsby*）や『アブサロム、アブサロム！』（*Absalom, Absalom!*）という同時代の傑作でも、二つの主な焦点の一つがロマンティックな人物に、もう一つはその人物の物語に「意味」を与える人物に置かれている。

引用文献

Anderson, David D., ed. *Critical Essays on Sherwood Anderson*. Boston: G. K. Hall, 1981.

——. "Sherwood Anderson and the Critics." *Critical* 1–17.

——. "Sherwood Anderson's Moments of Insight." *Critical* 155–71.

Anderson, Sherwood. *Sherwood Anderson's Memoirs*. 1942. Ed. Ray Lewis White. Chapel Hill: U of North Carolina P, 1969.

——. *A Story Teller's Story*. Garden City: Garden City Publishing, 1924.

——. *Winesburg, Ohio.* (*WO.*) 1919. Ed. Charles E. Modlin and Ray Lewis White. New York: Norton, 1996.

Atlas, Marilyn Judith. "Sherwood Anderson and the Women of Winesburg." D. Anderson, *Critical* 250–66.

Bassett, John E. *Sherwood Anderson: An American Career*. Selinsgrove: Susquehanna UP, 2006.

Burbank, Rex. *Sherwood Anderson*. New York: Twayne, 1964.

Colquitt, Clare. "Motherlove in Two Narratives of Community: *Winesburg, Ohio and The Country of the Pointed Firs*." Crowley, *New* 73–97.

Cowley, Malcolm. "Introduction to *Winesburg, Ohio*." Rideout, *Sherwood* 49–58.

Crowley, John W. "Introduction." *New* 1–26.

——, ed. *New Essays on* Winesburg, Ohio. Cambridge: Cambridge UP, 1990.

Dunne, Robert. *A New Book of the Grotesques: Contemporary Approaches to Sherwood Anderson's Early Fiction*. Kent: Kent State UP, 2005.

Fludernik, Monika. "*Winesburg, Ohio*: The Apprenticeship of George Willard." *Amerikastudien* 32 (1987): 431–52.

Fussell, Edwin. "*Winesburg, Ohio*: Art and Isolation." Rideout, *Sherwood* 39–48.

Jacobson, Marcia. "*Winesburg, Ohio* and the Autobiographical Moment." Crowley, *New* 53–72.

Miller, William V. "Earth-Mothers, Succubi, and Other Ectoplasmic Spirits: The Women in Sherwood Anderson's Short Stories." D. Anderson, *Critical* 196–209.

Phillips, William L. "How Anderson Wrote *Winesburg, Ohio*." Rideout, *Sherwood* 18–38.

Reist, John S., Jr. "An Ellipse Becomes a Circle: The Developing Unity of *Winesburg, Ohio*." *Winesburg Ohio: Text and Criticism*. Ed. John H. Ferres. Rev. ed. New York: Penguin, 1996. 348–65.

Rideout, Walter B., ed. *Sherwood Anderson: A Collection of Critical Essays*. Englewood Cliffs: Prentice-Hall, 1974.

——. "The Simplicity of *Winesburg, Ohio*." D. Anderson, *Critical* 146–54.

Whalan, Mark. *Race, Manhood, and Modernism: The Short Story Cycles of Sherwood Anderson and Jean Toomer*. Knoxville: U of Tennessee P, 2007.

Yingling, Thomas. "*Winesburg, Ohio* and the End of Collective Experience." Crowley, *New* 99–128.

高田賢一・森岡裕一編『シャーウッド・アンダソンの文学——現代アメリカ小説の原点』、ミネルヴァ書房、一九九九年。

竹村和子『フェミニズム』、岩波書店、二〇〇〇年。

田中久男「アンダソンとアメリカ文学」、高田・森岡七七-九三。

藤森かよこ「晴れた宵にはジェンダーの外部が見える?」、高田・森岡一三一-四六。

宮本陽吉「評価」、大橋吉之輔編『アンダソン』、研究社、一九六八年、一八五-二〇一。

第九章

註

1 ヘミングウェイは電話が仕事の邪魔になるという理由から、外からかかってくる電話をできる限り避けていた。電話を自由にかけることが許されていた人の四、五人の内のひとりがディートリッヒであったことはA・E・ホッチナー(A. E. Hotchner)の『パパ　ヘミングウェイ』に記されている(25)。

2 "Hürtgen" あるいは "Hürtgenwald" に言及される残りの書簡は以下の三点ある。

1. Mary is still the best woman in the bed that I have ever known. Of course I have not been around much and am basically shy. But I know Herr Bed about as well as I know Hürtgen, Echernach, the Guadalajara, Jarama,(23 May 1950)

2. I used to admire and love the beauty counter-attacks in Schnee-Eifle and in Hürtgen and they came every morning. I killed 122 positives besides I don't know what possibles. And you can put it on the line on a good stiff beauty picture and how do you like it now Gentlemen?(19 June 1950)

3. So: I inherit the problems and everything has to be done by long distance telephone etc. She had gotten her life and finances pretty well mixed up I guess and I have to try to straighten out the children's affairs. But there are always problems and complications and it was simpler and nicer in Hürgenwald. Also as divorced and the children in her custody I have no authority to do a hell of a lot of things I should do to safe guard the children's interests.(21 Nov. 1951)

引用文献

Baker, Carlos. *Ernest Hemingway: A Life Story*. New York: Scribners, 1969, 258.

Dietrich, Marlene. "The Most Fascinating Man I Know." *This Week Magazine. New York Herald Tribune*. Feb. 13, 1955. 1-9.

——. *My Life*. Trans. by Attanasio, Aalvador. London: Pan. 1989.

Hotchner, A. E. *Papa Hemingway*. New York: Random, 1966.

Imamura, Tateo, ed. *Letters from Ernest Hemingway to Marlene Dietrich: 1949 to 1955*. Unpublished. 2008.

——, ed. *Letters from Marlene Dietrich to Ernest Hemingway: 1950 to 1961*. Unpublished. 2008.

Pogrebin, Robin. "To 'Dearest Marlene' From 'Papa.' " *New York Times*. April 7, 2003. Art Page 1, 3.

Reynolds, Michael. *Hemingway: The Final Years*. New York: Norton, 1999.

今村楯夫「戦下のきずな、最期まで　ヘミングウェイ、ディートリッヒ往復書簡公開」、『朝日新聞』二〇〇七年五月十九日、朝刊掲載。

江木慎吾「誰がために恋文？　書いた」、『朝日新聞』二〇〇七年三月三十一日、夕刊掲載。

ディートリッヒ、マレーネ、『ディートリッヒ自伝』石井栄子、伊藤容子、中島弘子共訳、未來社、一九九一年。

第十章

引用文献

Carr, Elizabeth Spencer. *The Lonely Hunter: A Biography of Carson McCullers*. 1975. Athens: U of Georgia P, 2003.

Graver, Lawrence. "Penumbral Insistence: McCullers's Early Novels." Rpt. in *Carson McCullers* ("Modern Critical Views"). Ed. Harold Bloom. Philadelphia: Chelsea, 1986. 53-67.

Gray, Richard. *The Literature of Memory: Modern Writers of the American South*. Baltimore: The Johns Hopkins UP, 1977.

McCullers, Carson. "The Ballad of the Sad Café." 1943. *Collected Stories of Carson McCullers*. Boston: Houghton Mifflin, 1998. 195–253.

——. *Clock Without Hands*. 1961. Boston: Houghton Mifflin, 1998.

——. "The Flowering Dream: Notes on Writing." *The Mortgaged Heart*. 1971. Boston: Houghton Mifflin, 2005.

——. *The Heart Is a Lonely Hunter*. 1940. Boston: Houghton Mifflin, 2000.

——. "The Member of the Wedding." 1946. *Collected Stories of McCullers*. 255–392.

——. "Outline of 'The Mute.' " Rpt. in *Illumination and Night Glare: The Unfinished Autobiography of Carson McCullers*, ed. Carlos L. Dews. Madison: U of Wisconsin P, 1999. 163–83.

——. *Reflections in a Golden Eye*. 1941. Boston: Houghton Mifflin, 2000.

——. *The Square Root of Wonderful*. London: Cresset, 1958.

——. *Sweet as a Pickle and Clean as a Pig*. Boston: Houghton Mifflin, 1964.

Savigneau, Josyane. *Carson McCullers: A Life*（*Carson McCullers: Un Coeur de jeune fille*［1995］). Trans. Joan E. Howard. 2000. London: The Women's Press, 2001.

第十一章

註

1　トマス・L・マクヘイニー（Thomas L. McHaney）は『未刊行散文集（ウィリアム・フォークナー原稿シリーズ）』の序文のなかで、「月光」「愛」（"Love"）「青春」の三つの短篇の執筆時期を一九二〇年代前半とするフォークナーの発言を紹介したうえで、「月光」は早ければ一九二〇年頃、「愛」は一九二一年頃、「フランキーとジョニー」は一九二五年のニューオーリンズ行きより以前に第一校が書かれたのではないかと推測している（McHaney, x）。しかしマックス・パッツェル（Max

Putzel）は、「愛」の執筆時期について疑義を呈し、一九二八年以降ではないかと推測しており、本稿もその立場をとることにしたい（Putzel, 127）。

2　結婚と子供に自己の私的な意味づけを一方的に与える母と子供たちとの関係というテーマは、のちに『死の床に横たわりて』（*As I Lay Dying*）で扱われる。

3　その後フォークナーは、『八月の光』（*Light in August*）において、彼の作品中おそらくもっとも有名な「原光景」の場面（ジョー・クリスマス［Joe Christmas］によるミス・アトキンズ［Miss Atkins］の情事の目撃）を描き出す。

4　『エルマー』からの引用は女教師のエピソードも収録しているコックス（Cox）編のテキストからおこなう。

5　メリウェザー『フォークナー原稿集1』序文 二八 参照。

6　この「暗黒の母」がエルマーの母につながっていることは、この直後に彼がアメリカに思いを向け、母を思い出すことから明らかである。

7　当時のフォークナーの親子関係をめぐる伝記的背景についてはデヴィッド・ミンター（David Minter）の記述を参照した（Minter, 9–19）。

8　キャディが母親を子供扱いする様子は、ベンジーの名前の付け替えの場面で、彼女が「泣かないで、お母さん…上になって横になればいいわ。そしたら病気でいられるから」（64）と言ってなだめる箇所などにみられる。

9　コンプソン夫人が世間体を気にしていることは「学校をサボって外をうろつきまわるのを、わたしが許してるんだとか、やめさせられないんだとか、そんなふうに他人様（ひとさま）に思われたら」（182）といった発言からわかる。

10　夫人はキャディのことを「堕落した女（a fallen woman）」（220）と呼ぶ。

11　夫人は家事をディルシー（Dilsey）に任せきりである。自分が朝食を作ると言いだした彼女にディルシーは「奥様の作ったシロモノを、誰が食べるって言うだね」（271）と言い放つ。

12　夫人の「血」についての言及は多数あり。たとえば孫娘クエンティンが行方不明になった直後彼女は「これは血なんですよ（It's in the blood）。伯父さんが伯父さんなら、姪も姪ってことなのよ。それとも母親に似たのかしら」（299）と述べる。

13 同様の振る舞いは、処女喪失後に娘をフレンチ・リックに連れていった際におこなわれる。

14 キャディを代理母とみなす論者は多数。たとえばクラーク二一、ファウラー（Doreen Fowler）三二などを参照のこと。

15 ベンジャミンの名前がモウリーだった時期の、このエピソードの意味合いは不明だが、そこでクエンティンが原光景に遭遇した可能性はないだろうか。

16 平石貴樹／新納卓也『響きと怒り（上）』巻末資料三六四-六五参照。

17 二十歳というのはフォークナー一族の系図（『フォークナー事典』六六四）にみられる数組の夫婦の結婚時の年齢から類推した。なお以下は主な出来事と夫人の推定年齢を年表にしたものである。

西暦	推定年齢	出来事
1868 ?	0	キャロライン・バスコム誕生
1888 ?	20	コンプソン夫妻結婚
1889 頃	21	長男クエンティン誕生
1895	27	三男モウリー誕生
1898 頃	30	おばあちゃんの葬式（夫人の登場は泣き声のみ）
1900	32	モウリー名前の付け替え
1900-01 頃	32-33	モウリー伯父の恋文事件
1906 頃	38	キャディとチャーリー／キャディと少年たち
1908	40	ベンジーの独り寝開始

1909	41	キャディの処女喪失
1910	42	キャディの結婚式／クエンティンの自殺
1912	44	コンプソン氏の死
1928	60	現在
1933	65	死去（"Appendix" より）

引用文献

Clarke, Deborah. *Robbing the Mother: Women in Faulkner*. Jackson: UP of Mississippi, 1994.

Faulkner, William. *Absalom, Absalom!* New York: Vintage International, 1990.

——. *Elmer*. Ed. Dianne L. Cox. Northport: The Seajay Press, 1983.

——. Elmer *and "A Portrait of Elmer"* (*William Faulkner Manuscripts 1*). Introduced and arranged by Thomas L. McHaney. New York: Garland, 1987.

——. *Light in August*. New York: Vintage International, 1990.

——. *Selected Letters of William Faulkner*. Ed. Joseph Blotner. New York: Random House, 1977.

——. *The Sound and the Fury*. New York: Vintage International, 1990.

——. *The Sound and the Fury*. Ed. David Minter. Norton Critical Edition. New York: WW Norton, 1994.

——. *Uncollected Stories of William Faulkner* (*USWF*). Ed. Joseph Blotner. New York: Vintage Books, 1981.

——. "*Unpublished*" *Stories* (*William Faulkner Manuscripts 25*). Introduced and arranged by Thomas L. McHaney. New York: Garland, 1987.

Fowler, Doreen. *Faulkner: The Return of the Repressed*. Charlottesville and London: UP of Virginia, 1997.

Minter, David. *William Faulkner: His Life and Work*. Baltimore: Johns Hopkins UP, 1980.
Polk, Noel. *Children of the Dark House: Text and Context in Faulkner*. Jackson: UP of Mississippi, 1996.
Putzel, Max. *Genius of Place: William Faulkner's Triumphant Beginnings*. Baton Rouge: Louisiana State UP, 1985.
Weinstein, Philip M. *Faulkner's Subject: A Cosmos No One Owns*. New York: Cambridge UP, 1992.
Williams, Joan. "In Defense of Caroline Compson." *Critical Essays on William Faulkner: The Compson Family*. Ed. Arthur F. Kinney. Boston: G. K. Hall, 1982.
Zeitlin, Michael. "Faulkner and Psychoanalysis: The *Elmer* Case." *Faulkner and Psychology*. Ed. Donald M. Kartiganer and Ann J. Abadie. Jackson: UP of Mississippi, 1994.
江藤淳『成熟と喪失――母の崩壊』、講談社文芸文庫、二〇〇四年。
後藤和彦『敗北と文学――アメリカ南部と近代日本』、松柏社、二〇〇五年。
小山敏夫『ウィリアム・フォークナーの短篇の世界』、山口書店、一九八八年。
日本ウィリアム・フォークナー協会（編）『フォークナー事典』、松柏社、二〇〇八年。
平石貴樹『メランコリック　デザイン――フォークナー初期作品の構想』、南雲堂、一九九三年。
平石貴樹／新納卓也『響きと怒り』、岩波書店、二〇〇七年。

第十二章

註

1 『八月の光』においては、解体される階級に少し広がりがあり、貴族階級だけでなく中産階級も含めた白人男性層の解体が描かれている。

2 事業で失敗を繰り返して「職を転々とした」フォークナーの父マリー（Murry）は、「伝説的な祖父と立身出世した父の駄目な子孫」と地元の人々からみなされており、当時、旧貴族のフォークナー家の斜陽は誰の目にも明らかであった(Minter, 8)。また、フォークナー自身も、『響きと怒り』、『八月の光』、『アブサロム、アブサロム!』および『行け、モーセ』を執筆していた時期は、経済的な余裕はなく、時折困窮していた（Blotner, *Faulkner*, 768, 1068)。

3 ジョン・T・マシューズ（John T. Matthews）は、ハンモックが、『アブサロム、アブサロム!』において、有閑階級の大農園主の象徴であることに注目し、『響きと怒り』の次の箇所に白人と黒人の立場の逆転を見ている（102)。「編んだ針金に樽板を差し込んで作ったハンモックがあった。ラスターは、ハンモックに横になったが、ベンジーは、ぼんやりとあてもなくうろついた。彼は、またしくしく泣き始めた。『黙れ、こら』とラスターは言った。『鞭で打つぞ』」（1119)。

4 ホレスは、作品の最後では借家に住んでいるが、その借家があるクラークスデール（Clarksdale）自体が、当時全米屈指の金持ちの町であった（McDaniel, 133–37, 139)。

5 ジュディス・ブライアント・ウィッテンバーグ（Judith Bryant Wittenberg）は、フォークナーとヤング・ベイヤード、およびフォークナーの弟ディーン（Dean）とヤング・ベイヤードの兄弟ジョニー（Johnny）の強い類似性を指摘している（68–69)。

6 『響きと怒り』の「序文」には一九三三年版と一九四六年版があるが、いずれもフォークナーの生前には出版されなかった（"Introduction, 1933," 289)。なお、一九三三年版には存在した、キャディの「不名誉と恥辱」に関する文章は、一九四六年版ではすべて削除されている。

引用文献

Bassan, Maurice. "Benjy at the Monument." *English Language Notes* 2 (1964): 46–50.

Bleikasten, André. *The Ink of Melancholy: Faulkner's Novels from* The Sound and the Fury *to* Light in August. Bloomington: Indiana UP, 1990.

Blotner, Joseph. *Faulkner: A Biography*. 2 vols. New York: Random House, 1974.

——, ed. *Selected Letters of William Faulkner*. New York: Vintage, 1978.

Collins, Carvel. "Miss Quentin's Paternity Again." *Texas Studies in Literature and Language* 2 (1960): 253-60.
Cullen, John B., and Floyd C. Watkins. *Old Times in the Faulkner Country*. Chapel Hill: U of North Carolina P, 1961.
Fargnoli, A. Nicholas, Michael Golay, and Robert W. Hamblin. *Critical Companion to William Faulkner: A Literary Reference to His Life and Work*. New York: Facts On File, 2008.
Faulkner, William. *Flags in the Dust*. Faulkner, *Novels* 541-875.
——. "Introduction to *The Sound and the Fury*, 1933." Meriwether 289-96.
——. "Introduction to *The Sound and the Fury*, 1946." Meriwether 296-300.
——. *Knight's Gambit*. New York: Vintage, 1978.
——. *The Mansion. Novels 1957-1962: The Town; The Mansion; The Reivers*. Ed. Joseph Blotner and Noel Polk. New York: Library of America, 1999. 327-721.
——. *Novels 1926-1929: Soldiers' Pay; Mosquitoes; Flags in the Dust; The Sound and the Fury*. Ed. Joseph Blotner and Noel Polk. New York: Library of America, 2006.
——. *The Sound and the Fury*. Faulkner, *Novels* 877-1141.
Gwynn, Frederick L., and Joseph L. Blotner, eds. *Faulkner in the University*. Charlottesville: UP of Virginia, 1959.
Hamblin, Robert W., and Charles A. Peek, eds. *A William Faulkner Encyclopedia*. Westport: Greenwood, 1999.
Kinney, Arthur F. "Faulkner's Families." *A Companion to William Faulkner*. Ed. Richard C. Moreland. Malden: Blackwell, 2007. 180-201.
McDaniel, Linda Elkins. *Annotations to William Faulkner's* Flags in the Dust. New York: Garland, 1991.
Matthews, John T. The Sound and the Fury*: Faulkner and the Lost Cause*. Boston: Twayne, 1991.
Meriwether, James B., ed. *Essays, Speeches & Public Letters*. Rev. ed. New York: Modern Library, 2004.
Minter, David. *William Faulkner: His Life and Work*. Baltimore: Johns Hopkins UP, 1980.

Roberts, Diane. *Faulkner and Southern Womanhood*. Athens: U of Georgia P, 1994.
Ross, Stephen M., and Noel Polk. *Reading Faulkner:* The Sound and the Fury. Jackson: UP of Mississippi, 1996.
Stonum, Gary Lee. *Faulkner's Career: An Internal Literary History*. Ithaca: Cornell UP, 1979.
Vickery, Olga W. *The Novels of William Faulkner*. Rev. ed. Baton Rouge: Louisiana State UP, 1964.
Watson, James G. *William Faulkner: Self-Presentation and Performance*. Austin: U of Texas P, 2000.
Williamson, Joel. *William Faulkner and Southern History*. New York: Oxford UP, 1993.
Wilson, Charles Reagan, ed. *The New Encyclopedia of Southern Culture*. Vol. 13. Chapel Hill: U of North Carolina P, 2009.
Wittenberg, Judith Bryant. *Faulkner: Transfiguration of Biography*. Lincoln: U of Nebraska P, 1979.
田中久男『ウィリアム・フォークナーの世界――自己増殖のタペストリー』、南雲堂、一九九七年。

第十三章

註

1 フォークナーが一九三〇年一月二十三日から一九三二年一月九日までの二年間の投稿を記録した「短編送付一覧表」（"Faulkner's Short Story Sending Schedule"）（Meriwether, 165-80）を調査したジェイムズ・メリウェザー（James B. Meriwether）によると、四四編の投稿記録のうち、二編は別の物語のタイトルにも使われているので、総計四二編として換算すると、この二年間で二〇編が発表あるいは受理され、十編が後に発刊されたということで（168）、統計的にもフォークナーの驚異的な短編の生産ぶりが裏付けられる。

2 フォークナーの父方の祖母サリー・マリー・フォークナー（Sallie Murry Falkner, 1850-1906）は、「南部婦人連合会」が記念碑として南軍兵士像をミシシッピ大学キャンパス内に建立する決定をしたことに立腹し、その組織を脱退して（一九〇六年）すぐ、作者の郷里オクスフォードの郡庁舎の広場に建てる計画を推進した（Blotner, 96-98）。

3　フォークナーはヴァージニア大学でのクラス会談で、“Also, to me, no man is himself, he is the sum of his past. There is no such thing really as was because the past is.”（84）との認識を示している。

4　オルフェウスに関する作者の強い関心は、最初の詩集『大理石の牧神』（*The Marble Faun*, 1924）を刊行することになるフォーシーズ社（Four Seas Company）宛の一九二三年六月二十日付けの手紙で、彼が送ったと言及している原稿『オルフェウス及びその他の詩』（*Orpheus, and Other Poems*）というタイトルからも伺えるが、おそらくこの関心は、彼の初期作品を貫く一つの大きなモチーフである「死」を反映したものである（田中　三七）。

5　一八七六年に連邦軍が南部から撤退するときにはすでに、「北部人は徐々に南部の再建に興味をなくした。北部は今や産業の発展に取り組んだ。（中略）グラント［大統領］が国は疲れきったと述べたときには、彼はまさに国民感情を代弁していたのだ」（Loewen and Sallis, 166）という見解が、当時の歴史的状況を客観的に概括するものであった。

6　対位法の最も有名なフォークナーの説明は、『野性の棕櫚』（*The Wild Palms*）において、「野性の棕櫚」と「オールド・マン」（“Old Man”）という全く異質な物語を交互に編成するという小説の構成原理に関するものである（*Lion in the Garden*, 247–48）。

7　ヴァージニア大学においても（*Faulkner in the University*, 87–88）、一九五五年八月に来日したときにも（*Lion in the Garden*, 127）、「薔薇」は悲劇的な人生を送らざるを得なかった女性に対して示す憐憫や敬意の印だとの解釈を提供している。

引用文献

Blotner, Joseph L. *Faulkner: A Biography*. 2 vols. New York: Random House, 1974.

Brooks, Cleanth. *A Shaping Joy: Studies in the Writer's Craft*. London: Methuen, 1971.

Davenport, F. Garvin, Jr. *The Myth of Southern History: Historical Consciousness in Twentieth-Century Southern Literature*. Nashville: Vanderbilt UP, 1970.

Duvall, John N. *Faulkner's Marginal Couple: Invisible, Outlaw, and Unspeakable Communities*. Austin: U of Texas P, 1990.

Faulkner, William. *Absalom, Absalom!*. New York: Vintage International, 1990.

——. *Faulkner in the University: Class Conferences at the University of Virginia 1957–58*. Ed. Frederick L. Gwynn and Joseph Blotner. Charlottesville: U of Virginia P, 1959.

——. *A Faulkner Miscellany*. Ed. James B. Meriwether. Jackson: UP of Mississippi, 1974.

——. *Flags in the Dust*. Ed. Douglas Day. New York: Random House, 1973.

——. Introduction. *Sanctuary*. New York: The Modern Library, 1932. v–vii.

——. *Lion in the Garden: Interviews with William Faulkner 1926–1962*. Ed. James B. Meriwether and Michael Millgate. New York: Random House, 1968.

——. "A Rose for Emily." *Collected Stories of William Faulkner*. New York: Vintage International, 1995. 119–30.

——. *Selected Letters of William Faulkner*. Ed. Joseph Blotner. New York: Random House, 1977.

——. *William Faulkner Manuscripts 9: These 13: Holograph Manuscripts and Typescripts*. Ed. Noel Polk. New York: Garland, 1986. 188–197 (Manuscript) and 198–214 (Typescript).

Loewen, James W., and Charles Sallis, eds. *Mississippi: Conflict and Change*. New York: Pantheon Books, 1980.

Martin, Jay. " 'The Whole Burden of Man's History of His Impossible Heart's Desire': The Early Life of William Faulkner." *American Literature* 53.4 (January 1982): 607–29.

Meriwether, James B. *The Literary Career of William Faulkner: A Bibliographical Study*. Columbia: U of South Carolina P, 1971.

Millgate, Michael. *The Achievement of William Faulkner*. New York: Vintage Books, 1971.

Roberts, Diane. *Faulkner and Southern Womanhood*. Athens: U of Georgia P, 1994.

Wilson, Charles Reagan. "Faulkner and the Southern Religious Culture." *Faulkner and Religion: Faulkner and Yoknapatawpha, 1989*. Ed. Doreen Fowler and Ann J. Abadie. Jackson UP of Mississippi, 1991. 21–43.

田中久男『ウィリアム・フォークナーの世界——自己増殖のタペストリー』、南雲堂、一九九七年。

三浦雅士『村上春樹と柴田元幸のもう一つのアメリカ』、新書館、二〇〇三年。

吉田文憲「オルフェウス的主体の行方　野村喜和夫［著］『オルフェウス的主題』評」、『水声通信』二六（二〇〇六年）、四一–四七。

第十四章

註

1　ジョン・デュヴォル（John Duvall）は、時が止まったかのようなあのノスタルジックな試合から醸し出される危険なアウラについて、「アメリカの冷戦勝利に隠れた代償を隠蔽し、人種と階級の差異の払拭に加担する審美的イデオロギーとして、プロローグは野球を考察している」（29）と述べている。「野球を信じることはアメリカを信じること」（36）という単純明快なイデオロギーは、「政治の耽美化」（ベンヤミン　一〇七）を促すが、デュヴォルはそのような神話化に、「アメリカ文化の原初的なファシスト的衝動」（34）を探り当てている。

2　「国家と教会」（Osteen, 259）を代理表象する二人のエドガーについては、第三のエドガーとしてのエドガー・アラン・ポー（Edgar Allan Poe）も絡め、アーヴィング・マリン（Irving Malin）とジョゼフ・デューイ（Joseph Dewey）が詳細な分析を試みている。本稿では名づけの観点より、頭字語へのシスター・エドガーの関心が、彼女をフーヴァーと冷戦に結びつけていることを指摘しておきたい。エミリー・アプター（Emily Apter）が論じているように、「頭字語と広告は、不吉なサブリミナル・メッセージを暗号化している」（374）とすれば、ＡＺＴ、ＨＩＶ、ＫＧＢといった「宙に漂う頭字語が何を意味するかを知っていた」（243）シスターは、ＦＢＩ長官と秘密の回路をもっていたことになる。第五部でレーダー爆撃手のルイス・T・ベイキー（Louis T. Bakey）が言うように、「頭字語ぬきで戦争を戦うことなどできない」（606）相談であり、「あまりにも重層的で、複雑に絡み合ったシステムを扱っているため、そこから生まれてくる言葉の配列は粉々にされ、構成しなおされ、切り詰められ、文字艶やかでないといけない」（606）。この文脈で言えば、ニックの父の愛用した煙草の宣伝文句、

「L.S./M.F.T. ラッキーストライクは美味なる煙草」（809）にもまた、不可知のシステムの闇に消えてしまった彼の運命が、「不吉なサブリミナル・メッセージ」として暗号化されている。

3 ディヴィッド・コワートによれば、ニックに課せられた命名の使命は、「原初的な命名者アダムの神話的な遺産」を踏襲している（"*Shall These Bones Live?*" 50）。

4 「キーストローク1」（*Keystroke 1*）において、エズメラルダ（Esmeralda）の幽霊が浮かび上がるオレンジジュースの看板は、やがて白塗りにされ、「広告主募集」（"Space Available"）（824）というメタ・メッセージが記される。このことは、広告という名づけのスペースが、亡霊性を孕んでいるのみならず、組み替え命名された頭字語と同じように、「宙に漂う」（243）浮遊性を孕んでいることを暗示している。このスペキュタキュラーな広告スペースとそこに上書きされるキッチュな亡霊のスペースと対比されるのが、日常的な「平凡極りないもの《クオティディアン》」のスペースと、それらへの名づけのエクリチュールのスペースである。デイヴィッド・H・エヴァンズ（David H. Evans）は、「『アンダーワールド』という作品それ自体が、そのような日常的なものに対するスペースを利用可能にしようとする試みである。もっと正確に言えば、この小説そのものがそのようなスペースである」と（131）述べている。

5 マーク・C・テイラー（Mark C. Taylor）は、「祈りの言葉は、言語そのものの『内部』にある一つの外界存在に（それを指示することなく）向けられている」（23）と述べている。

6 ジョゼフ・デューイは、提示された名そのものが、「脆弱であり、暫定的であり、必然的に修正が必要なことを自ら容認することによって、その目論見は皮肉なことに成功する」（124）と指摘する。

引用文献

Apter, Emily. "On Oneworldedness: Or Paranoia as a World System." *American Literary History* 18 (2006): 365–89.

Boxall, Peter. *Don DeLillo: The Possibility of Fiction*. New York: Routledge, 2006.

Cowart, David. *Don DeLillo: The Physics of Language*. Athens: U of Georgia P, 2002.

——. "*Shall These Bones Live?*" *Under Words: Perspectives on Don DeLillo's "Underworld."* Ed. Joseph Dewey, Steven G.

Kellman, and Irving Malin. Newark: U of Delaware P, 2002. 50–67.

DeLillo, Don. *Underworld*. New York: Scribner, 1997.

Derrida, Jacques. "*Sauf le nom* (Post-Scriptum)." Trans. John P. Leavey, Jr. *On the Name*. Ed. Thomas Dutoit. Stanford: Stanford UP, 1993. 35–85.

Dewey, Joseph. *Beyond Grief and Nothing: A Reading of Don DeLillo*. Columbia: U of South Carolina P, 2006.

Duvall, John. *Don DeLillo's "Underworld": A Reader's Guide*. New York: Continuum. 2002.

Evans, David H. "Taking Out the Trash: Don DeLillo's *Underworld*, Liquid Modernity, and the End of Garbage." *The Cambridge Quarterly* 35.2 (2006): 103–32.

Knight, Peter. "Everything Is Connected: *Underworld's* Secret History of Paranoia." *Modern Fiction Studies* 45.3 (Fall 1999): 811–36.

Malin, Irving, and Joseph Dewey " 'What Beauty, What Power': Speculations on the Third Edgar." *Underwords: Perspectives on Don DeLillo's "Underworld."* Ed. Joseph Dewey, Steven G. Kellman, and Irving Malin. Newark: U of Delaware P, 2002. 19–27.

O'Donnell, Patrick. "*Underworld*." *The Cambridge Companion to Don DeLillo*. Ed. John Duvall. Cambridge: Cambridge UP, 2008. 108–21.

Osteen, Mark. *American Magic and Dread: Don DeLillo's Dialogue with Culture*. Philadelphia: U of Pennsylvania P, 2000.

Parrish, Timothy L. "From Hoover's FBI to Eisenstein's *Unterwelt*: DeLillo Directs the Postmodern Novel." *Modern Fiction Studies* 45.3 (Fall 1999): 696–723.

Taylor, Mark C. *Nots*. Chicago: U of Chicago P, 1993.

Wilcox, Leonard. "Don DeLillo's *Underworld* and the Return of the Real." *Contemporary Literature* 43.1 (2003): 120–37.

Žižek, Slavoj. *The Sublime Object of Ideology*. London: Verso, 1989.

ベンヤミン、ヴァルター、「複製技術の時代における芸術作品」、野村修訳、『ボードレール他五編　ベンヤミンの仕事2』、岩波書店、一九九四年。

渡辺克昭「廃物のアウラと世紀末――封じ込められざる冷戦の『アンダーワールド』」、『冷戦とアメリカ文学――21世紀からの再検証』、世界思想社、二〇〇一年、三二九―六一。

第十五章

註

1 ドキュメンタリー映画「レイチェルの娘たち」は、オープニングに砂漠を走る葬儀の車列が続き、お棺には癌で死んださまざまな人種と階級の女性たちが横たわる。ナレーターはスタイングレイバーが当たり、最後には死んでいくジェニファー・マンドーザ（Jennifer Mendoza）というラテン系生物学者、疫学者、主婦、運動家など様々な地域と人種と職業の女性が映画制作にあたる。癌発生の複雑な社会的政治的プロセスを探求していくが、これらの女性のうち十人も亡くなり、年間一八万人が発症し、四万四千人の死者をだした。表題のスチール写真「黒衣の女たち」は、個を奪われて黒いヴェイルをかぶる女性たちである。

2 本稿を脱稿した二〇〇八年秋以降、二〇〇九年に誕生したオバマ政権は、二〇〇九年三月核廃棄物恒久的処理場としてのユッカマウンテン使用計画中止を表明し、代替地を選定しなおすとした。メディアの反応は懐疑的であるが、オバマ大統領が五月二一日におこなった「核不拡散」と「核再処理凍結堅持」とともに注目されている。

3 各月の英語語源以外の名称については、農事サイクルについての以下のサイトを参照した。http://www.farmersalmanac.com/full-moon-names

引用文献

Abbey, Edward. *Desert Solitaire*. Tucson: U of Arizona P, 1968.

Adamson, Joni, Mei Mei Evans, and Rachel Stein, eds. *The Environmental justice Reader: Politics, Poetics & Pedagogy*. Tucson: U of Arizona P, 2002.

Antonetta, Susanne. *Body Toxic: An Environmental Memoir*. New York: Counterpoint, 2002.

Austin, Mary. *Stories from the Country of Lost Border* (*including* "*The Land of Little Rain*"). New Jersey: Rutgers UP, 1987.

Buell, Frederick. *From Apocalypse to Way of Life: Four Decades of Environmental Crisis in the U.S.* New York: Routledge, 2003.

Buell, Lawrence. *The Future of Environmental Criticism: Environmental Crisis and Literary Imagination*. Oxford: Blackwell, 2005.

Carson, Rachel. *The Sea Around Us*. New York: Oxford UP, 1951; rep.1961.

——. *Silent Spring*. Boston: Houghton Mifflin, 1962.

Cronon, William. "The Trouble of Wilderness." *Uncommon Ground*. New York: Norton, 1995.

Gallagher, Carole. *American Ground Zero: The Secret Nuclear War in the West*. Cambridge, MS: MIT, 1993.

Merchant, Carolyn. *The Death of Nature: Women, Ecology and the Scientific Revolution*. San Francisco: Harper Collins, 1980.

——. *Earthcare: Women and the Environment*. New York: Routledge, 1995.

——. *Ecological Revolutions: Nature, Gender, and Science in New England*. Chapel Hill: U of North Carolina P, 1989.

——. *Reinventing Eden: The Fate of Nature in Western Culture*. New York: Routledge, 2003.

Moraga, Cherrie. *The Last Generation: Prose and Poetry*. Boston MS: South End Press, 1993.

Novotny, Patrick. *Where We Live, Work, and Play: The Environmental Justice Movement and the Struggle for a New Environmentalism*. New York: Praeger Publishers, 2000.

"Rachel's Daughters: *Searching for the Causes of Breast Cancer*" DVD A Light, Saraf, Evans production, 2002.

Stein, Rachel. *New Perspectives on Environmental Justice: Gender, Sexuality, Activism*. Brunswick, NJ: Rutgers UP, 2004.

Steingraber, Sandra. *Having Faith: An Ecologist's Journey to Motherhood*. New York: A Berkley Book, 2001. http://www.farmersalmanac.com/full-moon-names

——. *Living Downstream: An Ecologist Looks at Cancer and the Environment*. New York: Vintage, 1998.

Williams, Terry Tempest. *Pieces of White Shells: A Journey to Navajoland*. New York: Scribner, 1984.

——. *Refuge: An Unnatural History of Family and Place*. New York: Bantam, 1991.

——. *A Voice in the Wilderness: Conversation with Terry Tempest Williams*. Salt Lake, Ut: Utah State UP, 2006.

石山徳子「ネバダ実験場とヤッカ・マウンテン――核の空間構築と人種主義」、『アメリカ研究』四二（二〇〇八年）、五七-七六。

伊藤詔子「*Silent Spring*—"Toxic Inferno"を下って沈黙のジェンダー的ルーツを探る」、『アメリカ研究』四一（二〇〇七年）、一九-三六。

――「現代女性環境作家と第2波エコクリティシズム」、『英詩評論』二四（二〇〇八年）、二-一四。

あとがき

亀井俊介・平石貴樹

本書は、従来のアメリカ文学研究書とはことなった、いわば一度に何本もの弓矢を振りしぼったようなインパクトが、読者の的を射ることを念願している。

監修者である田中久男氏と編集者両名は、アメリカ文学研究の「同志」としてかねがね親しく、学会の席、いや正直に言えば「熱燗」をかこむ席などで、ときに文学研究の低調傾向をうれい、現状打開の可能性を、熱燗以上に熱く語りあう、相談もあれば放談も、時には言語道断もある、さまざまな場面を過ごしてきた。

そんな中、アメリカ文学研究の第一線の方々に、その最前線の知見と勢いを、わかりやすいかたちで広い範囲の読者にしめしてもらうような、一冊の本ができないものかといったアイデアも浮かんだ。そのアイデアだけは、アルコールの海に沈まず、救命ブイのようにわれわれのあいだをただよっていた。

おりから、田中氏の広島大学の定年退職をいい機会にさせてもらって、氏に監修役をお願いし、日ごろ親しくしている氏の周辺の「同志」たちに、こうしたアイデアをうちあけ、こころよく賛同を得て、成りたったのが本書である。趣旨説明の手紙の一部をそのまま引用させてもらうなら、本書の眼目は「皆さまにそれぞれベストのものをお書きいただきたい、ということに尽きます。私たちとしては、類書にしばしば見受けられる、一般的な共通テーマを設けて比較的気楽なお原稿をいただく、という方向はあえて取らず、皆さまそれぞれにとって現在もっとも重大なアメリカ文学研究上のテーマと考えておられるところを、具体的な対象にことよせつつ、それぞれの研究者としての姿勢がおのずから浮かび出るようなかたちで、論文にしあげていただきたい」ということだった。

こういう「いただきたい」は、ふつう過剰な、いただけない要求として退けられる。学会の通例では、こういう原稿のもとめかたをしない。にもかかわらず、大吟醸さながらに芳醇発酵したわれわれの危機感と期待とをぐいと汲みとって、こたえていただいた執筆者諸氏には、この場を借りて深く感謝を申しあげなければならない。

本書各章の論文が、力作ぞろいであることには自信がある。その内容や、アメリカ文学研究の現況・コンテクストは、田中氏の力作序文にくわしい。結果として本書では、文学史をめぐる考察から特定の作家の原稿研究にいたるまで、多様な研究方法がくりひろげられ、作家の選択などにやや片よりが生じたかもしれない。しかし、すべての原稿に共通しているのは、それぞれの研究者の「自己ベスト」があらわれているということであり、それがここに結集していると信じる次第である。

本書が当初のわれわれの意欲のとおり、類似書があまたならぶ中、圧巻のできばえとして大勢の読者にむかえられ、さまざまな反響を呼び起こし、アメリカ文学研究をさらに活性化させる一助となることを願っている。——「熱燗」はときに「圧巻」に変換されるのである。

二〇〇九年九月

執筆者について（執筆順）

田中久男（たなか・ひさお）
一九四五年生まれ。一九七三年、広島大学大学院博士課程修了、一九七八年MA（ヴァージニア大学）、文学博士。現在、福山大学人間文化学部教授、広島大学名誉教授。著書に『ウィリアム・フォークナーの世界――自己増殖のタペストリー』（南雲堂）、『アメリカ文学研究資料事典』（共著、南雲堂）、『アメリカ文学における階級』（監修、英宝社）、「フォークナー文学と反知性主義」（巽孝之編『反知性の帝国』共著、南雲堂）、訳書に、『村』〈フォークナー全集第15巻〉（冨山房）など。

亀井俊介（かめい・しゅんすけ）
一九三二年生まれ。一九五五年、東京大学文学部英文科卒業。文学博士。現在、岐阜女子大学教授。東京大学名誉教授。著書に『近代文学におけるホイットマンの運命』（研究社、日本学士院賞受賞）、『アメリカン・ヒーローの系譜』（研究社、大佛次郎賞受賞）、『サーカスが来た！アメリカ大衆文化覚書』（岩波書店、日本エッセイストクラブ賞、日米友好基金賞受賞）、『アメリカ文学史講義』（全3巻、南雲堂）、『マーク・トウェインの世界――亀井俊介の仕事4』（南雲堂）、『わがアメリカ文学誌』（岩波書店）など。

志村正雄（しむら・まさお）
一九二九年東京生まれ。一九五三年、東京外国語大学英米語学科卒業。ニューヨーク大学（N・Y・U）大学院英文科修士。インディアナ州立大学（ブルーミントン）東洋語学・文学科専任講師、鶴見女子大学助教授、七〇年、横浜市立大学助教授、東京外国語大学助教授を経て、現在、東京外国語大学および鶴見女子大学名誉教授。著書に『翻訳再入門』（加島祥造と共著、南雲堂）、『神秘主義とアメリカ文学――自然・虚心・共感』（研究社）、『NHKカルチャーアワー・文学と風土　アメリカ文学探訪（上・下）』（日本放送出版協会）など。

巽　孝之（たつみ・たかゆき）
一九五五年東京生まれ。コーネル大学大学院修了（Ph.D. 1987）。現在、慶應義塾大学文学部教授（アメリカ文学専攻）。著書に『サイバーパンク・アメリカ』（勁草書房、一九八八年度日米友好基金アメリカ研究図書賞）、『ニュー・アメリカニズム』（青土社、一九九五年度福澤賞）、『E・A・ポウを読む』（岩波書店）、『メタファーはなぜ殺される』（松柏社）、*Full Metal Apache* (Duke UP) ほか多数。編著に『エドガー・アラン・ポーの世紀』（八木敏雄と共編、研究社）、編訳書にダナ・ハラウェイ他『サイボーグ・フェミニズム』（トレヴィル、水声社、二〇〇一年、第二回日本翻訳大賞思想部門）、ラリイ・マキャフリイ『アヴァン・ポップ』（筑摩書房、北星堂書店）など。

大井浩二（おおい・こうじ）
一九三三年生まれ。一九五八年、東京都立大学大学院修士課程修了。現在、関西学院大学名誉教授。主要著訳書に『ナサニエル・ホーソン論』（南雲堂）、『ホワイト・シティの幻影』（研究社）、『アメリカ伝記論』（英潮社）、『旅人たちのアメリカ』（英宝社）、ベロー『フンボルトの贈り物』（講談社）、トラクテンバーグ『ブルックリン橋』（研究社）、シンクレア『ジャングル』（松柏社）など。

丹羽隆昭（にわ・たかあき）
一九四四年生まれ。一九七二年、京都大学大学院博士課程修了、一九七七年MA（インディアナ大学）、文学博士。現在、関西外国語大学外国語学部英米語学科教授。京都大学名誉教授。著書に『恐怖の自画像――ホーソンと「許されざる罪」』（英宝社）、『クルマが語る人間模様――二十世紀アメリカ古典小説再訪』（開文社出版）、『アメリカ民主主義の過去と現在――歴史からの問い』（共著、ミネルヴァ書房）、訳書に『リムーヴァルズ――先住民と十九世紀アメリカ作家たち』（監訳、開文社出版）など。

稲田勝彦（いなだ・かつひこ）
一九三八年中国北京市生まれ。一九六二年、広島大学大学院文学研究科修士課程修了、一九九一年、学術博士（広島大学）。広島大学・比治山大学名誉教授。著書に『エミリ・ディキンスン――天国獲得のストラテジー』（金星堂、一九九一年度日米友好基金アメリカ研究図書賞受賞）、『アメリカ作家とヨーロッパ』（英宝社、坪井清彦等と共著）、『ニュー・ヒストリシズム――文化とテクスト』（一九九二年、伊藤詔子等と共訳）、詩集『掌紋』（二〇〇一年）など。

平石貴樹（ひらいし・たかき）

一九四八年生まれ。一九七四年、東京大学大学院修士課程修了。文学修士。現在、東京大学大学院人文社会系研究科教授。著書に『メランコリック・デザイン——初期フォークナー作品の構造』(南雲堂)、『小説における作者のふるまい——フォークナー的方法の研究』(松柏社)など。

諏訪部浩一（すわべ・こういち）

一九七〇年生まれ。二〇〇四年、ニューヨーク州立大学バッファロー校大学院博士課程修了(Ph.D.)。現在、東京大学大学院総合文化研究科准教授。著書に*A Faulkner Bibliography* (Center for Studies in American Culture)、『ウィリアム・フォークナーの詩学——一九三〇-一九三六』(松柏社)など。

今村楯夫（いまむら・たてお）

一九四三年生まれ。ニューヨーク州立大学（ビンガムトン校）博士課程修了。現在、東京女子大学教授。専攻は現代アメリカ文学および比較文学。主な著書に『ヘミングウェイと猫と女たち』(新潮選書)、『ヘミングウェイの言葉』(新潮新書)、『ヘミングウェイのパリ・ガイド』(小学館)、『ヘイングウェイ　人と文学』(東京女子大学)、『現代アメリカ文学　青春の軌跡』(研究社)など。主な訳書にレイモンド・フェダマン著『ストレート・レザー』(新潮社)、同著『嫌ならやめとけ』(水声社)、同著『ワシントン広場で微笑んで』(本の友社)など。

後藤和彦（ごとう・かずひこ）

一九六一年福岡市生まれ。東京大学大学院人文科学研究科英語学英文学専攻。博士課程中退。現在、立教大学文学部教授。主な著書に、『迷走の果てのトム・ソーヤー——小説家マーク・トウェインの軌跡』(松柏社)、『敗北と文学——アメリカ南部と近代日本』(松柏社)、『文学の基礎レッスン』(編著)(春風社)など。

新納卓也（にいろ・たくや）

一九六〇年生まれ。東京大学大学院人文科学研究科英語学英文学専攻修士課程修了。現在、武蔵大学教授。著書に*History and Memory in Faulkner's Novels*（共著、松柏社）、訳書に『響きと怒り』（共訳、岩波文庫）など。

大地真介（おおち・しんすけ）

一九七〇年広島生まれ。一九九九年、広島大学大学院博士課程修了。二〇〇五年、カリフォルニア大学バークレー校客員研究員。現在、広島大学大学院文学研究科准教授。著書に田中久男監修『アメリカ文学における階級』（共著、英宝社）、論文に「フォークナーとアレハンドロ・ゴンサレス・イニャリトゥ」（『フォークナー』第11号）など。

渡辺克昭（わたなべ・かつあき）

一九五八年生まれ。大阪大学文学研究科博士課程単位取得退学。現在、大阪大学言語文化研究科教授。著書に『神話のスパイラル』（共著、英宝社）、『二〇世紀アメリカ文学を学ぶ人のために』（共編著、世界思想社）、『病と身体の英米文学』（共著、英宝社）、『共和国の振り子』（共編著、英宝社）、『身体、ジェンダー、エスニシティ』（共著、英宝社）、『冷戦とアメリカ文学』（共著、世界思想社）、論文に、「9・11と「灰」のエクリチュール」『関西英文学研究』第2号、"Welcome to the Imploded Future" *The Japanese Journal of American Studies*第14号、訳書に『マオII』（本の友社）、『フィクションの修辞学』（共訳、水声社）など。

伊藤詔子（いとう・しょうこ）

一九四四年神戸市生まれ。学術博士（広島大学）。現在松山大学教授、広島大学名誉教授。著書に『アルンハイムへの道——エドガー・アラン・ポーの世界』（桐原書店）、『よみがえるソロー——ネイチャーライティングとアメリカ社会』（柏書房）。共編著に『新たな夜明け——「ウォールデン」出版150年記念』（金星堂）、『新しい風景のアメリカ』（南雲堂）、『エコトピアと環境正義の文学——日米より展望する広島からユッカマウンテンへ』（晃洋書房）など。共著に『豊かさと環境』『アーネスト・ヘミングウェイの文学』（ミネルヴァ書房）、『視覚のアメリカンルネサンス』『二十世紀アメリカ文学を学ぶ人のために』（世界思想社）、『エドガー・アラン・ポーの世紀』（研究社）など。訳書にヘンリー・ソロー『森を読む——種子の翼に乗って』（宝島社）、共訳編書『緑の文学批評——エコクリティシズム』『野性の果実』（松柏社）、ローレンス・ビュエル『環境批評の未来』（音羽書房鶴見書店）など。

アメリカ文学研究のニュー・フロンティア
——資料・批評・歴史

二〇〇九年十月二十日　第一刷発行

監修者　田中久男
編著者　亀井俊介　平石貴樹
発行者　南雲一範
装幀者　岡孝治
発行所　株式会社南雲堂
東京都新宿区山吹町三六一　郵便番号一六二-〇八〇一
電話東京（〇三）三二六八-二三八四（営業部）
（〇三）三二六八-二三八七（編集部）
振替口座　〇〇一六〇-〇-四六八六三
ファクシミリ（〇三）三二六〇-五四二五

印刷所　壮光舎
製本所　長山製本
乱丁・落丁本は、小社通販係宛御送付下さい。
送料小社負担にて御取替えいたします。
〈IB-313〉〈検印廃止〉

ISBN978-4-523-29313-2　C 3098

ウィリアム・フォークナー研究

大橋健三郎

I 詩的幻想から小説的創造へ II「物語」の解体と構築 III「語り」の復权 補遺 フォークナー批評・研究その後―最近約十年間の動向。
A5判上製函入 35、680円

ウィリアム・フォークナーの世界

自己増殖のタペストリー

田中久男

初期から最晩年までの作品を綿密に渉猟し、フォークナー文学の全体像を捉える。
46判上製函入 9379円

若きヘミングウェイ

生と性の模索

前田一平

生地オークパークとアメリカ修業時代を徹底検証し、新しいヘミングウェイ像を構築する。

4200円

新版 アメリカ学入門

古矢 旬
遠藤泰生 編

9・11以降、変貌を続けるアメリカ。その現状を多面的に理解するための基礎知識を易しく解説。
46判並製 2520円

物語のゆらめき

アメリカン・ナラティヴの意識史

巽 孝之
渡部桃子 編著

アメリカはどこから来たのか、そして、どこへ行くのか。14名の研究者によるアメリカ文学探究のための必携の本。
A5判上製 4725円

*定価は税込価格です。